Marie Schönbeck

Ein Leuchten am Nordseehimmel

LÜTTES GLÜCK

ROMAN

WILHELM HEYNE VERLAG
MÜNCHEN

MIX
Papier | Fördert gute Waldnutzung
FSC® C014496

Penguin Random House Verlagsgruppe FSC® N001967

Originalausgabe 07/2024

Redaktion: Dr. Loel Zwecker
Umschlaggestaltung: zero-media.net, München
unter Verwendung von FinePic®, München;
iStockphoto (bluejayphoto)
Satz: Uhl + Massopust, Aalen
Druck und Bindung: GGP Media GmbH, Pößneck
Printed in Germany
ISBN: 978-3-453-42605-4

www.heyne.de

»Denk daran, dass etwas,
das du nicht bekommst,
manchmal eine wunderbare Fügung
des Schicksals sein kann.«

Dalai Lama

Kapitel 1

Leonie Blumenthal trat aus der Tür ihres Bungalows und bekam Bauchschmerzen. Auf Koh Samui schüttete es wie aus Eimern, wie so oft seit Mitte September, und wenn es regnete, war Nico schlecht gelaunt. Wer bekam das für gewöhnlich ab?

Ich natürlich, dachte sie bedrückt und musste ihre Füße zwingen, in Richtung der Strandbar zu gehen, die sie gemeinsam mit ihrem Freund führte. Sie versuchte erst gar nicht, sich vor dem Regen zu schützen. Das hatte ohnehin keinen Sinn. Wenn es so stark und anhaltend goss, war man unweigerlich innerhalb kürzester Zeit nass bis auf die Haut.

»Der Monsun fällt dieses Jahr heftig aus und lässt sich immer schwerer vorhersagen, das muss der Klimawandel sein«, hatte ihr erst kürzlich ein Einheimischer erzählt. Solche Kommentare häuften sich.

Leonie sah die besorgten Gesichter und die wachsende Armut um sich herum. Der Regen überschwemmte die Plantagen, vernichtete Ernten, überflutete und zerstörte Häuser und legte die Infrastruktur lahm. Zurzeit kamen nur wenige Ortsansässige in die Bar, ihnen fehlte das Geld. Zu allem Übel besuchten bei dem Wetter kaum Touristen die tropische Insel.

»So haben wir uns den Urlaub nicht vorgestellt«, hatte erst gestern ein deutscher Stammgast zu ihr gesagt. Er hatte mit seiner Frau an der überdachten Theke gesessen. Die Tische standen unter freiem Himmel.

»Wusstet ihr denn nicht, dass jetzt im Oktober Monsunzeit ist?«, fragte Leonie vorsichtig hinter dem Tresen.

»Doch. Wir dachten, dass es aufregend wäre, ihn mal mitzuerleben, wie Land unter auf den Halligen. Dann hätten wir zu Hause was zu erzählen«, schrie der Mann gegen das Trommeln des Regens auf dem Dach der Bar an und drückte seine Zigarette im Aschenbecher aus. »Aber der Regen will ja gar nicht mehr aufhören.«

Eigentlich galt in Thailand in öffentlichen Räumen ein Rauchverbot, auch in Restaurants und Bars. Aber in der Strandbar saßen die Gäste im Freien, und Leonie und Nico hatten eine Ecke als Raucherzone ausgewiesen, damit hofften sie, unter die Ausnahmeregel zu fallen. Bisher hatte es noch keine Probleme mit der Polizei gegeben.

»Letztes Jahr hat der Monsun wenig Niederschlag gebracht, das holt die Natur gerade nach«, berichtete Leonie und nippte an ihrem Wasser. »Normalerweise hat man nur Wolkenbrüche, und nach ein oder zwei Stunden kommt wieder die Sonne raus. Doch diesmal legt der Regen kaum eine Pause ein.«

Nachdenklich strich die Frau über die zwei Elefanten auf dem Etikett ihrer *Chang*-Bierflasche. »Das Wetter spielt überall auf der Welt verrückt.«

»So macht Urlaub keinen Spaß«, sagte ihr Mann. »Wir reisen früher als geplant ab, morgen schon.« Er kippte seinen *Mekhong* runter und bestellte sofort einen weiteren Thai-Whiskey.

Leonie hatte sich noch nicht getraut, Nico zu erzählen, dass sie zwei weitere Stammgäste verloren hatten. Das Ehepaar würde Koh Samui bestimmt nicht ihren Freunden und Bekannten weiterempfehlen, somit auch nicht die Strandbar.

Leonies Bauchweh wurde stärker, als sie die *Coco* betrat. Sie hatten die Bar in Anlehnung an den »*Coconut tree*«, englisch für Palmen, benannt. Das war kurz und prägte sich in allen Sprachen gut ein. Die ersten Monate auf der Insel waren hart gewesen, aber sie hatten sich schließlich durchgebissen. Bis vor Kurzem waren sie gut über die Runden gekommen. Erst der Monsun hatte eine Flaute gebracht. Leonie blieb optimistisch, Nico dagegen quälten Existenzängste.

Sie fand ihn hinter der Theke vor. Missmutig starrte er vor sich hin. »Du siehst blass aus. Geht es dir nicht gut?«, sagte sie.

Das Kleid klebte an ihren Beinen, angespannt zog sie den Stoff von ihrer Haut weg.

»Es gießt in Strömen. Wie soll es mir da schon gehen?«, erwiderte er mürrisch. Das regenbogenfarbene Peace Zeichen auf seinem T-Shirt passte ganz und gar nicht zu seiner Stimmung.

»Soll ich dir einen Tee kochen?«, fragte Leonie. Sie lächelte aufmunternd, um die Wogen zu glätten, noch bevor sie über sie hereinbrechen konnten. »Du hast auch noch nicht gefrühstückt.«

»Ich kriege nichts runter.« Wasser rann aus seinen blonden Rastazöpfen über seinen Rücken.

Auch ihre Frisur hatte sich auf dem kurzen Weg vom Bungalow hierher mit Wasser vollgesogen, der Haarknoten an ihrem Hinterkopf fühlte sich schwer an. »Iss doch wenigstens ein paar Rambutan, damit du etwas im Magen hast«, schlug sie vor.

Plötzlich fuhr Nico sie an: »Hör auf, mich zu bemuttern!«

»Schrei mich nicht an!«, erwiderte sie gereizt. »Ich kann nichts für den Monsun.«

Sie schnappte sich einen Lappen. Aufgeregt wischte sie damit über den Tresen, obwohl er sauber war. Sie wollte etwas zu tun haben, sich von dem Gewitter, das sich in Nico zusammenbraute, ablenken.

Er gab ein Murren von sich, nahm eine Flasche *Singha* aus dem Kühlschrank und öffnete sie.

»So früh schon Bier?«, bemerkte sie missbilligend. Eben noch hatte er behauptet, nicht einmal Tee runterzubekommen. War der Griff zum Alkohol purer Trotz? Wollte er sie ärgern?

Normalerweise bewirteten sie bis in die Morgenstunden Gäste und schliefen bis mittags. Aber am Vorabend hatten sie die Strandbar früh geschlossen, waren noch vor Mitternacht ins Bett gegangen und deshalb bereits beim ersten Hahnenschrei aufgestanden.

Demonstrativ nahm Nico einen kräftigen Schluck. »Ja, denn deine ewige gute Laune geht mir auf die Nerven.«

»Ich versuche nur zuversichtlich zu bleiben«, stellte Leonie klar. Sie ließ sich von Nico nichts gefallen, trotzdem belastete es sie, ständig als Blitzableiter herhalten zu müssen.

Als er den Kronkorken von Weitem in den Mülleimer werfen wollte, traf er daneben, er ließ ihn auf dem Boden liegen. »Dann nervt mich eben dein Optimismus.«

»Heute lässt du wohl kein gutes Haar an mir. Soll ich vielleicht mit dir Trübsal blasen? Was würde das bringen?«, wollte Leonie von ihm wissen und hielt bei ihrem Thekenputz inne. Wenn er erwartete, dass sie den Verschluss aufheben würde, hatte er sich getäuscht.

Nico ging um die Theke herum und setzte sich auf einen der Barhocker. »Das wäre immerhin ehrlicher, als so sorglos zu tun. Am Ende sind unsere Ersparnisse aufgebraucht, bevor das Geschäft wieder in Schwung kommt.«

»Wir wussten über den Monsun Bescheid«, erinnerte sie ihn und wrang ihr Putztuch aus.

»Das schon, ja«, gab er zu und knibbelte an dem Flaschenetikett. »Aber letztes Jahr war der Regen nicht so schlimm.«

Sie hängte den Lappen über den Wasserhahn. »Irgendwann wird der Monsun auch wieder vorbei sein, so viel ist sicher.«

»Bis dahin sind wir pleite.« Nico saß so krumm da, dass ihm der Regen, der vom Dach rann, über den Rücken lief. Ihm schien es egal zu sein, oder er merkte es nicht.

Leonies Brustkorb wurde enger. Wie oft hatten sie diese Diskussionen so oder so ähnlich schon geführt. Am Anfang hatte sie Nico noch besänftigen können, doch inzwischen hatte sie das Gefühl, gegen eine Wand anzureden. Sie drang nicht mehr zu ihm durch.

Hilflos versuchte sie es trotzdem, sie hatte auf der Insel nur ihn. »In den letzten Monaten haben wir doch gut verdient. Wir müssen nur noch bis Mitte Dezember, höchstens bis Januar durchhalten.«

»Der Scheißregen scheint nie wieder aufhören zu wollen. Er macht mich wahnsinnig. Selbst wenn er mal eine kurze Pause einlegt, kommt es mir mittlerweile so vor, als würde ich das Prasseln auf dem Dach hören.« Nico hielt sich die Ohren zu.

Sanft zog Leonie seine Hände weg. Früher hatte jede Berührung ein heftiges Kribbeln in ihr ausgelöst, das spürte sie schon lange nicht mehr. Seit einigen Wochen hielt sie sich sogar ungern in seiner Nähe auf, denn nichts, was sie in der Strandbar tat, war ihm gut genug. Ständig wies er sie zurecht. Weil sie sich nichts gefallen ließ, gerieten sie fast täglich aneinander. »Du klingst urlaubsreif.«

»Ich brauche keine Ferien, sondern Sonnenschein«, brüllte er.

Leonie zuckte zusammen. Sie wusste nicht mehr, was sie noch sagen und wie sie ihn aufheitern konnte. Irgendwann würde das Wetter besser werden, das war so sicher wie das Amen in der Kirche. Aber für vernünftige Argumente schien Nico zurzeit nicht zugänglich.

»Was machen wir, wenn keine Touristen mehr kommen? Wenn sie in die Strandbars gehen, die den Namen auch verdienen?«, fragte er verzweifelt.

Sie spähte zwischen den Palmen und den dichten Frangipani hindurch, die der Wind hin und her peitschte. Ab und zu tauchte für einen kurzen Moment das Meer zwischen den Blättern auf. Die Bar lag nicht unmittelbar am Strand, sondern hinter einer grünen Wand.

»Du wolltest die *Coco* unbedingt von deinem Bekannten übernehmen«, rief sie ihm in Erinnerung.

Nico stützte sich auf der Theke ab und lehnte sich vor. »Jetzt ist es meine Schuld, dass du hier festhängst?«, fragte er aufbrausend.

»So meinte ich das nicht«, sagte sie beschwichtigend und ärgerte sich darüber, dass sie ihm nach dem Mund redete. Wozu noch? Das hatte doch keinen Sinn mehr.

»Am Anfang warst du so überzeugt«, sagte sie. »Du wolltest unbedingt diese Bar eröffnen und auf Koh Samui leben. Jetzt hört sich das nicht mehr so an.«

»Das siehst du falsch! Ich bin bloß frustriert, bei so einem Wetter kriege ich halt schlechte Laune. Ich bin ein Sonnenkind, das weißt du.« Er zeigte auf sie. »Jetzt tust du so begeistert. Aber am Anfang musste ich *dich* doch überreden.«

»Zum Kauf der Bar, ja«, gab sie zu. Immerhin war sie das Risiko eingegangen, ihr ganzes Erspartes zu investieren. »Aber nicht, hierher auszuwandern. Das wollte ich von Anfang an auch.«

Ihre erste große Liebe Kamon hatte eine thailändische Mutter. Er hatte sie mit der Kultur bekannt gemacht, sie für Massaman Curry und Sticky Rice mit Mango begeistert und in ihr die Sehnsucht geweckt, mehr über Thailand zu erfahren. Wirklich kennenlernen konnte man ein Land jedoch nicht in einem Urlaub, man musste schon dort leben.

»Mir kommt es seit dem Sommer so vor, als würdest du

an unserer Entscheidung zweifeln.« Nico verschränkte die Arme und musterte sie eindringlich.

Sein bohrender Blick war ihr unangenehm. Sie zögerte. Ein Nein wäre eine Lüge, denn sie kam nur noch ungern zur Arbeit, und ein Ja auch, denn grundsätzlich fühlte sie sich immer noch wohl auf Koh Samui. Das Leben hier könnte so schön sein, trotz Monsun, hoher Luftfeuchtigkeit und der sprachlichen Barrieren.

Sie liebte es, am Morgen nur ein Boho-Kleid über ihren Bikini zu ziehen und in Flipflops zu schlüpfen. Nico und sie wohnten ganz in der Nähe in einem einfachen Bungalow, dessen Mietvertrag sie vom Vorbesitzer der Bar übernommen hatten. Auch der kleine Supermarkt war zu Fuß erreichbar. Aber vor allem konnte sie jederzeit an den Strand. Diesen Luxus zog sie Designerhandtaschen und Diamantencolliers vor.

»Wusste ich es doch«, zischte Nico und rümpfte die Nase. »Jetzt, wo es schwierig ist, willst du weg.«

Plötzlich war sie irgendwie an allem schuld, das hatte er ja schön hingedreht. Sie ertrug seinen Pessimismus nur noch schwer. Er zog sie mit runter, dabei war sie eigentlich eine Frohnatur.

»Ich hab's auf unserem Laptop gesehen, du hast nach Flügen nach Deutschland gesucht«, sagte er plötzlich. Vorwurfsvoll sah er sie an.

Sie fühlte sich ertappt und wurde rot. »Du hast mir hinterherspioniert?«

»Du redest ja kaum noch mit mir, machst dicht, ignorierst mich.« Er trank einen Schluck Bier und stellte die

Flasche geräuschvoll ab. »Du sprichst mehr mit den Gästen als mit mir.«

»Ich halte die ständigen Streitereien nicht mehr aus, darum gehe ich dir aus dem Weg«, gestand sie und spürte, wie etwas in ihr aufbrach. »Du hast dich verändert, bist zänkisch und ein richtiger Miesepeter geworden.«

Vielleicht hatte sie ihn auch nie richtig gekannt. Vor ihrer Auswanderung waren sie erst neun Monate ein Paar gewesen. Sie hatten nie zusammengewohnt, den Alltag bestritten und gemeinsam Hürden überwunden. Nun schien sich ihre Beziehung als nicht krisenfest zu erweisen.

»Und du hast mich enttäuscht.« Seine Kiefer mahlten, als läge ihm eine bittere Pille auf der Zunge, die er nicht hinunterschlucken wollte.

Der Vorwurf traf Leonie. »Enttäuscht?«, fragte sie erstaunt.

»Du machst deine Arbeit schlecht«, schalt Nico sie.

Empört schnappte sie nach Luft. »Das ist nicht wahr!«

»Statt die Gäste zu fragen, ob sie noch etwas essen oder trinken möchten, trödelst du herum«, hielt er ihr vor.

»Weil sie sich sonst bedrängt fühlen und gehen«, erklärte sie. »Sie rufen mich schon, wenn sie noch etwas wollen.«

»Du quatschst zu viel mit den Gästen«, fuhr er fort.

»Das nennt man Kundenbindung. Ich schaffe eine Wohlfühlatmosphäre. Eine Bar führt man nicht wie eine Behörde.« Small Talk gehörte mit zum Geschäft. Außerdem war Leonie froh, sich überhaupt mit jemanden unterhalten zu können. Sie hatte keine Freunde auf der Insel, nur einige wenige lockere Bekannte. Im Grunde gab es nur Nico, der ihr nahestand, oder besser gesagt, nahegestanden hatte. Sie hatten sich entfremdet.

Heftig gestikulierend sagte er: »Ja, aber zwischendurch muss man auch mal aufräumen, putzen und spülen. Während ich in der Küche Essen zubereite oder Getränkenachschub aus dem Lager hole, starrst du Löcher in die Luft. Dabei gibt es immer etwas zu tun. Oft siehst du die Aufgaben nicht einmal.«

»Es muss nicht alles immer sofort erledigt werden. Es kann auch mal etwas fünf Minuten liegen bleiben. Die Arbeit läuft schließlich nicht weg«, hielt Leonie dagegen.

Nico leerte das *Singha*, kam hinter die Theke und stellte die Flasche weg. »Ich habe mitbekommen, dass Touristen an der Bar vorbeigegangen sind, weil auf allen Tischen schmutziges Geschirr stand.«

»Bestimmt sind sie weitergelaufen, weil sie gehört haben, wie du mich mal wieder angegiftet hast. Dein mürrisches Gesicht schreckt auch ab. Du bist nicht nur zu mir unfreundlich, sondern auch zu den Gästen. Merkst du das eigentlich nicht?«, fragte sie und stemmte die Hände in die Hüften.

»Endlich sind wir mal richtig ehrlich zueinander. Dann sag ich es frei heraus.« Nico baute sich vor ihr auf und sah auf sie hinab. »Du bist faul, Leonie.«

»Was fällt dir ein?«, schrie sie ihn an.

»Du bist langsam und geschwätzig, aber vor allen Dingen arbeitsscheu«, fuhr er fort. »Hätte ich das vorher gewusst, hätte ich niemals mit dir zusammen eine Strandbar gekauft.«

»Und wenn ich geahnt hätte, was für ein Pedant du bist,

wäre ich gar nicht erst mit dir ausgewandert. Mit deinen Rastazöpfen und deiner Hippie-Kleidung siehst du aus wie ein lockerer Typ.« Sie bohrte ihm ihren Zeigefinger in den Oberkörper. »Aber du bist ein Spießer, Nico.«

Er starrte sie an.

»Du kannst nicht mit Geld umgehen«, entgegnete er dann.

Aufgeregt wischte Leonie den Vorwurf mit einer Handbewegung fort. »Ich drehe halt nicht jeden Baht dreimal um, wenn es nicht notwendig ist. Aber du bist geizig, handelst alle Lieferanten runter, dabei müssen sie auch von etwas leben. Du verschlechterst das Image der Deutschen auf der Insel.«

»Wenn wir pleitegehen, können wir sie gar nicht mehr bezahlen. Sie würden nichts mehr an uns verdienen. Wäre das besser?« Nico nahm ein neues Bier aus dem Kühlschrank. »Ich bin eben ein guter Geschäftsmann.«

»Und ich eine Geschäftsfrau«, erwiderte Leonie selbstbewusst. »Die Gäste kommen ja nicht, weil die Strandbar ihnen einen romantischen Blick aufs Meer bietet oder die Einrichtung so gemütlich ist, sondern wegen mir. Sie mögen mich, unterhalten sich gerne mit mir.«

»In all der Zeit hast du nur ein paar Brocken Thai gelernt. Sonst sprichst du Englisch oder mit Händen und Füßen. Das ist mir peinlich«, fügte er hinzu.

Sie wünschte auch, es wäre anders. »Ich tue mich nun einmal schwer damit, die Sprache zu lernen«, erwiderte sie kleinlaut.

»Manchmal denke ich, du versuchst gar nicht ernsthaft,

auf Koh Samui Fuß zu fassen.« Als Nico trank, stieg ihm das Bier in die Nase. Er verzog das Gesicht und kniff sich in den Nasenrücken.

»Das ist nicht wahr.« Leonies Augen wurden feucht. »Weißt du, warum ich so gerne mit den Gästen rede? Weil ich das mit dir nicht mehr kann. Das sieht man doch jetzt auch wieder. Du verstehst mich einfach nicht.«

»Das könnte ich auch von dir sagen. Wir passen nicht zusammen«, zischte er und putzte sich die Nase. »Hätte ich die *Coco* allein gekauft, hätte ich mich längst von dir getrennt.«

Das war ein Schlag in die Magengrube. Leonie wandte sich ab. Tränen rannen über ihre Wangen. Im Grunde bedauerte sie nicht das Ende der Beziehung mit Nico, aber sie verspürte auch keine Erleichterung, denn ihr Leben lag in Trümmern.

Schließlich atmete sie tief durch, wischte sich mit dem Handrücken über die feuchten Augen und sagte: »Nur weil ich in die Strandbar investiert habe, werde ich jetzt nicht bei dir bleiben. Der Vorbesitzer war dein Bekannter. Er hatte dir angeboten, sie zu übernehmen. Daher werde ich das Feld räumen.«

»Das ist wohl besser so«, erwiderte er kalt.

»Ich werde so bald wie möglich zu Anja nach Föhr fliegen«, kündigte sie an und konnte es kaum erwarten, sich in die liebevolle Umarmung ihrer Schwester zu stürzen. Wenn eine Person auf der Welt sie trösten konnte, dann Anja.

Kapitel 2

Das Erste, was Leonie dachte, als sie aus dem Fenster der Propellermaschine auf Föhr hinabsah, war: Das ist nicht meine Insel.

Es war Anjas Insel, und sie gehörte hier nicht hin. Sie sollte auf Koh Samui sein und sich auf die Hochsaison vorbereiten, die Mitte Dezember begann. Der Monsun ging vorbei, und es war nicht mehr ganz so schwül.

Im Winter sprudelte das tropische Eiland über vor Urlaubern. Leonie gefiel das quirlige Treiben, es bedeutete ein gutes Geschäft für die Strandbar. Aber auch viel Arbeit.

Mit Nico war immer alles stressig. Wenn der Laden brummte, stand ihr Ex-Freund unter Strom. Er wollte, dass alles perfekt lief, aber die hohe Luftfeuchtigkeit hatte den Möbeln zugesetzt, Herd und Kühlschrank in der kleinen Küche hatten so ihre Marotten, und auf die Lieferanten konnte man sich auch nicht immer verlassen.

Selbst wenn kein Betrieb herrschte, war Nico angespannt. Er machte sich Sorgen, ob die *Coco* die Durststrecke überlebte. Dabei hatten Leonie und er es locker angehen lassen und auf die Work-Life-Balance achten wollen.

Nun war Leonies Traum vom schönen Auswandererleben zerplatzt.

Verheult war Leonie drei Tage zuvor von Bangkok nach

Hamburg geflogen. Sie hatte eine Nacht auf den harten Sitzen im Terminal geschlafen, stundenlang im Flughafen herumgelungert und dann einen Sitzplatz in der Linienmaschine nach Westerland ergattert. Auf der letzten Etappe von Sylt nach Föhr fühlte sie sich völlig erschöpft. Sie hatte kein Auto mieten und die Fähre nehmen wollen. Wozu? So lange, dass sie einen Mietwagen benötigt hätte, wollte sie ohnehin nicht bleiben.

Zudem fehlte ihr die Kraft, sich um Derartiges zu kümmern. Normalerweise strotzte sie vor Energie, aber jetzt war ihr alles zu anstrengend, sie erkannte sich selbst nicht wieder. Sie fühlte sich leer, als wäre sie bloß noch eine Hülle.

Die anderen Passagiere schwärmten vom malerischen Blick, den man aus dem Flieger heraus auf die Nordfriesischen Inseln hatte, doch Leonie fand sie karg. Sie vermisste die üppige, immergrüne Vegetation des Urwaldes. Föhr kam ihr klein vor, Koh Samui war dreimal so groß.

Zudem zeigte die Wetter-App eine Temperatur von gerade einmal zwölf Grad an. Warum Föhr »die Friesische Karibik« genannt wurde, konnte Leonie nicht nachvollziehen. Sie war beständige dreißig Grad gewohnt. Selbst nachts fiel die Temperatur in dem südostasiatischen Königreich nicht unter vierundzwanzig Grad.

Der Golf von Thailand hatte angenehm warme achtundzwanzig. Die Nordsee dagegen war kalt, zu ihrer eigenen Überraschung machte Leonie jedoch im Wasser in Strandnähe einige Badegäste aus.

Wie tapfer, dachte sie und fror schon bei der Vorstellung, auch nur den kleinen Zeh ins Meer zu halten.

Die beiden Inseln schienen grundverschieden und nur eins gemeinsam zu haben, nämlich dass sie von allen Seiten von Wasser umgeben waren.

Das Flugzeug setzte zum Sinkflug an. Böen schaukelten die kleine Maschine gehörig hin und her, doch der Pilot landete sie erfahren und sicher auf dem Flugplatz von Wyk, der laut der Durchsage nur acht Meter über dem Meeresspiegel lag. Die Landebahn war bloß eine große Wiese. Der Flughafen in Koh Samui dagegen galt mit seinem tropischen Flair und der polynesischen Architektur, mit viel Holz und einer offenen Bauweise, als einer der schönsten auf der Welt.

Doch Leonie hatte sich keinen Direktflug leisten können. Also hatte sie erst mit der Fähre nach Donsak übergesetzt, den Bus nach Surat Thani genommen, war mit Thai AirAsia zum alten Flughafen Don Mueang in Bangkok geflogen und dann von dort nach Deutschland gestartet.

Die lange Reise steckte ihr in den Knochen, sie fühlte sich wie gerädert. Doch sie freute sich auch, endlich an ihrem Ziel angekommen zu sein.

Als Leonie ausstieg, beschleunigte sich ihr Puls. Gleich würde sie Anja endlich wiedersehen. Ihre Vorfreude wuchs mit jeder Minute. Sie sehnte sich so sehr nach ihrer drei Jahre älteren Schwester, dass sie immer schneller ging. Doch als sie schließlich mit ihrem großen Koffer und dem vollgestopften Rucksack vor dem Flugplatz stand, war sie nirgends zu sehen.

»Du hast mich doch wohl nicht vergessen«, sagte Leonie traurig.

Plötzlich fuhr ein Wagen vor und hielt mit quietschenden Bremsen vor ihr an. Anja sprang heraus. Ihre langen braunen Haare waren zerzaust und ihre Wangen gerötet.

»Es tut mir so leid, dass ich zu spät bin«, rief sie ihr zu. »Du wirst es nicht glauben. Eine Schafherde ist plötzlich über die Hauptstraße gelaufen. Die Polizei ist gekommen und hat alles abgesperrt. Wir mussten auf Sören Schippmann warten. Er ist Schäfer und wohnt in Walsum wie ich. Der mobile Zaun hatte wohl nicht gehalten. Seine Tiere sind vom Deich runterspaziert und quer über die Insel in Richtung Stall gelaufen.«

Sie eilte um das Auto herum und schloss Leonie in die Arme.

Leonie atmete ihren vertrauten Duft ein. Ihre Schwester war ein Stück Heimat, egal wo sie sich trafen. Sie wollte sie gar nicht mehr loslassen, doch sie tat es schließlich doch. Besorgt fragte sie: »Ist den Tieren auch nichts passiert?«

»Es ist alles gut gegangen. Sören hat sich souverän um seine Herde gekümmert. Sie folgen ihm allein durch Pfiffe und Schnalzlaute, er braucht nicht einmal einen Hütehund.« Fürsorglich streichelte Anja ihre Wange. »Du siehst müde aus.«

»Bin ich auch. Die Anreise war lang und anstrengend.« Neugierig musterte Leonie sie. Anja hatte sich verändert. »Wo ist die Anja, die Seidentops trägt und nicht ungeschminkt aus dem Haus geht?«

Anja zupfte ein Knötchen von dem Norwegerpullover, den sie über einem knielangen Wollrock trug. Sie hatte nur ihre Wimpern getuscht. An ihren Ohren schwangen silberne Seesterne an Kreolen im Wind. »Die habe ich in Köln zurückgelassen und bin froh darüber.«

»Die neue Anja gefällt mir«, sagte Leonie und lächelte. Sie hatten sich seit ihrem Abflug nach Bangkok nicht mehr gesehen. Trotz der regelmäßigen Telefonate hatte sie sich Sorgen gemacht, dass sie sich etwas entfremdet haben könnten, aber die Befürchtung war unbegründet.

»Das glaube ich dir gerne, weil sie ein bisschen mehr wie du ist.« Anja zwinkerte.

Leonie freute sich für sie, aber ihr Herz wurde auch schwer. »Dann haben wir wohl die Rollen getauscht.«

»Du frierst ja«, stellte Anja fest und rieb kräftig über Leonies Arme, um sie zu wärmen. »Komm schnell ins Auto.«

Während sie gemeinsam das schwere Reisegepäck in den Kofferraum hoben, sagte Leonie: »Der Nordseewind ist ganz schön frisch für jemanden, der gerade aus den Tropen kommt.«

»Du brauchst ein paar Tage, um dich zu akklimatisieren. Hast du keine Jacke dabei?«, fragte Anja besorgt und stieg ein.

Leonie setzte sich auf den Beifahrersitz. Sie besaß nur eine einzige Jeans, und die hatte sie auf dem Heimflug angezogen. In Thailand hatte sie nur Kleider getragen. Sie wünschte, es wäre Sommer auf Föhr und nicht Herbst. Der Temperaturunterschied war ein Schock.

»Meine Winterkleidung habe ich bei Papa und Rita im Keller eingelagert.« Sie sah an sich hinunter. »Ich habe nicht einmal einen Pullover dabei, nur diese Strickjacke.«

»Dann leihe ich dir was, wie früher«, schlug Anja vor und fuhr los. Sie schaltete den Scheibenwischer ein, denn es fing an zu nieseln.

Ich bin wohl vom Regen in die Traufe gekommen, dachte Leonie bitter und sah hinauf zu den dunklen Wolken über ihnen. Zu ihrer Schwester sagte sie: »Als Jugendliche hast du es immer gehasst, wenn ich deine Klamotten angezogen habe.«

»Weil ich sie nie zurückbekommen habe.« Anja lenkte den Wagen an einer Gruppe Radfahrer vorbei, die so angeregt miteinander plauderten, dass sie kaum auf den Verkehr achteten. »Sobald du dich fit genug dazu fühlst, gehen wir shoppen.«

»Das kann ich mir nicht leisten. Ich bin fast blank«, gestand Leonie verlegen.

Sie schob die Finger zwischen ihre Oberschenkel und kam sich vor wie mit sechzehn. Damals hatte sie ihr Taschengeld immer schon nach der Hälfte des Monats aufgebraucht, und sie hatte Anja angebettelt. Nun, mit zweiunddreißig Jahren, fand sie sich in einer ähnlichen Situation wieder. Sie war auf die Hilfe ihrer Schwester angewiesen, das fühlte sich erbärmlich an.

Zuversichtlich erwiderte Anja: »Auch dafür werden wir eine Lösung finden.«

»Ich möchte dir keine Arbeit machen.« Leonie rutschte im Sitz tiefer. Sie schämte sich für ihre Situation.

Anja hatte sie davor gewarnt auszuwandern. Vor dem Risiko, mit einem Mann, mit dem sie nicht einmal ein Jahr liiert war, auf eine tropische Insel zu ziehen. Thailand hatte sie zu dem Zeitpunkt zudem nur aus Erzählungen Kamons, Reisebüchern und dem Internet gekannt.

Zärtlich drückte Anja ihre Hand. »Wofür hat man denn eine Schwester.«

»Ich brauche dich«, gab Leonie zu und meinte nicht die warme Kleidung oder die Möglichkeit, vorübergehend bei ihr zu wohnen, sondern ihren Trost. Ihre Augen brannten.

Anjas Stimme klang ganz weich, als sie erwiderte: »Ich bin immer für dich da.«

»Danke.« Leonie warf ihr einen Luftkuss zu.

Sie fuhren durch Inseldörfer, in denen Feriengäste in bunten Regenjacken von einem Laden in den nächsten huschten, die Kapuzen über die Köpfe gezogen und nach vorne gebeugt. In der Ferne machte Leonie Dünen aus, auf denen die steife Brise den Strandroggen hin und her bog. Der Wind peitschte den Sand über die sanften Hügel.

Die Häuser wurden weniger und verschwanden schließlich ganz. In der Marsch sah Leonie nur vereinzelt Bauernhöfe. Tief hingen die Wolken über den Wiesen und Feldern. Der Sprühregen legte einen Grauschleier über alle Farben.

Leonie hatte gehofft, dass auf Föhr die Sonne scheinen und sie aufmuntern würde. Aber in Deutschland hatte sich der Sommer verabschiedet, und der Herbst zog langsam ein. Die Gräser am Straßenrand hatten sich bereits rot und gelb gefärbt. Das sah recht hübsch aus, musste Leonie zugeben.

»Weiß Papa, dass du zurück in Deutschland bist?«, fragte Anja plötzlich.

»Nein. Ich rufe ihn ungern an, es könnte ja auch Rita rangehen.« Leonie ballte eine Hand um den Saum ihrer Strickjacke. »Sie hat ihn Mama ausgespannt, das kann ich ihr nicht verzeihen, auch wenn das schon dreiundzwanzig Jahre her ist.«

»Ja, schon, aber dazu gehören immer zwei«, gab Anja zu bedenken. »Papa hätte bei Mama bleiben können, er hat sich für Rita entschieden.«

Leonie zog die Jacke bis unters Kinn. »Telefoniert ihr denn oft?«

»Nein, er würgt das Gespräch immer nach ein paar Minuten ab.« Während Anja die Autoheizung anstellte, erzählte sie: »Ich habe den Eindruck, Rita steht neben ihm und sieht ihn böse an, damit er ja rasch auflegt. Sie ist eifersüchtig auf alles und jeden, das war schon immer so.«

Fassungslos schüttelte Leonie den Kopf. »Aber wir sind doch seine Töchter.«

»Sie will seine ganze Aufmerksamkeit für sich haben.« Anja trat auf die Bremse, weil eine Katze die Straße überquerte. »Er hat erwähnt, dass sie ein Heidentheater gemacht hat, als er nach einem Arzttermin nicht sofort nach Hause gekommen ist. Dabei hat er nur in einen Schuhladen reingeschaut, ohne ihr Bescheid zu geben. Sein Handy hatte er natürlich mal wieder zu Hause liegen lassen, du kennst ihn ja.«

Verständnislos fragte Leonie: »Warum lässt er sich so von ihr kontrollieren?«

»Rita stellt es so dar, als würde sie sich Sorgen um ihn machen. Ihm könnte ja etwas passiert sein«, erklärte Anja und bog ab. »Das kann Papa nachvollziehen, vielleicht schmeichelt es ihm auch. Darum sagt er ihr für gewöhnlich, wann er wohin geht, und macht, was sie will. Er würde gerne einen Spanischkurs belegen, aber sie will die Sprache nicht lernen, und allein lässt sie ihn nicht teilnehmen. Wahrscheinlich hat sie Angst, er könnte dort eine andere Frau kennenlernen.«

Leonie gab einen missbilligenden Laut von sich. »Er ist zu lieb für sie.«

»Ja.« Nach einer kurzen Pause fragte Anja: »Und was ist mit Nico und dir?«

»Es ist aus«, antwortete Leonie bitter. »Definitiv.«

Anja berührte kurz ihren Oberschenkel, eine tröstende Geste. »Das tut mir leid.«

»Mir nicht, die letzten Monate waren die Hölle.« Am Telefon hatte sie versucht, tapfer zu sein, damit ihre Schwester sich keine Sorgen machte. Nun endlich konnte sie ihr Herz wieder auf der Zunge tragen. »Mein ganzes Leben hing an ihm und der Strandbar. Jetzt habe ich nichts mehr, weiß nicht mehr ein noch aus. Kein Job, kein Geld, keine Wohnung, keine Perspektive.« Sie fühlte sich verloren.

»Irgendwie wird es weitergehen, das tut es doch immer. So leicht lässt du dich nicht unterkriegen, ich kenne dich«, versuchte Anja sie aufzumuntern.

Leonie sah den Deich, der Föhr im Norden vor Sturmfluten schützte. Angst vor dem Meer hatte sie nicht, doch vielleicht bot er ihr ja sinnbildlich auch Schutz vor dem Leben, das darauf drängte, von ihr weitergeführt zu werden. Sie brauchte eine Atempause, eine Auszeit. Sie seufzte. »Im Moment bin ich des Kämpfens müde.«

»Ruh dich aus. Denk darüber nach, was du jetzt machen willst. Dann sehen wir weiter. Du kannst so lange bei uns bleiben, wie du willst.« Lächelnd fügte Anja hinzu: »Wir werden dich mit Kuchen, Waffeln und Eiscreme vollstopfen. Du bist dünn geworden.«

Leonie wurde sich erst durch die Bemerkung bewusst, dass man ihr die Sorgen ansah. Verlegen erwiderte sie: »Wenn ich dich nicht hätte …«

Sie war das erste Mal in ihrem Leben heimatlos, das beunruhigte sie. Sie mochte keinen randvollen Kalender, keinen Stress, weder beruflich noch privat. Ein gesellschaftliches Korsett würde ihr die Luft zum Atmen nehmen. Früher hatte sie an Wochenenden gerne in den Tag hinein gelebt. Tun und lassen zu können, was sie wollte, empfand sie als Luxus.

Doch nun, da ihre Wurzeln in Köln gekappt und ihre Auswanderung fehlgeschlagen war, bekam sie Angst. Was sollte aus ihr werden? Wo sollte sie hin? Was wollte sie jetzt machen? Sie fühlte sich, als hätte sie die Kontrolle über ihr Leben verloren und würde ziellos umhertreiben. Ihr einziger Halt hieß Anja.

Sie kamen in Walsum an.

Leonie staunte nicht schlecht, wie klein das Inseldorf war. Kein Haus schien weiter als einen Steinwurf vom anderen entfernt.

In den Fenstern der Reetdachhäuser brannte Licht, was heimelig und einladend wirkte. Unter der Trauerweide auf dem Dorfanger wuchsen Astern, Chrysanthemen und Fetthenne. Vor der Weide reckten Silberkerzen ihre Blüten aus einem Bett aus Herbstanemonen und versuchten, mit ihrem schweren süßen Duft den Schafgeruch zu überlagern. Das Blumenmeer sah hübsch aus, fand Leonie.

Vor dem Stall stand ein Selbstbedienungsautomat, auf dem an der Seite ein Plakat klebte. Darauf war ein Mann zu sehen. Er hielt ein süßes Lamm auf dem Arm und lächelte verschmitzt in die Kamera. Darüber machte Leonie gerade noch die Worte *Der Föhrer Schafsflüsterer* aus, bevor Anja auf den Parkplatz vor dem *Lüttes Glück* fuhr.

Damit musste Sören Schippmann gemeint sein. Trotz des Nieselregens hatte sich vor dem Automaten eine kleine Schlange an Urlaubern gebildet. Sie kauften Käse und Milch fürs Abendbrot oder als kulinarisches Mitbringsel für zu Hause.

Anja winkte ein paar Feriengästen zu, die aus der kleinen Inselpension traten und zu ihrem Auto gingen.

Leonie vermutete, dass sie aufbrachen, um in einem der Restaurants zu Abend zu essen. Sie sah auf die Uhr. Es war bereits nach sechs und schon fast dunkel. Durch den Regen würde die Nacht früher hereinbrechen.

Kaum war Leonie ausgestiegen, kam auch schon Joris aus der Pension gestürmt. Er zog die Kapuze seiner Windjacke über den Kopf. Anja hatte ihr erst kürzlich ein Foto von sich und ihrem Freund geschickt. Er war nicht Leonies Typ, sie stand mehr auf extrovertierte Männer, aber auch sie fand, dass er gut aussah, sehr männlich. Er strahlte Kraft und Verlässlichkeit aus.

»Willkommen auf Föhr«, begrüßte er Leonie und schloss

sie herzlich in die Arme, obwohl sich der Regen in ihrer Strickjacke und ihren Haaren fing.

Der Duft eines erdigen Männerparfüms stieg ihr in die Nase. »Schön, dich endlich kennenzulernen. Ich habe schon viel von dir gehört.«

»Ach, ja?«, fragte er neugierig und ließ sie los. Er warf Anja einen amüsierten Blick zu und sagte zu Leonie: »Das Thema sollten wir bei einem Glas Wein vertiefen.«

»Besser nicht«, wiegelte Anja ab und errötete. »Die Schwärmerei könnte dir zu Kopf steigen.«

Zärtlich küsste er sie. Er hob den Koffer aus dem Wagen und zeigte zum einzigen Wohnwagen auf dem Campingplatz neben dem *Lüttes Glück*. »Ich bringe dein Gepäck schon mal in deine Unterkunft«, sagte er zu Leonie.

»Danke.« Leonie zog den Rucksack aus dem Auto und hängte ihn über die Schulter.

Der Caravan hatte schon ein paar Jahrzehnte auf dem Buckel, war jedoch geräumig genug für eine Person. Er hatte breite grüne Streifen an den Seiten. Gardinen mit Lampionblumen hingen an den Fenstern. Durch die Scheibe sah Leonie, dass jemand einen Blumenstrauß mit Sonnenblumen und Strandhafer auf den Esstisch gestellt hatte, vermutlich Anja. Ein Vorzelt gab es nicht, aber er stand im Windschatten des Gebäudes.

Während sie an der Linde vorbeispazierten, erzählte Anja: »Wir haben lange nach einem Namen für unseren kleinen Campingplatz gesucht. Hilde, Godo und ich haben tagelang leidenschaftlich diskutiert. Ich hatte *Wolke Sieben* oder *Hinter der Linde* vorgeschlagen, konnte die beiden aber nicht begeistern. Schließlich haben wir uns auf *Möwennest* geeinigt, damit können wir alle leben. Natürlich kam der Vorschlag von Hilde.«

»Hat sie sich also mal wieder durchgesetzt«, sagte Leonie und lächelte ironisch. Sie hatte schon einiges über Hilde, das Föhrer Original, gehört.

»Sei's drum. Mir gefällt er. Ich gönne ihr diesen kleinen Triumph.« Anja zuckte mit den Schultern, die schon ganz nass waren, aber sie störte sich nicht daran.

»Wird dir die zusätzliche Arbeit durch den Campingplatz nicht zu viel werden?«, fragte Leonie besorgt.

Anja schüttelte den Kopf. »Nein, ich freue mich auf noch mehr Feriengäste, und ich habe ja jede Menge Unterstützung. Godo wird den Platz betreuen, Hilde macht den Frühstücksservice in der Pension, Sören liefert den Schafskäse, und Maike backt den Kuchen für *Martinas Gartencafé*.«

So gelassen war Anja in Köln nicht gewesen. Leonie hatte früher immer eine Grundanspannung bei ihr gespürt. Anja hatte immer einen verkniffenen Zug um den Mund gehabt, aber der war nun weg.

Lächelnd sagte Leonie: »Du wirkst beneidenswert glücklich.«

»Bin ich auch«, erwiderte ihre Schwester, ohne zu zögern.

Joris kam aus dem Caravan. »Das Bett ist überzogen, Strom und Gas sind angeschlossen, und der Wassertank ist voll. Ich habe die Heizung angeschaltet. Es wird jedoch einen Moment dauern, bis es warm ist. Die *Nordseeperle* ist bereit für deinen Einzug.«

»*Nordseeperle*?«, fragte Leonie und zog die Augenbrauen hoch.

»So heißt der Wohnwagen.« Joris deutete auf einen fast verblassten Schriftzug. »Ich lasse euch jetzt allein. Ihr habt bestimmt viel zu besprechen. Falls ihr etwas braucht, gebt mir Bescheid.«

Erneut bedankte sich Leonie bei ihm. Sie war immer selbstständig gewesen, darum fiel es ihr schwer, Hilfe anzunehmen.

Anja strahlte ihn an. »Du bist ein Schatz.«

»Ich will nur dein Schatz sein.« Joris küsste sie. Dann schob er sie sanft zur Tür. »Aber jetzt geht schnell rein. Ihr seid ja schon ganz nass«, sagte er und zog sich zurück.

Anja ließ ihrer Schwester den Vortritt. »Macht es dir auch wirklich nichts aus, im Caravan zu wohnen?«

»Der Bungalow, in dem Nico und ich gewohnt haben, war auch nicht viel größer«, beruhigte Leonie sie.

Anja folgte ihr hinein. »Es tut mir leid, dass ich kein Zimmer frei habe.«

»Es ist doch super, dass du ausgebucht bist«, erwiderte Leonie begeistert. »Das *Lüttes Glück* läuft gut an.«

»Ja, schon, aber der Wohnwagen ist nur eine Notlösung.« Leise schloss Anja die Tür. »Du wolltest ja nicht auf meiner Couch schlafen.«

»Auf Dauer wäre mir die zu unbequem gewesen. Außerdem wollte ich Joris und dich nicht stören«, erklärte Leonie und stellte den Rucksack auf die Sitzbank.

Joris war vor einem Monat zu Anja ins Dachgeschoss der kleinen Inselpension gezogen. Er hatte angeboten, eine Zeit lang in seiner alten Wohnung über der Strandkorbmanufaktur zu schlafen, aber das wollte Leonie den beiden nicht antun. Sie wusste, dass er schon wegen Christins plötzlichem Auftauchen den Umzug hatte verschieben müssen.

»Mir gefällt die Idee mit dem Wohnwagen«, versicherte Leonie ihrer Schwester. »Ich bin in deiner Nähe, habe aber mein eigenes Reich und falle dir nicht zur Last.«

»Das tust du sowieso nicht«, stellte Anja klar, fasste sie an den Schultern und sah ihr in die Augen. »Ich bin sehr glücklich, dass du hier bist.«

»Ich auch.« Sie drückte ihre Schwester an sich. »Es tut so gut, bei dir zu sein.«

Dicht an ihrem Ohr fragte Anja: »Hast du Hunger?«

»Nein.« Leonie ließ sie los und schüttelte den Kopf. »Ich bin wirklich neugierig darauf, wie das *Lüttes Glück* innen aussieht, aber ich habe heute nicht mehr die Energie für eine Führung. Sei mir bitte nicht böse. Ich möchte nur noch ins Bett.«

»Klar, versteh ich. Aber eine *Tote Tante* trinkst du noch mit mir, oder?« Ein erwartungsvolles Lächeln trat in Anjas Gesicht. »Das ist heiße Schokolade mit Sahnehaube und einem ordentlichen Schuss braunem Rum. Danach wirst du schlafen wie ein Baby.«

Leonie gab nach. »Gerne.«

»Warte hier!«, bat Anja und war schon halb aus der Tür. »Ich bin gleich wieder zurück.«

Als Leonie allein war, sah sie sich im Wohnwagen um. Er war zweckmäßig eingerichtet und roch fremd, aber Anja hatte sich Mühe gegeben, ihn einladender zu gestalten. Ein brombeerrotes Deckchen lag auf dem Tisch, darauf stand der Blumenstrauß. Ein handgeschriebenes und mit Herzchen verziertes *Herzlich willkommen*-Schild hing am Oberschrank. Ein Foto, das Leonie und sie mit ihrer verstorbenen Mutter Martina zeigte, lehnte an der Blumenvase.

Wehmütig dachte Leonie an die guten alten Zeiten ihrer Kindheit zurück, in denen ihre Mutter noch gelebt, ihr Vater noch zur Familie gehört und sie Urlaub auf Föhr gemacht hatten. Damals hatte ihr Leben nur aus Abenteuern, Schabernack und Lachen bestanden. Leonie hatte geglaubt, dass ihr die ganze Welt offenstand und alles möglich war.

Doch im Moment hatte sie das Gefühl, vor einer Wand zu stehen. Sie konnte nicht sehen, was dahinter lag, und die Mauer auch nicht überwinden. Also blieb sie hilflos, wo sie war.

Anja kehrte zurück und vertrieb die negativen Gedanken allein durch ihre Anwesenheit. Aus den zwei gläsernen Tassen in ihren Händen duftete es köstlich nach Kakao. Sie setzte sich an den kleinen Tisch, und Leonie nahm ihr gegenüber Platz. Das Marschland hinter dem Fenster wirkte verzerrt durch die Regentropfen, die an der Scheibe hinabrannen.

Anja stellte die Tassen ab, zog den Pullover, den sie unter dem Arm geklemmt hatte, hervor und reichte ihn Leonie. »Zieh besser die nasse Strickjacke aus. Nachher erkältest du dich noch.«

»Das ist lieb von dir.« Erleichtert schlüpfte Leonie in den kuscheligen Pulli. Er hatte weiße und rote Querstreifen, Streifenmuster machten ihr stets gute Laune. Sofort war ihr wärmer. »Morgen werde ich Joris noch mal danken, dass er den Wohnwagen so schnell organisiert hat.«

Stolz sagte Anja: »Die Inselgrafen kennen jeden auf Föhr und machen das Unmögliche möglich.«

»Inselgrafen?« Leonie runzelte die Stirn.

Auffordernd schob Anja ihr den Kakao zu. »Das ist der Spitzname von Joris und seinen Brüdern Tjorben und Arian, weil sie mit Nachnamen Graf heißen und sich auf Föhr engagieren. Manche Einheimischen machen ihnen das zum Vorwurf, was ich unmöglich finde. Angeblich fühlen sie sich von ihnen bevormundet. So ein Quatsch! Die drei tun wenigstens etwas und meckern nicht bloß über die hiesigen Probleme.«

»Du verteidigst sie ja wie eine Löwenmutter. Ich freue mich darauf, sie kennenzulernen«, sagte Leonie und wärmte ihre Finger an der Tasse. »Wie geht es Christin?«

»Sie hat Herzchen in den Augen, steht ihr ausgezeichnet. Tjorben und sie sind total verknallt ineinander. Auf den ersten Blick passen sie nicht zusammen, aber das täuscht. Durch die Unterschiede ergänzen sie sich prima«, erzählte Anja strahlend. »Wie sie sich gegenseitig anschmachten … Sie halten die ganze Zeit Händchen, als wären sie aneinander festgeklebt.«

»Wie süß! Lebt Christin schon auf Föhr?«, wollte Leonie wissen. Sie kannte Christin genauso lange wie ihre Schwester und mochte sie. Nahegestanden hatten sie sich allerdings nie, dafür unterschieden sie sich zu sehr voneinander. Christin war vernunftgesteuert, Leonie dagegen hörte mehr auf ihr Bauchgefühl.

Anja nippte an ihrer *Toten Tante.* »Nein, offiziell wohnt Christin noch nicht hier, aber sie kommt oft zu Besuch. Sie hat eine Stelle im Rathaus bekommen und wird dort am ersten Januar anfangen. Bis dahin möchte sie sich umgemeldet, den Haushalt in Köln unter Franjo und sich aufgeteilt haben und bei Tjorben eingezogen sein.«

»Ich dachte, sie bleibt für immer mit diesem Spießer verheiratet«, gestand Leonie, nahm mit dem Zeigefinger etwas Schlagsahne auf und leckte sie ab.

»Ich auch, aber sie hat alle überrascht, sich selbst am meisten.« Anja schmunzelte. »Franjo und sie wollen im Guten auseinandergehen und haben einen gemeinsamen Rechtsanwalt mit der Scheidung beauftragt.«

»Hut ab! Ich hoffe, es wird ihnen gelingen.« Leonie verzog das Gesicht und fuhr fort: »Ein Glück, dass Nico und ich nicht verheiratet waren. Bei uns würde eine Scheidung nicht so friedlich ablaufen.«

»Bevor ich es vergesse …«, begann Anja und zeigte zum Herd. »Den brauchst du nicht. Du kannst dich selbstverständlich morgens kostenlos am Büfett im Frühstücksraum und nachmittags an Waffeln und Kuchen bedienen. Mittags koche ich für alle guten Geister der Pension, manchmal übernimmt auch Hilde das, oder Imke bringt Eintopf vorbei. Das ist die ältere Dame, die auf der anderen Seite wohnt. Sie umsorgt alle gerne und ist ein wenig wie die Großmutter aller Walsumer.«

Leonie winkte ab. »Mach dir bitte keine Umstände.«

»Wir verwöhnen dich gerne. Außerdem hast du dich dazu bereit erklärt, unseren Campingplatz zu testen, und dir dafür eine Entlohnung verdient«, rechtfertigte Anja ihr Rundumsorglos-Paket. »Die Sanitäranlagen sind seit gestern in Betrieb. Wir müssen nur noch das Häuschen mit den Toiletten und den Duschen von außen anstreichen.«

»Ist dir eigentlich bewusst, dass du ständig von ›wir‹ und ›uns‹ sprichst«, bemerkte Leonie. Sie nahm einen großen Schluck heiße Schokolade und leckte den Sahnebart von der Oberlippe. »Dabei gehört das *Lüttes Glück* doch dir.«

»Vertraglich trifft das zu, aber Hilde, Godo und Joris leben ja mit mir unter einem Dach und helfen mir«, erwiderte Anja fröhlich. »Auch von den anderen Walsumern bekomme ich so viel liebe Unterstützung, dass die kleine Inselpension inzwischen ein Gemeinschaftsprojekt ist.«

»Du hast hier eine neue Familie gefunden«, stellte Leonie fest und verspürte einen Stich im Herzen.

»Ja, das habe ich.« Anja streckte ihre Hand über den Tisch und berührte Leonies Arm. »Aber du stehst mir am nächsten.«

Leonie wurde ganz warm ums Herz. »Mit Papa haben wir schon lange nur noch sporadisch Kontakt, dann bin ich auch noch ins Ausland gezogen. Du musst dich von uns im Stich gelassen gefühlt haben.«

»Nein, das habe ich nicht«, wiegelte Anja ab. »Ich habe ja auch meine eigenen Ziele verfolgt. Auf Föhr habe ich dann etwas gefunden, das ich gar nicht gesucht hatte. Vielleicht wird es dir genauso ergehen.«

Leonie grinste sie an. »Sprichst du von der Liebe?«

»Ja, das auch, aber ich meinte, neue richtig gute Freunde«,

erklärte Anja. »Du bist abenteuerlustig und musstest deinen eigenen Weg gehen.«

Bedrückt starrte Leonie in ihr Heißgetränk. Sie musste an ihre Schulzeit denken. In Freundschaftsbüchern wurde sie gefragt, was sie sich am meisten wünschte. Die Welt zu bereisen, hatte sie schon damals geschrieben. Da draußen warteten große Abenteuer auf sie, nicht in Deutschland. »Mein Traum ist geplatzt. Das Leben hat mir die Flügel gestutzt.«

»Unsinn«, erwiderte Anja energisch und wischte durch die Luft. »Du hast eine Bruchlandung hingelegt. Na und? Aufstehen, Krönchen zurechtrücken, und schon kannst du zu neuen Ufern aufbrechen.«

»Meinst du wirklich?«, fragte sie hoffnungsvoll. War es wirklich so einfach?

»Schlaf jetzt erst einmal. Morgen sieht die Welt schon wieder anders aus«, sagte Anja aufmunternd.

»Du klingst so zuversichtlich, wie unsere Mutter.« Leonie nahm das Foto und seufzte schwer. »Ich vermisse sie sehr.«

»Ich auch. Aber wir haben immer noch uns.« Anja stand auf, küsste Leonie auf den Scheitel und holte eine Plätzchendose aus dem Küchenschrank. »Da sind Friesenkekse drin. Die habe ich zusammen mit Ilse gebacken. Das ist Joris' Mutter.«

»Also deine Schwiegermutter«, neckte Leonie sie.

»Vielleicht, eines Tages, das wäre schön«, gab Anja zu und lächelte verliebt. Sie stellte die Dose vor Leonie hin. »Falls du doch Hunger bekommst.«

Zum wiederholten Male seit der Landung auf dem Flugplatz in Wyk sagte Leonie Danke.

Was würde sie nur ohne ihre Schwester tun? Sie wüsste nicht einmal, wohin sie hätte gehen sollen. Durch Anja hatte sie eine Bleibe und war versorgt. Das wusste sie sehr zu schätzen. Aber sie wollte ihre Hilfe nicht überstrapazieren. Sie musste sich schnell darüber klarwerden, wie es weitergehen sollte.

»Verschiebe das Grübeln auf Morgen und komm erst einmal an«, schlug Anja vor und strich über die Sorgenfalten auf Leonies Gesicht. »Gute Nacht.«

Leonie bemühte sich um ein Lächeln, damit sich ihre Schwester keine Sorgen um sie machte. »Die wünsche ich dir auch«, erwiderte sie.

»Im Kühlschrank stehen übrigens Getränke«, sagte Anja, bevor sie ging.

Leonie war zu erschlagen, um zu duschen oder sich die Zähne zu putzen. Sie zog nur ihre Jeans aus und kuschelte sich mit Pullover, Unterwäsche und Socken ins Bett.

Der Bezug duftete frisch gewaschen, ein Geruch, der ein Wohlgefühl in ihr auslöste. Der Kakaogeschmack lag ihr noch auf der Zunge und erinnerte sie an Anjas tröstende Worte. Der Alkohol entspannte sie, er war wie eine warme Umarmung. Die Strapazen der Anreise fielen langsam von ihr ab.

Sogar der Niederschlag beruhigte sie. Auf Koh Samui hatte der Monsun lange heftige Wolkenbrüche gebracht, auf Föhr trommelte der Regen jedoch sanft aufs Wohnwagendach. Das Geräusch lullte sie ein.

Leonie fühlte sich gut aufgehoben und glitt in einen ruhigen Schlaf.

Kapitel 3

Schon während Arian vor der zu einem Wohnhaus umgebauten Windmühle seiner Eltern parkte, sah er sich aufmerksam nach allen Seiten um. Er nahm nichts Auffälliges wahr, trotzdem blieb er angespannt.

Er stieg aus, steuerte jedoch nicht sofort auf den Eingang zu, sondern ging die Straße auf und ab. Gewissenhaft überprüfte er die Umgebung. Er schaute sogar hinter die Syltrosen, die überall um die Mühle herum wuchsen und in diesem Herbst reichlich Hagebutten trugen, nur um sicherzugehen, dass Lutz Beck sich dort nicht versteckte.

Hoffentlich beobachtet mich niemand, dachte Arian. Er verhielt sich verdächtig, dabei wollte er seine Mutter vor ihrem Stalker beschützen.

Beck war zwar nicht mehr aufgetaucht, seit Arian und seine beiden Brüder ihn Ende August im *Lüttes Glück* zur Rede gestellt hatten, aber man konnte ja nie wissen.

Im September hatte Tjorben gemeint, ihn auf dem Wyker Fischmarkt gesehen zu haben. Er rannte ihm hinterher, verlor ihn jedoch aus den Augen. Ob es tatsächlich Beck war, blieb ungewiss.

Und nun war Joris überzeugt, Beck vor ein paar Tagen auf dem Jahrmarkt auf dem Heymann-Parkplatz erkannt zu haben.

Arian wiederum hatte kürzlich abends im Garten der Eltern Schuhabdrücke entdeckt. Am nächsten Morgen waren die Spuren weg. Er hatte Zweifel bekommen. Hatte der Regen sie fortgespült oder hatte er sie sich nur eingebildet?

Lutz Beck verfolgte sie wie ein Dämon. Indem sie regelmäßig bei ihrer Mutter vorbeischauten, wollten sie auch ihre eigenen Nerven beruhigen.

Arian klingelte.

Es dauerte etwas, bis Ilse ihm öffnete. Zögerlich zog sie die Tür ein Stück auf und linste durch den Spalt. Als sie sah, wer es war, stieß sie erleichtert die Luft aus. Lächelnd öffnete sie die Tür. »Hallo, Schatz. Warum benutzt du nicht deinen Schlüssel?«

»Er ist doch nur für Notfälle«, antwortete er und umarmte sie. »Das ist euer Haus.«

Tadelnd sah sie ihn an und strich ihm dann liebevoll über die Wange. Erinnerungen kamen hoch. Wie er einmal heimlich mit seinen Brüdern eine Nachtwanderung gemacht hatte, obwohl sie am nächsten Tag in die Schule mussten. Nachher hatte ihre Mutter sie gerügt, aber auf zärtliche und fürsorgliche Art und Weise.

»Das war zu gefährlich, ohne einen Erwachsenen«, hatte sie geschimpft. »Ich war krank vor Sorgen. Macht das ja nie wieder! Außerdem werdet ihr morgen im Unterricht nichts mitbekommen, weil ihr zu müde seid.«

Jetzt, achtundzwanzig Jahre später, schnalzte sie missbilligend mit der Zunge, lächelte dann nachsichtig. »Du wirst hier immer zu Hause sein.«

Arian schüttelte den Kopf. Nach allem, was sie mit Lutz Beck erlebt hatte, konnte er das Haus nicht einfach so betreten, ohne sich vorher bemerkbar zu machen. »Ich will euch nicht zu Tode erschrecken, wenn ich plötzlich im Wohnzimmer stehe.«

Das sah seine Mutter wohl ein, sie ließ das Thema auf sich beruhen. »Komm rein! Nachts ist es schon recht frisch.«

Er trat ein und hängte seinen dunklen Baumwollmantel an die Garderobe.

Der typische Geruch seines Elternhauses hieß ihn willkommen. Er setzte sich aus vielen Düften zusammen. Eine Mischung, die Teppiche, die Polstermöbel und die Holzschränke, aber auch die Kleidung und die Haare seiner Mutter.

Arian fühlte sich sofort geborgen.

Oft hing noch der appetitliche Duft des warmen Abendessens in den Räumen. Heute erinnerte er Arian an den Sonntagsbraten, ein Highlight für ihn als Kind, an Wochentagen gab es meistens Fisch. Dann sonntags das entspannte Essen zu fünft.

Meistens hing auch das köstliche Aroma von Tee in den Räumen, weil fast immer eine Kanne auf dem Stövchen stand. So war es auch jetzt, als Arian durch den Gang lief. Wärme breitete sich in ihm aus.

Im Sommer hielt seine Mutter auf ihren Fahrten mit dem Fahrrad über die Insel gerne spontan an, pflückte Wildblumen und arrangierte sie dann zu Hause zu bunten Sträußen, die ihren süßlichen Geruch verströmten. Im Herbst und Winter stand im Wohnzimmer ein Potpourri mit Blüten, die sie selbst getrocknet hatte und teils mit Duftöl aus Zimt, Orange, Nelke und Anis beträufelte.

Es gab nur einen Geruch, den Arian gerade vermisste, nämlich den der Ölfarben. Seit seine Mutter nicht mehr malte und ihre Staffelei, die Pinsel und all die anderen Utensilien weggeräumt hatte, fehlte er. Das versetzte Arian bei jedem Besuch aufs Neue einen Stich. Dieser Duft hatte bei ihm, der ja selbst leidenschaftlich malte, immer das größte Glücksgefühl ausgelöst. Er erinnerte ihn an ihre besondere Gemeinsamkeit.

»Warum bist du heute Abend nicht beim Treffen des *Fering Ferian* wie Joris, Tjorben und dein Vater?«, fragte seine Mutter, während sie das Wohnzimmer betraten.

»Ich habe noch gemalt. Mir gehen die Gemälde aus.« Das stimmte, doch nur deshalb wäre er niemals der Versammlung ferngeblieben. In Wahrheit wollte er ein Auge auf seine Mutter werfen, so wie er es mit seinen Brüdern vereinbart hatte.

Sie nahm im Ohrensessel Platz und sah bedauernd zu ihm hoch. »Es tut mir leid, dass ich dir dabei nicht mehr helfen kann.«

»Ich kriege das schon hin«, sagte er, damit sie kein schlechtes Gewissen bekam.

Seit sie jedoch aus der Galerie, die sie eine Weile gemeinsam geführt hatten, ausgestiegen war, stand er ziemlich unter Druck. Tagsüber musste er im Verkaufsraum des *Strandmohn* stehen, und nebenher musste er dann noch jede freie Minute nutzen, um neue Bilder mit Inselszenen malen. Das kostete ihn viel Kraft, ein Privatleben hatte er kaum noch. An sich machte ihm das Malen immer noch Spaß, aber es war zum Teil zu einer Notwendigkeit geworden, und das schmälerte das Vergnügen.

Früher hatten sich seine Mutter und er abwechselnd um die Kunden gekümmert und sich also auch abwechselnd ins Atelier zurückziehen und sich ganz der Kreativität hingeben können. Sie zeigten sich ihre frischen Werke gegenseitig, äußerten besonnen Kritik und motivierten einander, noch besser zu werden.

Arian sehnte sich nach diesen Zeiten zurück. Es war doch so viel schöner, seine Freude mit jemandem zu teilen.

Er setzte sich auf das Sofa und fragte besorgt: »Warum bist du nicht mitgegangen?«

»Ich muss dringend einige Sachen für Leonie stricken und habe gerade erst die Wolle rausgesucht.« Seine Mutter zeigte auf zimtbraune und anisweiße Wollknäuel, die neben ihr in einem Rattankorb lagen. »Möchtest du Tee? Ich habe gerade eine Kanne aufgegossen. Auf mich wartet eine lange Stricknacht.«

»Nein, danke.«

Als ob die Handarbeit nicht bis morgen warten könnte, dachte er. Seine Mutter nutzte jede Ausrede, um das Haus nicht verlassen zu müssen. Vermutlich hatte sie immer noch Angst, Lutz Beck zu begegnen. Das machte Arian wütend. Sie hatte sich von fast allem, was ihr einst lieb und teuer war, zurückgezogen – selbst von ihm, ihrem heimlichen Lieblingssohn.

Eher beiläufig fragte er: »Ist Anjas Schwester schon angekommen?«

»Ja, und sie hat keine warme Kleidung, weil sie doch direkt aus Thailand angereist ist. Die Arme.« Seine Mutter sah ihn besorgt an. »Das hat Anja mir erzählt, sie hat vor einer Viertelstunde angerufen.«

Vor fünfzehn Minuten hatte das Treffen des Heimatvereins bereits angefangen. Seine Mutter hatte das Stricken also tatsächlich vorgeschoben. Innerlich seufzte Arian. Er hatte so sehr gehofft, dass sie Fortschritte machen würde, nachdem er und seine Brüder Beck zu verstehen gegeben hatten, dass sie andere Saiten aufziehen würden, sollte er ihre Mutter noch einmal belästigen.

Oberflächlich betrachtet schien es ihr besser zu gehen. Sie hatte im Laufe des Septembers das Wandbild im Frühstücksraum des *Lüttes Glück* fertiggestellt, bepflanzte wieder ihr Hochbeet und strickte Schals in den Farben der nordfriesischen Flagge Blau, Rot und Gelb für den Weihnachtsbasar des *Fering Ferian*. Doch ihr Lächeln wirkte oft bemüht, und sie verließ ihr Schneckenhaus immer noch selten.

»Joris will Leonie gleich morgen in aller Frühe eine Jacke kaufen und im *Lüttes Glück* vorbeibringen.« Rasch bat sie Arian: »Behalte es aber bitte für dich, dass sie neu ist.«

Verwundert sah er sie an. »Warum denn das?«

»Anja hat gemeint, dass ihre Schwester ein Problem damit haben könnte, Geschenke von uns anzunehmen. Wir sind Fremde für sie. Außerdem ist sie gerne unabhängig und eigenständig.« Seine Mutter setzte ihre Brille auf und nahm die Stricknadeln in die Hände.

»Leonie scheint eine stolze Frau zu sein.« Ob das nun gut

war oder schlecht, wollte Arian nicht beurteilen. »Ich werde sehen, ob ich auch etwas für sie finde.«

Sie strahlte ihn an. »Das wäre nett. Selbst wenn es nur ein paar dicke Wollsocken sind, die sie abends beim Lesen anzieht. Sie kann sicher alles gebrauchen.«

Arian verspürte eine innere Unruhe und stand auf. Er ging zur Terrassentür, trat hinaus und sah sich um. Der Garten lag friedlich vor ihm. Glücklicherweise fand er keinen Hinweis darauf, dass jemand versucht hatte, ins Haus zu kommen. Erleichtert war er darum aber nicht.

Dämonen hinterließen keine Spuren. Vielleicht beobachtete Beck seine Mutter zum Beispiel aus dem Dunkeln heraus und würde zuschlagen, wenn schon niemand mehr damit rechnete. So wie Arian ihn einschätzte, war sein Hass auf die Familie Graf bestimmt noch größer geworden, weil sie ihn zu dritt in Anjas kleiner Inselpension in die Ecke getrieben hatten.

»Komm wieder rein, und mach die Tür zu«, rief seine Mutter. »Du lässt kalte Luft rein.«

Arian versuchte sich die innere Anspannung nicht anmerken zu lassen, kehrte in die Mühle zurück und schloss die Glastür hinter sich. »Entschuldige.«

»Warum bist du eigentlich hier?«, fragte sie und nahm die erste Masche auf.

»Ich wollte nur mal bei dir vorbeischauen.« Er zuckte mit den Schultern und nahm wieder Platz. »Es gibt keinen Grund.«

Über ihre Brille hinweg sah sie ihn intensiv an. »Du kommst oft vorbei in letzter Zeit.«

»Du bist die erste Mutter, die sich darüber beschwert, dass ihr Sohn sie regelmäßig besucht«, erwiderte er ironisch und lächelte.

»Ich beschwere mich nicht«, stellte sie mit sanfter Stimme klar, begleitet vom Klimpern der Stricknadeln. »Ich wundere mich nur.«

Arian lehnte sich zurück. »Freu dich doch darüber.«

»Das tue ich, aber ...« Sie schluckte das Ende des Satzes mit dem restlichen Tee in ihrer Tasse hinunter. »Joris, Tjorben und du gebt euch die Klinke in die Hand. Das ist seit etwa vier Wochen so.«

Arian lächelte sie an. »Deine Söhne müssen dich sehr liebhaben.«

»Früher seid ihr einmal die Woche gekommen, jetzt schneit täglich einer von euch bei deinem Vater und mir rein«, sagte sie misstrauisch und schob ihre Brille hoch.

So hatte er es mit Joris und Tjorben verabredet. Abwechselnd sahen sie nach dem Rechten. Ihr Vater war oft durch seine Arbeit als Hafenmeister eingespannt, ihre Mutter viel allein. Außerdem glaubten sie, dass er von Lutz und Manuela Beck nichts wusste, und sie wollten nicht diejenigen sein, die ihn ins Bild setzten. Das musste ihre Mutter schon selbst tun.

»Am Anfang hat es mir gefallen, sehr sogar, aber ...«, begann sie und zögerte.

Arian rollte mit den Schultern, sein Nacken war steif.

Als er schon glaubte, sie würde erneut die Worte hinunterschlucken, fuhr sie leicht schnippisch fort: »Langsam fühle ich mich kontrolliert.«

Überrascht sah er sie an. »Das ist doch Unsinn. Wir wollen nur sehen, ob es dir gut geht. Du leidest schließlich seit einem Dreivierteljahr unter Migräneattacken.«

»Sie treten nur noch selten auf«, wiegelte sie ab.

»Aber sie sind nicht weg.«

»Die Schuld, die ich auf mich geladen habe, ist es ja auch nicht«, sagte sie scharf. Leiser fügte sie hinzu: »Ich lerne nur langsam, mit ihr zu leben.«

Arian litt mit seiner Mutter mit. Ihr Schmerz war auch sein Schmerz, ihre Seelenqual war auch seine Seelenqual. Er lehnte sich nach vorne und stützte sich auf seinen Oberschenkeln ab. Besorgt schlug er vor: »Du solltest mit jemandem über die Becks sprechen.«

»Das habe ich doch.« Sie lächelte, doch ihr Lächeln erreichte ihre Augen nicht. »Mit Joris, Tjorben und dir.«

Ja, das hatte sie, aber erst nachdem sie von Beck Details erfahren und ihre Mutter mit ihrem neu gewonnenen Wissen konfrontiert hatten. Selbst dann hatte sie ihnen nicht die ganze Geschichte erzählt. »Ich meinte einen Psychotherapeuten.«

Seine Mutter ließ die Hände sinken und stieß entsetzt aus: »Gott bewahre! Ich bin doch nicht verrückt.«

»Darum geht es doch nicht«, erwiderte er beschwichtigend. »Es könnte dich erleichtern, dir alles, was damals passiert ist, von der Seele zu reden.«

Untypisch für sie, erhob sie die Stimme. »Darüber zu reden, ändert die Vergangenheit nicht.«

»Aber deine Zukunft«, gab Arian leise zu bedenken und faltete die Hände zu einer flehenden Geste. »Du könntest wieder unter Leute gehen, Spaß haben und Bilder malen.«

Plötzlich zischte seine Mutter: »Du willst nur neue Gemälde für das *Strandmohn*, damit der Laden weiterläuft.«

»Jetzt bist du ungerecht.« Arian lehnte sich zurück. Traurig sah er sie an.

»Tut mir leid«, sagte sie und wich seinem Blick aus. »Das war nicht so gemeint.«

»Schon vergessen.« Er kam einfach nicht an sie heran. »Und ich wollte dich nicht bedrängen.«

»Warum fangt ihr, du und deine Brüder, dann immer wieder mit dem Thema an? Wieso könnt ihr die leidige Angelegenheit nicht auf sich beruhen lassen?« Seine Mutter stand auf, holte mit zittriger Hand eine Flasche Rum aus dem Spirituosenschrank und gab einen guten Schuss davon in ihre leere Tasse.

»Weil wir sehen, dass die Sache dich belastet«, erwiderte er vorsichtig.

Sie setzte sich wieder in den Sessel, gab ein Kluntje in die kleine braune Pfütze und goss Tee darauf. Bitter sagte sie: »Ich hätte euch nie von Manuela Beck erzählen sollen.«

»Ich kann nicht glauben, dass du verantwortlich dafür bist, dass sie den Freitod gewählt hat. Das alles muss ein großes Missverständnis sein.« Arian spürte einen unangenehmen Druck auf dem Magen.

Seine Mutter trank die halbe Tasse auf einmal. »Lutz Beck denkt das auch, also sind wir schon zwei.«

»Deine Söhne sind anderer Meinung«, hielt Arian dagegen. »Somit steht es drei zu zwei.«

»Ihr kennt nicht die ganze Geschichte«, wiegelte sie ab.

Welches dunkle Geheimnis verbirgst du vor mir, Mama,

fragte sich Arian. Mit sanfter Stimme bat er: »Erzähl sie mir.«

»Ich kann nicht.« Sie packte sich an den Hals. »Ich würde an den Worten ersticken.«

Langsam wusste er nicht mehr, was er sagen sollte. Er machte einen letzten Versuch, um sie umzustimmen. »Wenn du weiter schweigst, kann ich dir nicht helfen.«

»Doch, das kannst du«, widersprach sie. »Nimm mich in den Arm und halt mich fest. Das ist es, was ich brauche, und kein Gespräch, durch das ich das Loch in meiner Brust noch weiter aufreiße.«

Arian setzte sich auf die Sessellehne und rieb ihr gefühlvoll über den Rücken. Er spürte, dass sie leicht bebte. Seufzend lehnte sie sich an ihn. Sie atmete schwer.

Er roch den Rum in ihrem Atem. Sonst trank sie nie Alkohol im Tee, sie mochte es nicht. Er hatte immer ein inniges Verhältnis zu ihr gehabt, aber manchmal erkannte er seine Mutter in letzter Zeit nicht wieder.

Kapitel 4

Als Leonie erwachte, schien ihr die Sonne ins Gesicht, weil sie die Gardinen nicht zugezogen hatte. Sie hatte geschlafen wie ein Stein. Die Anreise steckte ihr noch in den Knochen, aber sie fühlte sich einigermaßen erholt.

Sie stand auf und reckte sich genüsslich. Dann schlüpfte sie in ihre Jeans, ging in Socken zur Wohnwagentür und öffnete sie. Ernüchtert stellte sie fest, dass es ziemlich frisch war, zumindest sie empfand die Temperatur an diesem Oktobermorgen so.

Dem älteren hageren Mann, der gerade hinter dem *Lüttes Glück* hervorkam, schien es dagegen warm zu sein. Er trug nur ein braunes T-Shirt, das ihm eine Nummer zu groß war.

»Sie ist wach«, rief er irgendwem zu. Lächelnd kam er näher und stellte sich Leonie mit leiser Stimme vor: »Moin, ich bin Godo.«

Bibbernd schlang sie die Arme um ihren Körper, aber die kühle Luft an diesem Oktobermorgen war auch klar und belebend. Sie hob die Hand zum Gruß. »Leonie.«

»Weiß ich doch.« Verlegen rieb er über seine ungleichmäßig rasierten Wangen. »Willst du Kaffee oder Tee?«

»Aber das ist doch nicht nötig, du brauchst mir nichts zu bringen«, erwiderte sie.

Doch er überhörte ihren Einwand und fragte ein zweites Mal: »Kaffee oder Tee?«

Sie gab den Widerstand auf. Auf Koh Samui hatte sie sich den Einheimischen angepasst und stark aufgebrühten Bai Miang getrunken, ein in Thailand angebauter Assam Tee. Sie hatte ihn mit Kondensmilch und Rohrzucker verfeinert. Da die Nordfriesen ihren Schwarztee ähnlich tranken, mit Sahne und Kluntje, antwortete sie: »Tee, bitte.«

Er nickte und verschwand mit schlurfenden Schritten. Es dauerte nicht lange, und er kehrte mit einem Frühstückstablett zurück, darauf ein Kännchen und Geschirr, Brötchen, Käse- und Wurstaufschnitt, Marmelade, Quark und ein Ei. Er hatte sich einen tiefseeblauen Schal locker um den Hals gelegt. Anscheinend war ihm nun doch kalt geworden.

»Vielen lieben Dank«, sagte Leonie und wollte ihm das Tablett abnehmen, doch Godo ging an ihr vorbei in den Caravan und verteilte alles auf dem Esstisch. Bei dem köstlichen Duft der Brötchen lief ihr das Wasser im Mund zusammen, ihr Magen knurrte.

»Du bist um die ganze Welt geflogen und brauchst heute noch Ruhe. Im Frühstücksraum ist gerade die Hölle los, alle sind zur selben Zeit gekommen. Das wäre nichts für dich«, erklärte er.

Sie fühlte sich in der Tat ruhebedürftig. Allerdings lag das vor allem an den monatelangen Reibereien mit Nico. »Du musst mich nicht bedienen.«

»Morgen kannst du ja in die Pension kommen. Heute gibt's noch den exklusiven Zimmerservice. Oder besser gesagt, Wohnwagen-Service.« Er grinste, während er ein Kluntje in die Tasse legte. Als er Tee darauf goss, knisterte das weiße Zuckerstück. Souverän zauberte er mit der Sahne Wölkchen in die dunkle Flüssigkeit. »Damit du vor dem Duschen schon mal etwas Heißes im Magen hast.«

Unauffällig roch sie an ihren Achseln. Sie muffelte nicht, aber ihre Haare standen nach allen Seiten ab, und sie war ungewaschen. »Das ist sehr nett von dir.«

»Außerdem wollte ich dir den hier schenken.« Godo wickelte den Wollschal ab und reichte ihn ihr. »Den habe ich auf dem Sommerfest des *Fering Ferian* gewonnen. Aber ich habe schon einen. Wozu braucht jemand zwei Schals? Man zieht doch nur einen an.«

So viel Großzügigkeit rührte Leonie, sie war doch eine Fremde für ihn. »Das kann ich nicht annehmen.«

»Anja hat erwähnt, dass du keine warmen Klamotten hast.« Er sah an sich hinab. »Von mir willst du bestimmt nichts anziehen. Aber so ein Winterschal ist doch schon mal ein Anfang. Der Rest findet sich auch noch.«

Für Leonie fühlte es sich merkwürdig an, eine Kleiderspende anzunehmen. Die Situation war neu und belastend für sie. »Ich weiß nicht, was ich sagen soll.«

»Nimm ihn einfach an. Ist keine große Sache.« Godo drückte ihn ihr in die Hand.

Sie schenkte ihm ein dankerfülltes Lächeln und schlang sich den Wollschal um den Hals.

Plötzlich wurde Godo blass. Mit weit aufgerissenen Augen starrte er eine Frau an, die über den Campingplatz schritt und sich nach allen Seiten umsah. Der Wind zerrte an ihrem weißen Haarknoten. Sie zog die Jacke ihres kaminroten Twin-Sets eng um ihren Oberkörper.

»Da kommt Hilde. Sag ihr bitte nicht, dass ich hier bin.« Schnell versteckte sich Godo in der Toilettenkabine.

Kaum hatte er die Tür des winzigen Raumes hinter sich zugezogen, da tauchte auch schon Hilde im Eingang auf.

»Moin«, grüßte sie Leonie, als wären sie alte Bekannte. Sie hatte eine Stimme wie Bonnie Tyler und hielt ein Paar fliegenpilzrote Gummistiefel in der Hand.

»Moin«, erwiderte Leonie unbefangen. Sie glaubte nicht, dass das bereits unter kulturelle Aneignung fiel, und selbst wenn doch, störte es sie nicht. »Du bist Hilde, nicht wahr?«

»Hilde, die Schreckliche«, antwortete die weißhaarige Frau mit ernster Miene.

Leonie runzelte die Stirn. »Wie bitte?«

»Hat Anja nicht erwähnt, dass manche auf Föhr mich hinter meinem Rücken so nennen?«, fragte Hilde und setzte einen Blick auf, der jeden Inquisitor zum Zittern gebracht hätte.

»Nein.« Leonie verspürte das Bedürfnis, ihre Schwester in Schutz zu nehmen. »Anja redet bestimmt nicht hinter deinem Rücken schlecht über dich.«

»Du hast recht, sie ist dreister und sagt mir alles ins Gesicht«, erwiderte Hilde in ironischem Ton. »Aber Peer Riewerts benutzt den Spottnamen. Der Griesgram führt den Bauernhof, den du von hier aus sehen kannst.« Sie rümpfte die Nase. »Wenn Männer Kontra geben, hält man sie für selbstbewusst. Lassen wir Frauen uns nichts gefallen, gelten wir als schwierig.«

»Dann nennt man uns zickig«, stimmte Leonie ihr zu.

»Ich sehe schon, wir beide verstehen uns.« Hilde lächelte und entspannte sich. »Besser als deine Schwester und ich. Wir kommen miteinander klar, aber sind immer noch wie Feuer und Wasser.«

Das hatte Leonie schon gehört. Der Altersunterschied von über dreißig Jahren und die Tatsache, dass Hilde das *Lüttes Glück* einst gehört hatte, führten immer wieder zu Konflikten. Um zwischen den beiden Frauen zu vermitteln, sagte Leonie: »Trotzdem hat sie dich ins Herz geschlossen.«

Ein Glanz trat in Hildes Augen. »Wirklich?«

»Ich weiß, dass ihr Anfangsschwierigkeiten hattet«, begann Leonie behutsam. »Inzwischen sieht sie eine Freundin in dir.«

Hilde errötete. »Das habe ich heimlich gehofft. Aber warum muss sie dann mit mir über alles diskutieren?«

»Weil auch Freunde nicht immer einer Meinung sind«, antwortete Leonie.

Während Hilde ihre Strickjacke zuknöpfte, sagte sie: »Wir haben stets unterschiedliche Ansichten.«

»Ihr könnt euch doch jedes Mal einigen, wie beim Namen für den Campingplatz.« Leonie versuchte, Optimismus auszustrahlen.

»Da habe ich mich ausnahmsweise mal durchgesetzt.« Hilde setzte ein Triumphlächeln auf. Dann stellte sie die Gummistiefel vor Leonie ab. »Die müssten dir passen. Probier sie mal an.«

Überrascht starrte Leonie die Stiefel an.

»Ich habe keinen Fußpilz«, sagte Hilde verschnupft. »Sie

standen fast nur im Schrank. Ich hatte sie bloß ein oder zwei Mal an, das ist schon Jahre her.«

Leonie schlüpfte hinein, trat aus dem Caravan und lief auf und ab. »Das wird gehen.«

»Du kannst sie haben.« Zufrieden nickte Hilde.

»Ich danke dir. Wenn ich abreise, werde ich sie dir geputzt wiederbringen«, versprach Leonie.

»Nicht notwendig. Ich kann schlecht darin gehen, darum standen sie ja nur rum. Bei Regen ziehe ich lieber Schnürschuhe an, die sitzen fester am Fuß. Wenn ich raus in den Matsch muss, schicke ich Godo«, erklärte Hilde und grinste verschmitzt. »Apropos, weißt du, wo er hingegangen ist?«

Leonies Puls beschleunigte sich. Sie mochte es nicht, zu schwindeln, aber sie wollte Godo auch nicht verraten. Was sollte sie nur antworten? Um Zeit zu gewinnen, setzte sie eine Unschuldsmiene auf und tat erst einmal so, als würde sie den Namen nicht kennen. »Godo?«

»Ja, er war doch bei dir.« Hilde zeigte auf das üppige Frühstück im Caravan und den Wollschal. »Wo wollte er danach hin?«

Mit Herzklopfen tat Leonie so, als hätte er sie bereits verlassen. »Tut mir leid, das hat er nicht erwähnt.« Das war nicht einmal geflunkert, schließlich hatte er ihr wirklich nicht gesagt, wo er nach ihr hinwollte.

Traurig sah Hilde auf ihre Schuhe. »Er geht mir aus dem Weg.«

»Das glaube ich nicht«, versuchte Leonie die Wogen zu glätten. »Warum sollte er das tun?«

»Verletztes Männerego, schätze ich.« Hilde zuckte mit

den Schultern. »Ich muss zurück in den Frühstücksraum. Wenn du ihn siehst, sag ihm, dass er zu mir kommen soll.« Es klang wie ein Befehl, nicht wie eine Bitte. Dann wies sie Leonie an: »Und räum das schmutzige Geschirr in die Spülmaschine. Du bist kein Feriengast von uns.«

Nachdem sie gegangen war, kam Godo vorsichtig aus dem Toilettenraum. »Sie meint es nicht böse. Sie hat das Frühstückstablett liebevoll für dich vorbereitet, ich habe es dir nur gebracht.«

»Schon gut«, beruhigte Leonie ihn. Sie hatte bereits von Anja gehört, dass Hilde recht eigenwillig war.

Verlegen kratzte er sich an der Stirn. »Es muss dir komisch vorkommen, dass ich mich vor meiner Freundin verstecke.«

»Das geht mich nichts an«, erwiderte Leonie und trat zu ihm in den Wohnwagen.

»Ich habe keine Angst vor ihr. Alle glauben, sie würde mich unterbuttern. Das stimmt nicht. Sie ist resolut, ja, aber ich weiß, wie sie tickt und welche Knöpfe ich bei ihr drücken muss, um das zu bekommen, was ich will.« Er zwinkerte.

Leonie zog sich die roten, weiß getupften Gummistiefel aus. »Ist ihr das bewusst?«

»Ja, und ich glaube, es gefällt ihr.« Godo lächelte verliebt. »Sie will gar nicht immer ihren Willen bekommen, und sie mag Menschen, die ihr die Stirn bieten, auf die ein oder andere Art und Weise.«

Leonie setzte sich an den Tisch. »So wie Anja?«

»Ja, wie Anja. Hilde hat großen Respekt vor ihr. Es imponiert ihr, was deine Schwester in kurzer Zeit aus dem *Lüttes*

Glück gemacht hat.« Er nahm ebenfalls Platz und ließ den Kopf hängen. »Mein Ego ist nicht verletzt. Ich habe nur an ihrer Reaktion zu knabbern.«

Sie wollte nicht neugierig sein, hatte aber das Gefühl, dass sich Godo etwas von der Seele reden wollte. »Ihrer Reaktion auf was?«

»Ich habe sie gestern gefragt, ob sie meine Frau werden will«, antwortete er bedrückt.

Leonie machte große Augen. »Hat sie etwa deinen Antrag abgelehnt?«

»Nicht direkt.« Godo schüttelte den Kopf. »Hilde hat mich einen Narren geschimpft. Mit siebzig Jahren würde man doch nicht mehr heiraten. ›Hast du jemals eine Braut mit Altersflecken und Falten gesehen?‹, hat sie mich gefragt.«

»Das tut mir leid«, sagte Leonie und nippte an ihrem Getränk, das inzwischen nur noch lauwarm war. »Möchtest du auch einen Tee? Im Küchenschrank stehen bestimmt Tassen.«

»Nein, danke«, lehnte er ab. »Hilde hat auch gemeint, dass wir doch erst seit fünf Monaten ein Paar sind. Ich sehe das jedoch anders.« Mit einem strahlenden Lächeln erklärte er: »Wir haben uns schon mit zwanzig Jahren ineinander verliebt. Damals hat uns leider eine Tragödie entzweit. Wir sind getrennte Wege gegangen, aber ich habe sie immer geliebt, und ich denke, sie hat mich auch nie vergessen. Sonst wären wir im Frühling dieses Jahres doch nicht so schnell wieder ein Paar geworden. Wieder zusammengebracht hat uns übrigens Anja.«

»Tatsächlich?« Leonie lächelte. Weil sie fror, stand sie auf und schloss die Tür. »Die Liebe hat gesiegt. Wie romantisch!«

»Hilde und ich sind noch rüstig.« Unglücklich sah er sie an. »Glaubst du, dass es nur eine Ausrede ist, wenn sie sagt, wir wären zu alt für den Traualtar?«

Sie hatte die Heizung in der Nacht ausgeschaltet. Nun stellte sie sie wieder an und kehrte zu ihrem Sitzplatz zurück. »Ich weiß es nicht.«

»Liebt sie mich nicht genug, will sie darum nicht meine Frau werden?« Godo sackte in sich zusammen.

»Ich denke, die Antwort auf deine Frage bekommst du nur, wenn du noch einmal mit ihr sprichst.«

»Du hast ja recht«, erwiderte er und massierte seinen Bauch, als würde die Aussicht auf die Aussprache ihm Magenschmerzen bereiten.

Aufmunternd sagte Leonie: »Hilde hat ja nicht eindeutig Nein gesagt.«

Godo lächelte traurig. Gebeugt ging er fort.

Leonie frühstückte in Seelenruhe mit dem Blick auf die Marsch und den blauen Himmel. Auf Koh Samui hatte sie nach dem Aufstehen nur eine Tasse Tee getrunken und war dann rüber zur *Coco* gegangen, um zu putzen und Vorbereitungen zu treffen.

Sie hatte wohl nicht denselben Zeitdruck gehabt wie Anja damals in ihrer Werbeagentur, aber es hatte ihr zugesetzt, dass Nico ständig hinter ihr her war und ihr Aufgaben zugeteilt hatte. Umso mehr genoss sie es jetzt, frei in den Tag zu starten. Sie schob ihre Zukunftsängste für den Moment beiseite, machte sich bewusst, dass sie keine Verpflichtungen hatte, und aß genüsslich.

Durch die reichhaltige Auswahl langte sie mehr zu, als

sie vorgehabt hatte. Das Frühstück weckte neue Kräfte. Nachdem sie genug geschlemmt hatte, ging sie zum Häuschen mit den Sanitäranlagen. Alles war neu und blitzblank. Leonie nahm eine lange, heiße Dusche. Gestärkt und erfrischt zog sie sich an und brachte das Tablett ins *Lüttes Glück*.

Sie fand ihre Schwester an der kleinen Rezeption hinter dem Eingang vor. Es handelte sich um ein altes Stehpult, auf dem ein Laptop und eine Schale mit Birnen standen.

»Gut geschlafen?«, fragte Anja.

»Wie ein Baby«, antwortete Leonie zufrieden, ging in die Küche und stellte das Tablett auf die Arbeitsfläche.

»Sag ich doch.« Anja kam hinterher und grinste. »Lass alles stehen. Ich kümmere mich darum.«

»Das würde ich nicht wagen«, erwiderte Leonie amüsiert und warf die Eierschalen in den Mülleimer.

Irritiert sah Anja sie mit großen Augen an. »Wie bitte?«

»Hilde meinte, dass ich nicht im Urlaub bin«, erzählte Leonie und räumte das schmutzige Geschirr in die Spülmaschine.

»Doch, das bist du. Du bist mein Gast«, stellte Anja richtig. Ihre Miene verfinsterte sich. »Ich werde mit ihr sprechen.«

»Bitte nicht«, bat Leonie und machte eine beschwichtigende Geste. »Sie hat ja recht. Ich wohne umsonst auf dem Campingplatz und werde von euch durchgefüttert, ich kann ruhig mit anpacken.«

»Du hast in der Bar viel gearbeitet und ein wenig Freizeit verdient«, sagte Anja fürsorglich.

»Ich möchte etwas zu tun haben, sonst grüble ich zu

viel«, gestand Leonie und wischte das Tablett feucht ab. »Vielleicht kann ich die Betten in den Gästezimmern machen, im Gartencafé servieren oder das Sanitärhäuschen streichen.«

»Auf keinen Fall!« Ablehnend hob Anja die Hand. »Erkunde die Insel, lerne Föhr kennen«, ihre Stimme wurde ganz weich, »und vielleicht verliebst du dich ja genauso wie ich.«

»Apropos Liebe«, begann Leonie, ging zum Küchenausgang und sah in den Korridor hinaus. Sie kehrte zu Anja zurück und flüsterte: »Wusstest du, dass Godo Hilde gefragt hat, ob sie ihn heiraten will?«

Überrascht stieß Anja die Luft aus. »Nein. Warum haben sie es mir denn nicht erzählt?« Sie klang ein wenig enttäuscht.

»Wahrscheinlich, weil Hilde nicht ja gesagt hat«, vermutete Leonie. Sie wollte nicht tratschen, aber ihre Schwester sollte wissen, was unter ihrem Dach vorging. Die Stimmung im *Lüttes Glück* und die Arbeit litten womöglich unter der Situation.

»Sie hat abgelehnt?«, fragte Anja bestürzt.

»Nicht so richtig.« Leonie zuckte mit den Schultern. »Aber sie hat ihn einen alten Narren genannt.«

Anja legte die Hände an die Wangen. »Armer Godo.«

»Ja, er tut mir auch leid«, sagte Leonie, denn sie hatte es gerade erst selbst erlebt, wie es war, wenn man zurückgewiesen wurde. Sie liebte Nico nicht mehr, dennoch hatte es wehgetan, als er die Beziehung mit ihr beendete. Wie musste sich Godo erst fühlen?

Kritisch musterte Anja sie. »Was trägst du da eigentlich?«

»Hilde hat mir Gummistiefel geschenkt und Godo einen Wollschal«, antwortete Leonie und präsentierte sich. Sie trug Anjas Streifenpullover und die Jeans von gestern, sie brauchte unbedingt mehr Hosen.

»Na, dann bist du ja für den Herbst gewappnet.« Anja lächelte ironisch. »Hast du Lust auf eine Führung durch die Pension?«

Leonie nickte. »Wenn du gerade Zeit hast, gerne.«

»Ja. Die Gäste sind alle früh ausgeflogen, und ich habe mich beeilt, die Zimmer herzurichten«, erzählte Anja und ging vor. Sie verließ die Küche und trat in den Korridor.

»Du hast schon so viel erledigt, ich dagegen habe den Morgen verbummelt.« Leonie warf einen Blick auf die Küchenuhr. Es war bereits später Vormittag.

»Das darfst du auch. Du sollst es sogar.« Anja blieb im Flur stehen und drehte sich zu ihr um. In gespielter Strenge sagte sie: »Anweisung von deiner großen Schwester.«

Leonie kam zu ihr. »Auf die höre ich als kleine Schwester natürlich immer.«

»Klar«, erwiderte Anja ironisch, lachte und drückte sie kurz an sich.

Sie stiegen ins Dachgeschoss hoch. Hier oben war noch nichts renoviert worden, aber Anja hatte die ehemalige Ferienwohnung mit liebevoll ausgewählten Accessoires aufgehübscht.

Auf der altmodischen Küchenzeile standen eine ährengelbe Kaffeemaschine, ein Toaster in Retro-Optik und drei bunte Kräutertöpfe mit Gartenkresse, Schnittlauch und Dill auf einem grünen Tablett.

Über der alten Couch war eine kuschelige sandfarbene Decke drapiert, der Platz lud zum Verweilen ein. Die safrangelben Raffrollos setzten einen frischen, modernen Akzent. In einer Holzschale lagen Zierkürbisse auf Herbstlaub.

»Es ist wirklich gemütlich hier«, sagte Leonie und betrachtete die eingerahmten Schnappschüsse von ihr, Joris, Christin und vielen anderen an der Wand. An einer Stelle ragte nur ein Nagel aus der Wand, da fehlte das Bild. Dort musste das Foto, das Anja in den Wohnwagen gestellt hatte, gehangen haben.

»Irgendwann möchte ich hier oben renovieren und neue Möbel kaufen.« Anja seufzte. »Aber das *Lüttes Glück* hat noch viele Baustellen, und Joris und meine Wohnung stehen auf der To-do-Liste ganz unten.«

»Gut Ding braucht Weile«, versuchte Leonie sie zu beruhigen.

Anjas Augen funkelten amüsiert. »Jetzt klingst du wie Mama.«

»Das ist nicht das Schlechteste.« Bei der Erinnerung an ihre Mutter wurde Leonie traurig.

Sie spürte düstere Gedanken aufziehen. Sie ließ sich leicht von ihren Gefühlen überwältigen. War sie niedergeschlagen, wurde die Welt um sie herum schwarz. Empfand sie große Begeisterung für etwas, wollte sie sie mit der Welt teilen. Wenn sie sich in einen Mann verguckte, liebte sie mit Haut und Haaren. Verließ er sie, hatte sie lange daran zu knabbern.

Die Liebe zu Nico hatte sich als Strohfeuer erwiesen, was auch sein Gutes hatte. Er hatte schon vor Monaten seinen Platz in ihrem Herz verloren und sie wahrscheinlich auch ihren in seinem. Vielleicht hätten sie sich früher trennen sollen.

Dann hätte ich jetzt noch Kraft übrig, um mir ein neues Leben aufzubauen, dachte Leonie betrübt.

»Ist alles okay?«, fragte Anja leise und legte die Hand auf Leonies Rücken.

Leonie schüttelte den Kopf. »Ich fühle mich wie eine Zitrone, die bis auf den letzten Tropfen ausgepresst worden ist.«

»Gut Ding braucht Weile«, wiederholte Anja Leonies guten Rat mit sanfter Stimme.

»Ja, natürlich. Aber du weißt doch, dass Geduld nicht gerade meine Stärke ist. Ich muss immer etwas tun, kann schlecht stillsitzen.« Leonie nahm den Miniaturstrandkorb in die Hand, der auf der Kommode unter der Fotowand stand. Er hatte einen gelb-weiß gestreiften Bezug. Unter dem Sitz prangte eine Edelstahlplakette, auf der *Strandkorbmanufaktur Graf, Föhr* eingestanzt war. »Jetzt muss ich genau das tun, nämlich innehalten und darüber nachgrübeln, wie es weitergehen soll. Dabei entscheide ich doch lieber aus dem Bauch heraus.«

Heiter schlug Anja vor: »Dann tu es nicht.«

»Wie bitte?«, fragte Leonie irritiert und stellte den Mini-Strandkorb wieder ab.

»Grübeln, meine ich«, erklärte ihre Schwester. »Damit machst du dich nur verrückt. Lass dich durch den Tag treiben und versuche, Spaß zu haben. Vielleicht wird dir plötzlich von selbst klar, was du als Nächstes tun willst.«

Leonie ging zum Fenster. Von hier oben konnte man weit über die Wiesen und Felder sehen, der Deich im Norden Föhrs wirkte zum Greifen nahe. »Und wenn nicht?«, fragte sie ihre Schwester nachdenklich.

»Dann kannst du immer noch über deine Zukunft brüten, bis dir der Schädel qualmt«, sagte Anja und trat neben sie.

Leonie machte ein langes Gesicht. »Als wäre es so einfach, die Gedanken auszuschalten.«

»Ist es nicht, da hast du recht«, gab Anja zu. »Aber es hilft, wenn man sich ablenkt. Ich werde dir dabei helfen. Hast du Lust auf einen Ausflug nach Wyk?«

»Ja, sicher. Dann könnte ich mir noch ein paar Jeans, den ein oder anderen Pullover und eine dicke Jacke kaufen.« Leonie hoffte auf Schnäppchen. Ihre Schwester würde ihr bestimmt Tipps geben, wo man kostengünstig shoppen konnte, abseits der Touristenläden.

»Das mit dem Pulli-Kauf vergiss mal wieder.« Anja ging ins Schlafzimmer und kam mit einem Stapel Wollpullover zurück. »Die hatte ich schon für dich rausgesucht, du kannst sie haben.«

»Aber nur geliehen«, stellte Leonie klar, denn sie hatte schon Gummistiefel und einen Schal geschenkt bekommen, auch Anja musste ihr Geld zusammenhalten. »Ich habe ja Winterkleidung bei unserem Vater in Köln eingelagert.«

»Wenn dir ein Oberteil gefällt, behalte es. Kein Widerspruch«, sagte Anja und drückte ihr den Stapel in die

Hände. Dann zeigte sie auf die ahornrote Fleecejacke, die sie über den Arm trug. »Die ist von Joris für dich. Sie ist ihm zu klein.«

Leonie funkelte ihre Schwester an. »Das sagst du nur, damit ich sie annehme.«

»So etwas würde ich niemals tun«, behauptete Anja und grinste.

Leonie drückte die drei Wollpullover an ihren Oberkörper. »Ihr seid alle so lieb zu mir.«

»Auf einer Insel ist man aufeinander angewiesen, wir in Walsum, abseits vom Schuss, noch mehr als anderswo auf Föhr.« Anja stieg die Treppe ins erste Stockwerk hinab. Über ihre Schulter hinweg sagte sie amüsiert: »Es gibt tatsächlich Insulaner, die gar nicht wissen, dass unser Dorf überhaupt existiert.«

Leonie, die ihr folgte, konnte das kaum glauben. »Was? Das kann doch nicht sein.«

»Sie denken, wir wären ein Teil von Oldsum.« Vor einem Gästezimmer blieb ihre Schwester stehen.

Irritiert wollte Leonie wissen: »Ist das Dorf nicht weit weg?«

»Schon, aber der Andelhof im Norden gehört auch zum westlich gelegenen Midlum«, erklärte Anja und schloss die Zimmertür auf. »Langsam spricht sich herum, dass das *Lüttes Glück* seit August neu eröffnet hat und in meinem Gartencafé der leckerste Kuchen weit und breit serviert wird. Außerdem wohnt der aus den sozialen Netzwerken bekannte ›Föhrer Schafsflüsterer‹ gleich nebenan. Walsum wird immer bekannter.«

»Du hast das Inseldorf aus seinem Dornröschenschlaf geweckt.« Leonie legte ihr die Hand auf die Schulter. »Ich bin stolz auf dich.«

»Alle meine Nachbarn haben mitgeholfen. Ich war nur die Initialzündung«, erwiderte Anja und trat ein. »So sehen alle Gästezimmer aus. Gefällt es dir?«

Neugierig kam Leonie hinterher und sah sich um. Das dicke Plumeau in dem seegrünen Bezug lud dazu ein, sich ins Bett zu kuscheln. Prompt spürte sie, dass sie immer noch müde von der umständlichen Anreise war.

Ein gestrickter Zugluftstopper lag auf der Fensterbank. Der weiße Kleiderschrank mit den dezent hellblau abgesetzten Rahmen verströmte ein maritimes Flair und passte gut zum hellen Laminat.

»Wirklich hübsch!«, sagte sie begeistert. »Hier muss man sich einfach wohlfühlen. Es ist modern und urig in einem.«

»Das habe ich gehofft.« Anja strahlte übers ganze Gesicht. Dann bat sie: »Lass uns nach Wyk aufbrechen, sonst wird es mir zu spät. Wir wollen ja in Ruhe durch die Geschäfte bummeln. Übrigens, ich lade dich zum Mittagessen ein.«

Seite an Seite stiegen sie die Treppe hinab. Es fühlte sich für Leonie unglaublich gut an, wieder mit ihrer Schwester zusammen zu sein. Endlich wieder ein freundliches Gesicht zu sehen, jemanden um sich zu haben, dem ihr Wohlergehen am Herzen lag und der sie auffing. Das alles hatte sie in ihrer Beziehung mit Nico zum Schluss vermisst.

Leonie betrachtete die alten Fotografien an der Wand.

»So sah das *Lüttes Glück* aus, als Hildes Eltern es führten«, erklärte Anja. Dann ging sie zwei Stufen tiefer und zeigte auf ein anderes Bild. »Und das ist der Wohnwagen, in dem Hilde als junge Frau neben der Pension gewohnt hat.«

»Sie hat in einem Caravan gelebt?«, fragte Leonie überrascht.

»So ähnlich wie du, ja«, antwortete Anja. »Ab einem gewissen Alter brauchte sie ein eigenes Zimmer, und es gibt nur eine Einliegerwohnung. Sie wurde schnell zu klein für die vierköpfige Familie. Hildes Bruder Johan wohnte ja auch noch dort, ebenfalls im Teenageralter. Das ist der Vater von Joris, Arian und Tjorben.«

Obwohl ihre Situation anders war, kam es ihr vor, als würde sie auf Hildes Spuren wandeln. »Also ist Hilde ausgezogen, aber nur vors Haus.«

»Genau. So brauchte sie keine Miete zu zahlen und konnte weiter im *Lüttes Glück* mithelfen. Sie hat ihr ganzes Leben viel gearbeitet, vielleicht hat sie das hart gemacht.« Anja wurde einen Moment nachdenklich. Dann fuhr sie fort: »Zumindest äußerlich, denn wenn es um die Pension geht, scheint sie sentimental zu sein. Sie hat mir die Fotografien aus den Anfängen gegeben. Ich habe sie vergrößern lassen, eingerahmt, um aktuelle Bilder der Pension erweitert und im Treppenhaus aufgehängt.«

Leonie kam mit ihrem Gesicht näher an eine der Aufnahmen heran. »Das *Lüttes Glück* im Wandel der Zeit.«

»Ja, genau. Es hat Hilde sehr gefreut, dass ich ihren Eltern mit dieser Bildergalerie ein kleines Denkmal gesetzt habe. Sie hat sich ja immer Sorgen gemacht, ich könnte das Vermächtnis ihrer Familie nicht ehren und alles umkrempeln. Aber das wollte ich nie«, erzählte Anja. »Ich wollte die kleine

Inselpension modernisieren, aber sie sollte ihren ursprünglichen Charakter behalten.«

»Das hast du geschafft. Du hast hier eine Wohlfühloase geschaffen.« Leonie stieg die Treppe weiter hinunter. »Man erkennt deine Liebe für das *Lüttes Glück* in jedem Detail.«

»Danke. Mein Herzblut steckt in der Pension«, erwiderte Anja und gab einen Seufzer der Zufriedenheit von sich. »Dass Joris jetzt bei mir wohnt, macht mein Glück perfekt.«

Leonie beneidete ihre Schwester. Eigentlich war sie der spontane Typ und nicht Anja. Doch ihre Schwester war aus einem Bauchgefühl heraus in diesem kleinen unscheinbaren Hafen, der sich *Lüttes Glück* nannte, vor Anker gegangen und hatte ihr ganz persönliches Paradies gefunden.

»Ich wünschte, ich würde auch etwas entdecken, für das ich brenne. Mein Lebenstraum war es auszuwandern, darin bin ich gescheitert. Jetzt habe ich Angst, eine neue Leidenschaft zu entwickeln. Ich könnte ja wieder auf die Nase fliegen.« Leise fügte Leonie hinzu: »Dasselbe gilt für Männer.«

»Die Liebe wird dich finden«, gab sich Anja zuversichtlich. »Lehn dich einfach zurück, und denk nicht weiter über sie nach.«

»Für eine Weile kann sie gerne einen Bogen um mich machen«, entgegnete Leonie verdrossen.

Im Erdgeschoss blieb Anja stehen. »Heißt das, du willst vorerst allein bleiben?«

»Auf jeden Fall.« Leonie hatte noch keine Ahnung, was aus ihr werden sollte, aber eins wusste sie ganz genau: »Ich brauche erst einmal ein Beziehungs-Detox.«

Anja legte die Stirn in Falten. »Du brauchst was?«

»Ich muss erst die letzten Monate mit Nico verarbeiten, bevor ich mich auf einen neuen Mann einlassen kann«, erklärte Leonie, während sie ihr die Fleecejacke abnahm und anzog. »Komisch, sie hat genau meine Größe.«

»Wie gesagt, sie ist Joris zu klein geworden.« Anja wich ihrem Blick aus.

Skeptisch blinzelte Leonie sie an. »Sie riecht neu.«

»Sie ist bloß frisch gewaschen.« Konzentriert richtete Anja die Skulptur aus Treibholz, die auf der Kommode im Eingang stand, neu aus und schob sie dann in die vorherige Position zurück.

Leonie glaubte ihr kein Wort. Zum Dank küsste sie ihre Schwester auf die Wange. Dann runzelte sie die Stirn und zeigte auf das Kunstwerk. »Sind das wirklich Meerjungfrauen beim Baden?« Die Beschreibung stand auf einem Schild.

»Was siehst du denn darin?«, fragte Anja neugierig, als würden sie einen Rorschachtest machen.

Ohne zu zögern, antwortete Leonie: »Zwei Personen beim Sex.«

»Dann hast du das Thema Männer doch nicht ganz ad acta gelegt«, sagte Anja amüsiert.

Grinsend schüttelte Leonie den Kopf über ihre Schwester.

Plötzlich räusperte sich jemand hinter ihr. Als sie sich umdrehte, sah sie einen großen, dünnen Mann im Eingang stehen. Er trug ein langärmeliges Shirt, das die gleiche Farbe hatte wie das klare Blau des Oktoberhimmels über dem Wattenmeer, und eine Jeans, die ihm zu lang war. Der Saum berührte den Boden und war schon ganz schmutzig.

Er strahlte eine angenehme Ruhe aus, wurde jedoch leicht verlegen, als er »Moin« sagte.

»Moin«, grüßte Leonie fröhlich zurück. »Du bist Sören, nicht wahr?«

»Kennst du mich etwa aus dem Internet?« Erwartungsvoll sah er sie an.

Es tat ihr leid, ihn enttäuschen zu müssen. »Ich habe dein Foto am Selbstbedienungsautomaten gesehen«, antwortete sie.

Er ließ die Mundwinkel hängen. »Ach so.«

»Aber deine lustigen Schaf-Videos auf YouTube kenne ich«, beeilte sie sich zu sagen.

Da lächelte Sören wieder. Er hielt eine Weste aus Schafwolle hoch. Als er sah, dass Leonie eine Jacke trug, wirkte er verunsichert. »Du hast ja schon etwas Warmes für drüber.«

»Soll die etwa für mich sein?«, fragte Leonie vorsichtig und zeigte auf die Weste.

»Ja, ein Willkommensgeschenk. Ich habe gehört, dass du keine passende Kleidung für den Herbst hast, und da dachte ich, ich bringe dir was aus meiner Kollektion.« Stolz zeigte er auf das »Föhrer Schafsflüsterer«-Logo auf der Weste.

»Wie nett«, stieß sie erfreut aus.

Alle brachten Leihgaben oder Geschenke vorbei, obwohl sie sie gar nicht kannten. Man sagte den Nordfriesen nach, Fremden gegenüber reserviert zu sein. Leonie konnte das nicht bestätigen. Sie fand sie sehr herzlich und hilfsbereit.

Sie drückte Anja den Stapel Pullover in die Hände, streifte die Jacke ab und zog die Weste an. »Sie ist sehr kuschelig«, sagte sie begeistert.

»Sie ist dir zu weit.« Unzufrieden musterte er Leonie und rieb dabei über seine Wange. »Ich dachte, du hast vielleicht dieselbe Figur wie Anja, du bist etwas größer, aber viel schlanker als sie.«

»Soll das heißen, ich bin dick?«, fragte Anja leicht schrill.

»Nein, du bist gut so, wie du bist«, antwortete Sören rasch. Er wurde rot. Nervös verlagerte er sein Gewicht von einem Bein auf das andere. »Dein Gesicht ist in letzter Zeit halt runder geworden. Das kommt bestimmt davon, weil du abends immer die Waffeln isst, die vom Café übrig bleiben.«

Empört schnappte Anja nach Luft.

»Versteh mich nicht falsch. Du siehst gesünder aus als früher. Du bist nicht mehr so blass und dünn wie ein Magermodel.« Er merkte wohl, dass er Anja nicht besänftigen konnte, verabschiedete sich und stapfte davon.

»Manchmal sind die Walsumer schockierend ehrlich«, presste sie hervor. »Ab sofort mache ich Diät.«

»Das ist doch Unsinn. Andersherum wird ein Schuh draus.« Leonie legte ihr den Arm um die Schulter. »Man sieht mir an, dass ich in den vergangenen Monaten unglücklich war und kaum etwas essen konnte.«

»Einigen wir uns darauf, dass die Wahrheit irgendwo in der Mitte liegt, okay?«, schlug Anja vor. Unauffällig strich sie sich über das Bäuchlein.

»Einverstanden.« Während Leonie ihr die Pullis wieder abnahm, wollte sie von ihr wissen: »Wem hast du schon alles erzählt, dass ich keine warme Kleidung habe?«

»Allen«, antwortete Anja unbestimmt. »Du brauchst doch dicke Klamotten, zeitnah.« Leise stellte sie klar: »Auf

Hilfe angewiesen zu sein, braucht dir nicht unangenehm zu sein. In die Situation kommt jeder von uns mal, dann ist man doch froh, wenn man liebe Menschen um sich hat.«

»Wie deine Nachbarn und Mitbewohner«, sagte Leonie und lächelte.

»Genau. Und Ilse Graf.« Plötzlich funkelten Anjas Augen schalkhaft. »Sie hat es dem *Fering Ferian* weitergeleitet, das ist unser Heimatverein. Bestimmt bekommst du bald Wäschekörbe mit Regenjacken, langen Unterhosen und dicken Socken.«

»Du machst Scherze.« Entgeistert sah Leonie sie an. »Ich will nicht, dass meine Bedürftigkeit zum Inselgespräch wird.«

Lachend warf Anja den Kopf in den Nacken. »Das war nur Spaß. Aber Ilse weiß wirklich Bescheid. Sie will dir etwas Warmes stricken. Denn nach dem Herbst kommt der Winter, hat sie gemeint, und es ist immer gut, auf alles vorbereitet zu sein.«

So lange hatte Leonie eigentlich nicht vor zu bleiben, das behielt sie jedoch für sich. Sie zeigte auf die Leinwände im Korridor. Darauf waren pastellfarbene Inselszenen zu sehen, mit sanftem Strich gemalt und romantisch. »Sind die Bilder von ihr?«

»Nein, von Arian, Joris' jüngerem Bruder«, erklärte Anja. »Sie sind eine Leihgabe, eine Art Dauerausstellung mit wechselnden Exponaten. So kann er auch ein bisschen Werbung für seine Galerie *Strandmohn* machen, und ich komme in den Genuss, Öl- und Acrylgemälde vom besten Maler auf Föhr in meiner bescheidenen Pension hängen zu haben.«

Leonie streckte den Daumen nach oben. »Eine Win-win-Situation.«

»Genau.« Begeistert erzählte Anja: »Eigentlich hat Arian das gar nicht nötig. Er hat sogar schon eine Ausstellung in New York gehabt.«

»Wow! Warum führt er einen Laden auf Föhr, wenn er Karriere machen könnte?«, fragte Leonie.

»Ihn zieht es nicht in die große weite Welt hinaus. Er ist genauso heimatverbunden wie alle in der Familie Graf.« Ein Feriengast war wohl gegen eine Leinwand gestoßen, sie hing schief. Anja richtete das Bild gerade. »Er braucht die Werbung nicht. Mit seinen Kunstwerken will er mir helfen, die alte Pension aufzuhübschen. Es handelt sich um einen Freundschaftsdienst.«

Als ihre Schwester nach Föhr zog, hatte Leonie befürchtet, dass sie sich einsam fühlen könnte, doch ihre Sorge stellte sich als unbegründet heraus. Anja hatte hier mehr Freunde als in Köln. Lächelnd bemerkte Leonie: »Noch jemand, der dich unterstützt.«

»Ja, die Inselgrafen werden nicht umsonst so genannt. Arian, Joris und Tjorben sind für alle auf Föhr da, auch für die Zugezogenen«, Anja zwinkerte, »und ihre kleinen Schwestern.«

»Die Inselbilder sind realistisch, und sie haben trotzdem auch etwas Traumhaftes. Wunderschön! Sie gefallen mir sehr gut.« Vorsichtig strich Leonie über die gemalten Dünen. Die Farbe war dicker aufgetragen, sodass sie meinte, den Sand unter ihren Fingerkuppen zu spüren. Die Strandszene wirkte lebendig. Leonie glaubte fast, die Meeresbrise auf ihrem Gesicht wahrzunehmen und zu sehen, wie der blühende Strandhafer hin und her wogte.

Auffordernd berührte Anja Leonies Schulter. »Sei mir nicht böse, aber ich würde jetzt wirklich gerne losfahren. Am Nachmittag muss ich zeitig zurück sein, um das Gartencafé vorzubereiten.«

»Ach so, ja, natürlich. Tut mir leid.«

»Kein Problem, ich freue mich auf das Shopping und das Mittagessen. Du musst unbedingt Meeresspargel probieren«, schwärmte Anja.

Davon hatte Leonie noch nie gehört. »Meeresspargel?«

»Das Friesenkraut wächst im Watt und auf Salzwiesen«, erklärte Anja. »Es schmeckt anders als alles, was ich kenne, salzig-pfeffrig. Erntezeit ist nur bis August, aber es wird eingelegt oder getrocknet angeboten.«

»Ich bin schon sehr gespannt auf das Wildgemüse«, erwiderte Leonie.

»Wir können im *Strandmohn* reinschauen, wenn du magst«, schlug Anja vor. »Ich war seit der Eröffnung des *Lüttes Glück* nicht mehr in der Galerie. Du kannst Arian kennenlernen und noch mehr Inselbilder von ihm bestaunen.«

»Das wäre schön. Ich bin neugierig auf ihn.« Leonie erinnerte sich daran, dass sie eben erst ihr Desinteresse an Männern betont hatte. In Köln hatte Anja mal versucht, sie zu verkuppeln. Damit ihre Schwester erst gar nicht auf falsche Gedanken kam, beeilte sie sich klarzustellen: »Auf den Künstler. Wer so wundervolle Bilder malt, muss besonders feinsinnig sein.«

»Du wirst überrascht von ihm sein.« Sachte stieß Anjas

sie an. »Wenn ich so darüber nachdenke ... er könnte dein Typ sein.«

»Das bezweifle ich«, wiegelte Leonie ab. Sie mochte Männer, die abenteuer- und unternehmungslustig waren.

Arian zog sich bestimmt oft in sein Atelier zurück, um sich ganz der Kreativität hinzugeben, und wollte nicht gestört werden. Betrachtete er sein neues Bild als Meisterwerk, erwartete er Lobeshymnen von seiner Freundin. Fand er das Ergebnis wochenlanger Arbeit enttäuschend und scheußlich, zweifelte er an seinen Fähigkeiten und erwartete von ihr, dass sie ihn aufbaute. So ungefähr stellte sich Leonie zumindest die Beziehung mit einem Künstler vor. Kein Partner für sie. Zu anstrengend, zu egozentrisch.

Sie hielt den Stapel Pullover und die Fleecejacke hoch. »Ich bringe das nur noch schnell in die *Nordseeperle*«, sagte Leonie.

»Und ich gebe Hilde Bescheid, dass ich für einige Stunden weg bin, damit sie sich um die Feriengäste kümmert.« Anja ging zur Einliegerwohnung, Leonie schlenderte zu ihrem Wohnwagen. Als sie die Sachen in den kleinen Einbauschrank gepackt hatte, hörte sie auch schon, wie ein Auto vor dem Campingplatz hielt.

Leonie griff ihr Portemonnaie und eilte nach draußen. Kaum war sie zu ihrer Schwester in den Wagen gestiegen, brauste Anja los.

Erst als sie Walsum bereits verlassen hatten, fiel Leonie auf, dass sie noch die roten Gummistiefel mit den weißen Tupfen trug. »Himmel! Jetzt habe ich vergessen, mir Schuhe anzuziehen.«

»Hildes Stiefel scheinen bequem zu sein.« Anja grinste. »Soll ich umkehren?«

Da Leonie wusste, dass Anja die Zeit im Nacken saß, winkte sie ab. »Nein, wird schon gehen.«

Sie fuhren vorbei an saftig grünen Wiesen und an Äckern, die gerade von Bauern bestellt wurden. Schnatternd stoben Wildgänse von einem Tümpel auf und flogen in Richtung einer Gruppe von Reetdachhäusern, einem Gehöft mitten in der Marsch. Im Hintergrund ragte ein mit Gras bewachsener Deich auf, auf dem Wanderer entlangschritten.

Leonie passierte mit ihrer Schwester das malerische Inseldorf Oldsum mit seiner reetgedeckten Mühle. Dabei kamen sie an Bäumen und Sträuchern mit rot leuchtendem Herbstlaub vorbei.

Wie hübsch kann doch Verfall aussehen, dachte Leonie.

Die Insulaner, die sie in den Vorgärten oder in den Läden sah, erledigten ihre Arbeit mit einer beneidenswerten Gelassenheit.

Der strahlend blaue Himmel an diesem goldenen Oktobertag täuschte darüber hinweg, dass es Herbst war. Die Böen, die um den Wagen pfiffen, vermittelten Leonie eine Ahnung davon, wie ungemütlich es im Winter werden konnte.

Kurz vor Alkersum fuhr Anja das Seitenfenster hinunter und grüßte den älteren Fahrer eines Elektrorollers, der ihnen recht gemächlich entgegenkam. Fröhlich winkte sie einer Landwirtin zurück, die mit ihrem Traktor die Wintersaat ausbrachte und eine Schar Krähen im Schlepptau hatte.

Föhr scheint ein Dorf zu sein, dachte Leonie amüsiert.

Sie staunte, wie viele Leute Anja in den sechs Monaten, in denen sie auf der Wattenmeerinsel lebte, schon kennengelernt hatte. Ihre Schwester hatte hier im schleswig-holsteinischen Wattenmeer ihr Eldorado gefunden.

In Wrixum zeigte Anja auf ein Haus und fuhr langsamer. »Hier wohnen Tjorben und Christin in dem Apartment mit dem blauen Anker auf der Gardine. Er ist ja Kapitän«, erklärte sie. »Vielleicht hast du Lust, mal mit seinem Ausflugsschiff, der *Seewievke*, rauszufahren.«

»Gerne. Ist Christin gerade auf der Insel?«, wollte Leonie wissen.

Anja gab wieder Gas. »Sie kommt morgen mit der Fähre. Wenn du willst, rufe ich sie an. Dann gehen wir drei nächste Woche mal zusammen essen.«

»Das wäre schön.« Ein Lächeln stahl sich auf Leonies Gesicht. »Wer hätte gedacht, dass ihr zwei eines Tages auf Föhr wohnt.«

»Pass nur auf, sonst schleicht sich die Insel auch in dein Herz«, warnte ihre Schwester sie, »und du wirst auch für immer bleiben.«

Ohne zu zögern, wiegelte Leonie ab: »Das ist unwahrscheinlich. Mein Sehnsuchtsort liegt in Asien.«

In Wyk angekommen, parkte Anja den Wagen etwas außerhalb. Sie gingen zu Fuß ins Zentrum.

Der Trubel in der Inselhauptstadt tat Leonie gut. Sie tauchte ein in die lebendige und fröhliche Atmosphäre, badete förmlich darin. Immer wieder nahm sie tiefe Atemzüge und sog alles in sich auf. Sie wurde mitgerissen von der Urlaubslaune der anderen und fühlte sich gleich etwas leichter.

Draußen in der Marsch war es ihr zu ruhig, zudem hatte sie nichts zu tun. Sie war es nicht gewohnt, herumzusitzen und Däumchen zu drehen. Außerdem lauerten in der Stille zu viele Fragen, die sie nicht beantworten konnte.

Sollte sie in ihre Geburtsstadt Köln ziehen, wo ihr Vater und ihre Freunde lebten? Hatte sie ihr Vorhaben, in ihrem Lieblingsland zu leben, wirklich aufgegeben?

Wollte sie in ihren alten Beruf als Kindergärtnerin zurück oder etwas vollkommen Neues ausprobieren? Sollte sie vorübergehend in der Gastronomie arbeiten, oder war sie durch die Strandbar zu sehr gewohnt, ihre eigene Herrin zu sein? Würde ihr Chef sie genauso herumkommandieren, wie Nico es versucht hatte? Wollte sie überhaupt jemals wieder nach der Pfeife von anderen tanzen? Sie hatte die Selbstständigkeit genossen.

Inmitten der Menschen und der Ablenkung um sie herum tauchten die Fragen zwar auch auf, aber sie verschwanden genauso schnell wieder. Das war ihr recht. Es zerrte an ihren Nerven, keinen Plan zu haben. Sie fühlte sich, als würde sie hilflos mitten im Meer treiben und nicht wissen, in welche Richtung sie schwimmen musste, um Land zu erreichen.

Dadurch, dass sie auf Föhr keine Aufgabe hatte, war sie gezwungen, innezuhalten und in sich hineinzuhören. Diese neue Situation verunsicherte sie. Sie hatte Angst vor der Auseinandersetzung mit sich selbst und fand Halt bei ihrer Schwester.

»Ich bin froh, dich zu haben«, sagte Leonie und hakte sich bei ihrer Schwester ein.

»Und ich dich«, erwiderte Anja und zog sie beschwingt in eine Gasse mit einer versteckten Boutique hinein.

Entspannt flanierten sie danach durch die Straßen von Wyk, vorbei an Teeläden, Eisdielen, Geschäften mit regionalen Köstlichkeiten, Fischspezialitäten und maritimem Kunsthandwerk. An jeder Ecke duftete es auf eine andere Art und Weise köstlich. Es roch nach Cappuccino, süßem Tee, Windbeuteln und heißer Schokolade, aber auch nach Pils, Matjes, Salzwiesenlamm und Bratkartoffeln.

Im Schaufenster eines Juweliers entdeckte Leonie einen Silberring mit einem filigranen türkisfarbenen Seestern, für den sie sofort Feuer und Flamme war, doch er hätte ihr Budget gesprengt.

Wenig später fiel ihr in einem Laden mit Andenken und Strandartikeln ein Edelstahlring ins Auge. Er bestand aus einer flachen Scheibe, in die ein Seestern gestanzt war. Sie konnte nicht widerstehen, der Boho- und Hippie-Stil passte ohnehin besser zu ihr.

Fröhlich schwatzend betraten Leonie und Anja die Buchhandlung *Bücher & Meehr* und verließen sie erst eine Stunde später wieder. Anja hatte einen Liebesroman und ein Buch über den Alltag auf den Halligen gekauft, Leonie hatte sich für einen Küstenkrimi entschieden.

Glücklich über ihre Errungenschaften ließen sie sich über den Sandwall treiben, ganz ohne Eile. Amüsiert sahen sie den Möwen dabei zu, wie sie die Touristen in den Straßencafés um einen Happen Friesentorte oder ein Stück Eiswaffel anbettelten.

Leonie fand zwei Jeans. Anja kaufte ihr in einem Souvenirshop ein Nackenkissen in Form eines Schafes, damit sie in ihrem Bett im Wohnwagen noch bequemer schlief.

Ein anderer Grund war, dass ihre Eltern ihnen als Kinder während eines ihrer Föhr-Urlaube Schaf-Kuscheltiere geschenkt hatten. Am Strand hatten sie diese als Kopfkissen benutzt.

Eine Weile schwelgten Leonie und Anja in wundervollen Erinnerungen an Schlammschlachten im Watt, Anjas Urlaubsflirt Erik, von dem sie ihren ersten richtigen Kuss bekommen hatte, und an Leonies harmlosen Reitunfall.

Nachdem sie von einem Pony gefallen war, hatten ihre Eltern ihr Geld gegeben, damit sie sich als Trostpflaster Eiscreme kaufen sollte. Leonie hatte jedoch stattdessen Möhren und Äpfel besorgt und sie dem Pony gebracht, was ihr eine größere Freude bereitete. Ihre Eltern hatten nie davon erfahren, es war ihr und Anjas kleines Geheimnis geblieben.

Auf dem Promenadenweg blieben sie stehen und genossen den Blick aufs Meer, das ganz ruhig dalag. Die Sonnenstrahlen fingen sich auf der Wasseroberfläche und gaben Leonie eine Vorstellung davon, wie schön der Sommer auf Föhr wohl war.

In der Ferne fuhr ein Boot vorbei. Aufgeregt zeigte Anja darauf. »Das ist die *Seewievke*, Tjorbens Ausflugsschiff.«

Sie winkten, aber er bemerkte sie nicht, denn er sah konzentriert in Richtung Hafen. Die Fahrgäste an Deck jedoch winkten ihnen freudestrahlend zurück.

Die Touristen, die am Ufer entlangspazierten, hatten ihre Jacken bis unters Kinn gezogen. Der eine oder andere versteckte sich unter seiner Kapuze vor dem frischen Wind, aber die meisten hielten ihr Gesicht in die Sonne und machten einen zufriedenen Eindruck.

Leonie und Anja aßen in der *Speisekammer Föhr* köstliche hausgemachte Tagliatelle mit frischen Garnelen und zogen dann weiter.

Sie ergatterten einen Sitzplatz zwischen den herbstlichen Bäumen vor dem *CoffeeFee*, saßen auf kuscheligen Schafsfellen in der Sonne mit Blick auf die Nordsee und tranken mit großem Genuss einen Pharisäer, er wärmte sie von innen.

Frisch gestärkt brachen sie zum *Strandmohn* auf.

An der Galerie angekommen, bestaunte Leonie die Gemälde im Schaufenster.

Anja zeigte auf einige Landschaftsbilder und erklärte: »Das ist das Goting Kliff, die einzige Steilküste, die wir haben. Und hier siehst du die Bockwindmühle, die steht neben dem Friesenmuseum. Auf dem Gelände findest du auch das älteste Friesenhaus der Insel. Es wurde an seinem einstigen Standort abgetragen und dort wiedererrichtet.«

»Es gibt für mich auf Föhr noch viel zu entdecken«, stellte Leonie fest.

Auf den Kunstwerken sah sie reetgedeckte Häuser hinter Friesenwällen, Bauerngärten mit üppig blühenden Heckenrosen, Sonnenschein, der sich im feuchten Watt fing, Segelboote im Hafen bei Abendrot und auf Sandbänken faulenzende Robben.

Alle Szenen wirkten so lebendig, dass Leonie den Eindruck hatte, sie bräuchte nur die Hand auszustrecken und könnte eine Rose pflücken oder einen Seehund streicheln.

Es handelte sich um klassische Motive, aber sie fand die Art und Weise, wie sie gemalt waren, frisch und modern.

Einige der Bilder würde sie gerne in ihre Wohnung hängen. Wenn sie denn eine hätte. Und ein Einkommen, um sich diese Kunstwerke leisten zu können. Günstig waren sie nicht, aber ihren Preis wert.

Neugierig spähte sie durch die Scheibe. Die meisten Kunden gingen schweigend umher und betrachteten die Gemälde mit leuchtenden Augen. Es gab nur ein Pärchen, das sich angeregt mit einem jungen Mann unterhielt, dem einzigen im Raum, der keine Jacke trug. Das musste Arian sein.

Leonie hatte ihn sich ganz anders vorgestellt. Wenn sie an einen Maler dachte, sah sie Claude Monet mit seinem wirren Bart vor sich, Albrecht Dürer mit seinem verhuschten Blick oder auch Bob Ross mit seiner eigenwilligen Frisur.

Doch Arian war eine interessante Mischung aus Bad Boy und erfolgreichem Geschäftsmann. Er trug eine schwarze Anzughose mit Nadelstreifen, eine Weste und ein dunkles Hemd mit gestärktem Kragen, die obersten zwei Knöpfe standen offen. Er hatte die Ärmel bis zu den Ellbogen hochgekrempelt, seine Unterarme waren tätowiert. Der Undercut verlieh ihm einen Hauch Verwegenheit.

Bestimmt kommen einige Urlauberinnen nur wegen ihm, dachte Leonie schmunzelnd.

Plötzlich fiel ihr Blick auf ihr Spiegelbild in der Schaufensterscheibe. Bisher war es ihr egal gewesen, dass sie noch Godos Herrenschal, Sörens Schafswollweste, Anjas Pullover, Hildes Gummistiefel und ihre abgewetzte Jeans trug. Sie hatte keine Zeit gehabt, sich hübsch zu machen. Lust auch nicht. Mit welchen Klamotten auch? Trotzdem bereute sie es nun ein wenig. Mit ihren offenen Haaren, die sie an der Luft getrocknet und danach nicht noch einmal gekämmt hatte, sah sie aus wie eine Vogelscheuche.

Entsetzt stieß sie aus: »In dem Aufzug kann ich da nicht reingehen.«

»Er hat dich doch bisher nicht gestört«, erwiderte Anja verständnislos.

Erst druckste Leonie herum, dann sagte sie: »Arian sieht aus, als käme er direkt von der New Yorker Fashion Week. Oder als wäre er der Sänger einer Glam-Rock-Band.«

Anja lachte. »Joris und Tjorben ziehen ihn damit oft auf. Sie finden seinen Kleidungsstil zu extrovertiert für eine Insel wie Föhr.«

»Sie sind bestimmt nur neidisch«, vermutete Leonie. Sein Styling war sexy. Er zog die Blicke der Frauen auf sich, das musste bei vielen Männern Unmut erregen.

Anja grinste. »Gefällt Arian dir?«

Leonie wurde rot und wiegelte ab: »Ich stehe eher auf den Typ Hippie.«

»Wenn das so ist, dann sollte es dir egal sein, ob Arian dich hübsch findet oder nicht«, bemerkte Anja gespielt arglos.

»Das ist mir auch egal«, behauptete Leonie und erntete ein ironisches Lächeln von ihrer Schwester, die sie viel zu gut kannte. »Ich sehe aus wie jemand, der am Strand schläft, einmal im Monat im Meer badet und keinen Spiegel besitzt. Was soll er von mir denken?«

»Dass du einen ausgefallenen Kleidungsstil hast«, antwortete Anja amüsiert. »Er ist ein Künstler und mag sicher Originale.«

Leonie verzog das Gesicht. »Sehr witzig. Lass uns gehen und ein andermal wiederkommen.«

»Zu spät. Arian hat uns gesehen.« Anja packte Leonies Handgelenk und zog sie ins *Strandmohn* hinein.

Kapitel 5

»Schön, dich zu sehen«, sagte Anja zu Arian und umarmte ihn.

»Was für eine nette Überraschung«, begrüßte er sie.

Sie trat zur Seite. »Das ist meine Schwester«, stellte sie Leonie vor.

Eigentlich war Leonie selbstbewusst, doch hier jetzt, wegen ihres schrägen Aufzugs, kroch Hitze über ihren Hals. »Moin«, wagte sie die Flucht nach vorne und streckte ihm die Hand hin.

Die Sonnenstrahlen, die durch das große Schaufenster ins *Strandmohn* drangen, fielen auf sein Gesicht und unterstrichen sein Strahlen.

Sachte drückte er ihren Arm nach unten. »In der Familie Graf begrüßen wir uns so …«, begann er und zog sie in seine Arme.

»Huch«, gab sie überrascht von sich. Plötzlich schmiegte sie sich eng an Arian und erntete neidische Blicke von einer großen, dunkelhaarigen Frau, die ganz allein durch die Galerie schlenderte.

»Jetzt habe ich dich überrumpelt«, sagte er direkt neben ihrem Ohr. Seine Stimme war warm und sanft wie der Sommerwind.

»Wenn deine Überfälle immer so herzlich sind, habe ich

kein Problem damit«, erwiderte sie kess und entdeckte rote Ölfarbe an seinem Ohrläppchen.

Diskret roch er an ihrem Haar und ließ sie wieder los. »Du duftest gut.«

»Wenigstens das.« Als sie in seine grünen Augen sah, schlug ihr Herz schneller.

Irritiert fragte er: »Wie bitte?«

»Ich sehe fürchterlich aus, entschuldige.« Sie verschränkte die Arme vor dem Oberkörper. Seit ihrer Ankunft war ihr kalt, doch sein Blick brachte sie ins Schwitzen.

»Dafür musst du dich doch nicht entschuldigen«, stellte Arian klar. »Ich habe schon gehört, dass dir Herbstkleidung fehlt.«

Leonie sah ihre Schwester an und kniff missbilligend die Augen zusammen. »Auf Föhr gibt es anscheinend Inselfunk?«, bemerkte sie ironisch.

»Auf einer kleinen Insel spricht sich alles schnell herum.« Ihm schien das nichts auszumachen, er zuckte mit den Schultern. Der Stoff seines Hemdes raschelte. »Wie war Thailand?«

»Die tropische Natur ist traumhaft schön, die Menschen sind aufgeschlossen und freundlich, sie gehen alles gelassen an, man verbringt viel Zeit unter freiem Himmel, alles spielt sich draußen ab«, erzählte sie. »Ich könnte noch stundenlang weiterschwärmen.«

»Warum bist du dann weg?«, fragte Arian.

Ihr Magen zog sich bei der Erinnerung an Nicos Sticheleien zusammen. Sie fragte sich, wie viel Arian von ihrer gescheiterten Beziehung wusste. Vage antwortete sie: »Es war … kompliziert.«

»Also steckt ein Mann dahinter«, mutmaßte Arian und sah sie neugierig an.

»Ja«, gab Leonie zu. »Hat der Inselfunk das etwa nicht übermittelt?«

Grinsend riss er die Hände hoch. »Nein, es gab keine Details.«

»Zum Glück.« Sie stieß erleichtert die Luft aus. Wie die meisten Menschen mochte sie Klatsch und Tratsch nur, wenn sie nicht selbst das Thema war.

»Mach dir keine Gedanken. Auf Föhr gibt es über jeden mehr als eine Geschichte zu erzählen«, sagte er zu ihrer Beruhigung.

»Über dich auch?«, fragte sie herausfordernd.

Warnend blinzelte er sie an. »Wehe, du fragst herum!«

»Jetzt erst recht«, erwiderte sie und grinste.

Seufzend rieb sich Arian über die Wangen. »Das habe ich befürchtet.«

Leonie lachte, und das Lachen tat ihr gut. Endlich konnte sie wieder entspannt mit Menschen reden und musste nicht ständig Angst haben, dass sie wegen einer Kleinigkeit in die Luft gehen wie Nico.

Das Paar, mit dem er sich unterhalten hatte, kam mit einem Ölgemälde zu ihm. »Ich kassiere eben ab. Bin gleich wieder bei euch«, entschuldigte er sich bei Leonie und Anja.

Ihre Schwester zog sie ein Stück zur Seite. »Wie ich sehe, versteht ihr euch prächtig«, sagte sie leise.

»Die Chemie stimmt«, erwiderte Leonie erleichtert.

Anja schmunzelte. »Sogar sehr, habe ich den Eindruck.«

»Wir bemühen uns beide, freundlich zueinander zu sein,

schließlich sind meine Schwester und sein Bruder ein Paar«, erklärte Leonie.

Mit Sorge erinnerte sie sich daran, wie ihre Schwester sie einst mit dem Cousin ihres Ex-Freundes Ralf zusammenbringen wollte.

»Hör endlich auf, mit Klimaklebern und Waldbesetzern auszugehen. Protest ist wichtig, aber diese Formen des zivilen Ungehorsams gehen zu weit. Mit so jemandem kann man keine Familie gründen. Du willst den Vater deiner Kinder doch nicht im Gefängnis besuchen«, hatte Anja auf sie eingeredet. »Es ist an der Zeit, endlich erwachsen zu werden und einen verlässlichen Partner zu finden. Ich helfe dir.«

Widerwillig ließ sich Leonie darauf ein.

Ralfs Cousin redete auf dem Blind Date nur über seinen Job in der Verwaltung eines Krankenhauses. Er hatte an allem etwas auszusetzen – dem Essen, dem Kellner und der Hintergrundmusik. Das Dinner war ein Desaster. Seitdem reagierte Leonie allergisch auf Verkupplungsversuche.

Mit einem Lächeln in der Stimme sagte Anja: »Ich denke nicht, dass es nur das ist.«

»Mach bitte nicht mehr daraus, als da ist«, bat Leonie eindringlich und sah verstohlen zu Arian. Glücklicherweise bekam er von der Unterhaltung nichts mit. Er schien jedoch ihren Blick zu spüren und schaute zu ihr. Rasch wandte sie sich ab und betrachtete hochkonzentriert das nächste Bild an der Wand.

»So war das doch nicht gemeint«, ruderte Anja zurück. »Ihr seid beide aufgeschlossen. Das war alles, was ich sagen wollte.«

Ja, klar, dachte Leonie zweifelnd. Verstohlen musterte sie Arian. Eigentlich gefiel ihr der Business-Look nicht, er war ihr zu steif, doch durch Arians Undercut und seine Tattoos wirkte er cool.

Arian kam zu ihnen. »Tut mir leid, dass ich nicht viel Zeit für euch habe.«

»Es ist doch toll, dass dein Laden brummt.« Leonie hatte am eigenen Leib erfahren, welche Sorgen es bereitete, wenn der Umsatz stagnierte. Mit Bauchschmerzen dachte sie an den Monsun, der für Ebbe in der Kasse der Strandbar gesorgt hatte.

»Hattest du nicht eine Mittagspause eingeführt?«, fragte Anja.

»Ja, ich hätte längst geschlossen haben sollen«, erzählte er, »aber heute kann ich das vergessen. Es ist zu viel los.«

»Soll ich dir etwas zu essen holen?«, schlug sie ihm vor.

Seine Miene erhellte sich. »Das würdest du tun? Ich sterbe vor Hunger.«

»Selbstverständlich.« Anja nickte. »Was willst du haben?«

»*Erwins Lüttje Bries* ist nur eine Straße weiter. In dem Imbiss gibt es gedünsteten Kabeljau mit Senfsauce und Salzkartoffeln. Warte«, bat Arian. »Ich hole Geld.«

Anja hielt ihn am Arm zurück. »Ich lade dich ein.«

»Das auch noch. Lieben Dank«, erwiderte Arian. Dann wurde er erneut zur Kasse gerufen.

»Ich bin gleich wieder zurück«, sagte er zu Leonie, während er abkassierte und sich mit den Kunden über das Ölgemälde, für das sie sich entschieden hatten, unterhielt.

»Ich komme mit«, schlug Leonie vor.

»Wozu? Nein, nein«, wiegelte ihre Schwester ab. »Schau dich doch weiter in der Galerie um.«

»Was soll ich denn die ganze Zeit hier rumstehen?«

»Nutze die Zeit doch, um Arian ein wenig kennenzulernen.« Aufmunternd drückte Anja ihren Arm und ging.

Normalerweise war Leonie nicht schüchtern, aber sie fühlte sich unwohl in ihrer Haut. Ihr verrückter Kleidungsmix erregte Aufmerksamkeit. Immer wieder wurde sie von den Kunden kritisch taxiert. Eine Frau rümpfte die Nase, tuschelte mit einer anderen hinter ihrem Rücken.

Die Sonne schien durchs Schaufenster und heizte die Luft im *Strandmohn* auf. Während die Feriengäste, die am Geschäft vorbeischlenderten, Wollschals eng um den Hals trugen, wurde es drinnen immer stickiger. Leonie schwitzte und stand verloren herum.

Sie hatte keine Ahnung von Kunst. Worüber sollte sie sich mit Arian unterhalten? Nervös drehte sie den Seestern-Ring hin und her.

Ihr Blick fiel auf ein Bild, das einen Mann und eine Frau auf einem Deich zeigte. Der Betrachter sah sie nur von hinten, aber die Art, wie sie sich aneinanderschmiegten, machte klar, dass sie sich sehr liebten.

Obwohl Leonie eine Zeit lang ihr Single Leben genießen wollte, sehnte sie sich nach der Innigkeit, die das Paar ausstrahlte. Sie wünschte, sie würde einen Partner finden, mit dem sie sich auch ohne Worte verstand, der nur den Arm um sie zu legen brauchte, damit sie Halt fand, der für sie die Welt bedeutete und sie gleichermaßen für ihn. Mit dem sie eine starke Einheit bildete, die nichts und niemand zerstören konnte. Gab es das wirklich, oder war das bloß ein schöner Traum?

»Gefällt dir, was du siehst?«, fragte eine warme Stimme hinter ihr.

Über ihre Schulter hinweg blickte sie Arian an. »Sehr«, antwortete sie und meinte das Bild ebenso wie seine grünen Augen. »Es hat etwas Einfaches und sehr Intensives.«

»Das sind meine Eltern, als sie noch jung waren. Ich habe sie aus meiner Erinnerung gemalt«, erzählte er. Sein Blick wirkte für einen Moment entrückt, als würde er in die Vergangenheit schauen. »Als Jugendlicher habe ich die beiden genau so auf dem Deich erspäht und das erste Mal gedacht: ›Das will ich auch.‹ Heiraten, eine Familie gründen und zusammen alt werden, all das kitschige Zeug.«

Leonie sah keinen Ehering an seiner Hand. »Und? Hast du das erreicht?«, hakte sie nach.

»Nein.« Er lächelte traurig. »Ich bin nicht verheiratet, war es mit meinen sechsunddreißig Jahren auch nie. Leider.«

»Was hat gefehlt?«, wollte sie wissen. Sie ertappte sich bei dem Gedanken, dass sie vier Jahre jünger war als er – also kein nennenswerter Altersabstand für ein Liebespaar. »Entschuldige, die Frage war zu persönlich.«

»Die Richtige«, antwortete er trotzdem. »Joris und Arian meinen, ich würde zu viel erwarten. Eine Frau für mich müsste erst noch gebacken werden.«

Irgendwelche Makel musste selbst ein Mann wie er haben, und wenn es nur seine Ansprüche sein sollten. Insgeheim war Leonie ein bisschen enttäuscht, obwohl ihr das doch egal sein konnte. »Bist du so wählerisch?«

»Ich finde das nicht«, wiegelte er ab. »Sind Aufrichtigkeit, Vertrauen, Achtung und Treue etwa zu viel verlangt?«

»Sag mir jetzt nicht, dass deine Freundinnen fremdgegangen sind«, brach es aus ihr heraus. »Das würde ich dir nämlich nicht abnehmen.«

»Ach so?« Schmunzelnd kraulte Arian sein Kinn, er ließ sie nicht aus den Augen.

Leonie fühlte sich ertappt und wurde rot. Um sich abzulenken, strich sie über den eingestanzten Seestern auf ihrem Edelstahlring, konzentrierte sich auf das Gefühl an ihren Fingerspitzen, bis ihr Herz wieder ruhiger schlug.

Das Gespräch entwickelte sich zu einem Flirt, das musste sie verhindern. Sie war nicht an ihm interessiert.

»Na ja, jedenfalls ist es nicht so einfach. Manche Frauen mögen keine Tätowierungen oder finden mich zu extrovertiert, andere halten mich, vielleicht wegen meiner Kleidung, für eingebildet, obwohl sie kein einziges Wort mit mir gewechselt haben.« Seine Miene wurde ernst. »Vorurteile gibt es viele.«

Viele Frauen standen aber bestimmt genau auf seinen Stil. Leonie merkte das ja auch an sich selbst. Vom ersten Moment an hatte sie sich zu ihm hingezogen gefühlt, das gefiel ihr ganz und gar nicht. Sie wollte ihm nicht zu Füßen liegen. Sie war eine starke, unabhängige Frau.

Um wieder mehr Distanz zwischen ihnen herzustellen, sagte sie leicht vorwurfsvoll: »Du hattest bestimmt nie Probleme, eine neue Freundin zu finden.«

»Ich bin schon seit zwei Jahren Single«, gestand er ihr.

Überrascht stieß Leonie aus: »Nicht wahr?«

»Zu viele Enttäuschungen«, erklärte er.

»Das tut mir leid«, erwiderte sie. Gutes Aussehen schützte nicht vor Liebeskummer.

»Eine meiner Freundinnen hat mir ständig vorgeworfen, ihr untreu zu sein, dabei bin ich, was das betrifft, aus Überzeugung ein Langeweiler«, verriet Arian schmunzelnd.

»Spießer«, zog Leonie ihn auf. Jetzt, wo sie wusste, dass sein Leben nicht so perfekt war wie vermutet, fand sie ihn noch sympathischer, nahbarer.

»Sie hat mich heimlich verfolgt, mein Handy ausspioniert und mir eine Szene gemacht, wenn ich auch nur mit einer anderen Frau gesprochen habe.« Er beugte sich hinunter und kratzte einen blauen Farbfleck von seinen Lackschuhen ab. »Es war sehr anstrengend.«

»Du musst mir das nicht erzählen«, stellte sie freundlich klar. »Wir kennen uns doch kaum.«

»Ich habe kein Problem damit, darüber zu sprechen. Das alles ist schon lange her. Außerdem möchte ich dir zeigen, dass du dich nicht für deine gescheiterte Beziehung und die Folgen schämen musst, denn ich stand auch schon da, wo du jetzt bist.« Er richtete den Oberkörper wieder auf und sah sie an.

Sie glaubte zwar nicht, dass er durch eine Trennung jemals sein Zuhause und seine Ersparnisse verloren hatte, wusste das Angebot des Schulterschlusses aber zu schätzen. »Danke.«

»Eine andere Freundin erwartete von mir, dass ich jede freie Minute mit ihr verbringe, was mir die Luft zum Atmen genommen hat«, fuhr Arian fort.

Eifrig nickte sie. »Das kann ich gut nachvollziehen. Ich brauche auch meine Freiheiten.«

»Wirklich?« Sein Blick wurde kurz intensiver. »Manchmal hat sich aber auch herausgestellt, dass wir nicht die gleichen Ziele im Leben verfolgten oder unsere Beziehung nur auf Sex basierte, das reicht auf Dauer nicht.«

Leonie öffnete nun doch ihre Weste, obwohl sie befürchtete, dass sie dadurch noch mehr wie eine Einsiedlerin aussah, die seit Jahren das erste Mal ihre Hütte im Wald verlassen hatte. Arian und sie hatten sich gerade erst kennengelernt und sprachen schon über Sex. Wow! Er war ein offener Typ, genauso wie sie selbst. Sie war nur gerade nicht vollkommen sie selbst.

»Jetzt kennst du schon einige Geschichten von mir. Vielleicht besser so, als dass die Stille Post dir welche liefert und Details hinzugefügt werden, die gar nicht stimmen.« Arian zwinkerte.

Zögerlich erwiderte sie: »Ich kann dir gerne verraten, was vorgefallen ist, aber nicht heute, okay? Ich brauche noch etwas Zeit, um die Dinge erst einmal mit mir selbst auszumachen.«

»Ich wollte dich nicht dazu bringen, mir dein Herz auszuschütten. Wirklich nicht«, beteuerte er und legte die Hände an ihre Arme. »Darum habe ich dir das über mich nicht erzählt. Es war ganz ohne Hintergedanken.«

Durch seine Berührung wurde es Leonie noch heißer. Sie ärgerte sich über diese Reaktion. Noch immer war sie sich sicher, vorerst keinen neuen Mann in ihr Herz lassen zu wollen, doch ihr Körper sandte andere Signale aus. »So hatte ich das auch nicht verstanden«, versicherte sie ihm.

»Dann ist ja gut.« Arian nahm seine Hände wieder weg. »Wie gefällt dir Föhr bisher?«

Damit er nicht bemerkte, was für ein Gefühlschaos er in ihr auslöste, zog sie sich innerlich vor ihm zurück. Schroffer als beabsichtigt antwortete sie: »Es ist kalt.«

»Was?« Er riss die Augen auf. »Bisher ist der Herbst recht mild.«

»Mag schon sein«, sagte sie. »Aber in Thailand ist es rund ums Jahr mollig warm.«

»Der Temperaturunterschied muss dir krass vorkommen«, lenkte Arian ein. »In Asien gibt es aber keine echten Jahreszeiten. Zumindest sind sie nicht so ausgeprägt und wunderschön wie auf meiner Heimatinsel.«

»Hier ist alles recht kahl«, hielt sie dagegen. »Ich vermisse die üppige tropische Vegetation.«

»Palmen haben wir hier natürlich nicht«, erwiderte er. »Die Insel ist trotzdem wunderschön.«

Leonie wusste, dass sie es gut sein lassen sollte, aber es regte sich Widerstand in ihr. Zu lange hatte sie Nico nach dem Mund geredet. Nun hatte sie keine Lust mehr, ständig klein beizugeben. »Koh Samui hat zweiundzwanzig Strände und viele kleine einsame Buchten«, erzählte sie, in ihrer Stimme schwang Sehnsucht mit. »Föhr hat im Grunde nur einen einzigen Strand.«

»Das stimmt.« Lächelnd wandte Arian ein: »Aber er ist immerhin fünfzehn Kilometer lang.«

»Es bleibt trotzdem nur einer«, sagte sie beharrlich. »Er ist bloß in drei Abschnitte unterteilt.«

»Die alle einen etwas anderen Charakter haben«, gab

er zu bedenken. »In Wyk ist man ganz nah an den Cafés und Restaurants, und es gibt einen Nichtraucherstrand. In Nieblum und Goting findet man einen eigenen Bereich, in dem man Drachen steigen lassen darf. In der Nähe des Goting Kliffs ist FKK erlaubt, und man kann eine mobile Sauna mieten. Das ist ein Erlebnis, sag ich dir!«

»Sauna oder FKK?«, fragte sie neugierig.

Arian lachte und erzählte weiter: »In Utersum kann man selbst bei Ebbe in einem tiefen Priel baden, und ganz in der Nähe gibt es ein Beachvolleyballfeld und einen Fußballplatz mit Basketballkorb.«

Leonie schob ihr Kinn vor. »Es bleibt trotzdem nur ein Strand.«

»Dafür haben wir an der restlichen Küste grüne Deiche. Wenn dann auch noch Schafe darauf grasen, geht mir das Herz auf«, schwärmte er und zeigte auf ein Acrylgemälde an der Wand, auf dem er genau das Szenario festgehalten hatte.

»Der Anblick weckt Heimatgefühle in dir, das ist alles«, wandte sie ein.

»Das stimmt.« Er ließ seinen Blick über die anderen Bilder, die er und zum Teil noch seine Mutter gemalt hatten, gleiten und lächelte glücklich. »Dir wird es in ein paar Monaten genauso gehen.«

Leonie schüttelte den Kopf. »So lange werde ich nicht bleiben.«

»Nicht?«, fragte Arian überrascht. »Ich habe mit Anja nicht über dich gesprochen, dachte aber, du würdest erst einmal bei ihr wohnen und im *Lüttes Glück* helfen.«

»In der kleinen Inselpension hat sie genug Unterstützung. Für mich gibt es dort nicht viel zu tun«, erklärte sie. Bezahlen könnte Anja sie auch nicht. »Ich wohne in einem Wohnwagen. Das ist ganz nett für eine gewisse Zeit, kann aber kein Dauerzustand sein.«

»Sie hat dich in einem Caravan einquartiert?« Seine Augen wurden groß.

»Ich bin zufrieden damit, so habe ich wenigstens mein eigenes kleines Reich.« Augenzwinkernd und auch ein wenig stolz verkündete sie: »Außerdem teste ich höchstoffiziell den neuen Campingplatz *Möwennest.*«

Ironisch bemerkte er: »Ein Job mit einigem an Verantwortung.«

Sein Unterton missfiel Leonie. Die Aufgabe war die einzige, die sie hatte, dadurch kam sie sich wenigstens nicht vollkommen überflüssig vor. »Ich will so schnell wie möglich zurück in meine Wahlheimat«, erwiderte sie aus Trotz, dabei hatte sie sich noch gar nicht entschieden.

»Natürlich.« Arian klang das erste Mal genervt. »Dort müssen Milch und Honig fließen, einem gebratene Hähnchen direkt in den Mund fliegen und die Häuser aus Kuchen bestehen.«

»Sehr witzig«, zischte sie. »Kennst du das Land des Lächelns überhaupt?«

Schmallippig gestand er: »Ich war noch nie dort.«

»Dann kannst du dir auch kein Urteil darüber erlauben.« Aufgebracht funkelte sie ihn an. »Es ist mein absolutes Traumland.«

»Dann solltest du dorthin zurückkehren. Ich wollte dir nicht zu nahe treten«, versuchte er die Wogen zu glätten.

Plötzlich fühlte sich Leonie schlecht, weil sie aus der Haut gefahren war. Was war nur mit ihr los? Sie hatte den Eindruck gehabt, Arian würde sich lustig über sie machen, trotzdem hätte sie nicht die Stimme gegen ihn erheben sollen. Das war unangebracht. Sie musste ihm eine eigene Meinung zugestehen, sie verlangte ja auch von ihm, dass er ihren Standpunkt akzeptierte.

Bevor sie sich jedoch bei ihm entschuldigen konnte, betrat Anja das *Strandmohn*. Sie überreichte Arian das Essen. Überrascht sah Leonie, dass die Galerie leer war. Sie hatte gar nicht gemerkt, dass keine Kunden mehr herumstanden. Hoffentlich hatten sie sie nicht durch ihre hitzigen Einlassungen vertrieben.

»Iss du in Ruhe«, bat Anja. »Wir müssen weiter.«

»Danke, dass du mich vor dem Hungertod bewahrt hast«, sagte er, während er die Nase in die braune Papiertüte steckte. Sein Magen knurrte laut.

»Gern geschehen.« Anja lief zum Ausgang und rief ihm zu: »Schließ hinter uns ab, sonst kannst du deine Pause ganz vergessen.«

»Mache ich«, versicherte Arian ihr. »Viel Spaß noch beim Shoppen.«

Befangen lächelte Leonie ihn an. Sie wollte etwas sagen, doch ihr fehlten die Worte. Bestimmt hielt er sie für eine Zicke, dabei wünschte sie sich, dass er sie mochte.

Das hast du gehörig verbockt, dachte sie, während sie hinter Anja die Galerie verließ. Sie ärgerte sich über sich selbst.

Kapitel 6

»Geht es dir gut?«, fragte Anja, als sie nebeneinander über die Mittelbrücke spazierten. Leichte Sorge schwang in ihrer Stimme mit.

Der frische Herbstwind wehte Leonie die Haare ins Gesicht. Sie hielt sie im Nacken zusammen, drehte sie ein und steckte sie im Nacken unter den Pullover. Zur Beruhigung lächelte Leonie ihrer Schwester an. »Ja, klar«, antwortete sie.

»Bist du sicher?«, hakte Anja nach. »Du bist so ruhig, seit wir die Galerie verlassen haben.«

»Es ist alles in Ordnung. Ich bin nur müde«, versicherte Leonie ihr. Das stimmte zwar, aber sie war auch enttäuscht über den Verlauf der Unterhaltung mit Arian. Das drückte auf ihre Stimmung.

Am Ende der Brücke blieben sie stehen. Sie genossen den Ausblick aufs Meer. Vielleicht war heute einer der letzten schönen Tage, bevor der Herbst die Insel mit Stürmen überzog und dann der Winter kam, der die Insel mit Frost bedeckte.

Ich bin zur falschen Jahreszeit hergekommen, dachte Leonie.

Sie wünschte, es wäre Frühling und der Sommer stände bevor. Zumindest zeigte sich der Oktober von seiner goldenen Seite. Tief atmete sie die würzige Meeresluft ein. Sie war so viel klarer als im schwülen Koh Samui, das machte den Kopf frei.

»Eine halbe Stunde hätte ich noch Zeit. Sollen wir weiterbummeln, oder willst du zurück nach Walsum?«, wollte Anja wissen.

Leonie befürchtete, dass sie noch mehr kaufen würde, je länger sie unterwegs waren. Jede Ausgabe riss ein noch größeres Loch in ihre ohnehin dürftig gefüllte Geldbörse. »Lass uns zum *Lüttes Glück* fahren.«

Schweigend spazierten sie über die Brücke zurück zum Promenadenweg.

Trotz der Kühle spielten Kinder am Flutsaum. Eine Möwe saß in der Nähe und beäugte sie neugierig. Die Wellen rollten sanft an den Stand. Keine Strandkörbe zu sehen, die Saison hatte wohl geendet. Dennoch trieben sich noch viele Besucher in Wyk herum.

Zahlreiche Feriengäste flanierten über den Sandwall, die Cafés und Geschäfte waren voll. Urlauber saßen auf den Bänken vor dem Musikpavillon, als würden sie auf einen Auftritt warten. Im *Haus Hansen* stand ein Paar Arm in Arm auf dem Balkon, beide lächelten selig und ließen ihren Blick umherschweifen.

Föhr scheint die Menschen glücklich zu machen, dachte Leonie. Sie folgte Anja, die sie durch die Straßen weg vom Meer in Richtung des Parkplatzes führte.

Plötzlich blieb ihre Schwester stehen. Aufgeregt zeigte sie auf die Keramikbecher, die im Schaufenster des *Föhrer Teekontors* zwischen Packungen und Dosen mit Vanille-Rum-Kandis, *Biikepunsch* und *Föhrer Herbst Friesentee* standen.

»Schau mal! Die sehen fast so aus wie die, die du mal für mich getöpfert hast.«

»Ja, du hast recht«, pflichtete Leonie ihr bei. Die walnussbraunen Tassen hatten eine konische Form. Eingeritzt stand darauf: *Föhrer Pott*. Der Reiz lag in ihrer Einfachheit, zeitlose Schönheiten.

»Deine hatten allerdings Furchen für die Finger. Das war sehr praktisch. So konnte man die Tasse immer gut festhalten, selbst mit feuchten Händen oder wenn man zittrig aufgrund einer starken Erkältung war.« Vor Begeisterung bekam Anja rote Wangen. »Weißt du noch, wie ich dir vorgeschlagen habe, das patentieren zu lassen?«

»Ja, auch was ich geantwortet habe. Dass ich bestimmt nicht die Erste bin, die auf diese Idee gekommen ist. Dass Kunst frei ist und nicht in Patente gepresst werden sollte.« Leonie hatte den Eindruck, dass ihre Schwester sie unbedingt aufmuntern wollte.

Während Anja weiterging, sagte sie fröhlich: »Das selbst getöpferte Becher-Set war eins der schönsten Weihnachtsgeschenke, die ich jemals bekommen habe.«

»Jetzt übertreibst du aber«, erwiderte Leonie, fühlte sich jedoch geschmeichelt.

»Ich meine das ernst«, beteuerte Anja und hakte sich bei ihr ein. Je weiter sie sich vom Ortskern entfernten, desto weniger Touristen kreuzten ihren Weg. »Die Becher stehen in meinem Wohnzimmerschrank.«

»Du hast sie nach all den Jahren immer noch?«, fragte Leonie überrascht. Wie lange mochte es her sein, dass sie sie ihr geschenkt hatte? Fünf oder sechs Jahre, vermutete sie. Es kam ihr länger vor, denn seither war viel geschehen. Sie hatte ihr Vertrauen in einen Mann und ihr Erspartes in eine Bar investiert, zwei Fehler.

»Du hast nicht ernsthaft gedacht, ich hätte sie weggeworfen?« Mit großen Augen sah Anja sie an.

Leonie zuckte mit den Schultern, war aber gerührt.

Anja strahlte, doch dann wurde sie plötzlich nachdenklich. »Sie sind mir allerdings zu kostbar, um sie zu benutzen. Eigentlich ist es dumm, so zu denken. Dadurch stehen sie nur im Schrank herum.« Ihre Miene erhellte sich. »Das ändern wir ab heute.«

Sie erreichten das Auto und fuhren zurück zum *Lüttes Glück*.

Als sie aus dem Auto stiegen, lud Sören gerade Körbe mit kleinen Käseleibern aus seinem Sprinter aus. Produkte, die er in einer Käserei aus seiner Milch hatte herstellen lassen, vermutete Leonie. Als er sah, dass sie immer noch seine Schafwollweste trug, lächelte er. Sie streckte den Daumen nach oben.

»Damit hast du jemanden sehr glücklich gemacht«, flüsterte Anja ihr zu.

»Die Freundlichkeit hier ist schon toll«, sagte Leonie und hielt ihre Schwester, die in die kleine Inselpension eilen wollte, auf. »Soll ich dir helfen, das Café vorzubereiten?«

»Untersteh dich! Du ruhst dich gefälligst aus«, wies Anja sie mit liebevoller Strenge an und betrat das reetgedeckte Backsteinhaus.

Leonie hörte auf sie. Sie legte sich im Wohnwagen, der angenehm nach dem Blumenstrauß duftete, aufs Bett, schob das neue Schafkissen unter den Kopf und schloss die Augen.

Arian stahl sich in ihre Gedanken. Was hätte sie bei der Unterhaltung mit ihm besser machen können, wie hätte sie sich verhalten sollen? Warum dachte sie überhaupt noch an ihn? Er hatte bestimmt drei Kreuze gemacht, als sie das *Strandmohn* verließ, und hatte sie längst wieder vergessen.

Nach einer Weile döste sie weg.

Sie träumte davon, dass Arian und sie auf Koh Samui wohnten. Während sie ihre eigene Strandbar erfolgreich führte, versuchte er vergeblich seine Öl- und Acrylgemälde zu verkaufen. Doch niemand auf der exotischen Insel interessierte sich für seine Föhr-Bilder.

Seine Laune sank immer tiefer in den Keller. Er wurde neidisch darauf, dass ihre Bar zu jeder Tageszeit gut besucht war und die Gäste die Kasse klingeln ließen. Es gefiel ihm nicht, von Leonies Geld zu leben, und es machte ihm keinen Spaß, in ihrem gastronomischen Betrieb auszuhelfen. Sie stritten viel, bis er die Koffer packte und zurück in seine Heimat zog.

Leonie erwachte. Sie fühlte sich unglücklich, als hätte sie sich tatsächlich gerade von Arian getrennt. Da hatten sich Traum und Wirklichkeit vermischt. Das Beziehungs-Aus mit Nico hing ihr noch nach.

Es hatte sich richtig gut angefühlt, wieder dort zu sein. Arian passte jedoch nicht nach Asien. Er gehörte nach Nordfriesland wie das Wattenmeer, die Austernfischer und die Salzwiesen.

Sie stand auf, ging zur Spüle und wusch sich das Gesicht mit eiskaltem Wasser.

Vermutlich würde sie Arian ohnehin vorerst nicht wiedersehen. Vielleicht besser so, sie hatte sich unmöglich benommen. Außerdem brachte er ihre Gefühle durcheinander, und sie war doch hergekommen, um sie zu ordnen.

Leonie musste erst einmal wieder den Kopf freibekommen. Also lieh sie sich Anjas Fahrrad aus und fuhr zum Strand in Utersum. Auf dem Weg dorthin sah sie einen Bauern, der seinen Acker umpflügte und Wellen aus Erde hinterließ. Die Gräser am Rand der Straße wogten hin und her und warfen sich ständig ändernde Schatten auf den Asphalt, flüchtige Ornamente.

Der Himmel war nicht mehr so makellos wie am Morgen. Jetzt, am frühen Nachmittag, zogen erste Wolken über Föhr hinweg.

In Leonies Erinnerung hatte ihre Mutter vor etwa dreißig Jahren nach oben gezeigt. »Was siehst du da oben?«, hatte Martina sie in liebevollem Ton gefragt.

»Wolken«, erwiderte Leonie, stolz, die richtige Antwort zu kennen.

»Das stimmt.« Ihre Mutter legte die Hand an ihre Brust. »Aber was sieht dein Herz?«

Damals hatte Leonie Süßigkeiten in den Wolken erkannt – Zuckerwatte oder Mäusespeck. Jetzt sah sie Schafskissen, auf denen man entspannt schlafen konnte, eine aufwendige Hochsteckfrisur und ovale Leinwände, die darauf warteten, bemalt zu werden.

Alles auf der Insel schien ständig in Bewegung zu sein. Das Schilf in der Marsch tanzte im immerwährenden Wind, er blies den Sand von den Dünen, die abgetragen wurden und wieder anwuchsen. Trotz des steten Wandels waren sie so beständig wie die Nordsee, sie wich bei Ebbe zurück und kam mit der Flut wieder.

Genau wie der Bauer ein Meer aus Ackerboden erschuf, erzeugte der Wind am Strand Rippel. Im Watt wiederum war es das Wasser, das den Boden wellenförmig formte.

Prielwürmer hinterließen sogenannte Spaghetti-Haufen und Menschen Fußspuren. Beides war vergänglich, wie alles im Leben, kein Grund, betrübt zu sein. Denn Sandwürmer würden bald neue Wurmhaufen und Spaziergänger frische Spuren hinterlassen.

Auch ich kann neu anfangen, ich muss nur den Mut dazu haben, dachte Leonie zuversichtlich.

Sie war fasziniert von den geometrischen Mustern, die die Natur hervorbrachte. Man musste sich immer wieder von Dingen verabschieden, aber man hieß auch stetig neue willkommen.

Manchmal musste die Flut eine Sandburg wegreißen, damit das nächste Kind eine Burg bauen und ebenfalls Spaß haben konnte. Manchmal musste sich eine Frau von ihren Lebensplänen verabschieden, um in einer anderen Zukunft glücklich zu werden.

Leonie wunderte sich über ihre philosophischen Gedanken. Sie war wohl gerade etwas rührselig. Kopfschüttelnd zog sie die Stiefel und Socken aus und ging bis zu den Fußknöcheln ins kühle Wasser.

Kein Wunder, dass Arian auf seiner Heimatinsel so viel Inspiration für seine Gemälde findet, dachte Leonie.

Sie beobachtete eine Strandkrabbe, die mit ihren Beinen und Scheren filigrane Spuren im feuchten Sand hinterließ. Die nächste Welle spülte diese sofort fort.

Sie entdeckte immer wieder Linien und Kreise, von denen sie sich fragte, wer oder was sie erschaffen hatte. Wie sie sich auf einer Keramik machen würden.

Vor ihrem geistigen Auge tauchten Bilder auf. Die Umrisse einer Herzmuschel in der Mitte einer Dessertschale. Ein stilisierter Haarstern auf dem Boden einer Salatschüssel. Einsiedlerkrebse mit unterschiedlichen Schneckenhäusern am Rand eines Suppentellers.

Sie fand ein Tau halb vergraben im Sand, zog es heraus und betrachtete es neugierig. Es war nur ein kurzes Stück, dick und fast verrottet, aber inspirierend. Ihr kam plötzlich die Idee, ein Hanfseil als Dekoration um einen selbst gemachten Trinkbecher zu binden und vorne einen kleinen türkisfarbenen Holzanker zu befestigen.

Sie konnte auch Flip-Flops in den noch feuchten Ton einkerben. Nach dem Brennvorgang würde sie zwei Seile so an die Tasse kleben, dass sie wie die Riemen der Badeschuhe wirkte, ein hübscher 3D-Effekt.

Es sähe bestimmt auch ansprechend aus, wenn sie einen Rettungsring aus Holz basteln, ihn rundherum mit einer Leine versehen und an eine Teekanne kleben würde.

Eine Eingebung jagte die nächste. Leonie sprudelte nur so über vor Ideen. Das Thema Materialmix war neu für sie, es ließ sie nicht los.

»Ich muss dringend wieder töpfern«, sagte sie laut zu sich selbst. Eine Frau, die mit ihrer kleinen Familie an ihr vorüberging, lächelte ihr aufmunternd zu.

Arians Kreativität schien auf Leonie übergesprungen zu sein. Hier auf Föhr gab es nichts für sie zu tun. Was sprach also dagegen, sich zu erkundigen, ob es auf der Insel einen Brennofen gab?

Früher hatte sie nur für den eigenen Gebrauch getöpfert und am Ende alle Tassen, Schalen und Schüsseln verschenkt. Sie hatte keine einzige behalten, das bereute sie.

Die für Anja gefertigten Becher hatten Leonie an glücklichere Zeiten erinnert. Damals strotzte sie vor Energie. Sie war ganz heiß darauf, neue Dinge auszuprobieren. Jetzt vermisste sie die alte Leonie.

Sie hatte sich recht geschickt beim Töpfern angestellt, es fiel ihr leicht und sie erhielt viel Lob dafür. Genau diese Leichtigkeit und Bestätigung konnte sie jetzt, wo sie sich wie eine Versagerin fühlte, gut gebrauchen.

Außerdem könnte ich mich bei all den Menschen, die mir Kleidung geschenkt oder geliehen haben, bedanken, indem ich ihnen etwas Getöpfertes überreiche, kam es Leonie in den Sinn. Sie war Feuer und Flamme.

Natürlich konnte sie auch Pralinen oder eine Sektflasche für jeden kaufen. Aber wie schön war es doch, etwas über viele Stunden mit den eigenen Händen zu schaffen, wie Arian seine Inselbilder und Ilse Graf ihre Stricksachen oder das Wandbild im Frühstücksraum des *Lüttes Glück*. Oder wenn man etwas Persönliches verschenkte wie Sören die Weste aus der Wolle seiner eigenen Schafe.

Leonie fühlte sich gesegnet, so viele liebe Menschen getroffen zu haben, und war froh, dass Anja in ihnen Freunde gefunden hatte – mehr als das, eine zweite Familie.

Gerade noch eine fixe Idee, wurde der Wunsch auf der Fahrt zurück zum *Lüttes Glück* immer klarer und drängender. Vor Begeisterung trat Leonie beschwingt in die Pedale.

Als sie gerade das Fahrrad vor der kleinen Inselpension abstellte, frischte der Wind auf. Mehr und mehr Wolken zogen am Himmel über der Wattenmeerinsel auf. Immer wenn sie sich vor die Sonne schoben, wurde es spürbar kühler.

Fröhlich winkten zwei Frauen Leonie im selben Takt zu, wie die Zweige der Trauerweide in der Ortsmitte auf und ab federten. Sie standen auf der anderen Seite des Dorfangers vor dem schwedenroten Haus mit den weißen Fensterläden, das Leonie am schönsten von allen Gebäuden in Walsum fand.

Lächelnd winkte sie zurück.

Die beiden kamen zu ihr. Sie hatten eine Windjacke und eine Regenjacke dabei, vermutlich hatten sie Feierabend und waren gerade heimgekommen.

»Moin«, sagte die junge Frau mit dem auffälligen Kurzhaarschnitt und streckte ihr die Hand hin. Sie hatte die Haare in schrillem Pink gefärbt, nur die Spitzen waren platinblond. Dazu weiß lackierte Fingernägel. »Birthe Lohse«, stellte sie sich vor.

»Leonie, Anjas Schwester.« Lächelnd schüttelte sie ihr die Hand. Sie überlegte, ob sie sich für ihren komischen Kleidungsstil entschuldigen sollte, ließ es aber sein, weil sie nicht noch die Aufmerksamkeit darauf lenken wollte. »Das wisst ihr bestimmt schon.«

»Ja. Das ist Maike, meine bessere Hälfte«, stellte Birthe ihre Begleiterin vor und küsste diese zärtlich auf die apfelrote Wange.

»Schön, dich kennenzulernen«, sagte Maike und zog Leonie mit ihren kräftigen Armen an ihre breiten Schultern. »Du kannst jederzeit auf einen Kakao zu uns rüberkommen.«

»Oder einen Tee«, fügte Birthe hinzu. »Eine Padmaschine haben wir auch. Also, falls du Durst auf einen Kaffee und Lust auf einen Schnack hast …«

»Wie nett«, stieß Leonie aus und freute sich schon darauf, die beiden näher kennenzulernen. Sie waren ihr auf Anhieb sympathisch. »Auf das Angebot komme ich gerne in den nächsten Tagen zurück.«

»Die ist für dich«, sagte Birthe plötzlich und drückte ihr die erbsengrüne Windjacke in die Hände.

Überrascht riss Leonie die Augen auf. »Für mich?«

»Die brauchst du unbedingt auf Föhr. Ich habe gleich drei Stück in verschiedenen Farben.« Birthe lachte, dabei kam ihr Zungenpiercing zum Vorschein. »Im Wattenmeer weht immer Wind, die großen Stürme kommen noch auf uns zu.«

»In den nächsten Monaten wird es zudem mehr regnen. Deshalb der Friesennerz für dich.« Maike reichte ihr eine quietschgelbe Regenjacke mit Kapuze, gefüttert mit einem blau-weiß gestreiften Stoff. Sie wies nur geringe Gebrauchsspuren auf, sah fast wie neu aus.

»Beides kann ich gut gebrauchen.« Leonie fasste sich ans

Herz, um zu zeigen, wie dankbar sie war. »Ich bringe sie euch zurück, wenn ich wieder abreise.«

Maike winkte ab. »Die kannst du behalten.«

»Auf keinen Fall! Ich will nicht noch mehr Kleidungsstücke geschenkt bekommen. So viel Großzügigkeit ertrage ich nicht«, erklärte Leonie mit belegter Stimme.

Die anderen meinten es nur gut, aber sie wollte keine weiteren Almosen. Es wirkte sich nachteilig auf ihr Selbstbewusstsein aus. Leonie, die Bemitleidenswerte, die Loserin.

»Betrachte sie einfach als Dauerleihgabe, wie das Fahrrad, das ich Anja überlassen habe«, schlug Birthe augenzwinkernd vor.

Missbilligend hob Leonie eine Augenbraue. »Ein Geschenk durch die Hintertür?«

»Okay, dann machen wir es anders …« Birthe setzte eine strenge Miene auf. »Ich kann mir die Windjacke jederzeit zurückholen. Solltest du sie einfach mitnehmen, wenn du abreist, ohne mir etwas zu sagen, lasse ich mir aus Frust meine Augenbraue piercen.«

Maike verdrehte die Augen. »Du suchst nur einen Grund …«

»Scht«, fuhr Birthe ihr über den Mund.

»Charmante Lügnerin«, schalt Leonie Birthe sanft und lächelte.

»Ich kenne jemanden, der in einem Schuhgeschäft arbeitet«, begann Maike und sah Leonie durch ihren langen Fransenpony an. »Witta heißt sie. Ich habe schon mit ihr telefoniert und ihr deine Situation geschildert. Du kannst bei ihr Winterschuhe zum Einkaufspreis bekommen, falls du möchtest.«

Leonie drückte die beiden Frauen an sich. »Kein Wunder, dass Anja hier nie wieder weg will.«

Birthe grinste von einem Ohr zum anderen. »Das liegt in erster Linie an Joris.«

»Liebe ist der stärkste Anker«, sagte Maike und legte die Hand auf Birthes Hintern.

»Ich bin der Liebe wegen hergezogen, und Anja hat sich hier verliebt«, erzählte Birthe und strahlte Maike an. Dann wandte sie sich wieder Leonie zu: »Wer weiß, vielleicht trifft dich Amors Pfeil ja auch auf Föhr.«

»Bis der Liebesgott seinen Bogen gespannt hat, werde ich längst abgereist sein«, erwiderte Leonie bestimmt.

Plötzlich sah sie Arian vor sich. Doch der Gedanke an ihn verschwand so schnell, wie er aufgetaucht war.

»Ich muss leider weiter.« Birthe lächelte entschuldigend. »Ich will Muskatkürbis ernten und Chutney daraus machen.«

»Und ich muss heute noch den Blechkuchen, den es morgen Nachmittag im Gartencafé geben soll, backen. Es wird ein Kürbiskuchen mit kandierten Pekannüssen und Zimt-Frosting.« Maike warf Birthe einen erwartungsvollen Blick zu. »Dazu bräuchte ich einen Hokkaido, bitte.«

»Ernteauftrag erhalten«, erwiderte Birthe und salutierte lächelnd. »Ich bring dir einen aus dem Garten mit.«

»Klingt alles sehr lecker.« Als Leonie die Hand zum Abschied hob, wären ihr beinahe die Jacken hinuntergefallen. »Wir sehen uns.«

»Versprochen?«, fragte Birthe.

»Ehrenwort«, antwortete Leonie voller Vorfreude. Sie hatte das Gefühl, Anjas Nachbarinnen schon ewig zu kennen.

Bestimmt könnten wir Freundinnen werden, wenn ich länger bleiben würde, dachte sie und bedauerte, dass es nicht dazu kommen würde.

Leonie brachte die Jacken in den Wohnwagen. Sie zog den Schal, die Weste und die Gummistiefel aus und verstaute alles ordentlich in dem kleinen Einbauschrank.

Inzwischen war es Abend geworden. Die Wolkendecke hatte sich zugezogen, und der Wind wehte immer kräftiger. Es würde früh dunkel werden.

Plötzlich klopfte es an der Tür.

Das wird Anja sein und fragen, ob wir gemeinsam Abendbrot essen, vermutete Leonie.

Als sie öffnete, stand jedoch Arian vor ihr. Ihr Herz klopfte schneller. Auf der einen Seite freute sie sich wahnsinnig, ihn zu sehen, auf der anderen schämte sie sich für ihr Verhalten im *Strandmohn*.

Anstatt sie zu begrüßen oder den Grund, der ihn hergeführt hatte, zu nennen, sagte er: »Das Wetter schlägt um.«

»Ja, leider.« Leonie schaute hinauf zum Himmel. »Ich befürchte, es zieht Regen auf.«

»Umso gemütlicher ist es drinnen.« Erwartungsvoll sah er sie an.

»Komm doch rein«, bat sie ihn aufgeregt.

Jetzt wünschte sie sich, sie würde nicht in einem alten Caravan wohnen, der seine besten Zeiten hinter sich hatte. Bestimmt wirkte sein Apartment, als wäre es von einem

Innenarchitekten eingerichtet worden. Schick und ordentlich. Jemand, der so viel Wert auf sein Äußeres legte, hauste wohl kaum in einer Bruchbude.

Als Arian eintrat und an ihr vorbei zum Tisch ging, zog er einen angenehmen Duft hinter sich her. Leonie atmete tiefer ein, er roch frisch geduscht.

Arian betrachtete das *Herzlich willkommen*-Schild, das am Oberschrank klebte, nahm auf der Sitzbank Platz und legte den Jutebeutel, den er mitgebracht hatte, neben sich.

Aus den Augenwinkeln musterte sie ihn.

Über einem cognacfarbenen Hemd trug er eine olivfarbene Weste. Sie hatte aufgesetzte Hosenträger aus braunem Leder, die durch Ösen und Schnallen unterbrochen und über Karabinerhaken mit den Gürtelschlaufen verbunden waren.

Wie stylisch, dachte sie.

»Du hast dich umgezogen«, ließ sie beiläufig fallen.

»Nach Feierabend schlüpfe ich gerne in etwas Legeres.« Mit beiden Händen rieb er über seine Oberschenkel. Er trug rehbraune Sneaker zu seiner engen schwarzen Jeans.

»Das nennst du leger?« Sie hob eine Augenbraue. Spöttisch fragte sie: »Was trägst du nachts? Einen Designer-Pyjama aus reiner Seide?«

Schmunzelnd antwortete Arian: »Nichts.«

Ihr wurde heiß. Sie wusste nicht, ob er das ernst meinte oder ob er sie bloß aufziehen wollte.

Erneut stellte Leonie fest, wie anziehend er war, und das lag nicht allein an seinem geschmackvollen Kleidungsstil. Der war nur der Rahmen für sein hübsches Gesicht und seine athletische Figur.

Doch sie wollte sich nicht mehr von Äußerlichkeiten täuschen lassen. Nico sah mit seinen Rastazöpfen und seinen Hippie-T-Shirts aus wie ein lockerer Typ, doch er hatte sich als Erbsenzähler und Nörgler entpuppt.

»Möchtest du etwas trinken?« Nervös rieb sie ihre Handflächen aneinander. Sie zeigte zum Kühlschrank. »Ich habe Eistee, Cola, Orangensaft und Mineralwasser da, kann auch rüber ins *Lüttes Glück* gehen und etwas anderes besorgen.«

Er griff in den Beutel und zog eine Flasche heraus. »Trinkst du Rotwein?«

»Ja. Aber du bist doch mein Gast«, wandte sie ein. »Ich sollte für Getränke sorgen.«

»Ich hab mich selbst eingeladen. Da ist es nur recht und billig, dass ich etwas mitbringe.« Arian lächelte sie an. »Ich habe einen Rioja ausgesucht. Ich mag den Geschmack, den die Barriquefässer an den Wein abgeben, aber das ist nicht jedermanns Sache.«

»Mir schmeckt das auch. Also gut.« Leonie durchsuchte die Schränke, fand aber nur Wassergläser und hielt sie hoch. »Ich habe bloß die. Soll ich Rotweingläser von Anja holen?«

»Nicht nötig.« Arians Blick blieb an dem Foto, das Leonie mit ihrer Mutter und ihrer Schwester zeigte, hängen, dann öffnete er den Wein. »Ich habe extra eine Flasche mit Drehverschluss gekauft. Eigentlich finde ich Korken stilvoller, aber ich wusste nicht, ob du einen Korkenzieher hast.«

»Ich denke nicht.« Und ich besitze auch sonst fast nichts mehr, fügte sie frustriert in Gedanken hinzu. Sie hatte das meiste zurückgelassen und nur die wirklich unverzichtbaren Dinge eingepackt.

»Dann war es die richtige Entscheidung.« Sanft nahm er ihr die Gläser ab.

Dabei berührten sich ihre Finger, was ein heißes Kribbeln in ihr auslöste. Dann goss er Rotwein ein.

Als er ihr ein Glas reichte, sagte er bedauernd: »Im *Strandmohn* habe ich mich vielleicht ein bisschen ungeschickt ausgedrückt. Vielleicht können wir noch mal von vorne anfangen.«

»Gerne.« Erleichtert setzte sie sich ihm gegenüber hin und stieß mit ihm an. »Auch ich möchte mich für mein Verhalten entschuldigen.«

»Das musst du nicht«, versicherte Arian ihr und sah sie über sein Glas hinweg an.

»Doch«, widersprach sie und nahm einen kräftigen Schluck. Der Alkohol floss ihre Kehle hinab und erzeugte ein warmes Gefühl in ihrem Bauch. »Ich bin verbohrt gewesen.«

Arian versuchte, die tiefrote Flüssigkeit rotieren zu lassen, was bei dem schmalen Glas nicht recht funktionieren wollte. »Du hast nur deinen Standpunkt verteidigt.«

»Mag sein, aber dabei habe ich mich im Ton vergriffen«, gab Leonie zu und nippte ein weites Mal am Wein. Die kräftige Tempranillo-Note schmeichelte ihrem Gaumen.

»Du hast bloß leidenschaftlich diskutiert«, wandte er ein und trank.

In seinem Mundwinkel blieb ein roter Tropfen zurück, von dem Leonie nicht den Blick nehmen konnte.

»Du musst Koh Samui genauso lieben wie ich Föhr«, sagte er lächelnd.

Sie war nicht lange genug geblieben, um Heimatgefühle zu entwickeln. Aber sie konnte sich sehr gut vorstellen, dass es dazu hätte kommen können. Mit etwas mehr Zeit, mit dem richtigen Partner.

»Das kann man nicht vergleichen«, wandte Leonie ein und strich das brombeerrote Deckchen glatt. »Du bist hier geboren und eingebunden in die Inselgemeinschaft. In meinem Fall habe ich jedoch das Gefühl, in Thailand noch nicht fertig zu sein. Es ist nicht so gelaufen, wie ich es wollte, und darum muss ich zurückkehren und es diesmal richtig machen.«

»Klingt irgendwie strategisch. Mehr wie ein Punkt auf deiner Bucket List, den du abhaken willst, als eine Herzensangelegenheit.« Kaum hatte er den Vorwurf ausgesprochen, riss er auch schon die Hände hoch. »Entschuldige, das war zu direkt.«

Sie fühlte sich getroffen, erwiderte jedoch: »Ich mag aufrichtige Menschen.«

»Aber manchmal kann man es auch übertreiben.« Leise fuhr er fort: »Und du siehst aus, als hätte ich dich gerade verletzt.«

»Na ja, ein bisschen schon«, gab sie zu und zupfte betreten an dem Vorhang mit den ebenso hübschen wie kitschigen Lampionblumen herum. »Aber du hast recht. Auswandern steht ganz oben auf meiner Liste mit Dingen, die ich unbedingt machen wollte. Ich habe meine Zukunft nie in Deutschland gesehen, denn ich bin viel zu neugierig auf andere Länder. Mich faszinieren fremde Kulturen und Lebensphilosophien.«

Arian neigte sich vor und fragte neugierig: »Was steht noch auf deiner Wunschliste?«

»Heiraten und eine Familie gründen.« Verträumt lächelte sie in sich hinein. Menschen, die sie nur oberflächlich kannten, erwarteten das nicht unbedingt von ihr. Aber sie sehnte sich danach, Arm in Arm den Sonnenuntergang zu beobachten, bei Kerzenschein zusammen zu Abend zu essen und dabei Liebeslieder zu hören. Außerdem wollte sie eines Tages mit ihrer eigenen kleinen Familie Urlaub auf Föhr machen, wie ihre Eltern mit Anja und ihr.

»Unsere erste Gemeinsamkeit«, sagte er freudestrahlend und prostete ihr zu.

»Ja, darüber hinaus scheinen wir aber doch recht verschieden zu sein«, wandte sie ein und fand diesen Umstand schade. Verhalten stieß sie mit ihm an.

»Das kann ich noch nicht beurteilen, dazu kennen wir uns noch zu wenig.« Ohne sie aus den Augen zu lassen, lehnte er sich zurück. »Wie alt bist du eigentlich?«

»Zweiunddreißig. Ich weiß, es wird Zeit, mit der Familienplanung loszulegen«, begann sie und lächelte verlegen. »Aber man kann nichts erzwingen, nicht wahr?«

»Nein, das kann man nicht.« Nachdenklich sah er in sein Glas. »Mir geht es genauso. Ich suche auch noch nach einer Frau, die zu mir passt. Das erweist sich als schwieriger, als ich es mir früher vorgestellt habe.«

»Die Liebe ist dir doch bestimmt schon oft begegnet«, mutmaßte Leonie. Einem Mann wie ihm flogen die Herzen nur so zu.

»Ja, nur hat sie sich leider nie als alltagstauglich erwiesen.« Arian schob den Strauß mit den Sonnenblumen und dem Strandhafer ein Stück beiseite und schenkte Leonie und sich Wein nach. »Oft hatten die Frauen eine falsche Vorstellung von mir. Sie haben mich für einen Paradiesvogel gehalten, weil ich Maler bin, auf einer Insel lebe und mich extrovertiert kleide. Ich bin aber recht bodenständig und langweilig.«

»Langweilig?«, fragte sie zweifelnd. »Das kann ich mir nicht vorstellen.«

Mit einem ironischen Lächeln betrachtete sie seinen Undercut, sein ungewöhnliches Outfit und die Tattoos. Auf seinem rechten Unterarm trotzte ein Leuchtturm dem Sturm. Hohe Wellen peitschten wütend gegen seinen Sockel, und die Gischt spritzte an der weiß-rot gestreiften Fassade hoch. Auf dem linken Arm wurde ein altmodisches Segelschiff von einer Wasserhose bedroht. Er schien eine Vorliebe für die wilde Seite des Meeres zu haben.

»Dann gebe ich dir ein Beispiel«, begann er und nahm einen Schluck Rioja. »Auf meiner Bucket List stehen nur zwei Punkte, eigentlich ist es sogar nur ein einziger, denn sie sind eng miteinander verknüpft. Ich möchte eine Frau finden und Kinder mit ihr haben. Ansonsten soll alles so bleiben, wie es ist.«

Das konnte Leonie kaum glauben. Seine Werke hatten sie als Laiin schwer beeindruckt. Die Öl- und Acrylgemälde waren ihrer Meinung nach etwas Besonderes, sie stachen aus der Masse heraus. Bilder mit maritimen Motiven gab es viele, aber sie kannte keine so ausdrucksstarken und stimmungsvollen wie seine. Darüber hinaus fing er die Seele von

Dingen ein und arbeitete auf berührende Weise das Wesentliche einer Situation heraus.

»Keine Karriere als international gefeierter Maler?«, fragte sie verwundert.

»Nein, dann müsste ich durch die Welt reisen«, antwortete er. »Das heißt nicht, dass ich die Insel nie verlasse. Ich mache Ausstellungen auf dem Festland und im Ausland.«

Sie lächelte ihn begeistert an. »In New York, wie ich gehört habe. Das war bestimmt aufregend.«

»Ja, ein Abenteuer. Ich hätte versuchen können, darauf aufzubauen, aber das wollte ich nicht. Geld und Ruhm sind nicht alles im Leben. Ich bin glücklich im nordfriesischen Wattenmeer.« Arian saß vollkommen entspannt da. »Ich führe meine eigene kleine, gut gehende Galerie, hier habe ich meine Familie und Freunde. Warum sollte ich das alles gegen einsame Hotelzimmer, Geschäftstreffen mit fremden Menschen und wohlklingende Versprechungen eintauschen, von denen nur die Hälfte ernst gemeint sind?«

»So, wie du das sagst, klingt das nachvollziehbar. Aber Föhr ist klein«, hielt sie ohne Schärfe in der Stimme dagegen. Diesmal sollte ihre Diskussion nicht hitzig werden. »Da draußen gibt es eine Welt, die sich zu entdecken lohnt.«

»Versteh mich nicht falsch. Ich liebe es zu reisen.« Sachte strich er über eine der Sonnenblumen. »Ab und zu fahre ich nach Dänemark und in die Niederlande, um Ausstellungen in die Wege zu leiten oder zu begleiten. Ich habe auch schon Vernissagen in Frankreich, Großbritannien und Skandinavien gemacht. Das ist aufregend. Ich hoffe, dass weiterhin Anfragen kommen werden. Ich bleibe jedoch nie lange weg.«

»Was für eine Schande! Wenn du dort bist, könntest du dich doch auch in Ruhe umschauen.«

»Lust hätte ich schon … Aber das geht schon allein wegen der Galerie nicht. Früher habe ich sie gemeinsam mit meiner Mutter geführt. Sie hat die Stellung gehalten, wenn ich Termine hatte, und umgekehrt«, erklärte er, während er nachdenklich sein Glas hin und her schwenkte. »Jetzt, wo ich allein für das *Strandmohn* verantwortlich bin, müsste ich es schließen, und das würde mich Einnahmen kosten.«

»Also wünschst du dir doch insgeheim, mal rauszukommen.« Sie hatte ihn durchschaut. Darauf trank sie einen Schluck Rioja. »Ist es nicht so?«

»Mich zieht es nicht hinaus in die große weite Welt, aber ich wünsche mir mehr Freiheit«, gab Arian mit ernster Miene zu. »Seitdem meine Mutter aus dem Geschäft ausgestiegen ist, bin ich eng an die Galerie gebunden.«

»Manchmal kommst du kaum dazu, Mittagspause zu machen«, sagte sie mitfühlend und nickte. »Das habe ich ja heute miterlebt.«

»So ist es.« Er lächelte müde. »An Urlaub ist nicht zu denken.«

»Also würdest du doch gerne mal so richtig verreisen.« Erste Regentropfen fielen auf die Fensterscheibe. Sie stellte die Heizung an und zog die Ärmel ihres Pullovers nach unten.

»Wenn ich einen verlässlichen Geschäftspartner hätte, der die Galerie in meiner Abwesenheit weiterführt, oder eine Partnerin.« Arians Blick glitt über ihre Lippen. »Es täte mir gut, mal aus dem Trott herausgerissen zu werden. Ich kann mir jedoch nicht vorstellen, mehrere Wochen oder Monate wegzubleiben.«

»Oder sogar auszuwandern«, fügte sie hinzu und hoffte, dass er ihr das Bedauern nicht anhörte. Er wollte Föhr unter keinen Umständen verlassen. Somit fiel er nicht in ihr Beuteschema.

»Eher würde ich mir die rechte Hand abhacken, und die brauche ich zum Malen«, sagte er und schluckte schwer, wobei sein Adamsapfel auf und ab hüpfte. »Ich fahre gerne in Urlaub, aber nach zwei Wochen bekomme ich Heimweh nach unserer schönen friesischen Karibik.«

Hinter dem Fenster war es grau und trist. Der Regen ließ alle Farben verblassen. Der Wind blies heftig über die Wiesen und Felder. Die Gräser bogen sich fast bis zum Boden. Leonie war froh, dass der Wohnwagen einigermaßen geschützt neben dem *Lüttes Glück* stand. Nur ab und an erschütterte eine Böe den Caravan.

»Schön?«, fragte Leonie zweifelnd, während ihr ein Kälteschauer über den Rücken lief.

»Ich mag den Blanken Hans, die raue Seite der Nordsee.« Arians Wangen röteten sich vor Begeisterung, oder der Wein tat seine Wirkung. »Wenn sich das Meer bei Sturm auftürmt und sich die Wellen tosend am Deich brechen. Wenn die Gischt über die Ufer spritzt und der würzige Duft der See bis ins Inselinnere dringt.« Er lächelte beseelt. »Das ist für mich ursprünglicher und authentischer als das Idyll, das die Urlaubspostkarten zeigen.«

»Das habe ich mir schon gedacht«, erwiderte sie, packte seine Handgelenke und zeigte auf die Tätowierungen. Durch die Berührung wurde ihr heiß. »Ich kann es nicht nachvollziehen. Jeder liebt doch den Sommer.«

»Ich auch! Das eine schließt das andere nicht aus. Mich faszinieren Naturgewalten. Sie setzen eine beeindruckende Energie frei. An einem Tag ist die Natur noch lammfromm, und am nächsten kann sie dir schon alles abverlangen.« Während seines leidenschaftlichen Plädoyers strich er über die Tattoos – den Leuchtturm und das Segelschiff, die eben jene Kraft, von der er sprach, zu spüren bekamen. »Das Meer, das eben noch friedlich dalag, türmt sich plötzlich vor dir auf. Der Sand, der gestern noch warm war und über den du barfuß gelaufen bist, fühlt sich heute auf deiner Haut wie Nadelstiche an. Am Morgen weht nur ein laues Lüftchen, das du kaum wahrnimmst, und am Abend bläst und heult der Wind dir laut um die Ohren. Er schreit dich an: ›Ich bin immer da, auch wenn du mich nicht siehst, und ich tue, was ich will.‹«

»Das findest du gut?«, fragte sie verwundert und blickte ihn an, als wäre er ein Alien.

Arian lachte. »Ja, das tue ich. An solchen Tagen nehme ich mich selbst besser wahr. Ich spüre meinen Körper mehr als bei sonnigem Wetter, bin ganz bei mir.« Plötzlich verfinsterte sich seine Miene. »Die Menschen denken manchmal, dass die Natur nur für sie da ist, damit sie Landwirtschaft betreiben, die Meere befischen oder in ihrer Freizeit bergsteigen und surfen können. Doch Unwetter führen uns vor Augen, dass wir nur ein kleines Rädchen im großen

Ganzen sind und uns nach Mutter Erde richten müssen.« Er wischte sich mit dem Handrücken über den Mund. »Tut mir leid, wenn ich missionarisch klinge.«

»Du bist bei dem Thema nur leidenschaftlich«, antwortete Leonie verständnisvoll.

»Manche denken sogar, dass wir die Natur beherrschen, aber damit liegen sie falsch. Man kann sie nicht zähmen. Sie bleibt wild und unberechenbar.« Nun lächelte er wieder und fügte hinzu: »Das gefällt mir. So ist es richtig, so soll es sein.«

Nachdenklich schaute sie aus dem Fenster, hinter dem die Dämmerung schnell voranschritt. »Weil wir sie kaputt machen?«

»Weil sie der Menschheit ihre Grenzen aufzeigt«, erwiderte er mit fester Stimme.

»Mir machen Sturm und Gewitter Angst«, gestand Leonie und schob das Foto, auf dem Anja und sie ihre Mutter umarmten, auf dem Tisch hin und her.

»Das verstehe ich.« Sanft legte Arian die Hand auf ihre.

Einen Moment lang sahen sie sich schweigend an, dann löste er die Berührung.

Er zuckte mit den Schultern. »Ich mache mir wohl weniger Sorgen als andere, weil ich im Wattenmeer aufgewachsen bin und besser einschätzen kann, wann es wirklich gefährlich wird. Meistens ist es das zum Glück nicht. Auf Föhr tun wir alles dafür, um uns gegen Sturmfluten zu schützen.«

Sie verzog das Gesicht. »Bei Unwetter ist es nass und kalt.« Zumindest in Deutschland. Auf Koh Samui war es bei Regen wenigstens warm.

»Draußen, ja«, begann er, während der Regen hinter ihm

an der Scheibe in Schlieren hinablief. »Drinnen kann man es sich jedoch richtig gemütlich machen, indem man Kerzen anzündet, sich einen Grog macht und …«

»… ein gutes Buch liest«, führte Leonie den Gedanken zu Ende und fand das Bild recht klischeehaft.

Arian schmunzelte. »Und sich aneinanderkuschelt, wollte ich sagen.«

Ihre Wangen brannten, und das lag nicht am Rotwein.

»Man schenkt sich gegenseitig Halt.« Mit einem Lächeln in der Stimme fügte er hinzu: »Der Blanke Hans erinnert einen daran, was im Leben wirklich wichtig ist. Das sind die Menschen, die man liebt.«

Kess grinste sie ihn an. »Du wirst ja richtig romantisch.«

»Ich bin ja auch ein bekennender Romantiker. Hast du eigentlich Teelichter?«, wollte er wissen und sah sich im Wohnwagen um.

»Nein«, antwortete sie bedauernd. Sie konnte den Blick nicht von ihm nehmen. Arian war charismatisch, unglaublich nett und hatte etwas zu sagen. Sie wurde neugierig darauf, auch seine Fehler kennenzulernen.

Im *Strandmohn* hatte sie noch befürchtet, kein Thema zu finden, über das sie reden konnten, weil sie aus verschiedenen Welten kamen. Doch nun fiel es ihr so wunderbar leicht, sich mit ihm zu unterhalten.

»Du bist jedenfalls nicht langweilig«, versicherte sie ihm. »Du bist sogar einer der interessantesten Menschen, den ich jemals getroffen habe.«

»Weil ich Maler bin?« Er wirkte unbeeindruckt von ihrem Kompliment.

Sie schüttelte den Kopf. »Ich kenne sonst niemanden, der von Schietwetter begeistert ist.«

»Ich rede nicht von Katastrophen. Selbstverständlich soll niemand zu Schaden kommen.« Plötzlich funkelten seine hübschen Augen sie herausfordernd an. »Hältst du mich jetzt für einen Freak?«

»Wer ist schon normal?«, fragte sie und grinste. »Du hast doch gesehen, was ich heute in Wyk anhatte. Als hätte ich keinerlei Geschmackskompass.«

»Stimmt auch wieder … also dass jeder normal anders definiert«, pflichtete Arian ihr bei. Während er den restlichen Rioja einschenkte, sagte er: »Bei Sturm fühlt man sich plötzlich klein und unbedeutend, und ein wenig Demut steht uns allen gut.«

Eifrig nickte sie. »Wohl wahr.«

»Sonnenschein findet jeder schön, aber der Regen zum Beispiel löst die unterschiedlichsten Emotionen aus.« Er untermalte seine Erklärung gestenreich. »Die einen lieben ihn, die anderen hassen ihn, und wieder anderen ist er egal, weil sie sich kaum im Freien aufhalten. Es gibt Menschen, die können Landregen etwas Heimeliges abgewinnen, die meisten machen ein langes Gesicht, wenn es wie aus Eimern schüttet und die Welt unterzugehen scheint.« Er beruhigte sich wieder, legte die Hände auf den Tisch und erklärte: »In der Malerei muss auch nicht jedes Bild schön sein. Viel wichtiger ist, dass es Gefühle auslöst.«

Leonie fuhr mit dem Zeigefinger über den Rand ihres Glases. »Jetzt verstehe ich langsam.«

»Ehrlich gesagt male ich das raue Nordseewetter lieber als

das sonnige Gesicht Föhrs. Es ist viel kraftvoller und beeindruckender. Aber die Feriengäste bevorzugen Gemälde, die eine Idylle zeigen. Ich muss mich selbstverständlich nach den Kundenwünschen richten.« Arian seufzte, doch dann sagte er nachsichtig: »Ich kann das ja auch nachvollziehen. Man guckt im Wohnzimmer lieber auf eine sonnendurchflutete Strandszene und erinnert sich an helle Urlaubstage als an die Regenzeit.« Sein Blick erstrahlte, und er senkte verschwörerisch die Stimme: »Manchmal male ich noch Gemälde mit zornigem Himmel und tosendem Meer, erst einmal nur für mich. Dann und wann überrascht mich ein Käufer und nimmt eins mit.«

»Vielleicht darf ich ja mal ein paar deiner Schietwetterbilder sehen. Du kannst das Wesentliche so gut einfangen, dass vermutlich selbst ich begreife, was du am Sturm so liebst.«

Arians Gesicht erstrahlte. »Willst du das wirklich?«

»Das fände ich schön«, antwortete sie und spürte ein Kribbeln im Bauch.

»Ich könnte dir auch meine Geburtsinsel zeigen«, bot er ihr an.

»Gerne.« Ihr Herz schlug immer heftiger. »Ich liebe Inseln.«

»Ich auch.« Es lag ein Hauch von Zärtlichkeit in Arians Blick, als er fragte: »Also haben wir ein Date?«

»Nennen wir es Verabredung, okay?«, bat Leonie. Ihr schlug das Herz plötzlich bis zum Hals. Sie wollte keine Verbindlichkeiten.

»Wenn es dir so lieber ist«, erwiderte er verschnupft. »Es ändert doch nichts«, beeilte sie sich zu sagen, aber ihre

Worte heiterten ihn nicht auf. Also erklärte sie leise: »Ich habe gerade erst eine schwierige Beziehung hinter mir und muss erst einmal wieder zu mir selbst finden.«

»Ich war zu schnell, entschuldige«, erwiderte er und strich mit dem Daumen über die erhabene Schrift auf dem Weinetikett.

»Das wird dann wohl ein Regenspaziergang«, zog sie ihn auf in der Hoffnung, mit einem Scherz die Situation aufzulockern. »Wie gut, dass Maike mir ihren Friesennerz geliehen hat.«

Endlich lächelte er wieder. »Was steht noch auf deiner Bucket List?«

Über die Frage brauchte sie nicht lange nachzudenken. »Ich möchte wieder töpfern.«

»Du bist auch eine Künstlerin«, stieß Arian überrascht und erfreut aus.

»Ich würde mich als ambitionierte Anfängerin bezeichnen«, bremste sie seinen Schulterschluss aus. »Du weißt nicht zufällig, ob es auf Föhr einen Brennofen gibt? Oder ob Töpferkurse angeboten werden?«

»Ich werde mich erkundigen«, versprach er. »Ich habe schon eine Idee, wen ich fragen kann. Dazu mehr, wenn ich Genaueres weiß.«

Leonie war froh über seine angebotene Hilfe und verspürte eine kribbelige Ungeduld. Aus Vorfreude leerte sie ihr Glas mit einem kräftigen Schluck. »Die Inselgrafen sind gut vernetzt, habe ich gehört.«

»Hat man schon über uns gespottet?«, fragte er gepresst und verschränkte die Arme vor dem Oberkörper.

»Nein nein, Anja war voll des Lobes für dich, Joris und Tjorben.«

»Sie ist ja auch voreingenommen«, erwiderte er schmunzelnd.

Leonie sah, dass noch etwas in seinem Beutel war, und zeigte darauf. »Du hast nicht zufällig noch eine zweite Flasche Rioja dabei?«

»Nein, leider nicht«, erwiderte er bedauernd. »Aber ich habe dir etwas mitgebracht. Ich weiß allerdings nicht, ob du es haben willst.«

Was konnte er damit meinen? Erwartungsvoll sah Leonie ihn an.

Zu ihrer Überraschung zog er ein kariertes Flanellhemd in Beige und Hellgrau aus der Tragetasche. »Ich habe es letzten Winter gekauft, aber nie angezogen.«

»Ein Holzfällerhemd ist doch gar nicht dein Stil«, mutmaßte sie. Es war recht klein und hätte sich eng an seinen Oberkörper geschmiegt. Natürlich würde es ihr zu groß sein, aber wenn sie die Ärmel hochkrempelte und ein T-Shirt darunterzog, würde es schon gehen.

»Im Laden dachte ich noch, ich probiere mal einen neuen Look aus«, erzählte Arian und reichte es ihr über den Tisch hinweg. »Doch zu Hause konnte ich mich dann nicht dazu durchringen, es anzuziehen.«

Sanft strich sie über den Stoff. »Es fühlt sich megakuschelig an.«

»Behalte es ruhig, wenn du magst. Ich ziehe es ja doch nicht an.«

»Danke«, sagte sie, fühlte sich aber etwas merkwürdig

dabei. Gerade erst hatte sie Birthe und Maike gesagt, dass sie keine Kleidung mehr geschenkt haben wollte, und nun nahm sie, ohne zu zögern und mit Freude, ein Hemd von Arian an.

»Ich mache mich langsam auf den Weg nach Hause«, kündigte er an und stand auf.

Als Arian die Gläser in die Spüle stellte und Leonie kurz den Rücken zudrehte, hielt sie sich das Flanellhemd schnell unter die Nase, aber leider roch es nicht nach ihm. Trotzdem wollte sie in der kommenden Nacht darin schlafen und sich vorstellen, dass er das Hemd wäre, er sie zärtlich in den Armen hielt und ihr gefühlvoll »Alles wird gut« ins Ohr flüsterte.

Kapitel 7

Bevor sie sich verabschiedeten, tauschten Leonie und Arian Nummern aus.

In den kommenden Tagen wartete Leonie sehnsüchtig auf eine Nachricht von ihm. Sie redete sich ein, dass sie nur neugierig wegen des Brennofens war. Doch wem machte sie etwas vor?

Als er endlich anrief, saß sie gerade im Frühstücksraum. Zwei Tische waren mit Feriengästen belegt, die sich angeregt über ihre Tagesplanung unterhielten.

»Moin, Arian.« Ob er wohl merkte, wie erleichtert und froh sie war, dass er sich meldete?

Aus den Augenwinkeln nahm sie wahr, dass Hilde neugierig zu ihr herübersah, als sie den Namen ihres Neffen erwähnte.

»Moin«, grüßte er fröhlich zurück. Im Hintergrund waren Stimmen zu hören. Er musste bereits in der Galerie sein. »Das *Strandmohn* ist morgen geschlossen. Hast du Zeit und Lust auf einen Ausflug?«

»Ja, gerne«, antwortete sie glücklich.

»Wie schön!«, stieß er aus.

Hilde räumte einen Tisch im Zeitlupentempo ab. Leonie wettete, dass Arians Tante große Ohren machte. Also sprach sie leiser.

»Willst du mir etwa das scheußlich-schöne Föhr zeigen?«, zog sie ihn auf.

Er sagte nichts. »Scheußlich-schön?«, fragte er nach einer Weile.

»Laut Wetter-App soll es nicht regnen und stürmen«, frotzelte sie mit einem Lächeln in der Stimme.

»Ach, das meinst du. Sehr witzig«, zischte Arian in gespielter Entrüstung, dann lachte er. »Ich habe eine Überraschung für dich.«

»Für mich?« Leonie rutschte unruhig auf ihrem Stuhl herum. »Was ist es?«, fragte sie aufgeregt.

»Wenn ich es dir verraten würde«, begann er amüsiert, »wäre es ja keine Überraschung mehr.«

»Geduld ist nicht gerade meine Stärke«, gab sie zerknirscht zu, steckte sich ein Sesamkorn von ihrem Brötchen in den Mund und kaute darauf herum.

»Man muss an seinen Schwächen arbeiten. Sieh das Warten als Prüfung an«, schlug er vor.

Leonie schnaubte und nippte an ihrem Tee. Sie mochte Herausforderungen, aber nicht solche.

Arians Stimme wurde ganz weich, als er sagte: »Ich freue mich auf unseren Ausflug.«

»Und ich erst«, erwiderte sie, ein wenig atemlos, ohne nachzudenken. Ihr Puls beschleunigte sich.

Auf Arians Seite wurde es still. »Auf die Überraschung oder mich?«, fragte er.

»Ohne dich gibt es keine Überraschung«, antwortete sie und lachte verlegen.

Arian klang enttäuscht oder zumindest verwirrt, als er

sich verabschiedete. Das tat Leonie leid, aber sie wollte das Ganze freundschaftlich halten, Flirten war kontraproduktiv.

Hilde nahm das Tablett, drehte sich zu ihr und grinste sie an, als wüsste sie genau, was in ihr vorging.

Hitze stieg in Leonies Wangen. Sie befürchtete, dass Arians Tante in ganz Walsum herumerzählen würde, dass Leonie sich mit ihrem Neffen traf und darum ganz aufgeregt war.

Um Hilde davon abzuhalten, folgte sie ihr in die Küche.

»Ich weiß nicht, wie viel du von dem Gespräch zwischen Arian und mir mitbekommen hast …«, begann Leonie und band sich umständlich die Haare im Nacken zusammen.

»Gar nichts«, behauptete Hilde, während sie das Tablett auf die Arbeitsfläche stellte.

»Du solltest keine falschen Schlüsse daraus ziehen«, bat Leonie.

Während Hilde das schmutzige Geschirr in den Geschirrspüler räumte, sagte sie: »Ich habe euch nicht belauscht. Ich habe nur das Lächeln auf deinem Gesicht gesehen und wusste Bescheid.« Hilde grinste.

»Nichts weißt du«, wiegelte Leonie ab. »Arian wird nur einen Ausflug mit mir machen. Ich bin fremd hier, und er will mir Föhr zeigen. Das ist alles.«

»Warum bist du dann rot geworden?«, fragte Hilde, nahm den Brotkorb vom Tablett und schüttelte die Brötchenkrümel aus.

»Es war mir im Frühstücksraum zu warm«, behauptete Leonie.

»Die Heizung ist nicht einmal angestellt. Sparmaßnahme.

Verrate es Anja nicht.« Hilde legte den Zeigefinger an die Lippen. »Sie will, dass die Übernachtungsgäste es jederzeit kuschelig haben. Aber die Urlauber steigen im *Lüttes Glück* ab, weil sie das authentische Föhr erleben wollen, dann sollen sie es auch bekommen. Wir Insulaner stellen die Heizung erst an, wenn es draußen friert.« Beiläufig wollte sie wissen: »Was läuft da zwischen euch?«

»Arian ist nur nett zu mir, weil ich hier niemanden außer Anja kenne.« Betont heiter fügte Leonie hinzu: »Er ist halt einer der Inselgrafen, die kümmern sich um alles und jeden.«

»Dazu hat er eigentlich keine Zeit, und du bist kein Notfall.« Hilde goss den Kaffeerest aus der Thermoskanne in den Ausguss. »Du magst ihn«, sagte sie geradeheraus.

»Nicht so, wie du denkst«, beeilte sich Leonie zu erwidern. Verlegen zupfte sie Knötchen von ihrem Pullover ab.

Hildes Augen funkelten, als sie nachbohrte: »Was denke ich denn?«

Neue Hitze stieg in Leonies Gesicht. Sie schob die Ärmel ihres Pullis hoch.

»Du wirst schon wieder rot.« Ungeniert zeigte Hilde mit dem Finger auf sie.

Leonie schob das Kinn vor. »Hast du noch mal mit Godo über eine Heirat gesprochen?«, platzte es, bevor sie darüber nachdenken konnte, aus ihr heraus.

Hilde schnappte nach Luft. Sie drehte sich zur Spüle und wischte hart mit einem feuchten Lappen über das Tablett. »Warum sollten wir?«

»Er hat mir gesagt, dass er dich gefragt hat, ob du seine

Frau werden willst«, erzählte Leonie und bereute es, das Thema angesprochen zu haben. Sie hätte Godo nicht dazu benutzen dürfen, um von Arian und sich abzulenken.

Aufgebracht wischte Hilde das Tablett trocken. »Das hätte Godo nicht tun sollen. Das geht nur uns beide etwas an.«

»Er musste mit jemandem darüber reden«, nahm Leonie ihn in Schutz. »Er hat mir sein Herz ausgeschüttet, denn er leidet.«

Gepresst brachte Hilde hervor: »Das tue ich auch.«

»Du?«, fragte Leonie verwundert. Godo war doch derjenige, der einen Korb bekommen hatte.

Laut legte Hilde das Tablett auf den Tisch. »Er hätte mich nicht fragen sollen. Jetzt stecke ich in einem Dilemma.«

»Warum?« Verwirrt runzelte Leonie die Stirn. Sie dachte, Hilde hätte ihre Entscheidung getroffen. Zwar hatte sie nicht klipp und klar nein gesagt, aber vermutlich nur, um Godo nicht wehzutun. »Du hast doch gemeint, du würdest dich zu alt fühlen, um noch einmal zu heiraten.«

»Himmel! Das hört sich ja an, als würde ich mich für zu tattrig halten, aber ich bin fit wie ein Turnschuh«, wiegelte Hilde ab und straffte die Schultern. »Ich finde nur, dass wir beide, Godo und ich, in einem Alter sind, in dem man so was Gefühlsduseliges nicht mehr macht.«

»Machst du dir etwa Gedanken, was andere über euch sagen könnten?«

»Nein«, antwortete Hilde, aber ihr Blick flackerte.

»Nach allem, was ich von dir gehört habe, dachte ich, du wärst cooler. Ich habe geglaubt, du würdest tun und lassen, was du willst. Die Meinung anderer würde dir am Hintern vorbeigehen.« Leonie lächelte sie an. »Das imponiert mir an dir.«

Hilde lächelte verlegen. »Das freut mich, aber ich würde das anders ausdrücken. Ich bin selbstständig und tue, was ich für richtig halte.«

»Liebst du Godo etwa nicht?«, wollte Leonie einfühlsam wissen.

Ohne zu zögern, erwiderte Hilde: »Doch, sehr. Alle denken, ich wäre zu gut für ihn. Ich höre sie hinter meinem Rücken flüstern. ›Wie kann sie nur mit dem zusammen sein? Der kann sich nicht einmal ordentlich rasieren, war ein Messie, hat nichts im Leben auf die Reihe gekriegt.‹ Aber die Wahrheit ist, dass ich ihn nicht verdient habe.« Ihre Stimme wurde ungewohnt weich, als sie fortfuhr: »Er ist liebenswürdig, zuvorkommend und tut wirklich alles für mich.« In bitterem Ton gab sie leise zu: »Ich dagegen bin oft schroff zu ihm, ohne es zu wollen. Das tut mir leid, aber so bin ich eben. Hart, wie das Leben, das ich geführt habe.«

»Wenn du das so siehst, dann verstehe ich dich nicht. Du solltest einen Mann, der dir guttut, doch für immer festhalten«, sagte Leonie.

Hilde druckste herum.

Leonie rechnete schon damit, dass die ältere Frau das Gespräch abbrechen und ihr sagen würde, dass sie nicht mit ihr, einer Fremden, über solche persönlichen Dinge reden wollte.

Schließlich gestand Hilde jedoch: »Ich zeige nicht gerne Gefühle, aber auf einer Hochzeit geht es um nichts anderes.

Alle Gäste würden mich anstarren. Sie würden sehen, wie aufgeregt und zittrig ich bin. Dabei bin ich schon neunundsechzig Jahre und war schon mal verheiratet. Sie würden über mich tratschen, über mich lachen, weil ich mit einem roten Kopf herumlaufe und mich aufführe wie ein verliebter Backfisch. In meinem Alter!«

»Befürchtest du, dass man dich nicht mehr für so hart halten würde, wie du gerne gesehen werden möchtest?«, hakte Leonie behutsam nach.

»Du hast eine gute Menschenkenntnis.« Hilde stellte sich ans Küchenfenster und schaute hinaus. Die kahlen Zweige der Trauerweide auf dem Dorfanger federten im Wind auf und ab. »Mich hat niemand jemals weinen sehen, nicht einmal, als mein erster Ehemann Olaf auf hoher See ertrunken ist. Ich knuddle keine Babys von Bekannten, breche nicht in schallendes Gelächter aus, wenn jemand einen Witz erzählt, und singe nicht in der Öffentlichkeit. Ich habe Gefühle wie jeder andere auch, aber ich behalte sie lieber für mich.«

Mitfühlend warf Leonie ein: »Klingt anstrengend.«

»Ich will kein Mensch aus Glas sein, jemand, den man sofort durchschaut. Solche Menschen werden leicht übers Ohr gehauen, besonders Frauen. Sie werden oft nicht so ernst genommen wie Männer. Sie werden manipuliert und ausgenutzt. Nicht mit mir!« Hilde schnaubte. »Godo hat mich in eine unmögliche Situation gebracht. Ich will ihn nicht kränken, indem ich ihn zurückweise, aber ich kann auch nicht vor den Traualtar mit ihm treten.«

Aufmunternd drückte Leonie Hildes Schulter und versicherte ihr: »Man wird dich dadurch nicht für weniger stark halten. Alle werden sich mit dir freuen, dass du dein Liebesglück gefunden hast.«

»Man würde erkennen, dass ich die ganze Zeit vorgegeben habe, jemand zu sein, der ich nicht bin. Dass ich nicht so stark bin, wie ich behaupte. Dass unter meiner rauen Schale ein weicher Kern steckt«, erwiderte Hilde mit starrem Blick. Mit zitternder Stimme fügte sie hinzu: »Das macht mich verletzlich.«

»Es macht dich liebenswert«, wandte Leonie sanft ein.

Hilde sah sie an, ihre Augen wurden groß.

»Alle Hochzeitsgäste haben ebenfalls eine emotionale Seite«, gab Leonie zu bedenken. »Ich auch, und ich stehe dazu. Durch die missglückte Auswanderung fühle ich mich wie ein verwundetes Tier. Ich bereue den Versuch trotzdem nicht. Es war ein Abenteuer, eine wertvolle Erfahrung, die mir niemand mehr nehmen kann. Ich bin an den neuen Herausforderungen gewachsen, habe tolle Eindrücke gewonnen und mein Sehnsuchtsland das erste Mal mit eigenen Augen gesehen.«

»Du hast schon recht. Wer nicht wagt, der nicht gewinnt.« Nervös betastete Hilde ihre weißen Haare, die sie hochgesteckt hatte. »Es ist jedoch nicht einfach, über seinen eigenen Schatten zu springen.«

»Es kostet Mut«, pflichtete Leonie ihr bei. »Aber wenn jemand mutig ist, dann du.«

Sie kannte Hilde und Godo erst seit Kurzem, aber nach dem, was sie bisher wusste, liebten sich die beiden aufrichtig und gehörten zusammen. Leider sprachen sie nicht offen miteinander, weil sie sich Sorgen machten, in einem schlechten Licht dazustehen oder zurückgewiesen zu werden. An einer Aussprache führte allerdings kein Weg vorbei.

Um ein wenig Hilfe zu leisten, erklärte Leonie: »Godo denkt, du würdest dich nicht an ihn binden wollen.«

»Das hatte ich befürchtet. Aber es liegt nicht an ihm.« Hilde legte die Hand an die Brust. »Ich bin das Problem.«

»Dann sag ihm das«, schlug Leonie vor.

»Das kann ich nicht.« Seufzend strich sich Hilde mit der Hand durchs Gesicht. »Wenn er die Wahrheit kennen würde, wüsste er, dass ich mich davor fürchte, ganz Föhr in mein Innerstes blicken zu lassen. Angst, ich! Er liebt mich doch, weil ich stark bin, das hat er mir mal gesagt, er nennt mich seine Powerfrau.«

»Das Thema könnte euch auseinanderbringen. Hast du daran schon mal gedacht?«, fragte Leonie vorsichtig. Es tat ihr leid, Hilde mit ihren Fragen zu quälen, aber sie musste sie von der Notwendigkeit, sich Godo anzuvertrauen, überzeugen, sonst sah sie schwarz für die Beziehung der beiden.

»Nein. Aber er wird akzeptieren müssen, dass ich nicht heiraten will. Es ändert sich ja nichts, wir bleiben weiterhin zusammen.« Hilde lächelte, aber es wirkte bemüht.

»Wenn er das nicht akzeptieren kann?«, gab Leonie zu bedenken.

Bestürzt keuchte Hilde. Ihr Blick trübte sich, ihre Augen wurden feucht, und ihre Unterlippe fing an zu zittern. Rasch drehte sie sich um, nahm ein Tablett und eilte hinaus.

Besorgt sah Leonie ihr hinterher. Sie hatte Hilde und Godo helfen wollen, hatte das Boot, in dem die beiden saßen, aber noch mehr ins Wanken gebracht.

Kapitel 8

Einen Tag später kam Arian bei Leonie vorbei. »Du hast mein Flanellhemd an«, stellte er erfreut fest, blieb in der Tür des Wohnwagens stehen und musterte sie mit wohlwollendem Blick.

»Ich liebe es.« Leonie rieb über den weichen Stoff auf ihren Armen.

Es machte den Anschein, als wüsste er nicht, ob er ihr glauben sollte.

»Es ist so kuschelig, ich komme mir vor, als würde ich eingewickelt in mein Plumeau durch die Gegend laufen.«

»Eine reizvolle Vorstellung«, erwiderte er amüsiert.

Leonie lächelte und schaute hinauf zum Himmel. Das Blau versteckte sich hinter hellgrauen Wolken, die schnell über die Insel hinwegtrieben. Immerhin sah es nicht nach Regen aus.

Es wurde frisch, sie zog Joris' Jacke an und wickelte sich Godos Schal um den Hals. Arian dagegen stand im Pullover vor ihr.

»Heute trägst du ja ganz normale Straßenkleidung«, bemerkte sie.

»Na ja, nachdem du gefrotzelt hast, wollte ich nicht wieder overdressed rüberkommen.« Er trat zurück, damit sie ihn von oben bis unten betrachten konnte. »Darum dachte ich, ich ziehe heute mal meine älteste Jeans, einen Seemannspullover und rustikale Outdoorschuhe an.«

Selbst darin sah Arian umwerfend aus. Der olivgrüne Pullover passte gut zu seiner Augenfarbe. Arian hätte ein Fotomodell in einem Katalog für schottische oder irische Männermode sein können. Er strahlte eine frische, moderne Art von Bodenständigkeit aus.

»Es hat nicht funktioniert, du siehst immer noch nicht wie wir anderen aus«, begann sie und steckte ihr Portemonnaie in die Jackentasche. »An dir wirkt jedes Outfit wie aus der Modezeitschrift.«

»Hör auf, mir solche Komplimente zu machen, sonst werde ich noch übermütig«, flachste er.

Leonie meinte, so rot zu werden wie die Gummistiefel, die Hilde ihr geschenkt hatte. Rasch trat sie aus dem Caravan ins Freie und drehte Arian den Rücken zu, während sie die Tür schloss.

Er stellte sich dicht hinter sie, streckte seinen Arm über ihre Schulter hinweg und hielt ihr eine apfelgrüne Papiertüte hin. »Ich habe etwas für dich.«

»Ist das die Überraschung, von der du gestern am Telefon gesprochen hattest?«, fragte sie aufgeregt. Sie nahm die Tüte an, ohne sich umzudrehen, weil sie seine Nähe genoss und befürchtete, er würde Abstand suchen. Sie spürte die Wärme, die sein Körper ausstrahlte, an ihrem Rücken.

»Nein«, antwortete er von hinten in ihr Ohr. »Die kommt von meiner Mutter.«

Sie zog eine Strickmütze und Wollhandschuhe heraus. Beide waren cremeweiß und mit braunen Streifen durchzogen, hell und zugleich herbstlich. »Wie hübsch und flauschig.«

»Im Winter kann der Wind eiskalt über das Marschland wehen.« Sein warmer Atem strich beim Reden über ihre Ohrmuschel.

Bei ihrer Ankunft hatte Leonie noch gedacht, dass sie nicht bis zum ersten Frost auf Föhr bleiben wollte, aber nun war sie sich schon nicht mehr ganz so sicher.

»Das kann ich nicht annehmen«, sagte sie und drehte sich endlich zu ihm um. Er stand noch immer dicht vor ihr und schien auch nichts daran ändern zu wollen. »Sie kennt mich doch gar nicht.«

»Du bist Anjas Schwester, das reicht ihr. Außerdem braucht sie eine Beschäftigung. Sie malt nicht mehr und verlässt das Haus nur noch selten«, erzählte er und seufzte schwer. »Da kommt ihr das Stricken gerade recht.«

»Geht es ihr nicht gut?«

»Das ist eine lange Geschichte.« Arians Miene verfinsterte sich. »Hat Anja schon mal den Namen Lutz Beck erwähnt?«

Leonie nickte. »Sie hat aufgeregt erzählt, dass du, Joris und Tjorben schon wenige Wochen, nachdem sie das *Lüttes Glück* eröffnet hatte, einen Gast rauswerfen musstet.«

»Beck will meine Mutter und alle, die ihr nahestehen, fertigmachen. Wir denken, wir haben ihn von Föhr vertrieben, sind uns aber nicht sicher.« Sanft legte er ihr die Hände auf die Schultern. »Falls du einen Mann in unserem Alter siehst, der sich komisch verhält, gib mir bitte sofort Bescheid.«

Sie spürte die Wärme, die seine Hände abgaben, durch

das Flanellhemd hindurch. »Das mache ich. Was hat Lutz Beck gegen deine Mutter?«, fragte sie und hoffte, nicht zu neugierig zu sein.

»Er behauptet, dass sie seine Familie zerstört hat, aber das kann ich mir beim besten Willen nicht vorstellen.« Heftig schüttelte Arian den Kopf. »Seine Eltern sind tot, er leidet sehr darunter, darum sucht er wohl einen Schuldigen. Vielleicht hofft er, dass er den Verlust dann besser verkraften kann.«

Leonie empfand Mitleid mit dem unbekannten Mann, behielt es aber für sich. »Das alles tut mir sehr leid für euch.«

»Ich habe dir das jetzt gesagt, weil ich dich vor Beck warnen will.« Eindringlich sah er ihr in die Augen. »Erzähl es aber bitte niemandem.«

»Das ist doch selbstverständlich.« Leonie setzte die Mütze auf und zog die Handschuhe an. »Sie passen. Bestell deiner Mutter liebe Grüße von mir, und richte ihr meinen Dank aus. Ich will mich aber noch persönlich bei ihr bedanken.«

»Das werde ich.« Arians Miene hellte sich wieder auf. »Komm. Ich lade dich zu Tee und Kuchen, oder was immer du möchtest, ein.«

Sie wurde ganz hibbelig. Vor Aufregung wurde ihr die Mütze zu warm. »Ist das die Überraschung?«

»Nein«, erwiderte er belustigt.

»Warum lässt du mich warten? Du zögerst es absichtlich heraus, oder?« Sie stellte die Papiertüte in den Wohnwagen und knuffte ihn. »Jetzt sag schon, was es ist?«

Arian lachte herzhaft. »Du bist wirklich ungeduldig.«

Sanft nahm er ihre Hand und führte Leonie zu seinem

Auto. Es fühlte sich gut an, ihn zu berühren. Bevor er sie losließ, strich sein Daumen über ihren Handrücken. Es war eine kleine, unscheinbare Geste, doch sie löste ein Feuerwerk in Leonie aus.

Schweigend fuhren sie nach Oldsum, einem wunderschönen Inseldorf mit vielen historischen Bauern- und Kapitänshäusern, die schon vielen Stürmen standgehalten hatten.

»Mir gefällt Oldsum am besten von allen Inseldörfern«, sagte Arian, als er ausstieg.

Neugierig sah Leonie ihn über das Dach seines Autos hinweg an. »Wohnst du etwa hier?«

»Nein, leider nicht. Ich habe ein Apartment über der Galerie, das früher mal vermietet war. Der alte Herr, der darin gelebt hat, musste ins Altersheim. Ich bin dann dort eingezogen. Zu dem Zeitpunkt habe ich das *Strandmohn* schon mit meiner Mutter zusammen geführt. Das bot sich einfach an. So bin ich immer schnell im Laden, wenn etwas ist.«

»Wohnung und Arbeitsstätte unter einem Dach, das ist praktisch, aber … Kannst du da überhaupt abschalten?«

»Die Nähe stört mich nicht, Malen ist mein Leben«, erklärte Arian. Mit einer ausladenden Geste zeigte er umher. »In Oldsum bieten viele Künstler ihre Werke an. Meine Mutter kauft hier selbst gefärbte Wolle und selbst gekochte Marmelade. Ich sehe mir gerne an, was andere Maler ausstellen, und tausche mich mit ihnen aus. Die Kreativität ist hier zu Hause. Es gibt immer wieder neue spannende Dinge zu entdecken.«

»Dann lass es uns gemeinsam tun«, erwiderte sie begeistert.

»Klingt gut.« Er schenkte ihr ein warmes Lächeln.

Seite an Seite schlenderten sie durch die Straßen. Arians Arm stieß immer wieder an Leonies, so eng gingen sie nebeneinanderher. Doch er ergriff nicht erneut ihre Hand.

Während rauer Wind an seinem Seemannspullover zerrte, erzählte er ihr, dass der »Glückliche Matthias«, der berühmteste Walfänger Föhrs, mit seiner Familie in Oldsum gelebt hatte. Er kannte viele weitere Geschichten über lokale historische und aktuelle Persönlichkeiten, die neueren waren bestimmt in keinem Reiseführer zu finden.

Entspannt spazierten sie durch die Ortsteile Toftum, Klintum und Oldsum, die jetzt im Herbst etwas besonders Malerisches hatten. Buntes Laub wurde von der steifen Brise durch die Straßen und Gassen geweht. In den Vorgärten streckten die Rosen ihre Hagebutten über die Friesenwälle. Schilf und verfärbte Gräser wuchsen am Ortsrand, dahinter erstreckten sich Wiesen und Felder.

Arian zeigte Leonie das historische Küsterhaus und das Wahrzeichen Oldsums, die reetgedeckte Hollandwindmühle aus dem 18. Jahrhundert.

»Sie brannte mal ab und wurde 1901 neu aufgebaut«, berichtete er. »Seit 1954 ist sie außer Betrieb und wird als Wohnhaus genutzt.«

Leonie gefiel das Bauwerk. Vor allem aber wollte sie mehr über Arian und seine Familie erfahren. »Ich habe von Anja gehört, dass deine Eltern auch in einer ehemaligen Windmühle wohnen«, sagte sie. »Das muss schön und irgendwie aufregend sein.«

»Es ist ein besonderes Wohngefühl«, erwiderte er und zog sie in einen Laden hinein, der *Art & Weise* hieß. Er stellte sie den Besitzern Annette und Hauke Nissen vor.

Während er mit ihnen plauderte, bewunderte Leonie Annettes Zeichnungen. Obwohl sie ihr Geld zusammenhalten musste, kaufte sie eine CD mit friesischer Entspannungsmusik von Hauke, ein Aromaöl und einen Mandala-Malblock. Sie bestaunte immer wieder ein Obertonklangspiel, das im Eingang hing. Es war hübsch anzusehen, und der Wind entlockte ihm wohltuende Töne. Sie konnte es sich leider nicht leisten.

Plötzlich trat Arian dicht hinter sie und fragte: »Gefällt es dir?«

»Sehr«, antwortete sie über die Schulter hinweg.

»Ich schenke es dir.«

Im ersten Moment war sie sprachlos. »Warum solltest du das tun?«, fragte sie dann.

»Weil ich dir eine Freude machen möchte.« Er lächelte sie an.

»Das tust du schon, indem du mir deine Heimat zeigst«, wandte sie ein. »Und du hast mir ja auch schon das Flanellhemd überlassen.«

Arian kniff die Augen zusammen. »Machst du dir Sorgen, du könntest mir etwas schuldig sein?«

»Nein«, log sie, doch er hatte den Nagel auf den Kopf getroffen.

»Warum hast du ein Problem damit, beschenkt zu werden?«

»Habe ich nicht«, behauptete sie, denn sie konnte nicht

über den Vorfall sprechen, der ihr immer noch, nach Jahrzehnten, in den Knochen saß.

Als Kind hatte sie einmal mit ihrer Grundschulklasse einen Ausflug in den Kölner Zoo gemacht. Sie fiel zurück, weil sie herumbummelte.

Ein Mann, der auf einer Bank saß, bot ihr Süßigkeiten an. Die bunten Bärchen lachten sie verführerisch an. Sie blieb stehen, während ihre Mitschüler weiterzogen.

Als sie unbedarft zugreifen wollte, zog der Fremde sie auf seinen Schoß. Sie wollte hinunterklettern, aber er hielt sie fest.

Plötzlich schob der Fremde seine Hand unter ihre Bluse und legte sie auf ihren Bauch.

Leonie erschrak. Die Angst lähmte sie, sie konnte nicht schreien oder sich wehren. Er war doch ein Erwachsener, sie fühlte sich ohnmächtig.

Ein junges Pärchen, das vorbeispazierte, erkannte Leonies Zwangslage. Entsetzt ging es dazwischen. Der Mann ließ die Süßigkeiten fallen und rannte weg.

Leonie fühlte sich furchtbar.

Ihr Retter warf die Tüte Gummibärchen mit spitzen Fingern in den Mülleimer und sagte bedrückt zu Leonie: »Pass auf, hinter Geschenken stecken nicht immer gute Absichten.«

»Das stimmt leider«, pflichtete seine Freundin ihm bei und hatte Tränen in den Augen.

Leonie war trotz dieses Erlebnisses ein offener Mensch, allerdings machte Großzügigkeit sie argwöhnisch. Negative Gefühle stiegen in ihr hoch, sie konnte nichts dagegen tun. Abscheu und Ohnmacht – nicht so stark, wie damals im

Zoo, dennoch präsent. Es tat ihr leid, dass Arian ihr Misstrauen nun zu spüren bekam, er hatte es nicht verdient.

»Wenn du kein Problem mit Geschenken hast«, riss Arian sie aus ihren Gedanken, »dann kann ich dir das Klangspiel ja kaufen.« Er zwinkerte und ging damit zur Kasse.

Leonie folgte ihm. Dankbar küsste sie ihn auf die Wange.

Arian sah sie mit zärtlichem Blick an.

Wahrscheinlich war es falsch gewesen, sich auf diese Weise bei ihm zu bedanken, selbst als einfache spontane Geste. Es zog sie wahnsinnig zu ihm hin, doch sie durfte sich nicht auf ihn einlassen, sie würde schon bald wieder abreisen. Da hatte sie einen Moment nicht aufgepasst, und schon hatte sie ein falsches Signal gesendet.

Bereute sie den Kuss? Nein, er hatte sich gut angefühlt. Selbst jetzt noch spürte sie ein Prickeln im ganzen Körper. Aber sie machte sich Sorgen, dass Arian zu viel hineininterpretieren könnte. Sie wollte ihm nicht wehtun.

Sie verließen den Laden und schlenderten weiter durch das malerische Inseldorf.

Arian zeigte ihr die Flutmarke in Oldsum, die an die schwere Sturmflut vom 4. Februar 1825 erinnerte. »Sie soll alle kommenden Generationen ermahnen, den Deichbau nicht zu vernachlässigen«, erklärte er.

Leonie war froh, sich mit ihm über unverfängliche Themen zu unterhalten, und entspannte sich. »Durch den Klimawandel ist das aktueller und wichtiger denn je«, erwiderte sie.

»Freu dich schon mal auf *Biike* am 21. Februar. Abends werden Äste und Stämme aufgetürmt und angezündet. Mit dem Feuer wird der Winter vertrieben. Ein großes Fest«, sagte er freudestrahlend. »An dem Tag gehe ich jedes Jahr mit meinen Eltern und meinen Brüdern zum Grünkohlessen. Das hat in unserer Familie Tradition. Anja und Christin werden auch dabei sein. Vielleicht hast du ja Lust.«

Ihr wurde heiß, sie öffnete die Fleecejacke zur Hälfte. »Februar ist noch so weit weg«, murmelte sie ausweichend.

»Ja, sicher. Du hast nicht vor, lange zu bleiben, oder?«, fragte er bedauernd.

Sie schüttelte den Kopf. »Ich bin nur hier, um meine Gedanken und Gefühle zu ordnen und neue Reisepläne zu entwickeln.«

»Du verpasst etwas.« Er versuchte, fröhlich zu klingen, aber seine Heiterkeit wirkte aufgesetzt. »Pfingsten fahren die Föhrer mit geschmückten Pferdekutschen über die Insel. Im Sommer findet das Ringreiten statt. Der Westerlandföhrer Ringreitverein zeigt sein Können auf der Wiese vor dem Dorfkrug, dem *Ual fering Wiartshüs.*«

»Klingt spannend«, bemerkte Leonie in leicht ironischem Ton.

»Ich kenne viele der Mitglieder und mag es, Traditionen aufrechtzuerhalten. Außerdem ist auf Föhr sonst nicht viel los. Vereine sind ein wichtiger Treffpunkt«, erklärte er unbeirrt weiter.

»Du wolltest dich doch umhören … Gibt es vielleicht einen Verein, der sich dem Töpfern widmet?«

»Leider nein.«

»Schade.«

»Gründe doch einen«, schlug Arian aufmunternd vor.

Sie kamen an seinem Auto vorbei, und er öffnete den Kofferraum.

Leonie legte ihren Einkauf hinein, lächelte müde. »Ja, klar.«

»Das meine ich ernst.« Leise schloss er den Kofferraum und ging weiter.

»Zum Töpfern braucht man einen Brennofen«, wandte sie ein.

»Wie gut, dass ich weiß, wo es einen gibt.«

Er blieb vor *Stelly's Hüüs* stehen. Auf der Außenterrasse saßen trotz des herbstlichen Wetters einige Feriengäste im Schutz des Friesenhauses und aßen Waffeln und tranken dampfende Getränke.

Skeptisch fragte sie Arian: »In einem Café?«

Er zeigte auf das Schild am Haus, auf dem *Café, Töpferstube und Teeladen* stand. »Ich habe Bescheid gesagt, dass wir vorbeikommen. Du kannst dir alles anschauen, die Töpferin kennenlernen und, falls ihr euch einig werdet, den Brennofen nach Absprache mitnutzen. Was hältst du davon?«

»Danke!«

Leonie fiel ihm um den Hals. Arian schlang die Arme um ihre Taille und hielt sie sanft fest.

Plötzlich war sie seinem Gesicht ganz nah.

Er sah ihr tief in die Augen. Sein Blick glitt zu ihrem Mund.

Ihre Lippen kribbelten, aber ihre Alarmglocken schrillten. Alles in ihr sehnte sich danach, ihn diesmal richtig zu küssen, doch das würde alles zwischen ihnen kompliziert machen.

Wollte sie das Risiko eingehen? Nein. Sie wollte keine

neuen Probleme, sie hatte noch genug an den alten zu knabbern.

Die kalte Vernunft rang mit dem heißen Verlangen, ihn zu küssen. Durch das emotionale Hin und Her wurde Leonie unsicher und versteifte sich.

Arian musste das spüren, denn er schob sie von sich weg. Seine Miene wurde verschlossen. Sachlich erklärte er: »Die Familie König möchten nur nicht, dass du deine Keramiken verkaufst und ihnen Konkurrenz machst.«

»Verständlich.« Leonie nickte.

»Aber du hast ja nicht vor, einen Laden zu eröffnen. Du willst ohnehin bald wieder abreisen«, bemerkte Arian spitz und betrat das Café.

Überrascht blieb Leonie stehen und sah ihm hinterher. Anscheinend traf es ihn, dass sie nicht lange auf Föhr bleiben wollte.

Während sie ihm ins *Stelly's Hüüs* hineinfolgte, grübelte sie über seine Reaktion nach. Lag ihm schon mehr an ihr, als sie dachte? Oder war er es nur gewohnt, dass Frauen seinem Charme schnell erlagen, und Leonies Zögern verletzte sein Ego?

Sie sah an sich herab. So wie sie mit den Second-Hand-Klamotten aussah, konnte er sich doch unmöglich ernsthaft für sie interessieren. Ein Mann, der so viel Wert auf schicke Kleidung legte.

Leonie musterte ihn von hinten. In seiner Jeans hatte er einen knackigen Hintern, ein Lächeln stahl sich auf ihr Gesicht. Sie wollte sich nicht von Äußerlichkeiten täuschen lassen, war jedoch auch nicht immun dagegen.

Er sah aus wie jemand, der das Leben in vollen Zügen genoss, der die Nächte durchtanzte, gerne und heftig flirtete und bis mittags schlief. Aber er führte das *Strandmohn* diszipliniert, kümmerte sich darum, dass es seiner Familie und den Menschen auf Föhr gut ging, und er hatte eigentlich doch recht bescheidene Träume.

Sein Aussehen weckte falsche Erwartungen. Leonie sah ihn jedoch, wie er wirklich war.

»Wo bist du mit deinen Gedanken?«, hörte sie Arian plötzlich fragen.

Leonie fühlte sich ertappt. Bei dir, dachte sie. »Nirgendwo«, antwortete sie stattdessen.

»Muss schön sein in Nirgendwo, du hast verträumt gelächelt«, zog er sie auf.

Impulsiv streckte Leonie ihm die Zunge heraus und lachte. Sie schob ihn weiter ins Café rein und sah sich um. Es war voll. Die Gäste schlemmten, plauderten und betrachteten die Einrichtung mit leuchtenden Augen wie Leonie.

Der friesische Landhausstil gefiel ihr. Das Mobiliar wirkte lustig zusammengewürfelt, zugleich harmonierten die einzelnen Teile insgesamt miteinander. Manche Ecken waren nostalgisch, andere märchenhaft. Beides regte Leonies Fantasie an.

Mit Muscheln beklebte Kränze hingen an den Balken. Viele der Gegenstände waren aus Holz geschnitzt – Mobiles, Segelboote, Möwen und Anker, die an einem Fischernetz befestigt waren. Leonie mochte Holz. Es war ein natürliches, warmes Material, ähnlich wie Ton.

Aus Weiden geflochtene Herzen zogen Leonies Blick

auf sich. Sie sah eine nostalgische Waage mit Keramikkorpus, ein Radio aus den Sechzigerjahren und handgefertigte Holzwerkzeuge aus längst vergessenen Zeiten.

Ein Sammelsurium aus Erinnerungsstücken und Deko-Artikeln. Leonie konnte sich gar nicht sattsehen.

Sie entdeckte immer wieder neue Sachen, wie ein hölzernes Wagenrad, ein gusseisernes Waffeleisen, einen antiken Ofen und eine altertümliche Nähmaschine von Singer. Schon immer hatte sie alte Dinge gemocht, sie waren ein Stück Geschichte. Stumme Zeitzeugen, die schon viel erlebt und gesehen hatten.

Beeindruckt schlenderte sie umher. Sie bestaunte eine Registrierkasse aus Großmutters Zeiten, strich behutsam über alte Milchkannen aus Zink und Aluminium und wünschte sich, sie hätte auch eine Vintage-Etagere wie die vor ihr.

Plötzlich stand Leonie vor dem Töpferei-Bereich. Er befand sich im Lokal, etwas abgetrennt von den Tischen durch Regale, auf denen hübsche Keramiken standen.

»Es wird im Café getöpfert?«, fragte Leonie überrascht.

»Ja. Ist das nicht toll? Speisen und Getränke werden in selbst gemachten Tonwaren serviert«, erklärte Arian.

Eine Frau begrüßte sie freundlich und stellte sich als die Künstlerin vor. Arian ließ Leonie allein mit ihr und zog sich zurück.

Aufgeregt tauschte sich Leonie mit ihr über das Töpfern aus. Ihre Lust, mit den eigenen Händen Ton zu kneten und zu etwas Neuem, Schönem und Nützlichem zu formen, wuchs mit jeder Minute. Es bestand tatsächlich die Möglichkeit, wieder kreativ zu werden.

Arian sah sich derweil im angrenzenden Teeladen um. Als Leonie nach einer Weile zu ihm kam, fühlte sich ihr Gesicht vor Aufregung ganz heiß an. Sie war hibbelig und konnte ihre Hände kaum stillhalten.

»Du strahlst«, stellte er fest und lächelte sie an.

Atemlos vor Begeisterung erzählte sie: »Ich darf Tonwaren von mir mit in den Brennofen stellen, wenn er läuft und Platz ist.«

Er legte eine Hand an ihre Wange. Sein Daumen strich über die zarte Haut unter ihrem Auge. »Das freut mich für dich.«

»Ich darf sogar die Drehbank nach Absprache mitbenutzen. Das habe ich dir zu verdanken.« Leonie war so überglücklich, dass sie Arian drückte.

Vor Euphorie schmolz ihre Zurückhaltung dahin. Sie küsste ihn, einfach so, ohne nachzudenken. Endlich. So befreiend und wunderschön. Ihre Lippen fühlten sich gut auf seinen an. Der Kuss schmeckte nach mehr.

Sie spürte jedoch sein Zögern und löste sich schnell wieder von ihm.

Wahrscheinlich war er verwirrt wegen ihres Verhaltens noch kurz zuvor. Das konnte sie ihm nicht verübeln. Ihr wurde ja selbst schwindelig von dem Gefühlskarussell, auf dem sie seit ihrer ersten Begegnung im *Strandmohn* saß.

Sie wusste, sie sollte sich eigentlich zusammennehmen. Anscheinend war sie jedoch zu schwach, zu hingerissen von ihm.

Arian fuhr sich mit der Hand durchs Haar. »Das habe ich nicht kommen sehen«, sagte er schmunzelnd.

»Ich auch nicht«, erwiderte sie und lachte befangen. »Ich wollte mich nur bedanken, mehr nicht.«

»Mehr nicht«, wiederholte er enttäuscht. »Küsst du alle so, denen du danken willst?«

»Um Himmels willen, nein! Natürlich nicht.«

Sein Blick wurde intensiver. »Warum dann …?«

»Ich wollte es einfach«, entfuhr es ihr. Schon die ganze Zeit, fügte sie in Gedanken hinzu.

»Ich auch.« Arians ernste Miene entspannte sich wieder. Er gab ein zufriedenes Brummen von sich und führte sie zu einem reservierten Tisch.

Sie nahmen Platz. Ihre Beine berührten sich. Auf einem hellen Deckchen lagen Zierkürbisse, Walnüsse und Kastanien hübsch arrangiert zu einer herbstlichen Komposition.

»Was möchtest du essen?«, fragte er. »Die Kuchen und Torten werden täglich frisch gebacken. Es gibt auch herzhafte Gerichte und saisonale Spezialitäten.«

Leonie studierte die Speisekarte. Ihr lief das Wasser im Mund zusammen. »Ich hätte gerne einen Bratapfel mit warmer Vanillesoße, einer Kugel Eiscreme, Schlagsahne und einer Prise Zimt.«

»Du Frostbeule willst bei dem Wetter Eis essen?«, neckte er sie. »Du hast bisher nicht einmal die Jacke ausgezogen.«

»Eis geht immer und überall.« Sie hängte die Fleecejacke über die Rückenlehne des Stuhls und strich beiläufig über das Flanellhemd.

Die Bedienung kam an ihren Tisch. Leonie bestellte zu dem Bratapfel noch einen Föhrer Apfelpunsch mit Calvados. Es gab etwas zu feiern. Die Sache mit dem Töpfern war ein absoluter Lichtblick. Sie hatte wieder eine Perspektive, wenn auch nur auf kurze Sicht.

Arian entschied sich für ein Sovitalbrot mit Schmalz und eine Direktsaftschorle mit Birne.

»Nur Birkenstockträger trinken Saftschorlen«, zog Leonie ihn auf, als sie wieder allein am Tisch waren.

»Dann bin ich eben ein Softie.« Lässig lehnte er sich auf dem Stuhl zurück. »Wenn ich Walsum besuche und Sörens Schafe auf der Weide sind, streichle ich sie immer durch den Holzzaun. Ich weine bei rührigen Filmen und verstecke meine Tränen nicht. Wenn ein toter Seehund angespült wird, nimmt mich das so mit, dass ich den ganzen Tag kaum ein Wort sage. Ich habe eine empfindsame Seite und stehe dazu.«

»Dabei siehst du aus wie ein ganzer Kerl.« Sie schob die Ärmel seines Pullovers zurück, sodass die Tattoos zum Vorschein kamen, und wuschelte ihm durch das lange Haar seines Undercuts.

Plötzlich packte er ihr Handgelenk. »Das bin ich auch.«

»… wie ein Rockstar, der rauchigen Whiskey trinkt und breitbeinig sitzt«, frotzelte sie weiter. Grinsend betastete sie seine Oberarme. Sie hatte schon gespürt, dass er unter dem Seemannspullover muskulöser war, als er mit seiner schlanken Statur wirkte.

»Das eine schließt das andere nicht aus«, begann Arian und hielt kurz inne, als die Getränke gebracht wurden. Dann erzählte er: »Ich habe Tjorben damals monatelang geholfen, den ehemaligen Fischkutter *Seewievke* zu renovieren und umzubauen, neben meiner Arbeit in der Galerie und dem Malen neuer Bilder. Fehlen Joris Mitarbeiter, packe ich mit an, wenn Strandkörbe verladen werden müssen. Ich hacke das Holz für den Kamin meiner Eltern klein.« Er grinste. »Ich kann sogar mit nichts als einem Ast und einem flachen Holzstück Feuer machen.«

»Holzhacken und Saftschorle, wow, ein Mann voller Widersprüche«, bemerkte sie.

Er nippte an seinem Getränk und antwortete: »Ich bin eben ein moderner Mann.«

Ein toller noch dazu, schwärmte sie heimlich und trank etwas Punsch. Intensiver Apfelgeschmack breitete sich in ihrem Mund aus.

Plötzlich hörte Leonie ein Warnsignal in ihrem Inneren. Ihr wurde klar, dass sie mit jedem Gespräch, das sie mit Arian führte, und mit jedem intensiven Lächeln, das er ihr schenkte, noch verzauberter von ihm war.

Sollte sie dem Wunsch, ihm nahezukommen, nachgeben, würde das zu Verwirrung, Tränen und Kummer führen. Und sie hatte in den vergangenen Monaten genug Drama gehabt.

Leonie kippte die halbe Tasse Punsch hinunter, der Calvados stieg ihr zu Kopf. Sie hätte Arian nicht küssen dürfen. Das war leichtfertig und unbedacht gewesen. Zu dumm nur, dass sie das gerne wiederholen würde, am liebsten sofort.

Aus Angst vor ihrer eigenen Impulsivität und dem Wissen, was für eine verführerische Wirkung er auf sie hatte, versuchte sie, einen Schutzwall um sich hochzuziehen, doch das hatte nicht den gewünschten Effekt. Arian hatte sich längst in ihr Herz geschlichen.

Nach dem Essen bestellte er einen Ostfriesentee und Leonie einen Affogato, einen warmen Espresso mit Vanilleeis.

»Du hattest doch schon Eiscreme«, sagte er schmunzelnd.

»Davon kann ich nicht genug bekommen«, schwärmte sie und rieb sich über den Bauch, der noch immer den köstlichen Bratapfel verdaute. »Ich werde hier bestimmt in kurzer Zeit zehn Kilo zunehmen. Föhr ist ein Schlemmerparadies.«

»Stimmt«, pflichtete Arian ihr lächelnd bei. »Bei uns kann man das Leben genießen.«

»*La dolce vita* im nordfriesischen Wattenmeer?« Neugierig sah sie ihn an. Strahlte er darum so eine Gelassenheit und Zufriedenheit aus?

»Für Urlauber wie dich, ja, für mich leider nicht.« Ein Schatten legte sich über sein Gesicht. »Zu viel Arbeit.«

»Die Galerie ist doch zwei Tage geschlossen, du hast sozusagen …«, begann sie und malte Anführungszeichen in die Luft, »Wochenende.«

»Ja, schon.« Er rieb über einen feuchten Fleck auf der Tischdecke, den seine Schorle hinterlassen hatte. »An den freien Tagen muss ich ja eigentlich malen.«

Leonie verzog das Gesicht. »Klingt stressig.«

»So würde ich das nicht bezeichnen, aber ich male unter Druck, das gefällt mir nicht.« Er schob die Augenbrauen zusammen. »Das tut meiner Kreativität nicht gut.«

Die Bedienung brachte die Heißgetränke. Nachdem sie wieder weg war, sagte Leonie: »Ich dachte, Malen wäre dein Leben.«

»Das stimmt auch, aber um wirklich kreativ zu sein,

braucht es Zeit und Muße. Ich will Künstler sein, nicht Produzent«, stellte er mit sanfter Stimme klar.

Sie nahm mit dem Zeigefinger etwas Vanilleeis auf und leckte es ab, Arian beobachtete sie dabei. Ihre Lippen erinnerten sich an seinen Kuss. »Ich verstehe, was du meinst.«

»An Wochentagen bin ich mit dem Verkauf und der Buchhaltung beschäftigt. Ich kann nur noch nach Feierabend und an freien Tagen malen.« Er lächelte charmant. »Der Ausflug mit dir ist Luxus für mich.«

»Wow! Ich fühle mich geehrt, dass du deine knappe Zeit mit mir verbringst.« Ein Prickeln floss sanft über ihren Körper, als würde eine unsichtbare Hand sie liebevoll streicheln. »Hast du schon mal daran gedacht, deine Öffnungszeiten einzuschränken?«

»Ich habe eine Mittagspause eingeführt«, antwortete er und gab ein Kluntje in seinen schwarzen Tee.

»Na, eine Pause, die du obendrein nicht einhältst, das ist ja ein großartiger Schritt«, bemerkte sie ironisch.

»In Wyk kommen ständig Feriengäste ins *Strandmohn*. Es gibt viel Laufverkehr. Ich kann es mir nicht leisten, mir das Mittagsgeschäft entgehen zu lassen. Die Konkurrenz ist groß.« Während Arian Sahne in seinen Tee goss und Wölkchen zauberte, erzählte er: »In dem Souvenirladen gleich nebenan werden günstig gefertigte Ölgemälde angeboten, bei denen der Maler unbekannt ist und man eine Möwe nicht von einem versehentlichen Farbklecks unterscheiden kann. Sie haben auch Kunstdrucke im Sortiment. Meine Leinwände dagegen kosten wesentlich mehr.«

»Echte Kunst hat halt ihren Preis«, warf Leonie ein und

schob sich die Praline, die sie zu ihrem Affogato bekommen hatte, in den Mund.

»So ist es«, pflichtete Arian ihr bei. »Aber das kann oder will sich nicht jeder leisten.«

Besorgt fragte sie: »Auf Dauer wirst du das Arbeitspensum nicht durchhalten, oder?«

»Nein, es zerrt jetzt schon an meinen Nerven«, gab er zerknirscht zu.

»Was willst du ändern?«, wollte sie von ihm wissen und trank einen Schluck. Die köstliche Mischung aus starkem Espresso und süßem Vanilleeis schmeichelte ihrem Gaumen. »Könntest du neben deinen Leinwänden Bilder von anderen Künstlern verkaufen?«

»Ich weiß es nicht, darüber denke ich noch nach. Bisher war das *Strandmohn* ein Familiengeschäft. Ich habe nur Bilder von meiner Mutter und mir im Angebot.« Verdrossen sah er aus dem Fenster auf die trübe Herbstlandschaft. »Es fühlt sich falsch an, jemand Fremdes mit ins Boot zu holen.«

»Kennst du keinen Maler, der bei dir einsteigen würde, oder eine Malerin?«

»Doch, aber sie würden nur ihre Bilder bei mir in Kommission geben. Keiner will beim Verkauf mithelfen. Das würde nur einen Teil meines Problems lösen. Ich müsste die Galerie immer noch allein führen und käme weiterhin nicht zum Malen. Irgendwann würde ich nur noch die Werke von Kollegen verkaufen. Aber ich bin in erster Linie Maler und an zweiter Stelle Geschäftsmann.« Er nahm den Keks, der neben seiner Teetasse lag. Aufgebracht kaute er darauf herum.

»Du wirst eine Lösung finden«, sagte sie optimistisch.

Arian lächelte wenig zuversichtlich. Plötzlich legte er die Hand auf ihren Arm und fragte: »Du suchst nicht zufällig einen Job auf Föhr?«

»Wie bitte?« Ihr Puls beschleunigte sich.

Erwartungsvoll sah er sie an. »Als Verkäuferin in einer renommierten Galerie im schönen Wyk?«

»Nein.« Leonie wurde heiß. Sie zog ihren Arm weg und wagte kaum zu atmen.

»Ich dachte nur …« Er nippte an seinem Tee. »Du könntest Geld gut gebrauchen, und ich hätte gerne mehr Zeit zum Malen.«

»Ich will keinen Arbeitsvertrag unterzeichnen.« Aufgewühlt rollte sie einen der Zierkürbisse in der Tischmitte hin und her.

»Weil du dich nicht binden willst, richtig?«, hakte er enttäuscht nach.

»Genau.« Sprachen sie noch von seinem Jobangebot?

Sein lockerer Ton wirkte bemüht. »Föhr und du, ihr passt doch gut zusammen. Die Insel ist ein Schlemmerparadies, du bist eine Naschkatze.«

»Das reicht nicht.« Leonie wollte ihren Affogato trinken, doch ihr Hals war eng, sie setzte die Tasse wieder ab.

»Dir gefällt es wohl gar nicht bei uns«, sagte er vorwurfsvoll.

Das klang, als würde er ihre Jobabsage persönlich nehmen. »Das habe ich nicht gesagt.«

»Im nordfriesischen Wattenmeer gibt es keine Palmen und kein glasklares Wasser, in dem Schildkröten schwimmen«, sagte er verschnupft. »Dir ist es zu kalt, zu nass, zu windig.«

Sie schlug einen versöhnlichen Ton an. »Aber du zeigst mir Orte, an denen auch im Herbst und Winter die Sonne scheint, wie dieses Café.«

Verständnislos schüttelte Arian den Kopf. »Warum willst du dann trotzdem wieder weg?«

»Ich hatte nie vor zu bleiben«, erklärte Leonie und spürte ein Ziehen im Bauch. Der Bratapfel lag ihr plötzlich schwer im Magen. »Ich will etwas erleben. Mit meinen zweiunddreißig Jahren fühle ich mich noch jung genug, um einen Neuanfang zu wagen. Bin ich erst älter, werde ich vielleicht nicht mehr den Mut haben.«

Sie atmete tief ein und fuhr fort: »Ich habe keine Wohnung, keinen Job, keinen Partner. Wenn ich erst eine Familie gegründet habe, werde ich kein Abenteuer mehr suchen. Aber aktuell bin ich frei. Ich kann dahin gehen, wo ich will. In die komfortable Situation werde ich wahrscheinlich nie wieder kommen. Jetzt ist der perfekte Zeitpunkt.«

Nachdenklich rieb Arian über die Tätowierungen auf seinen Unterarmen. »Du willst an einem Ort leben, an dem andere Urlaub machen?«

»Ja, genau.« Sie dachte an schneeweiße Strände und glasklares Meereswasser, in dem exotische Fische schwammen.

Plötzlich erhellte sich seine Miene. »Das trifft auf Föhr zu.«

Leonie fühlte sich unverstanden. Sie hatte vom einstigen Siam geträumt, seit sie achtzehn Jahre alt war. Mit Mitte zwanzig hatte sie Bilder aus Urlaubskatalogen ausgeschnitten, in ein Heft geklebt und ein fiktives Reisetagebuch geschrieben.

Eigentlich hatte sie nach dem Abitur Urlaub in dem Land machen wollen, dann nach Beendigung ihrer Berufsausbildung, es war jedoch immer etwas dazwischengekommen. Schließlich hatte sie in einem Thai-Restaurant Nico, den Freund des Geschäftsführers, kennengelernt. Ihm war angeboten worden, die Strandbar auf Koh Samui zu übernehmen.

Leonie hatte schon lange davon geträumt, in ihrem Lieblingsland zu leben. Ihr Wunsch war wahr geworden, unglücklicherweise hatte ihr Aufenthalt nicht lange gedauert. Die Zeit in Asien reichte ihr nicht.

»Warum willst du mich unbedingt davon überzeugen zu bleiben?«, wollte sie in einem etwas zu scharfen Ton von Arian wissen. »Wir kennen uns doch kaum.«

»Vielleicht kann ich nur nicht begreifen, dass du Föhr nicht genauso liebst, wie ich es tue«, antwortete er, doch sein leidenschaftlicher Blick sagte etwas anderes.

»Das ist doch nicht alles«, platzte es aus ihr heraus.

»Ich mag dich«, gab Arian zu. Er lehnte sich vor und fuhr schmunzelnd fort: »Du bist unkonventionell, das gefällt mir. Und du siehst selbst in einem Holzfällerhemd sexy aus. Das kann nicht jeder von sich behaupten.«

»Ich habe gerade erst eine anstrengende Beziehung hinter mir«, erinnerte Leonie ihn. Gebranntes Kind scheut das Feuer.

»Ich habe dich nicht gefragt, ob du mich heiraten willst.« Er lehnte sich im Stuhl zurück und wurde ernst. »Ich würde dich gerne näher kennenlernen, das ist alles.«

»Entschuldige.« Ihr Ex hatte oft genauso hartnäckig versucht, sie von seiner Meinung zu überzeugen. Vermutlich reagierte sie auch darum so gereizt.

Arians Blick wurde stechend. »Ich dachte, du magst mich auch. Du hast mich eben auf den Mund geküsst.«

»Das war …«, begann sie.

Plötzlich wirkte er verletzt. »Ein Fehler?«

Es war falsch gewesen, aber es fühlte sich richtig an. Leonie war genauso verwirrt wie Arian. »Es kam aus dem Bauch heraus. Ich bin manchmal zu impulsiv«, antwortete sie und knetete nervös ihre Hände.

»Bedeutete der Kuss dir wirklich nichts?«, fragte Arian betrübt.

»So meinte ich das nicht«, antwortete Leonie ausweichend.

Es war etwas anderes. Ihr dunkles Geheimnis. Wenn er es kennen würde, würde er sie ohnehin nicht mehr wollen. Aber nur Anja und ihr Vater wussten, was sie damals getan hatte. Das sollte auch so bleiben, Arian war ein guter Mensch. Er könnte ihre Entscheidung vermutlich nicht nachvollziehen. Vielleicht würde er sie sogar deswegen verurteilen.

»Warum willst du unbedingt weg?« Aufgebracht spielte er mit den Walnüssen und Kastanien herum und brachte das herbstliche Arrangement auf dem Tisch durcheinander. »Du könntest eine Weile in dem Wohnwagen neben dem *Lüttes Glück* bleiben, die Zeit mit Anja genießen. Ihr habt euch doch schon so lange nicht gesehen. Dann könntest du alles andere auf dich zukommen lassen.«

Sie atmete tief durch. »Was ist dein großer Traum?«

»Vom Malen leben zu können«, antwortete er, ohne zu zögern.

»Das hast du erreicht und bist glücklich.« Leonie gönnte es ihm von Herzen. Sie trank ihren Affogato in einem Zug. Der Espresso war kalt und das Eis geschmolzen. Er schmeckte nicht so köstlich, wie sie erwartet hatte. »Da, wo du bist, will ich auch hin, außerdem ist es mein Lebenstraum auszuwandern.«

»Das verstehe ich leider zu gut«, gab er zu. Bedrückt sah er in seinen Tee, er hatte ihn kaum angerührt.

Betretenes Schweigen trat ein.

Life is a bitch, dachte Leonie bedrückt. Gerade hatte sie aus tiefer Überzeugung beschlossen, Single zu bleiben, und schon traf sie einen Mann, der ihr Herz höherschlagen ließ. In Kürze würden sich jedoch ihre Wege trennen. Ihre Beziehung hätte ein kurzes Verfallsdatum. So weit die Stimme der Vernunft – der zu folgen allerdings nicht Leonies Stärke war.

»Ich würde mich wirklich gerne weiter mit dir treffen«, sagte sie mit Herzklopfen. Sie hatte Angst, dass er denken könnte, sie würde sich drehen wie ein Fähnchen im Wind, oder, noch schlimmer, dass sie mit ihm spielte. Nichts lag ihr ferner. Ihre Stimme zitterte leicht, als sie leise hinzufügte: »Aber ich bin mir nicht sicher, ob du das noch willst.«

Er zögerte. »Als Freunde?«

»Ja«, brachte sie mühsam über die Lippen, denn sie dachte daran, wie gut der Kuss sich angefühlt hatte.

Es dauerte eine Weile, bis er reagierte. Er schien nachzudenken. Schließlich hielt er ihr die Hand hin und lächelte versöhnlich.

Erleichtert schüttelte Leonie sie. Seine Haut war angenehm warm und sein Händedruck sanft. Leonie hätte zufrieden sein sollen, sie und Arian würden sich weiterhin sehen, ohne Erwartungen. Aber sie verspürte ein tiefes Bedauern.

»Ich lade dich ein«, sagte Arian und sah sich nach der Kellnerin um.

Leonie streckte ihre Hand aus, um seinen Arm zu berühren und seine Aufmerksamkeit zu bekommen, doch sie zog sie kurz davor zurück. »Das musst du nicht.«

»Ich will es aber.«

Sie zeigte zur Töpferei. »Du hast einen Brennofen für mich ausfindig gemacht. Es wäre nur fair, wenn ich zahle.«

»Du bist knapp bei Kasse«, erinnerte Arian sie.

»Damit hast du allerdings recht«, gab sie zerknirscht zu. »Ich schulde dir was.«

»Nein, das tust du nicht«, wiegelte er ab.

»Du bist zu gut, um wahr zu sein. Ich kann absolut nicht verstehen, warum du keine Freundin hast«, platzte es aus Leonie heraus. Sie bereute ihre Worte sofort. Hitze schoss ihr ins Gesicht. Am liebsten wäre sie im Boden versunken.

»Ich gerate immer an die falschen Frauen«, erwiderte er betrübt.

Kapitel 9

Als Leonie nachts im Bett lag, bekam sie kaum ein Auge zu. Das Geräusch des Klangspiels, das Arian ihr geschenkt und vor ihrem Wohnwagen aufgehängt hatte, ließ sie unentwegt an ihn denken. Hatte er das vielleicht beabsichtigt?

Es tat ihr unglaublich leid, dass sie ihm widersprüchliche Signale sendete. Sie fühlte sich zu ihm hingezogen, aber … Er, der bodenständige Nordfriese, und sie, ein abenteuerlustiger Bauchmensch – das konnte nicht gut gehen. Was nutzte es, sich etwas vorzumachen.

Er hatte jedoch leise Zweifel an ihrem Plan, ein zweites Mal auszuwandern, in ihr geweckt. Um zu prüfen, ob Thailand ihr Herz noch immer höherschlagen ließ, rief sie auf ihrem Laptop Reiseseiten auf.

Die Fotos zauberten ein Lächeln auf ihr Gesicht. Schöne Erinnerungen kehrten zurück. Ihr erster Blick auf Koh Samui, als Nico und sie mit der Fähre anlegten. Der exotische Duft der tropischen Vegetation. Der warme Wind, der ihren Körper umschmeichelte. Nico und sie beim ersten Bad im Meer, ausgelassen und überglücklich. Zuversichtlich, ihr persönliches Paradies gefunden zu haben. Leonie war euphorisch wie nie zuvor in ihrem ganzen Leben.

Die Ernüchterung, dass man selbst im Garten Eden hart arbeiten musste, wenn man sich eine neue Existenz aufbauen will, hatte sich bei Leonie nie eingestellt. Immerhin waren sie ihre eigenen Chefs, sie arbeiteten in die eigene Tasche und konnten selbst über ihre Zeit bestimmen.

Leider hatte Nico schnell vergessen, dass sie es locker angehen lassen und die perfekte Work-Life-Balance anstreben wollten. Er meinte, jede freie Minute dazu nutzen zu müssen, die Bar bekannter zu machen. Obwohl das Meer fast vor der Haustür lag, gingen sie nicht mehr schwimmen. Ihr Ex war zu angespannt oder zu müde, um mit ihr zu schlafen. Er hatte nicht einmal mehr Lust zu kuscheln. Er verteilte lieber Flyer unter den neu eingetroffenen Touristen. Den romantischen Sonnenuntergang am Strand genossen nur noch die Urlauber.

Leonie wollte es beim nächsten Mal besser machen und neben der Arbeit auch die Vorzüge Koh Samuis genießen.

»Nein, dahin will ich nicht zurück«, sagte sie in die Dunkelheit ihres Wohnwagens hinein.

Es gab neben den schönen Erinnerungen leider auch viele schlechte. Nicos Gereiztheit, nächtelange Diskussionen und laute Streitigkeiten. Leonie wollte ihr eigenes, unbelastetes Paradies finden.

Ziellos surfte sie durchs Internet, rief Thailand-Seiten auf. Ein Ziehen machte sich in ihrem Bauch bemerkbar. Beim ersten Mal hatte sie Nico an ihrer Seite gehabt. Diesmal würde sie das Abenteuer allein bestreiten müssen, und das machte ihr ein wenig Sorge.

Eigentlich wollte sie nicht allein sein. Es war so schön, in Anjas Nähe zu wohnen und so viele liebe Menschen um sich zu haben, wie Anjas Nachbarn und die Familie Graf.

Aber sie hatte niemanden, der mit ihr auswandern würde. Niemanden, der ihr die Hand halten und ihr ein zuversichtliches Lächeln schenken würde. Kein Netz und keinen doppelten Boden. Nur den brennenden Wunsch, es noch einmal zu probieren und ihr Vorhaben diesmal zum Erfolg zu führen.

Dass ihr erster Versuch schiefgegangen war, nagte an ihr. Sie hatte sich das Leben auf Koh Samui so schön vorgestellt, doch die Realität sah anders aus. Nico trug die Schuld daran, aber er war nicht mehr Teil ihres Lebens, somit gab es zumindest dieses Problem nicht mehr.

Beim nächsten Mal würde schon alles gut gehen, dachte Leonie optimistisch.

Angst und Vorfreude mischten sich zu einem prickelnden Cocktail. Ihre Nervosität und Begeisterung hielten sie wach. Sie fütterte ihr Fernweh mit Informationen, indem sie noch mehr Internetseiten besuchte.

In Gedanken reiste sie nach Bangkok, bestaunte die wilde Mischung aus Wolkenkratzern und buddhistischen Tempeln, schlenderte über einen der exotischen Märkte und aß in einer Garküche. Sie träumte mit offenen Augen davon, die Ruinen der einstigen Königsstadt in Sukhothai zu besuchen und den *Elephant Nature Park* in Chiang Mai zu sehen, in dem man sich um Dickhäuter, die vor Wilderern oder aus der Misshandlung in der Holzproduktion gerettet worden waren, kümmerte.

Egal, wo sie am Ende ihr Lager aufschlagen und was sie arbeiten würde, sie sollte sich die Zeit nehmen, regelmäßig an einem der bildschönen Sandstrände die Sonne zu genießen und in azurblauem Wasser zu schwimmen. Wofür zog man in ein exotisches Land, wenn man nicht die Annehmlichkeiten genoss?

Leonie kam zu dem Schluss, dass sie immer noch ganz aufgeregt wurde, wenn sie an Thailand dachte.

Sie würde Ausflüge machen, die sie mit Nico nicht hatte unternehmen können. Barfuß laufen, ohne sich anhören zu müssen, dass sie in eine Scherbe treten könnte. Freunde unter den Einheimischen finden. In den Tag hineinleben und sich keine Gedanken über morgen machen.

Wenn man eine Bar führte, trug man Verantwortung und war an einen Ort gebunden. Darum überlegte Leonie, ob sie nicht lieber hier und da jobben wollte. Dann konnte sie weiterziehen, wohin und wann sie wollte. Sie wäre frei wie ein Vogel.

Im Internet fand sie Artikel über Deutsche, die erfolgreich ausgewandert waren. Sie entdeckte Blogs, in denen Backpacker über ihre Erfahrungen berichteten. Auf Instagram dokumentierte ein Paar, das ein Jahr lang durch Asien fuhr, seine Reise. Das alles machte Leonie große Lust darauf, es ihnen gleichzutun. Sie wollte eine von ihnen sein.

Plötzlich stieß sie auf einen Aufruf auf Facebook, in dem ein deutscher Bäcker in Phuket eine Aushilfe suchte. Getragen von dem flammenden Fernweh in ihrem Herzen, schrieb sie spontan eine Messenger-Nachricht. Sie erzählte von ihren Erfahrungen vor Ort und dass sie die Stelle sofort anfangen könnte. Damit müsste sie gute Chancen haben. Ihr Finger schwebte über dem Senden-Button. Etwas hielt sie zurück, die Mitteilung abzuschicken. Jemand.

Seufzend klappte sie den Laptop zu. Sie war so aufgeregt,

dass sie nicht mehr einschlafen konnte. Sollte sie die Bewerbung abschicken?

In den nächsten Tagen traf sie sich fast täglich mit Arian. Sie wollte ihm von dem Stellengesuch erzählen, tat es aber nicht, weil sie ahnte, dass das die gute Stimmung zwischen ihnen verderben würde. Außerdem dachte sie selten daran, wenn sie mit ihm zusammen war.

Arian und sie flirteten miteinander, weiter gingen sie nicht. Sie blieben auf sicherem Terrain, der Freundschaftszone.

Leonie fühlte sich in seiner Gegenwart wie eine Lady. Setzte sie sich in einem Restaurant hin, schob er ihr den Stuhl heran. Gingen sie wieder, hielt er ihr die Jacke hin. Sie konnte sich nicht daran erinnern, wann ein Mann sich ihr gegenüber schon einmal wie ein solcher Gentleman verhalten hatte.

Es tat ihr gut, wie rührend Arian sich um sie kümmerte. Wenn er sie einfach lange schweigend anblickte, erzeugte das ein starkes Kribbeln in ihr. Die liebevolle Aufmerksamkeit schmeichelte ihr. Ihr Herz, verletzt von Nicos verbalen Attacken, heilte.

Immer wieder berührte Leonie Arian wie zufällig. Sie wusste, sie sollte die Finger von ihm lassen, doch sie schaffte es nicht. Heimlich roch sie an ihm, wann immer sie die Gelegenheit dazu bekam, er duftete verführerisch. Sie ertappte sich dabei, wie sie verzückt an seinen Lippen hing, während er sprach, und sich vorstellte, diesen appetitlichen Mund abermals zu küssen.

Er stellte eine köstliche Frucht dar, die sie sich selbst untersagte zu pflücken. Die Krux war nur, dass das Verbot die Sehnsucht nach ihm noch steigerte.

Kapitel 10

Eines Tages pochte es sanft an der Tür ihres Wohnwagens. Leonie wurde angenehm flau im Magen. Wollte Arian seine Mittagspause mit ihr verbringen?

Mit Herzklopfen öffnete sie, doch nicht Arian stand vor ihr, sondern Christin.

Anjas beste Freundin breitete die Arme aus und rief: »Überraschung.«

»Ach, du bist es.« Im ersten Moment konnte Leonie ihre Enttäuschung nicht verbergen, doch schnell überwog die Wiedersehensfreude. Lächelnd sprang sie aus dem Caravan und drückte Christin an sich.

»Hast du etwa jemand anders erwartet?«, fragte sie neugierig.

»Nein, nein.« Leonie war ja nicht mit Arian verabredet. Sie hatte bloß auf einen spontanen Besuch gehofft.

Obwohl sie sich regelmäßig trafen, bekam sie nicht genug von ihm. War sie mit ihm unterwegs, spürte sie den Regen gar nicht. Der Wind war nicht mehr ganz so kalt, und die hohen Wellen, die an stürmischen Tagen gegen den Deich krachten, machten ihr keine Angst.

Statt sich klein und hilflos gegenüber der Natur zu fühlen, war sie fasziniert von deren Kraft. Arian veränderte ihre Sichtweise auf das nordfriesische Wattenmeer. Am Abend nach den Spaziergängen über den Deich mit ihm fühlte sie sich zwar körperlich erschöpft, aber emotional stärker, gewappnet für den nächsten Sturm.

»Wirklich nicht?«, bohrte Christin nach und kniff die Augen zusammen. »Wie ich gehört habe, knistert es zwischen Arian und dir.«

Ertappt! Ihr wurde heiß. Hatte Christin ihr ihre Träumereien etwa angesehen? Ausnahmsweise war sie froh, dass die Tage immer kühler wurden und sie die roten Wagen auf die steife Brise schieben konnte. »Es ist frisch draußen. Lass uns reingehen.«

»Gerne«, erwiderte Christin und folgte ihr in den Wohnwagen. »Was ist nun mit Arian und dir? Stimmen die Gerüchte, dass zwischen euch die Funken sprühen?«

»Funken? So ein Unsinn!« Leonie schnaubte etwas zu heftig und setzte sich an den Tisch. »Wer hat denn das behauptet?«

»Alle«, antwortete Christin unbestimmt. Sie nahm ihr gegenüber Platz, legte die Hand auf Leonies Arm und beruhigte sie: »Ist natürlich wirklich nett gemeint, sie freuen sich für euch.«

Nervös band Leonie ihre langen braunen Haare zu einem Zopf. »Man sollte keine voreiligen Schlüsse ziehen. Möchtest du etwas trinken?«

»Lieb von dir, aber nein, danke.« Enttäuscht wollte Christin wissen: »Dann ist nichts dran?«

»Wir gehen nur hin und wieder zusammen essen oder spazieren«, stellte Leonie klar. Arian und sie tauchten überall zusammen auf. Kein Wunder, dass man sie für ein Paar hielt.

Freunde, so war es abgemacht. Aber traf das auch zu? Sie hielten nicht Händchen und knutschten auch nicht herum, aber wenn sie über den Sandwall flanierten, gingen sie so eng nebeneinander, dass ihre Arme aneinanderstießen. In seiner Gegenwart lächelte sie dauernd.

Er hatte ihr ein Ölgemälde geschenkt. Es war so klein, dass sie es im Gepäck verstauen konnte, wenn sie wieder abreiste. Es zeigte einen Leuchtturm zwischen hohen Wellen, ähnlich wie sein Tattoo, nur nicht ganz so bedrohlich und düster. Das Bild stand direkt neben ihrem Bett. Es war das Letzte, das sie sah, bevor sie einschlief, und das Erste, wenn sie aufwachte.

Himmel, ich habe Arian sogar schon geküsst, dachte sie. Und sie wünschte sich insgeheim, es wieder zu tun.

Christin grinste breit. »Noch nicht.«

»Ich habe beschlossen, zurück nach Thailand zu gehen«, klärte Leonie sie auf. Ihre Worte kamen ihr vor wie ein Schutzschild, Arian war ihr jedoch längst unter die Haut gegangen.

»Wir werden sehen. Ich hatte auch nicht geplant, mich in Tjorben zu verlieben und nach Föhr zu ziehen.« Christin breitete die Arme aus. »Und sieh mich an!«

»Gut siehst du aus.«

Leonie hatte Christin immer als zu blass und verkrampft empfunden. Doch nun trug sie dunkle Strähnchen in ihren blonden Haaren, die vom Wind ganz zerzaust und neuerdings stufig waren, und leuchtend blaue Wimperntusche. Sie wirkte lebenslustiger und glücklicher.

»Aber bei mir liegen die Dinge anders«, wandte Leonie ein.

»Die Beziehung zu meinem Ex war verdammt anstrengend. Ich will mich vorerst auf keinen neuen Mann einlassen.«

Christin neigte sich vor und sagte amüsiert: »Das hast du doch schon, du willst es nur nicht wahrhaben.«

»Arian und ich, wir sind nur befreundet«, erklärte Leonie. Nun gut, da war mehr, eine kleine harmlose Schwärmerei, aber das wollte sie für sich behalten.

Christin musterte ihr Gesicht. »Warum bekommst du dann einen verträumten Blick, wenn ich nur seinen Namen erwähne?«

»Das musst du dir einbilden«, erwiderte Leonie.

»Klar.« Christin lächelte ironisch. »Deine Wangen glühen.«

»Ich kann mich einfach nicht an die herbstlichen Temperaturen auf Föhr gewöhnen«, erklärte sie. »Bis zum Winter will ich wieder in tropischen Gefilden sein.«

Sie schloss die Tür des Wohnwagens. Um von sich abzulenken, fragte sie: »Wie geht es Franjo?«

»Ganz gut, denke ich.« Christin zuckte mit den Schultern. »Seit unserer Trennung hat er bestimmt fünf Kilo zugenommen. Seine Mutter stopft ihn zum Trost mit Essen voll.«

»Zum Trost? Er ist derjenige, der fremdgegangen ist«, brach es aus Leonie heraus. Leiser fügte sie hinzu: »Anja hat mir davon erzählt. Ich hoffe, das war okay.«

»Natürlich. Ja, er hat mich betrogen, aber ich habe ihn verlassen«, erklärte Christin und öffnete den Reißverschluss ihrer himmelblauen Windjacke. »Seine Eltern finden, ich hätte ihm verzeihen müssen. Einmal ist keinmal, meinen sie.«

Leonie riss die Augen auf. »Sie haben den Seitensprung heruntergespielt?«, fragte sie fassungslos.

»Ja, dabei bin ich mir nicht sicher, ob Franjo mich wirklich nur einmal mit Patrizia betrogen hat, aber das ist mir inzwischen auch egal. Ich habe damit abgeschlossen.« Entspannt lehnte sich Christin auf der Sitzbank zurück. »Meine Eltern waren nicht viel besser. Sie haben mich an das Eheversprechen erinnert, bis dass der Tod uns scheidet und so weiter.«

»Heutzutage muss eine Frau nicht alles ertragen und auf Biegen und Brechen bei ihrem Ehemann bleiben.« Leonie schnaubte. »Jetzt bist du glücklich mit Tjorben, und Franjo steht allein da. Das hat er davon, dass er seinen Schwanz nicht in der Hose behalten konnte.«

Verlegen sah Christin aus dem Fenster. »Ich … ich habe ihm vorgeschlagen … es ernsthaft mit Patrizia zu versuchen.«

»Du willst ihn ausgerechnet mit ihr verkuppeln?« Leonie traute ihren Ohren kaum.

»Sieh mich nicht so an, als wäre ich verrückt geworden.« Christin legte die Hände auf den Tisch und betrachtete ihre in Perlmutt lackierten Fingernägel. »Franjo tut mir einfach leid. Er steht unter der Fuchtel seiner Eltern.«

Sachte strich Leonie über Christins Arm. »Du musst kein Mitleid mit ihm haben.«

»Es ist nicht nur das …«, begann Christin und berührte die Stelle, an der ihr Ehering vor zwei Monaten noch gesessen hatte. »Wenn Franjo und Patrizia ein Paar werden würden, wäre es für mich weniger schlimm, dass die beiden mich hintergangen haben. Dann wäre letztlich ja doch Liebe mit im Spiel, und gegen Liebe ist man machtlos.«

»Mir wäre das egal, es würde nichts ändern«, erwiderte Leonie verständnislos. »Es ist und bleibt dabei, dass er dich betrogen hat.«

»Das würde Franjos Untreue nicht besser machen, du hast recht, aber irgendwie würde es sich anders anfühlen«, erklärte Christin und spielte mit ihrem Armband herum. Daran hingen winzige Schneckenhäuser in derselben Farbe wie ihr Nagellack. »Es wäre weniger verletzend für mich, wenn nicht irgendeine Frau meine Ehe zerstört hätte, sondern die, für die Franjo bestimmt ist.«

Leonie war verwirrt. »Seit wann weißt du, dass das nicht du bist?«

»Unsere Ehe lief schon länger nicht mehr gut, unsere gemeinsame Zeit war abgelaufen. Ich gehöre nicht mehr an seine Seite, aber vielleicht Patrizia. Ich wünsche es den beiden.« Verlegen lächelnd steckte sich Christin eine Haarsträhne hinters Ohr. »Sie haben sich zum Abendessen verabredet, das freut mich.«

»Ich finde deine Sichtweise zu großzügig«, wandte Leonie ein und rümpfte die Nase. An Christins Stelle hätte sie Patrizia die Pest auf den Leib gewünscht.

»Mag sein, aber für mich ist die Vorstellung tröstlich. Liebe ist stärker als alles andere auf der Welt«, erklärte Christin verträumt lächelnd, dann blinzelte sie Leonie herausfordernd an. »Übrigens auch stärker als Fantasien darüber, auswandern zu wollen.«

Leonie schob ihr Kinn vor. Sie fühlte sich an eine Zeit

erinnert, als Anja und Christin, bereits jugendlich, sie, da sie noch ein Kind war, nicht ernst genommen hatten. »Ich habe aber durchaus konkrete Pläne.«

»Hast du schon einen Flug gebucht?«, wollte Christin wissen.

»Nein, nein«, wiegelte Leonie rasch ab. Bei der Vorstellung, bald abzureisen, bekam sie Herzrasen. Vor Vorfreude oder vor Panik? Sie konnte es nicht sagen.

»Hast du schon eine neue Bar gekauft? Du weißt ja, ich habe in einer Bank gearbeitet, vielleicht kann ich dich bei der Finanzierung beraten«, bot Christin ihr an.

»Das kann ich mir nicht leisten, mein Geld steckt ja immer noch in der *Coco*«, gab Leonie zu, sammelte die abgefallenen Blätter der Sonnenblumen von der Tischdecke und warf sie in den Mülleimer. Sie hatte aufs falsche Pferd gesetzt und ihren Wetteinsatz verloren. »Ich will lieber als Angestellte arbeiten.«

»Wo hast du denn einen Arbeitsvertrag unterzeichnet? Wieder in der Gastronomie?«, fragte Christin.

Leonie roch am Wasser in der Blumenvase und verzog das Gesicht. Während sie zur Spüle ging und es auswechselte, antwortete sie zögerlich: »Noch nirgendwo.«

»Konkret klingt für mich anders«, sagte Christin lächelnd.

Bevor Leonie antworten konnte, zeigte Christin plötzlich zum Dorfanger. »Schau nur! Sören treibt seine Schafe durch Walsum. Wenn ich das sehe, geht mir jedes Mal das Herz auf. Genau wie bei Möwen. Und Deichen. Und Leuchttürmen. Und bei Strand und Meer. Und bei Tjorben.« Sie lachte verliebt.

Leonie setzte sich wieder und sah ebenfalls nach draußen, versank jedoch bald in Gedanken.

Arian hatte sie schon zu überreden versucht, auf Föhr zu bleiben. Nun fing Christin auch noch damit an. Anja hatte erwähnt, wie schön es wäre, wenn Leonie in der Nähe wohnen bliebe. Doch je mehr Druck ausgeübt wurde, desto dringender wollte sie wieder weg. Fühlte sie sich bedrängt, reagierte sie defensiv und tat erst recht, wovon man sie abhalten wollte.

»Du hast einen unruhigen Geist, der hält dich und alle um dich herum auf Trab«, hatte ihre Mutter ihr als Jugendliche halb amüsiert vorgeworfen. »Du bist wie ein Wildpferd, freiheitsliebend und ungestüm. Das könnte dir noch mal zum Verhängnis werden.«

So bin ich nun einmal, dachte Leonie.

Ihr Erspartes steckte in der *Coco*. Nico hatte ihr einen Teil der Einnahmen, den sie zurückgelegt hatten, für das Flugticket nach Deutschland gegeben. Nun saß sie hier fest.

Sie würde sich das Geld für den Flug nach Bangkok oder Phuket leihen müssen. Aber von wem? Anja hatte ihr Kapital ins *Lüttes Glück* investiert. Ihren Vater wollte Leonie nicht fragen, seine Freundin Rita würde es ohnehin nicht erlauben. Christin brauchte ihre Rücklagen für den eigenen Neubeginn. Arian vielleicht? Auf keinen Fall. Darüber hinaus gab es niemanden.

Plötzlich fühlte sie sich einsam. Durch die Entfernung über Kontinente hinweg hatte sie sich von ihren Freunden in Köln entfremdet. Es bestand noch Kontakt, aber eher oberflächlich und sporadisch. Zudem hatte sie erkannt, dass einige von ihnen bloß Bekannte waren. Echte Freundschaft war kostbar. Da gab es niemanden, den sie bitten wollte, ihr eine größere Summe zu leihen.

Sie hörte ihre Freunde schon sagen: »Du willst dieselbe Dummheit ein zweites Mal machen?«

Leonie musste wieder an ihre Mutter denken. Auch wenn Martina sich gewünscht hätte, ihre Tochter in ihrer Nähe zu haben, hätte sie ihr dennoch sofort das Geld gegeben. Liebe wäre nur ein Grund, Verständnis der andere. Sie hatte den großen Wunsch gehegt, ein eigenes Hotel zu führen. Er war nie wahr geworden. Leonie wollte nicht, dass es ihr ebenso erging.

Damals, als sie ein Teenager war, hatte ihre Mutter auch gesagt: »Wildpferde sind schöne, stolze Tiere. Vielleicht wirst du ja mal eine Beziehung haben, in der du zur Ruhe kommst. Dann wirst du von selbst Wurzeln schlagen.«

Leonie musste wieder an Arian denken. Er war so tief verwurzelt, dass man ihn nicht verpflanzen konnte. Eine Partnerin musste ihr Leben auf ihn abstimmen. Leonie hatte jedoch eigene Ziele, und die ließen sich mit seinen nicht vereinbaren.

Plötzlich tauchte Anja vor dem Fenster auf. Fröhlich winkte sie ihr und Christin zu. Sie ging um den Wohnwagen herum und öffnete die Tür. »Hier seid ihr.«

»Komm rein!«, forderte Leonie sie auf.

Anja nahm neben Christin Platz. »Du wohnst ja jetzt schon zwei Wochen hier und hast einen ersten Eindruck vom *Möwennest* gewonnen. Wie gefällt es dir?«, fragte ihre Schwester sie.

»Ich fühle mich hier sehr wohl«, antwortete Leonie wahrheitsgemäß. »Der Platz ist klein, aber fein, und er liegt mitten im wunderschönen Marschland. Tagsüber ist der Trubel in Wyk und den anderen Inseldörfern und am Strand schön, aber nachts will man doch seine Ruhe haben. In Walsum schläft man wie ein Murmeltier.« Sie grinste. »Außerdem kann man gleich nebenan im *Lüttes Glück* richtig gut frühstücken und nachmittags im Gartencafé den köstlichsten Kuchen auf ganz Föhr essen.«

»Danke. Das beruhigt mich. Anscheinend war der Campingplatz keine allzu schlechte Investition. Er ist winzig, wenn wir mal ehrlich sind, aber die Sanitäranlagen, Anschlüsse und die Genehmigung haben trotzdem eine Stange Geld gekostet. Dein Lob hilft mir nur leider nicht weiter.« Entschuldigend sah Anja sie an. »Hast du vielleicht Verbesserungsvorschläge?«

»Du könntest im Sanitärhäuschen kleine Aufmerksamkeiten für deine Gäste bereitlegen«, dachte Leonie laut nach. »Als Überraschung. Das käme bestimmt gut an.«

Anja lehnte sich über den Tisch und sah sie aufmerksam an. »An was hast du dabei gedacht?«

»Kleine bunte Seifen zum Beispiel oder Seife aus Schafsmilch von Sören.«

»Ich habe doch Spender mit Flüssigseife«, wandte Anja ein.

»Ist auch nur so eine Idee«, beruhigte Leonie ihre Schwester. Sie wollte sie zu nichts überreden. »Es wären farbliche Akzente in den Sanitäranlagen, zudem kleine Gastgeschenke. Die Camper könnten sie entweder sofort benutzen oder als Erinnerung mitnehmen.«

»Du könntest *Lüttes Glück* einstanzen lassen«, warf

Christin begeistert ein. »Vielleicht legen die Urlauber die Seife zu Hause aufs Gästeklo, und ihre Freunde sprechen sie darauf an. Mundpropaganda ist meiner Meinung nach die beste Werbung. Oder sie legen sie unter die Spüle, finden sie irgendwann wieder und buchen daraufhin ihren nächsten Urlaub bei dir.«

»Du willst dich doch abheben von anderen Campingplätzen und erreichen, dass sich die Gäste wohlfühlen und wiederkommen«, gab Leonie zu bedenken. »Das Sanitärhäuschen ist außen gelb, was ich schön finde. Es passt gut zu den roten Backsteinen der Inselpension und fügt sich angenehm in die Wiesen und Felder rundherum ein. Aber innen ist es noch ein bisschen langweilig weiß, da wirkt das Ganze etwas zweckmäßig. Mir fehlt die Wärme, die man im *Lüttes Glück* spürt. Etwas Farbe würde schon helfen.«

»Du hast recht. Drinnen muss es bunter werden.« Anja nickte. »Gerade, wo die dunkle Jahreszeit bevorsteht.« Amüsiert fügte sie hinzu: »Ich hätte dich damals in meiner Werbeagentur einstellen sollen. Du bist besser als ich.«

»Nein, bin ich nicht.« Leonie schüttelte den Kopf so heftig, dass ihr Haarband im Nacken etwas herunterrutschte. In der Branche hätte sie niemals arbeiten wollen. Alles drehte sich um mehr Umsatz und stetes Wachstum. Bei den Kunden und der Agentur selbst. Das war einfach nicht Leonies Ding. »Du hast zurzeit vielleicht nicht immer den Blick für die Details frei, bist zu nah dran und hast zu viel anderes um die Ohren.«

Anja seufzte. »Wohl wahr.«

»Du könntest ein farbiges Gästehandtuch hinhängen«, schlug Leonie vor und lächelte ermutigend.

»Ich habe doch schon einen Händetrockner installieren lassen.« Anja verzog das Gesicht und fügte hinzu: »Der war nicht billig.«

»Muss ja auch nicht sein. Das sind alles bloß Vorschläge«, beruhigte Leonie sie.

»Eine Ideensammlung«, pflichtete Christin ihr bei.

»Ich dachte nur, dass ein Handtuch wohnlicher wirkt. Bring doch etwas von der Behaglichkeit aus dem *Lüttes Glück* in das Sanitärhäuschen.« Nachdenklich tippte sich Leonie gegen die Unterlippe. »Du könntest eine Treibholzskulptur wie die, die im Eingang steht, auf der Fensterbank hinter die Waschbecken stellen.«

»Meinst du die mit der knutschenden Meerjungfrau und dem Wassermann?«, fragte Christin begeistert.

Leonie grinste. »In meinen Augen machen sie etwas mehr, als nur herumzuknutschen.«

»Ihr lenkt ab.« Anja sah die beiden rügend an, lachte dann aber. »Ich denke ja auch, dass sie Liebe machen, aber zurück zum Thema. Ich weiß nicht, ob Handtuch und Seife in öffentlichen Anlagen aus hygienischen Gründen erlaubt sind, muss mich erst erkundigen. Jedenfalls mag ich die Vorstellung, im Sanitärhäuschen durch wenige Handgriffe eine behagliche Badezimmeratmosphäre zu schaffen.« An Leonie gerichtet fragte sie: »Fällt dir sonst noch etwas ein?«

»Eine üppigere Randbepflanzung wäre nicht nur hübsch, sondern würde auch den Wind etwas abhalten.« Mit einer ausladenden Geste wies Leonie auf den Campingplatz hinter dem Panoramafenster. »Es ist alles sehr kahl.«

»Kommt auf die Liste«, erwiderte Anja geschäftsmäßig. »Wir sind ja noch im Aufbau. Jetzt, wo die Anlagen installiert sind, können wir uns an den Feinschliff machen.«

Lächelnd schüttelte Leonie den Kopf. »Ich hätte nie gedacht, dass du mal einen Campingplatz führst.«

»Das klingt übertrieben. Es sind ja nur ein paar Stellplätze«, wandte Anja ein.

»Die du neben dem *Lüttes Glück* und dem Gartencafé betreibst«, erwiderte Leonie voller Stolz auf ihre Schwester. Anjas neues Leben auf Föhr war kein leichtes, aber eins, das sie glücklich machte. Anzukommen, das wünschte sich Leonie für sich selbst auch. Heimatlos zu sein, setzte ihr zu. Sie liebte ihre Freiheit, wollte jedoch auch gerne irgendwo dazugehören. Auf Föhr hatte man sie herzlich willkommen geheißen, aber sie war eben nur ein Gast.

Anja winkte ab. »Mit der Hilfe von Hilde, Godo und Maike.«

»Tiefstaplerin«, schalt Leonie sie liebevoll. »Das *Möwennest* ist ein Gewinn für die kleine Inselpension und für Walsum«, versicherte sie ihr.

»Hoffentlich wird es auch einer für meinen Geldbeutel sein, denn ich kann zusätzliche Einnahmen gut gebrauchen«, gab Anja zu.

Die Bemerkung machte Leonie bewusst, dass sie zurzeit kein Einkommen hatte. Sie verdiente nicht einen einzigen Cent. Sie lebte von der Hilfsbereitschaft von Anja, Arian und deren Freunden. Zwischendurch überfielen sie Existenzängste.

Aber morgen würde sie das erste Mal im *Stelly's Hüüs* töpfern. Sie konnte es kaum erwarten. Ihr Geldbeutel würde darunter zwar leiden, da sie den Ton erst kaufen musste, aber es würde ihrer Seele guttun.

Wenn sie nur die Keramiken veräußern dürfte, könnte sie sich vielleicht sogar das Geld für ein Flugticket verdienen. Das würde zwar Zeit in Anspruch nehmen, aber der Gedanke, monatelang auf Föhr festzuhängen, hatte seinen Schrecken verloren. Der Grund dafür hieß Arian.

Leider war ihr der Verkauf jedoch verboten. Was sollte nur aus ihr werden?

»Weißt du, was unsere Mutter jetzt zu dir gesagt hätte?«, begann Anja und stupste Leonie an, um sie aus ihren Grübeleien zu reißen. »Wenn du noch mehr die Stirn runzelst, gehen die Falten nie wieder weg.«

Verlegen fuhr sich Leonie durchs Gesicht.

»So tiefe Sorgenfalten habe ich noch nie an dir gesehen. Worüber denkst du so angestrengt nach?«

»Vielleicht sollte ich meine Abreise auf das Frühjahr verschieben und mir einen Job als Saisonkraft suchen«, sagte Leonie. »Ich könnte etwas ansparen und dir für die *Nordseeperle* Miete zahlen.«

Bestimmt erwiderte Anja: »Das will ich nicht.«

»Aber du hast doch gesagt, dass dir weitere Einkünfte willkommen wären«, erinnerte Leonie sie.

»Ich würde niemals Geld von dir annehmen«, stellte Anja klar. Sie stand auf, kam um den Tisch herum und setzte sich neben Leonie. Eindringlich sah sie sie an. »Damit ist die Diskussion beendet.«

Dankbar drückte Leonie ihre Schwester an sich. Anja duftete angenehm nach Orangen und Amber.

»Wenn du ein halbes Jahr bleiben würdest, würde sich Arian bestimmt freuen«, ließ Christin beiläufig fallen.

Seufzend ließ Leonie Anja wieder los. »Wir sind nur ...«

»Freunde«, beendete Christin den Satz, bevor Leonie es konnte.

»Sie wird nicht müde, das zu betonen«, sagte Anja zu Christin.

Christin schmunzelte. »Das habe ich auch schon bemerkt.«

Je öfter sie abstritt, dass mehr zwischen Arian und ihr war, desto weniger würde man ihr glauben. Leonie seufzte. »Ich werde in mein Sehnsuchtsland zurückkehren. Aufgeschoben ist nicht aufgehoben.« Sie fühlte sich nicht ganz ernst genommen.

Von ihnen beiden war Anja schon immer die Macherin gewesen. Erst hatte sie mit ihrem Ex Ralf eine renommierte Werbeagentur aufgebaut, und nun brachte sie das *Lüttes Glück* wieder auf die Erfolgsspur. Die Buchungszahlen sahen gut aus, hatte Leonie von Hilde, die insgeheim furchtbar stolz auf Anja war, erfahren.

Sie gönnte ihrer Schwester das alles von ganzem Herzen und wünschte sich, selbst auch mal erfolgreich in irgendetwas zu sein. Ihr ging es dabei nicht ums Geschäft, sondern um Selbstverwirklichung, sich ein neues Leben unter Palmen aufzubauen. Warum unterstützte sie niemand dabei? Machten sich die anderen Sorgen um sie, oder sprach der Neid aus ihnen, weil sie sich traute, das zu tun, wovon andere nur zu träumen wagten?

Damals hatte Anja ihr abgeraten, mit Nico auszuwandern, weil sie sich erst neun Monate kannten. Jetzt wollte ihre Schwester sie mit Arian verkuppeln, damit sie in ihrer Nähe blieb. Leonie fühlte sich bevormundet. Anja war nicht ihre Mutter.

»Bis zum Frühjahr kann viel passieren«, wandte Anja lächelnd ein. »Du könntest zum Beispiel schwanger werden.«

Leonie erschrak. Warum brachte Anja das Thema aus dem Nichts auf? Auch wusste sie doch, dass das für Christin nicht einfach war, wenn ihre Freundinnen so darüber redeten. Sie blickte kurz zu Christin.

»Schon gut«, beruhigte Christin sie. »Ich habe mich damit abgefunden, keine Kinder bekommen zu können. Ich leide nicht mehr darunter. Tjorben hilft mir sehr. Bei Franjo hatte ich immer das Gefühl, dass etwas fehlt, aber bei Tjorben nicht. Ich fühle mich geliebt und bin rundum glücklich.«

»Wow, was für eine wundervolle Liebeserklärung«, staunte Leonie. »Wie um alles in der Welt kommst du denn jetzt auf Kinder?«, fragte sie ihre Schwester. »Bist du etwa … schwanger?«

»Nein, nein«, beeilte sich Anja zu antworten. »Das war nur so dahergesagt. Du wolltest doch immer eine große Familie.«

»Ich liebe Kinder, sonst wäre ich nicht Kindergärtnerin geworden.« Bei der Vorstellung, eines Tages Mutter zu sein, breitete sich Wärme in Leonie aus. Dennoch wandte sie ein: »Ich habe noch so viel vor.«

»Tickt deine innere Uhr denn nicht?«, fragte Christin vorsichtig.

»Doch«, gab Leonie zu. »Aber noch leise. Ich bin ja erst Anfang dreißig.«

»Willst du wirklich, dass deine Kinder in Thailand aufwachsen?«, wollte Anja wissen und lehnte sich auf der Sitzbank zurück. »Ich vermute mal, dass es in Deutschland mit dem Bildungssystem und der medizinischen Versorgung einfacher ist?«

Leonie fühlte sich in die Mangel genommen, rutschte unruhig hin und her. Über das Thema hatte sie noch nicht nachgedacht. »Du hast wohl recht«, gab sie zu.

»Solche Faktoren solltest du vermutlich schon berücksichtigen, wenn du dir ein neues Leben in Thailand aufbauen willst, vor allem wenn du ja mal eine Familie gründen willst, oder?« Anja sah ihre Schwester an.

»Vielleicht komme ich ja in ein paar Jahren nach Deutschland zurück«, erwiderte Leonie verunsichert. Ihr Kopf pochte unangenehm wegen all der Fragen, auf die sie keine Antworten hatte. Sie fühlte sich in die Ecke gedrängt. Gereizt sagte sie: »Warum soll ich mir jetzt schon den Kopf zerbrechen? Ich habe nicht einmal einen Freund.«

»Wie gesagt, bis zum Frühling kann viel passieren«, erwiderte Anja und zwinkerte ihr zu.

Kapitel 11

Am Nachmittag bohrte Imke Paulsen den Stachel unwissentlich tiefer in Leonies Fleisch.

»Moin, Leonie. Ich habe gehört, dass du auch als Kindergärtnerin gearbeitet hast. Wie schön«, sagte die alte Dame, als sie auf dem Teppich aus Herbstlaub auf sie zukam.

Leonie wollte gerade nach Nieblum aufbrechen. In einer Hand hielt sie eine Flasche Rotwein, und mit der anderen schloss sie die Tür der *Nordseeperle*. »Du etwa auch?«

»Ja, ich habe heute noch Bilder, die mir die Kleinen damals geschenkt haben, und natürlich auch viele von meinen drei Töchtern. Hast du Kinder?« Imke drückte eine Papiertüte gegen ihre ozeanblaue Jacke, die mit einer auffälligen Stickerei verziert war. Ein Schwarm weißer Fische schwamm neben dem Reißverschluss vom Kragen zum Saum.

Als Leonie genauer hinsah, bemerkte sie, dass sich ein einzelner Fisch gegen den Storm bewegte. Sie musste schmunzeln, er war ihr sympathisch. Im Moment kam sie sich vor wie er. »Nein, noch nicht. Bisher hat es nie gepasst.«

»Für mich gibt es nichts Schöneres, als Mutter zu sein.« Imke rieb über die Altersflecken auf ihrem Handrücken und fügte betrübt hinzu: »Auch wenn ich meine Töchter heutzutage nicht mehr so oft sehe. Sie leben auf dem Festland.«

Leonie verspürte einen Anflug von Panik. In den letzten

Jahren hatte sie das Thema Nachwuchs ein wenig aus den Augen verloren. Seit dem Gespräch mit Anja und Christin hatte sie es wieder auf dem Schirm und machte sich Sorgen, sie könnte kinderlos bleiben. Sie hatte gedacht, dass ihr das Auswandern wichtiger war als alles andere. Nun stellte sie fest, dass sie damit falschlag.

»Willst du reinkommen?« Es tat Leonie leid, dass sie genervt klang. Das hatte nichts mit Imke zu tun, sie ärgerte sich über sich selbst.

Anja und Christin durchdachten für gewöhnlich jede ihrer Entscheidungen gründlich und hatten stets alles im Griff. Leonie war aus anderem Holz geschnitzt. Sie entschied meistens spontan aus dem Bauch heraus und versank dadurch auch schon mal im Chaos, weshalb die beiden sie manchmal für gedankenlos und sprunghaft hielten.

Imke winkte ab und lächelte versöhnlich. »Nein, danke. Ich sehe doch, dass du auf dem Sprung bist.«

»Tut mir leid. Ich habe Ilse Graf versprochen, heute Nachmittag bei ihr vorbeizukommen«, erklärte Leonie und band sich Godos Schal enger um den Hals. Unter Maikes Friesennerz und Anjas Pullover hatte sie eine Gänsehaut. Nur ihre Füße in den dicken Wollsocken und Hildes Gummistiefeln waren schön warm. Eigentlich hatte sie mit dem Fahrrad fahren wollen, aber es war empfindlich frisch, und dunkle Wolken zogen auf. Sie würde sich lieber Anjas Auto ausleihen.

»Dass mit Arian und dir freut mich sehr. Er ist ein Glücksgriff.« Die alte Dame zwinkerte.

Bei seinem Namen schlug Leonies Herz einen Takt schneller. »Arian und mir?«

»Ihr seht so verliebt aus. Ich stehe nicht den ganzen Tag hinter den Gardinen und beobachte, was sich in Walsum tut«, beeilte sich Imke zu sagen und wurde rot. »Aber manchmal bekomme ich mit, wenn er dich nach Hause bringt. Wie ihr euch anseht. Ihr strahlt beide heller als die Sonne und braucht immer lange, um euch voneinander zu verabschieden.«

»Wir sind kein …« Leonie sprach den Satz nicht zu Ende. Sie hatte keine Lust mehr, sich ständig zu rechtfertigen. Es glaubte ihr ja ohnehin niemand.

Hinter Imke wehte der Wind goldgelbe Blätter von der Linde. »Mir ist aufgefallen, dass ihr euch nie zum Abschied küsst«, bemerkte sie. »Ich weiß auch warum.«

Erleichtert stieß Leonie die Luft aus. Anscheinend hatte Imke als Einzige begriffen, dass Arian und sie bei aller Sympathie eben doch nicht zusammen waren.

»Weil ihr euch sonst gar nicht voneinander losreißen könntet«, fuhr die alte Dame fort und kicherte mädchenhaft. »Ich freue mich für euch. Ihr seht so hübsch zusammen aus.«

»Danke, aber ich muss jetzt wirklich los«, entschuldigte sich Leonie leicht grimmig.

Sie fühlte sich, als würde man ihr ein Kleid anziehen wollen, das ihr nicht ganz passte. Das machte sie unglücklich, denn sie hatte sich spontan in das Kleid verliebt.

»Natürlich. Entschuldige, ich will dich nicht aufhalten.« Verlegen betastete Imke ihre kurzen grauen Haare. Dann überreichte sie ihr lächelnd die Papiertüte. »Das ist für dich.«

Überrascht stellte Leonie die Weinflasche auf den Boden, griff in die Tüte und holte das Geschenk heraus. Ein Paar Hausschuhe aus kuschelig-weicher Schafswolle, die bis zu den Fußknöcheln reichten. »Für mich?«

»Ich habe sie auf dem letzten Dorfmarkt, der in diesem Jahr in Oevenum stattfindet, entdeckt und sofort an dich gedacht«, erzählte Imke. »Du kannst sie prima abends anziehen, wenn du ein Buch liest oder mit Arian oder Anja zusammensitzt. Ich weiß, du hast eine Heizung, aber die ist doch bestimmt genauso in die Jahre gekommen wie der Rest des Wohnwagens. Bestimmt zieht es ganz fürchterlich von unten.«

Tat es zum Glück nicht, aber Leonie freute sich trotzdem. »Das ist so lieb von dir. Was bekommst du von mir?«

»Gar nichts«, wiegelte Imke ab. »Es macht mir Freude, wenn ich dir so eine Freude machen kann.«

Das wollte Leonie nicht so stehen lassen. Sie kannten sich doch gar nicht. »Ich werde mir etwas zum Dank einfallen lassen.«

»Wenn du dich revanchieren willst, dann besuch doch meinen Mann Elkmar und mich mal, und erzähl uns von Thailand. Ich würde gerne mehr über das Land erfahren. Es ist so weit weg. Ich war noch nie dort und werde es auch nicht mehr hin schaffen.« Sie lächelte traurig. »In unserem Alter reist man nur noch in der Fantasie, dabei könntest du mir helfen.«

»Das werde ich in den nächsten Tagen machen«, versicherte Leonie ihr voller Vorfreude darauf, ihre Begeisterung für das asiatische Land mit den Paulsens zu teilen.

»Wir bekommen nicht oft Besuch«, erklärte Imke. »Zeit mit uns zu verbringen, ist das schönste Geschenk, das du uns machen kannst.«

»Das kann ich nachvollziehen, ich denke genauso, obwohl ich unwesentlich jünger bin«, pflichtete Leonie ihr bei.

Imke ging, drehte sich aber noch einmal um und bat leise: »Erzähl Sören nicht, dass du die Schuhe von mir hast. Sie sind nicht aus der Wolle seiner Schafe.«

»Versprochen«, rief Leonie ihr hinterher und packte das Geschenk schnell wieder in die blau-weiß gestreifte Tüte.

»Bestell Arian viele Grüße von mir«, sagte Imke laut an der Linde am Eingang des Campingplatzes. Ein gelbes Blatt landete auf ihrem grauen Haar. Sie zupfte es ab und ließ es fallen. »Er hat meinen Mann und mich gemalt, ohne dass wir davon wussten, und uns das Ölgemälde zur goldenen Hochzeit geschenkt. Das werde ich nie vergessen. Ich habe geweint vor Freude.«

Dann eilte Imke mit kleinen und für ihr Alter erstaunlich schnellen Schritten über den Dorfanger nach Hause.

»Ich will zu seiner Mutter, nicht zu ihm«, stellte Leonie klar, doch Imke konnte sie nicht mehr hören.

Arian und sie waren für diesen Abend nicht verabredet. Jetzt am Nachmittag hielt er sich ohnehin noch im *Strandmohn* auf und hatte keine Zeit für sie.

Leider hatten sie überhaupt noch kein neues Treffen ausgemacht. Es stand in den Sternen, wann sie sich wiedersehen würden. Die Ungewissheit nagte an ihr.

Bekam Leonie eine Nachricht, griff sie hastig zu ihrem Smartphone, in der Hoffnung, dass Arian ihr schrieb. Klingelte ihr Handy, wünschte sie sich, er wäre es. Klopfte es an der Tür ihres Wohnwagens, beschleunigte sich ihr Puls, weil er davorstehen könnte.

Doch er hatte sich seit gestern nicht mehr gemeldet. Seit ihrem Kennenlernen im *Strandmohn* hatten sie sich jeden Tag wenigstens kurz gesehen. Sie hatten Arians Mittagspause zusammen verbracht oder sich abends auf einen Cocktail getroffen.

Der Tag war natürlich noch nicht vorbei, Arian konnte immer noch spontan vorbeikommen. Normalerweise schickte er ihr jedoch spätestens am frühen Nachmittag eine kurze Nachricht und fragte, ob sie Lust hätte, dies oder jenes zu unternehmen, oder in Walsum wäre, weil er bei ihr hereinschauen wollte. Doch bisher hatte sie noch nichts von ihm gehört.

Hatte sie etwas Falsches gesagt? War sie ihm auf Dauer zu anstrengend, weil sie ständig fror und sich übers Schietwetter beschwerte, während er das Gesicht in den Regen hielt und lächelte? Hatte sich sein Interesse an ihr als Strohfeuer erwiesen? Ghostete er sie etwa?

Vielleicht wollte Arian in seiner knappen Freizeit doch lieber malen, damit die Galerie nicht bald auf dem Trockenen saß, anstatt sie mit einer Frau zu verbringen, die ihn auf Distanz hielt. Sie könnte verstehen, wenn es ihm wichtiger war, seinen Laden am Laufen zu halten, denn das *Strandmohn* würde immer ein Teil seines Lebens bleiben.

Leonie erkannte sich nicht wieder. Normalerweise legte sie nicht ständig alles auf die Goldwaage und analysierte jedes Wort, das sie mit jemandem sprach, daraufhin, ob sie sich etwas diplomatischer hätte ausdrücken sollen. Dass sie es diesmal tat, zeigte ihr, wie gern sie Arian hatte.

Sie wollte seine Blicke spüren, die ein heißes Prickeln in ihr auslösten und sie die herbstlichen Temperaturen vergessen ließen. In der Beziehung mit Nico war ihre Lebenslust fast verwelkt, Arians Aufmerksamkeit ließ sie wieder erblühen.

All die Kleinigkeiten, die er für sie tat, machten ihn so großartig. Spontan stieg er in seinen Wagen, fuhr nach Nieblum und holte ihr im *Alten friesischen Theehuus* »Föhrer Knusper Nuss«-Tee, weil sie im Gespräch darauf kamen und sie die Sorte gerne mal probieren wollte. Mit einem Augenzwinkern verewigte er in einer Bar den unfreundlichen Keller auf dem Bierdeckel als Karikatur und brachte sie damit zum Lachen.

Einmal hatte er sie mit einem Sektfrühstück überrascht, neben Schaumwein gab es Baguette, ein dickes Stück Inselkäse und hauchdünn geschnittene Scheiben Schinken.

Glück kann so einfach sein, dachte Leonie und legte die Hausschuhe, die Imke ihr geschenkt hatte, in den Caravan.

In der Kürze der Zeit hatten Arian und sie schon so viel zusammen erlebt und sich über so viele verschiedene Themen unterhalten, dass Leonie meinte, ihn schon deutlich länger zu kennen.

Sie lauschte ihm gerne, wenn er seine Inselgeschichten erzählte. Er ermutigte sie, ihre Kreativität auszuleben. Stundenlang sprach er mit ihr über Formen und Muster für die Keramiken. Nico und vermutlich viele andere Männer hätten sich bei dem Thema schnell gelangweilt. Arian jedoch hörte ihr zu, wenn sie ihre Vorstellungen mit ihm teilte, gab ihr Anregungen und zeichnete seine Vorschläge auf.

Mit ihm zusammen zu sein, machte sie glücklich. Nun, da er sich nicht meldete, fühlte sie sich wie auf Entzug. Sie konnte sich kaum konzentrieren, musste ständig an ihn denken und wurde unruhig.

Umso froher war Leonie, etwas zu tun zu haben, das sie vom Warten auf seinen Anruf ablenkte. Sie nahm die Flasche Rotwein und machte sich auf den Weg nach Nieblum zu seiner Mutter.

Sie hatte von Anja und Arian schon viel von der Windmühle gehört, die Ilse und Johan Graf umgebaut hatten, nun sah sie sie das erste Mal mit eigenen Augen. Die weiße Fassade hob sich von den dunklen Regenwolken, die sich über Föhr zusammenbrauten, ab. Die Flügel schienen unversehrt, aber sie bewegten sich nicht. Leonie fragte sich, ob sie funktionierten. Es musste ein besonderes Wohngefühl sein, in der ehemaligen Mühle zu leben.

Als Leonie an der Haustür klingelte, wurde sie nervös. Es war ihr wichtig, einen guten Eindruck auf Arians Mutter zu machen.

Außerdem wollte sie wiedergutmachen, dass sie zu lange gebraucht hatte, um sich bei ihr für die Stricksachen zu bedanken. Es hatte im *Lüttes Glück* ein Problem gegeben. Hilde ging es nicht gut, sie hatte einige Tage das Bett hüten müssen. Leonie hatte für sie den Frühstücksdienst übernommen.

Das Fieberthermometer zeigte normale Körpertemperatur an, aber Hilde behauptete mit erstaunlich kräftiger

Stimme: »Es muss kaputt sein. Ich habe Fieber, da bin ich mir sicher. Wer weiß es am besten? Die Kranke selbst, ich.«

Unter vier Augen fragte Leonie ihre Schwester besorgt: »Glaubst du, sie brütet etwas aus?«

»Nein. Ich denke, sie will einer Aussprache mit Godo aus dem Weg gehen und hat sich verkrochen«, raunte Anja ihr leise zu. »Bei ihnen hängt der Haussegen schief, wegen seines Heiratsantrags. So was gibt's auch nur bei Hilde. Jede andere frisch Verliebte würde einen Freudentanz aufführen.«

»Vielleicht hat sie Liebeskummer«, gab Leonie zu bedenken und erinnerte sich an die sehr private Unterhaltung mit ihr.

»Hilde?« Ungläubig sah Anja sie an. »Die ist aus Stahl. So was kennt sie nicht.«

»Du irrst dich in ihr«, widersprach Leonie. »Sie ist sensibler, als ihr alle denkt.«

»Das weiß ich eigentlich, ihre scharfe Zunge lässt mich das nur manchmal vergessen. Neulich hat sie mich angemacht, weil ich den Eingang der Pension noch nicht geputzt hatte. Was denn die Gäste denken sollen? Alles wäre voller schmutziger Schuhabdrücke.« Anja schnaubte. »Dabei bin ich die Chefin, nicht mehr sie, aber das hat sie nie wirklich akzeptiert.«

Leonie schmunzelte, wurde dann wieder ernst. »Ich glaube, allein die Vorstellung, dass Godo sie verlassen könnte, macht sie krank«, sagte sie mitfühlend.

»Ich glaube eher, sie ist feige und hat den Kopf in den Sand gesteckt«, mutmaßte Anja. Ihr Blick wurde weicher, als sie fragte: »Du magst sie, oder?«

»Ja«, antwortete Leonie und lächelte. Hilde schwamm auch oft gegen den Strom und eckte deshalb an, genauso wie sie selbst.

Leonie schreckte aus ihren Gedanken hoch, als sich die Tür der Mühle öffnete.

Ilses kurze blonde Haare sahen frisch gefärbt aus. Sie trug einen weißen Sweater mit eisblauen Herzen an den Ellbogen und einem roten Kompass auf der Brust, er verlieh ihr eine jugendliche Frische. Dazu hatte sie eine Jeans an und Hausschuhe aus grauem Filz.

»Moin«, grüßte Leonie sie fröhlich. Täuschte sie sich oder sah Ilse verheult aus? »Hier bin ich.«

»Moin, Leonie.« Ilse schüttelte ihr die Hand. Ihre Fingernägel waren kurz und in einem dezenten Rosa lackiert. »Es ist schön, dich kennenzulernen.«

Vor Aufregung drohte Leonie die Flasche zu entgleiten, sie drückte sie mit beiden Händen an den Oberkörper. »Ich hatte mich ja angekündigt.«

»Ja, das hattest du, aber …« Ilse lächelte verlegen, sah über ihre Schulter ins Haus und dann wieder ihre Besucherin an.

»Falls es gerade nicht passt«, begann Leonie, »kann ich auch in einer Stunde wiederkommen.«

Nervös betastete Ilse ihre Perlenohrstecker. »Es tut mir leid, mir ist etwas dazwischengekommen. Heute geht es leider doch nicht.«

Plötzlich musste Leonie daran denken, was Arian ihr über seine Mutter erzählt hatte. Konnte es sein, dass Lutz Beck sie besuchte und niemand davon wissen durfte oder, noch schlimmer, sich gewaltsam Einlass verschafft hatte? War Ilse in Gefahr?

Sanft, aber bestimmt schob Leonie die Haustür weiter auf und spähte durch den Flur ins Innere der Mühle. Tatsächlich stand ein Mann im Wohnzimmer und hörte ihnen zu.

Seine grauen Haare standen nach allen Seiten ab, als hätte er gerade erst eine Mütze vom Kopf gezogen. Seine grobporige Haut sah wettergegerbt aus, er verbrachte vermutlich viel Zeit an der frischen Luft. Trotz des herbstlichen Wetters trug er nur ein frostblaues T-Shirt. Es spannte über seinem Bäuchlein.

Er lächelte befangen, hob die Hand zum Gruß und stieg die Treppe ins Obergeschoss hoch.

Ilse rieb sich mit den Händen über ihre Arme, als wäre ihr kalt, und erklärte: »Das ist mein Mann Johan.«

Leonie entspannte sich.

»Normalerweise ist er nicht so unfreundlich und lässt Menschen einfach stehen. Er würde dich auch gerne kennenlernen, da bin ich mir sicher. Aber der Moment ist gerade ungünstig.«

»Ist alles in Ordnung?«, fragte Leonie einfühlsam. Die steife Brise riss an den Heckenrosen neben der Mühle.

Traurig lächelnd antwortete Ilse: »Das wird schon wieder.«

»Dann sehen wir uns ein andermal.« Da war Leonie wohl gerade in einen Streit hineingeplatzt, eine unangenehme Situation. Ein Regentropfen traf sie an der Stirn, beiläufig wischte sie ihn weg.

Erleichtert machte Ilse einen Schritt zurück und legte die Hand an die Türklinke. »Ich werde dich morgen anrufen.«

Leonie wollte wieder gehen, doch eine Sache lag ihr noch am Herzen. »Jedenfalls vielen Dank noch mal für den Schal und die Handschuhe«, sagte Leonie und trat auf die Kokosmatte, auf der ein Seestern die Gäste mit einem fröhlichen Lächeln begrüßte. Sie schüttelte Ilse so vorsichtig die Hand, als wäre Arians Mutter aus Glas, denn genauso zerbrechlich wirkte sie in diesem Moment.

»Gerne geschehen. Ich bin ja froh, wenn ich etwas zu tun habe«, erklärte Ilse.

»Die Stricksachen sind unglaublich weich, ich liebe die herbstlichen Farben«, schwärmte Leonie. »Ich hab sie gleich ausprobiert.«

»So kalt ist es doch noch gar nicht«, sagte Ilse erstaunt.

»Für mich schon. Ich friere ständig.« Außer, wenn ich mit Arian zusammen bin, dachte Leonie, und ihr wurde allein von dem Gedanken an ihn warm. Sie reichte seiner Mutter die Weinflasche. »Ein kleines Dankeschön.«

»Lieb von dir.« Ilse nahm sie an.

»Arian hat mir den Rotwein empfohlen«, erklärte Leonie und zeigte auf das Etikett. »Er meinte, das ist deine Lieblingsmarke.«

»Stimmt. Ich freue mich über dein Geschenk, auch wenn es nicht nötig gewesen wäre, aber …«, begann Ilse und druckst herum.

Irritiert krauste Leonie die Stirn. »Ja?«

»Weißt du, was mir noch mehr Freude bereiten würde?«

Ilse lächelte. »Wenn du den Wein zusammen mit Arian genießen würdest.«

»Ich?«, fragte Leonie überrascht.

»Seit ihr euch trefft, ist er viel besser drauf. In den vergangenen Monaten hatte er immer einen bitteren Zug um den Mund, das hat mir Sorgen gemacht. Er ist furchtbar ernst geworden. Das liegt an mir, ich bereite ihm Kummer«, gestand Ilse, wurde rot. Rasch winkte sie ab, sie wollte offenbar nicht näher darauf eingehen. Ihre Augen glänzten feucht. »Dann habe ich ihn auch noch mit dem *Strandmohn* im Stich gelassen.«

»So denkt er nicht«, versicherte Leonie ihr. Sie kannte ihn noch nicht lange, aber eins wusste sie bereits: »Er weiß zu schätzen, dass du die Galerie mit Herzblut aufgebaut und ihm übergeben hast, und er führt das Geschäft mit genauso viel Liebe weiter. Nicht jeder Maler hat die Möglichkeit, seine Gemälde in bester Lage mitten in Wyk zu präsentieren.«

»Ich weiß. Er ist ein guter Junge. Darum hat er mehr Freude im Leben verdient, und du auch.« Mitfühlend sah Ilse sie an. »Wie ich gehört habe, hast du anstrengende Zeiten hinter dir. Ihr seid ein Lichtblick füreinander.« Sie reichte ihr die Flasche zurück. »Macht euch einen schönen Abend.«

Leonie fragte sich, ob auch seine Mutter davon ausging, dass Arian und sie ein Liebespaar waren.

Alle scheinen es besser als wir selbst zu wissen, dachte sie, und verabschiedete sich von Ilse.

Als sie im Auto saß, beobachtete sie durch die Frontscheibe die Dünenrosen neben der Mühle. Der Wind wurde immer stürmischer, die Blätter und Hagebutten wogten wild hin und her. Es fing an zu regnen.

Leonie sah sich schon bei einem Unwetter allein im Wohnwagen sitzen. Die Tropfen würden wie Pistolenkugeln aufs Dach prasseln und der Sturm den Caravan durchschütteln. Zwar stand er im Schutz der Pension, aber wenn es draußen heftig zuging, war man nur in einem Haus sicher.

Sie konnte sich natürlich zu Anja ins *Lüttes Glück* verkriechen, viel lieber jedoch wäre sie bei Arian gewesen. Zum tausendsten Mal an diesem Tag sah sie auf ihr Smartphone.

Du hättest ihm ja auch eine Nachricht schicken können, tadelte ihre innere Stimme sie.

Leonie hatte nicht den ersten Schritt machen wollen, um Arian kein falsches Zeichen zu senden. Jetzt kam ihr das kindisch vor. Was wäre schon gegen eine harmlose Frage einzuwenden, ob sie sich auf einen *Föhrer Manhattan* treffen wollten.

Arian hatte sie mit der Föhrer Spezialität, die zurückgekehrte Auswanderer aus den USA erfunden hatten, bekannt gemacht. Er hatte den gekühlten Aperitif für sich bestellt, Leonie probieren lassen und ihr die Cocktailkirsche zärtlich in den Mund geschoben.

Während sie an den beschwipsten und lustigen Abend zurückdachte, glaubte sie, das Kultgetränk aus rotem und weißem Wermut und Whiskey wieder zu schmecken. Sie meinte zu spüren, wie Arians Fingerspitzen zärtlich über ihre Lippen strichen.

Leonie bekam eine angenehme Gänsehaut. Sie zog ihr

Handy aus der Jackentasche, um bei Arian anzuklingeln und zu fragen, ob sie ihn im *Strandmohn* abholen sollte. Doch sie zögerte und steckte es schließlich wieder weg. Wozu anrufen? Sie würde einfach vorbeifahren und ihn mit der Rotweinflasche überraschen. Inzwischen wurde es bereits dunkel, und die Galerie schloss bald.

Vor Vorfreude lief ihr ein wohliger Schauer über den Rücken, sie startete den Motor. Mit der Flasche auf dem Beifahrersitz fuhr sie nach Wyk, voller Hoffnung auf einen romantischen Abend mit Arian. Ganz nebenbei konnte sie unauffällig herausfinden, warum er heute nichts von sich hatte hören lassen. Ob sie überreagierte, wenn sie sich Sorgen machte.

Das nächste Dilemma neben ihrem Kinderwunsch und einem neuen Leben in Thailand, dachte sie selbstkritisch. Sie wollte, dass er sich zu ihr hingezogen fühlte, obwohl sie ihm nicht geben konnte, was er sich wünschte, nämlich an seiner Seite zu bleiben.

Eigentlich hätte sie froh sein sollen, wenn ihre Beziehung nicht enger wurde und sie nicht die ganze Zeit aufeinanderhockten. Doch nun war sie unterwegs zu ihm.

»Seine Mutter hat darum gebeten, ich komme nur ihrem Wunsch nach«, rechtfertigte sich Leonie vor sich selbst.

Wem machte sie etwas vor? Ilses Bitte war nur ein Vorwand, ins *Strandmohn* zu fahren. In Wahrheit zog es Leonie zu Arian wie eine Motte zum Licht.

»Weißt du eigentlich, was du willst?«, führte sie ihr Selbstgespräch im Auto fort.

Sie begehrte Arian mit jedem Tag stärker, aber da war

auch dieses Drängen in ihr, erfolgreich auszuwandern, es diesmal allen Zweiflern zu zeigen und es sich selbst zu beweisen. Beides konnte sie nicht haben. Umso besser also, wenn er sich nicht meldete, das machte seine Schale auf der Waage der Entscheidung leichter.

Statt jedoch umzudrehen und nach Walsum zurückzukehren, lenkte sie das Auto nach Wyk rein. Alle guten Argumente dafür, dass sie Abstand zu Arian suchen sollte, verblassten vor der Angst, er könnte sich von ihr abwenden. Sie konnte nicht anders, sie musste ihn sehen und herausfinden, ob alles in Ordnung zwischen ihnen war.

Es zog sie mit aller Macht zu ihm, die Sehnsucht überwog jede Vernunft und Zurückhaltung. Sie musste jeden Zweifel ausräumen, dass er sich nicht mehr zu ihr hingezogen fühlte. Wollte herausfinden, ob seine Stimme immer noch so weich wie Samt klang, wenn er mit ihr sprach. Ob er auch heute Abend den Blick nicht von ihr nehmen konnte und sie weiterhin so verliebt anlächelte, dass sie Schmetterlinge im Bauch hatte.

Der Regen nahm zu, kaum dass Leonie aus dem Auto stieg. Sie schickte dem Himmel einen bösen Blick, zog die Kapuze des Friesennerzes über den Kopf und eilte durch die Straßen, immer schneller, was am Niederschlag lag, vor allen Dingen jedoch an ihrer Ungeduld.

Ihr Herz raste, als sie in die Straße, in der das *Strandmohn* lag, einbog. Sie wich ersten Pfützen aus, die sich auf den Gehwegen bildeten, sprang lachend darüber hinweg wie ein Kind. Den ganzen Tag hatte sie eine wachsende Anspannung verspürt, nun fand sie ein Ventil für sie.

Der Wind wehte ihr die Kapuze vom Kopf. Ihre Haare wurden nass, es war ihr jetzt egal. In Kürze würde sie ohnehin ihr Ziel erreichen. Die Galerie. Arian.

Würde er sich über die Überraschung freuen? Kam sie ungelegen, weil er noch Kundschaft hatte? Oder war er nach Feierabend verabredet und hatte gar keine Zeit für sie?

Als sie am hell erleuchteten *Strandmohn* angelangt war, regnete es in Strömen. Sie fackelte nicht lange, riss die Tür auf und stürzte hinein. Durch die nassen Sohlen der Gummistiefel rutschte sie auf dem Fischgrätparkett aus. Sie ruderte mit den Armen und hielt unter großer Mühe die Weinflasche fest. Zum Glück fand sie im letzten Moment ihr Gleichgewicht wieder, bevor sie der Länge nach hingefallen wäre.

Arian stand mit einer hübschen Blondine zusammen, eng zusammen. Hinter der Verkaufstheke, wo eigentlich niemand außer ihm hindurfte. Eine Kundin konnte sie also nicht sein, sie wirkten auch zu vertraut. Sonst war niemand in der Galerie.

Leonie wünschte, die beiden hätten sie noch nicht bemerkt. In dem Fall wäre sie rückwärts aus dem Laden geschlichen. Dafür war es jedoch zu spät. Sie wurde vom Deckenlicht angestrahlt, wie auf einer Bühne. Ihr Körper glühte vor Scham.

Arian war ganz in Schwarz gekleidet und sah umwerfend aus. Er trug eine elegante Hose und ein offenes Hemd über einem engen T-Shirt. Der V-Ausschnitt machte Leonie Lust darauf, die Hand hineinzustecken und zu ertasten, was im Verborgenen lag.

»Es regnet«, sagte sie aus Verlegenheit.

Schmunzelnd zeigte er durch das Schaufenster auf die Straße. »Ja, das sehen wir.«

Das »wir« war wie ein Schlag in Leonies Magen. Sie wollte etwas erwidern, das den beiden signalisierte, dass sie die Situation im Griff hatte und sich nicht dadurch beeindrucken ließ, Arian mit einer anderen Frau anzutreffen. Aber sie brachte keinen Ton mehr heraus. Es fühlte sich an, als würde ihr jemand die Kehle zudrücken.

»Die gibst du mir besser«, schlug Arian vor, kam zu ihr und nahm ihr die Flasche ab.

Leonies Wangen brannten immer heißer. Es war ihr furchtbar peinlich, mit Rotwein aufzutauchen. Arian und der Fremden musste klar sein, dass sie den Wein mit ihm zusammen trinken wollte.

Doch anscheinend hatte er einen anderen Plan, und der war Ende zwanzig, hatte große blaue Augen und volle Lippen. Die Frau trug eine Jeansjacke über einem adretten weiß-blau gestreiften Ringelpulli und einen kurzen Jeansrock. An ihren Ohren hingen kleine silberne Anker.

Als wollte sie bei Arian anlegen, kam es Leonie in den Sinn.

Feindselig blinzelte sie die Fremde an, während Arian zu dem Jeansrock zurückkehrte und die Flasche neben die Kasse stellte. Schon im nächsten Moment tat Leonie ihre Unfreundlichkeit leid. Sie hatte kein Recht auf Arian. Er konnte treffen, wen er wollte. Nichtsdestotrotz tat es weh.

Der Jeansrock musste der Grund sein, warum er sich heute nicht gemeldet hatte. Natürlich wusste Leonie das nicht mit Sicherheit, aber die Vermutung lag nahe.

»Das ist Sontje.« Arian berührte den Rücken der Frau, mit

der anderen deutete er auf Leonie. »Das ist Leonie, Schwester meiner zukünftigen Schwägerin, Weltreisende …« Er betrachtete ihr Outfit und fügte lächelnd hinzu: »Paradiesvogel.«

Leonie konnte den Blick nicht von seiner Hand an Sontjes Rücken nehmen. Sekunden wurden zu Minuten. Alles in ihr spannte sich an und löste sich erst wieder, als Arian den Arm endlich sinken ließ.

»Freut mich, dich kennenzulernen«, sagte Sontje freundlich.

Ihre Offenheit war entwaffnend. »Mich auch«, erwiderte Leonie, doch sie klang nicht aufrichtig.

Leonie suchte nach Eifersucht im Blick der Frau, fand aber kein Anzeichen dafür. Sontje lächelte sie an, auf den ersten Blick schien sie nett zu sein. Für Leonie wäre es einfacher gewesen, wenn ihr dasselbe Misstrauen begegnet wäre, das sie empfand. Die Fronten wären klar gewesen. Ihre Abneigung schien jedoch unbegründet, sie bekam ein schlechtes Gewissen.

Spielte ihre Wahrnehmung ihr etwa einen Streich? War Sontje gar nicht hinter Arian her? Stand er gar nicht so dicht neben ihr hinter der Theke, wie es auf Leonie den Anschein machte? Hatte sie sich nur eingebildet, dass er Sontje auffällig lange berührte hatte? Schätzte sie die Situation falsch ein? Sie wünschte es sich so sehr!

Sontje musterte sie neugierig.

Plötzlich sah Leonie sich mit ihren Augen. Die nassen am Kopf klebenden Haare, der gelbe Regenmantel und die roten Gummistiefel. Sie sah fürchterlich aus. Hätte sie von vornherein vorgehabt, bei Arian vorbeizufahren, hätte sie sich hübsch gemacht. Vielleicht reagierte Sontje nur nicht eifersüchtig, weil sie keine ernsthafte Konkurrentin in ihr sah.

»Ich will euch nicht stören«, sagte Leonie mit einem Kloß im Hals, drehte sich um und wollte wieder gehen.

Arian rief ihr hinterher: »Das tust du nicht.«

Sie fühlte sich nicht wohl in ihrer Haut und wollte weg. Ihr stand der Sinn danach, ihren Kummer in irgendeiner Bar mit Alkohol zu ertränken oder sich in die *Nordseeperle* zurückzuziehen, Süßigkeiten in sich hineinzustopfen und Trübsal zu blasen. Trotzdem blieb sie stehen, weil ein weit größerer Teil von ihr Arian nicht mit der jungen Frau allein lassen wollte.

»Ich habe ihm ein paar meiner neuen Werke gezeigt.« Sontje zeigte zur Theke. Neben der Kasse lagen eine Künstlermappe und einige Bilder. »Jedes Jahr im Herbst sprudle ich über vor Kreativität. Ich liebe es, mich zu Hause an meine Staffelei zu setzen, Kakao mit Sahne zu trinken und stundenlang zu malen, wenn es draußen stürmt und regnet.«

»Siehst du«, sagte Arian zu Leonie und zwinkerte ihr zu. »Ich bin nicht die einzige Person, die die raue Seite Föhrs mag.«

»Ich blühe im Sommer auf«, entgegnete Leonie mit belegter Stimme.

»Für uns Nordfriesen stürmt es doch erst, wenn die Schafe keine Locken mehr haben«, bemerkte Sontje belustigt. Dann fragte sie Leonie: »Malst du auch, so wie wir?«

Ihr Blick streifte Arian, als würde erst dadurch klar, wer mit »wir« gemeint war.

Die Vertrautheit der beiden war für Leonie wie ein Schlag in den Magen. Sie schüttelte den Kopf.

»Wie schade.« Diesmal klang Sontje unaufrichtig. »Wenn ich male, versinke ich in eine andere Welt und bin eins mit mir selbst.« Sie sah Arian an: »So ist es doch, das siehst du genauso wie ich, nicht wahr? Malen ist das Schönste im Leben.«

»Das Schönste ist die Liebe«, wandte Arian ein.

Sontje wurde rot. Sie senkte den Blick und lächelte ihn durch ihre Wimpern an.

Leonie wurde übel. Ihre Beine fühlten sich an wie Gummi. Sie wünschte, sie könnte sich setzen, aber der einzige Stuhl stand hinter der Theke bei Arian und Sontje.

»Sontje hat mich um meine Meinung zu ihren Aquarellen gebeten«, erklärte Arian und schob die Bilder in die Sammelmappe.

»Deine Tipps waren sehr wertvoll«, dankte Sontje ihm und berührte seine Schulter.

Nimm gefälligst deine Hand von ihm, dachte Leonie. »Ihr seid befreundet?«, brachte sie mühsam heraus.

»Ja, sehr gut sogar«, antwortete Sontje fröhlich und verlagerte ihr Gewicht auf das Bein, das ihm am nächsten stand. Dadurch schob sich ihr Oberkörper noch näher an ihn heran.

Leonie presste die Kiefer zusammen. Das Blut rauschte in ihren Ohren.

»Sontje hat letztes Jahr einen Malkurs bei mir belegt«,

erzählte Arian und reichte seiner ehemaligen Schülerin die Künstlermappe.

»Für Fortgeschrittene«, stellte Sontje klar. »Seit dem Kurs treffen wir uns ab und zu.«

Leonie war schwindlig. Reiß dich zusammen, ermahnte sie sich und bohrte die Fingernägel in den Handballen. »Wohnst du auf Föhr?«, fragte sie und versuchte, gelangweilt zu klingen.

»Ja, ich bin auf der schönsten der nordfriesischen Insel geboren und nie weggezogen, wie Arian.« Sontje lächelte ihn an.

Noch eine Gemeinsamkeit. Leonies Herz wurde schwer. Die beiden gaben ein hübsches Paar ab, musste sie zähneknirschend zugeben. In seiner dunklen Kleidung, mit den Tattoos und dem Undercut sah er aus wie ein Bad Boy, den sie mit ihrer Sanftheit gezähmt hatte.

Defensiv erwiderte Leonie: »Ich besuche nur meine Schwester. Eigentlich lebe ich in Thailand.«

Arians Miene verfinsterte sich. Er verschränkte die Arme vor dem Oberkörper.

Leonie bereute die Bemerkung. Ihre Worte mussten ihn an die Kluft zwischen ihnen erinnert haben. Sontje dagegen stand auf seiner Seite, sie war wie er – gut aussehend, stolz darauf, auf Föhr zu leben, und sie malte ebenfalls. Die perfekte Partnerin für ihn.

»Wie aufregend«, stieß Sontje aus. »Du bist eine Auswanderin wie die, die man im Fernsehen sieht.«

Leonie nickte. »Ja, genau.« Es machte sie zu etwas Besonderem. Ohne diesen Punkt in ihrer Vita, wer war sie schon? Nur jemand, bei der nichts geklappt hatte.

»Das ist mutig von dir«, sagte Sontje.

Hitze staute sich unter dem Friesennerz. Leonie öffnete ihn und fragte sich, ob Sontje Arians Hemd an ihr wiedererkannte. Falls ja, was mochte sie denken? »Findest du?«, antwortete Leonie beiläufig.

»Ich würde mich das nicht trauen, zumindest nicht nach Asien zu ziehen.« Sontje stellte den Kragen ihrer Jeansjacke auf und warf ihre Haare zurück. »Dort ist doch alles sehr anders als in Deutschland.«

»Anders ist gut«, erwiderte Leonie. »Es ist zum Beispiel immer warm. Wer mag das nicht?«

»Ja, schon«, begann Sontje. »Ich liebe ja die Jahreszeiten und würde den Wechsel der Natur vermissen. Sogar der Regen hat eine schöne Seite. Da fällt mir ein … ich habe schon lange keinen Regenbogen mehr gemalt.«

»Etwas Ähnliches habe ich auch zu Leonie gesagt«, warf Arian ein und grinste.

Leonie spürte einen Knoten in der Brust. »Man lebt in einem Land, in dem die eigenen Freunde nur Urlaub machen.«

»Aber man darf nicht faul am Strand liegen und sich die Sonne auf den Pelz scheinen lassen, sondern muss arbeiten. Bei der Schwüle stelle ich mir das anstrengend vor. Ich komme mit Hitze nicht gut zurecht«, gab Sontje zu und zuckte mit den Schultern. »Ich bin eben das hiesige Klima gewohnt.«

Leonie fragte sich, warum sie eben noch begeistert getan hatte und jetzt alles miesmachte.

»Sprichst du Thailändisch?«, wollte Sontje wissen.

»Nein«, gestand Leonie. Hinter ihr prasselte der Regen hart gegen die Schaufensterscheibe. »Nur ein paar Brocken.«

»Du bist in der Tat mutig! Ich würde nur in ein Land ziehen, dessen Sprache ich beherrsche.« Rasch fügte Sontje hinzu: »Ich will sowieso nicht weg. Hier bin ich glücklich.«

Leonie fragte sich, ob das ein versteckter Vorwurf war oder ob sie sich bloß schnell von ihr angegriffen fühlte, weil sie da stand, wo Leonie hinwollte – an Arians Seite.

Sontjes Neugier war anscheinend noch nicht befriedigt, denn sie hakte nach: »Wie konntest du dich dann verständigen?«

»Mit Englisch. Außerdem kann Nico etwas mehr Thai als ich«, erklärte Leonie. Nervös zappelte sie herum. Schon wieder stand sie bei dem Thema mit dem Rücken zur Wand und musste sich rechtfertigen.

Sontje strahlte plötzlich. »Nico, ist das dein Freund?«

»Ex«, stellte Leonie klar.

Sontjes Strahlen verlor ihre Kraft. »Schade.«

»Warum denn das?«, fragte Leonie und wurde hellhörig. Sie beobachtete ihre Reaktion ganz genau.

Sontje errötete, spielte an einem silbernen Jackenknopf herum und antwortete: »Ich meine ja nur … Es ist immer traurig, wenn eine Beziehung zerbricht. Ihr wolltet doch bestimmt heiraten und Kinder bekommen.«

»Darüber haben wir nie gesprochen«, wiegelte Leonie ab. Nico und sie waren beide keine Personen, die ihr Leben durchplanten. Sie ließen die Dinge auf sich zukommen.

»Habt ihr nicht?«, fragte Sontje verständnislos. »Ihr wolltet euch doch ein gemeinsames Leben aufbauen.«

Leonie wurde sauer, auch wenn sie nicht genau wusste, ob Sontje absichtlich oder unbewusst den Finger in ihre Wunde legte. Ja, verdammt, sie hatte die Sache mit Nico nicht zu Ende gedacht. Na und? Es hätte ja auch alles gut gehen können.

Arian leistete Schützenhilfe, indem er die Flasche hochhielt und vom Thema ablenkte. »Wofür ist eigentlich der Wein?«, wollte er wissen.

»Ich war zufällig in der Nähe und dachte, du hättest heute Abend vielleicht noch nichts vor«, behauptete sie und spielte ihren Überraschungsbesuch herunter. Wärme kroch über ihren Hals.

Er stellte die Flasche wieder ab und fragte mit einem Hauch von Skepsis in der Stimme: »Was hattest du denn in Wyk zu tun?«

Ihr fiel auf die Schnelle keine Ausrede ein, also blieb sie bei der Wahrheit. »Ich habe deine Eltern besucht.«

»Nieblum ist ja auch um die Ecke«, sagte er in ironischem Ton und schmunzelte.

Sontje warf einen Blick auf das Etikett. Begeistert stieß sie aus: »Die Rebsorte liebe ich.«

Bevor Arian sie zu einem Glas einladen konnte, erzählte Leonie: »Ich wollte den Wein deiner Mutter schenken, aber sie meinte, ich soll ihn mit dir zusammen trinken.«

»Tatsächlich? Dann tun wir das auch. Ich muss noch die Kassenabrechnung machen, dann bin ich hier fertig«, teilte Arian Leonie mit.

Er wandte sich an Sontje. »Deine Aquarelle sind wirklich stark. Ich mag deine Detailverliebtheit. Du bist echt gut geworden.«

»Danke. Das ist auch dein Verdienst. Dein Kurs hat mir geholfen, noch mehr aus meinen Landschaftsbildern herauszuholen. Mehr Herz hineinzupacken. Du hast mich gelehrt, dass es beim Malen nicht nur um Technik geht, sondern auch darum, den Motiven Seele einzuhauchen. Aber natürlich ist da noch viel Luft nach oben. Wahrscheinlich werde ich niemals so gut wie du. Du bist mein großes Vorbild«, gab Sontje mit leuchtenden Augen zu.

»Arbeite einfach weiter an deinem eigenen Stil«, riet Arian ihr. »Ich bringe dich noch zur Tür.«

»Danke, das ist so lieb von dir«, sagte sie, als hätte er ihr angeboten, alles stehen und liegen zu lassen und sie nach Hause zu fahren.

Innerlich verdrehte Leonie die Augen.

Sontje blieb vor dem Schaufenster stehen. »Ich hätte noch andere Aquarelle, zu denen ich eine Meinung gebrauchen könnte.« Erwartungsvoll sah sie ihn an.

»Ich bin sehr beschäftigt«, erwiderte er in höflichem Ton. Zuvorkommend hielt er ihr die Tür auf. Frischer Wind wehte in die Galerie. Draußen tröpfelte es nur noch leicht.

»Natürlich, deine Zeit ist kostbar, das verstehe ich.« Enttäuscht ließ Sontje den Kopf hängen. »Du gibst ja keine Kurse mehr, sonst würde ich sofort einen Platz buchen.« Plötzlich hellte sich ihre Miene auf. »Ich kann dich auch für deinen Rat bezahlen.«

»Um Himmels willen, nein. Das brauchst du nicht. Natürlich kannst du mir die anderen Aquarelle irgendwann zeigen«, versicherte er ihr.

»Prima«, stieß sie begeistert aus und knöpfte ihre Jeansjacke zu. »Ich komme gleich morgen Mittag vorbei.«

Seine Augen weiteten sich. »Morgen schon?«

»Ja, ich lade dich zum Essen ein, und wir können dabei in Ruhe reden«, bot sie an.

Arian schüttelte den Kopf. »Das musst du nicht tun. Meine Tipps bekommst du umsonst.«

»Ich bestehe darauf«, sagte sie bestimmt. »Als kleines Dankeschön.«

Er fuhr sich mit der Hand durchs Haar und nickte. »Okay, gut.«

»Ich freue mich darauf.« Sontje umarmte ihn.

Er legte die Hände an ihre Seite und erwiderte leise: »Ich mich auch.«

Leonie hielt kurz die Luft an. Sie war aufgewühlt und befürchtete, dass die beiden sich zum Abschied küssen könnten.

»Vielleicht sieht man sich ja vor deiner Abreise noch mal. Ansonsten einen guten Flug«, wünschte Sontje Leonie freundlich.

Sie verließ die Galerie, bevor Leonie erwidern konnte, dass sie noch nicht wusste, wann sie zurückfliegen würde. An der Straßenecke drehte sich Sontje noch einmal um und winkte Arian zu.

Er winkte zurück und sah ihr hinterher. Dann schloss er ab, drehte sich zu Leonie um und sagte ironisch: »So, so, du lebst also in Thailand.«

»Das habe ich getan und werde es wieder bald tun«, rechtfertigte sie sich. »Ich bin nur kurz weg und mache Urlaub auf Föhr, so sehe ich das.«

Er verschränkte die Arme und sah sie herausfordernd an. »Soweit ich weiß, wohnst du zurzeit in Walsum.«

»Ja, wie eine Vagabundin in einem Wohnwagen, jederzeit abreisebereit«, erwiderte Leonie und schob ihr Kinn vor. Warum schlug er das Thema an, wo er wusste, dass es Sprengstoff beinhaltete?

Er klang verschnupft. »Wie passend.«

»Nicht wahr?«, erwiderte sie patzig.

Sein Blick wurde sanfter. »Warum bist du so gereizt?«

»Bin ich gar nicht«, wiegelte sie ab. Er hatte diesen Streit doch angefangen.

»Bist du etwa eifersüchtig?«, fragte Arian plötzlich.

Hitze schoss in ihr Gesicht. »Unsinn.«

»Es wirkt aber so auf mich«, sagte er schmunzelnd.

Bin ich etwa so durchschaubar, fragte sie sich. »Ich war noch nie eifersüchtig«, erwiderte Leonie wahrheitsgemäß. Bis heute, fügte sie in Gedanken hinzu.

»Warum hast du Sontje dann angesehen, als würdest du sie zum Mond schießen wollen?«

»Habe ich gar nicht. Ich finde sie nett.«

»Das ist sie wirklich. Sie ist einer der nettesten Menschen, die ich kenne.« Grinsend fügte er hinzu: »Und echt süß.«

»Warum sagst du das? Willst du herausfinden, wie ich darauf reagiere?«, fragte Leonie. Sie versuchte, sich nicht anmerken zu lassen, dass ihr Blut durch die Bemerkung kochte. »Ja, sie ist wirklich süß.«

»Ihr Name bedeutet ›kleine Sonne‹«, erklärte Arian. »Hübsch, nicht wahr?«

»Er passt zu ihr. Sie ist ein Sonnenschein. Ich wette, alle

lieben sie.« Du etwa auch, hatte Leonie auf der Zunge liegen, sprach die Frage aber nicht aus, aus Angst vor der Antwort. »Seid ihr eng befreundet?«

»Nein, eigentlich gar nicht.« Er ging zu den Reglern hinter der Theke und schaltete alle Lichter bis auf den Strahler über der Kasse aus. In der Galerie wurde es schummrig. »Sie war eine Schülerin von mir, das hat sie dir ja erzählt.«

»Inzwischen ist sie mehr«, behauptete Leonie, um ihn aus der Reserve zu locken.

Während Arian ins Atelier ging, sagte er über seine Schulter hinweg: »Sontje ist bloß eine Bekannte.«

»Das klang aus ihrem Mund anders«, wandte sie ein und folgte ihm in seinen Arbeitsraum.

»Sie sucht nur näheren Kontakt zu mir, weil ich ein Maler bin, der es geschafft hat«, erklärte er, knüllte eine Brötchentüte zusammen und warf sie in den Müll. »Internationale Ausstellungen, eine eigene Galerie … davon träumen viele Künstler und erhoffen sich Unterstützung von jemandem, der Kontakte zu Künstleragenturen, Galeristen und zur Presse hat.«

»Das sehe ich anders.« Leonie blieb dicht neben ihm stehen und presste die Lippen zusammen. Vielleicht bildete sie es sich nur ein, aber sie glaubte, Sontjes Parfüm noch an ihm zu riechen.

»Bist du sicher, dass du nicht etwas in ihr Verhalten hineininterpretierst?«, fragte er.

Leonie stach ihm ihren Zeigefinger in den Oberkörper. »Sie steht auf dich, das weißt du genau.«

»Wenn du meinst … Ganz ehrlich, mir ist das egal, denn ich stehe nicht auf sie«, stellte Arian klar. »Sontje himmelt mich zu sehr an, weil ich als Maler da bin, wo sie gerne hinmöchte. Das habe ich schon oft erlebt.«

»Das gefällt dir nicht?« Skeptisch zog Leonie die Augenbrauen hoch. »Jeder andere Mann würde sich am Bauch gepinselt fühlen.«

»Dann bin ich eben nicht wie jeder andere Mann.« Er zuckte mit den Schultern. »Ich bilde mir nichts darauf ein. Mir ist das eher unangenehm.«

Leonie war noch nicht beruhigt. »Du findest sie doch süß, das hast du eben zugegeben«, bohrte sie weiter.

»Ist sie ja auch, aber das ändert nichts. Ich fühle mich zu Frauen hingezogen, die mir auf Augenhöhe begegnen«, stellte Arian klar. »Wie du.«

Leonie schmolz dahin. Es war ihr unangenehm, dass sie überreagiert hatte. Beschämt kämmte sie sich mit den Fingern die nassen Haare nach hinten. »Auf Frauen, die einen schrägen Mix aus Kleiderspenden tragen und wie ein nasser Pudel aussehen? Du hast einen merkwürdigen Frauengeschmack.«

»Schon möglich. Du siehst übrigens sexy aus, wenn du eifersüchtig bist.«

»Ich bin nicht …«, begann sie und wich seinem Blick aus.

»Noch mehr, wenn du es abstreitest.« Er lachte leise. Sanft hob er ihr Kinn an, damit sie ihn wieder ansah. »Das zeigt mir, dass du mich … magst.«

»Natürlich mag ich dich. Ich gehe mit dir im Regen spazieren, dazu hat mich noch kein Mann gebracht«, frotzelte Leonie.

Er legte die Handflächen an ihre Wangen. »Dass du mich mehr magst, als du zugibst.«

»Ach, Arian. Ich bin nur auf Stippvisite«, rief sie ihm in Erinnerung und zog seine Hände weg.

»Du wirst nicht müde, das zu erwähnen«, sagte er grimmig und wandte sich von ihr ab.

Leonie berührte seine Schulter. »Sei mir nicht böse.«

»Das fällt mir in manchen Momenten schwer, Momenten wie diesem.« Er seufzte und blickte ihr tief in die Augen. »Wenn du mich zurückweist und mich gleichzeitig so ansiehst, wie du es jetzt tust.«

Ihr Herz schlug schneller. »Wie sehe ich dich denn an?«

Er wischte einen Wassertropfen, der sich aus ihren Haaren gelöst hatte und über ihre Stirn rann, fort und antwortete: »Als hättest du Schmetterlinge im Bauch.«

Habe ich ja auch, dachte sie ertappt.

Es trennte sie jedoch mehr, als er dachte. Wüsste er von der Schuld, die sie auf sich geladen hatte, würde er sie vielleicht nicht mehr wollen. Auch wenn ihr ihr Verhalten damals richtig erschienen war, belastete es sie bis heute.

Natürlich hätte sie dieses dunkle Kapitel ihrer Vergangenheit verschweigen können. Sie hatte sich jedoch geschworen, dem Mann, mit dem sie es ernst meinte, alles zu beichten. Geheimnisse waren Gift für die Liebe. Sollte sie Arian jetzt von der schwersten Entscheidung ihres Lebens erzählen und sehen, wie er reagierte?

»Du bedeutest mir viel«, begann Leonie. Ihr Puls raste. »Aber da ist etwas, das ich dir …«

»Nichts aber«, fiel Arian ihr aufgebracht ins Wort. »Liebt man jemanden, ist doch alles klar.«

»Nichts ist klar.« Ihre Gefühle fuhren Achterbahn mit ihr.

War sie mit Arian zusammen, wollte sie ihn. War sie allein, stellte sie sich ein sorgloses Leben unter Palmen vor. Immer öfter stahl er sich jedoch in ihre Tagträume, und das verwirrte sie. Sie konnte doch nicht ihren Lebenstraum für ihn aufgeben. Den Wunsch auszuwandern, trug sie schon viel länger im Herzen als ihn. »Im Gegenteil, es ist alles furchtbar kompliziert.«

»Du bist kompliziert«, warf Arian ihr vor.

»Das bin ich, so war ich schon immer, frag Anja. Damit nerve ich alle, schon seit ich klein war. Als Teenager hielt ich mich darum für weniger liebenswert, manchmal tue ich das immer noch«, gab Leonie zu. Verschnupft schlug sie vor: »Vielleicht solltest du doch mit der netten, süßen Sontje ausgehen.«

»Das tue ich ja morgen«, zischte er. »Wer weiß, was daraus werden wird …«

Wütend und verletzt drehte sich Leonie um und wollte aus dem Atelier laufen, doch Arian hielt sie zurück.

Tief sah er ihr in die Augen. »Das hätte ich nicht sagen sollen. Entschuldige«, bat er mit samtiger Stimme.

»Ich habe dich provoziert.« Ihre Knie wurden unter seinem zärtlichen Blick weich. »Mir tun meine Sticheleien leid.«

Er küsste sie, erst versöhnlich, dann immer leidenschaftlicher.

Der atemberaubende Kuss ließ ihre Beherrschung dahinschmelzen. Sie streifte sich den Regenmantel von den Schultern, er glitt vor der Staffelei zu Boden.

»Nicht hier«, sagte Arian und zeigte auf die Fensterfront,

durch die tagsüber helles Licht drang und gute Bedingungen fürs Malen schuf. Außerdem konnten die Touristen ihn dabei beobachten, was viele dazu veranlasste, nach dem Zuschauen das *Strandmohn* zu betreten. Nun lag dahinter Dunkelheit.

Hand und Hand stiegen sie ins Obergeschoss hoch.

Als er die Tür aufschloss, knabberte sie zärtlich an seinem Nacken.

Er führte sie durch den Korridor. Leonie konnte seine wachsende Ungeduld spüren.

Sie selbst stolperte vor Aufregung fast über ihre eigenen Füße, was auch an ihrem Schuhwerk lag. Genervt von den Gummistiefeln, schleuderte sie sie auf dem Weg ins Schlafzimmer einfach weg.

Sie lachten darüber, was etwas von der Anspannung nahm.

Leonie hatte versucht, sich Arian auszureden, aber das hatte dazu geführt, dass sie ihn noch mehr wollte.

Kapitel 12

Erst am nächsten Morgen fuhr Leonie zurück nach Walsum, sie konnte nicht aufhören zu grinsen. Sie hatte Probleme, sich auf den Verkehr zu konzentrieren, immer wieder schweifte sie in Gedanken zu der vergangenen Nacht ab. In Arians Armen hatte sie die Wärme gefunden, nach der sie gesucht hatte.

Plötzlich kam ihr der Herbst im Nordfriesischen Wattenmeer gar nicht mehr so kalt vor. Sie hörte das Trommeln des Regens auf dem Wagendach kaum, denn ihr Herz pochte lauter.

Sie parkte vor dem *Möwennest*. Als sie ausstieg, hatte der Regenschauer aufgehört, aber ein Blick zum Himmel ließ Leonie ahnen, dass es nicht der letzte Wolkenbruch an diesem Tag bleiben würde. Gestern noch hätte sie die Aussicht deprimiert, heute jedoch machte ihr das nichts aus.

Eine angenehme Mattigkeit hüllte Leonie ein. Sie war müde, aber gut gelaunt. Wie auf Wolken ging sie zum Wohnwagen und öffnete die Tür.

Sie fragte sich gerade, ob sie frühstücken oder sich noch einmal hinlegen sollte, als sie eine Stimme hinter sich hörte: »Kann es sein, dass …?«

Leonie drehte sich um. »Du hast mich aber erschreckt«, unterbrach sie ihre Schwester.

»Hast du etwa ein schlechtes Gewissen?«, neckte Anja sie und kam zu ihr. Sie hielt Kimi auf dem Arm, drückte ihre Nase in sein schwarzes Fell und sah Leonie neugierig über das Katzenköpfchen hinweg an.

Leonies Wangen brannten. Sie öffnete den Friesennerz. »Warum sollte ich?«

»Das sagt man doch nur so. Aber manchmal liegt ein Körnchen Wahrheit darin.« Anja setzte Kimi auf den Boden. Der dicke Kater mochte das nasse Gras gar nicht, er schüttelte eine Pfote nach der anderen und huschte dann in die *Nordseeperle.* »Hast du etwa bei Arian übernachtet?«, wollte Anja von ihr wissen.

Leonies Puls beschleunigte sich. Sie wusste nicht, ob es Arian recht war, wenn sie mit jemandem über die vergangene Nacht sprach. Was sollte sie nur tun? »Wie kommst du denn darauf?«, fragte sie, um Zeit zu gewinnen.

Anja betrachtete sie grinsend. »Du bist frisch geduscht und kommst jetzt erst nach Hause. So ist es doch, oder?«

»Ich könnte auch woanders geschlafen haben«, wand sich Leonie. Merkte ihre Schwester denn nicht, dass sie nicht darüber reden wollte?

»Unwahrscheinlich«, erwiderte Anja gelassen.

Leonie sah ein, dass Leugnen zwecklos war. Anja würde nicht lockerlassen. »Ja, ich war bei Arian«, gab sie widerstrebend zu.

»Die ganze Nacht?«, hakte Anja nach.

Leonie verdrehte die Augen. »Ja, die ganze Nacht.«

Anja stieß einen Freudenschrei aus. »Ich freu mich so für euch«, sagte sie und drückte Leonie an sich.

»Scht«, machte Leonie. Sie schob Anja weg und legte den Zeigefinger an die Lippen. Leise stellte sie klar: »Wir hatten bloß Sex.«

»Bloß …?«, fragte Anja entrüstet und schlug die Seiten ihrer quittengelben Strickjacke übereinander.

»Du schläfst nur mit Männern, in die du verliebt bist. Ich sehe das lockerer, das weißt du doch«, erinnerte Leonie sie.

Sorgenfalten zeigten sich auf Anjas Gesicht. »Denkt Arian genauso darüber?«

»Es ist eine Freundschaft plus. Wir genießen die Nähe und die Verbundenheit, führen aber keine Beziehung«, erklärte Leonie und verspürte ein Ziehen im Zwerchfell. Sie hatte ihm dieses Konzept nahegelegt. Er hatte nicht zugestimmt, aber auch nicht widersprochen. Wirklich darüber geredet hatten sie nicht. »Maximaler Genuss bei maximaler Freiheit«, fügte sie etwas verunsichert hinzu.

»Das wäre nichts für mich. Entweder man ist zusammen, oder man ist es nicht.« Anja runzelte die Stirn. »Aber dann war das letzte Nacht immerhin nicht nur ein One-Night-Stand?«

Die Frage überraschte Leonie. Unbewusst war sie davon ausgegangen, dass es nicht bei dem einen Mal bleiben würde. Bei ihr war ein Damm gebrochen. Sie hatte den Eindruck, dass das auf Arian auch zutraf, aber wissen konnte sie das nicht. »Keine Ahnung, ehrlich. Möchtest du mit reinkommen?«

»Nein, danke. Ich habe noch einiges zu tun«, lehnte Anja ab. »Ich wollte bloß sehen, ob alles in Ordnung ist.«

Leonie lächelte verschmitzt. »Mir geht es so gut wie lange nicht mehr.«

»Hat es dich erwischt?«, fragte Anja grinsend und lehnte sich gegen den Wohnwagen.

»Das hatte ich zuerst befürchtet«, gab Leonie zu und versuchte entspannter zu wirken, als sie war. »So schlimm ist es wohl doch nicht.«

»Befürchtet?«, fragte Anja verwirrt.

»Ich will wieder dorthin, wo niemand sauer ist, wenn ich zu spät komme, weil alle anderen auch nie pünktlich sind.« Mit einem schiefen Lächeln fügte Leonie hinzu: »Du weißt, wie oft mir das passiert.«

»Oh, ja«, pflichtete Anja ihr bei. »Chaoskind, hat unser Vater dich früher genannt.«

»Wir Deutschen müssen in Kursen Achtsamkeit lernen, die Thais leben schon immer im Hier und Jetzt«, erzählte Leonie. »Sie machen sich, so kommt es mir vor, weniger Sorgen über die Zukunft und haben weniger Ängste.«

»Klingt gut. Ich denke ständig nur über Buchungszahlen und Finanzen nach«, gab Anja zu und wurde ernst.

Leonie hatte ihre Schwester darum beneidet, immer alles im Griff zu haben. Nun wurde ihr bewusst, wie anstrengend das war. Auch Anja fiel nichts in den Schoß.

»Sie kämen nie auf die Idee, jemanden anzuschwärzen, weil er falsch parkt oder aus dem Garten ein Ast über den Bürgersteig ragt. Vieles wird im Alltag lockerer gesehen, bei uns werden dagegen selbst bei solchen Details die Regeln betont.« Leonie fasste sich an den Hals. »Das kann einem schon mal die Luft zum Atmen nehmen. Wie soll man sich da frei entfalten können?«

»Kannst du das in Köln denn nicht?«

»Ich habe oft nicht das getan, was ich wirklich wollte«, gestand Leonie. Sie stopfte sich ihre langen Haare im Nacken unter die Regenjacke, damit der Wind sie ihr nicht ständig ins Gesicht wehte.

Anja runzelte die Stirn. »Zum Beispiel?«

»Ich hätte gerne einen kreativen Beruf erlernt, aber alle haben mir davon abgeraten«, erzählte Leonie. »Damit könne man nur schwer Geld verdienen. Sie hatten nicht ganz unrecht, aber ich hätte es trotzdem versuchen sollen.«

Aufmunternd drückte Anja ihren Arm. »Das war mir nicht bewusst.«

»Schon gut«, beruhigte Leonie sie. »Also habe ich Kindergärtnerin gelernt. Wenigstens konnte ich mit den Kindern basteln. Das hat mir mindestens so viel Spaß gemacht wie ihnen.«

Vorsichtig wandte Anja ein: »Auf Koh Samui bist du doch auch keiner kreativen Tätigkeit nachgegangen.«

»Nein, leider nicht. Aber in Deutschland bin ich oft angeeckt, da drüben nicht. Die lockere Mentalität der Thais liegt mir mehr«, erklärte Leonie zu. »Sie sind gastfreundlich. Wurde ich eingeladen, habe ich mich sofort wie eine alte Freundin gefühlt.«

Nachdenklich richtete Anja ihren Blick auf die Marsch hinter dem Campingplatz. »Ich dachte, du wärst nur so begeistert, weil deine erste große Liebe Kamon ein halber Thailänder war und deine Gefühle für ihn sich auf das Land übertragen hätten.«

Leonie hatte schon wieder den Eindruck, dass ihre Schwester glaubte, sie würde sich nur etwas vormachen. »Manchmal fühle ich mich von dir unverstanden«, sagte sie das erste Mal offen. »Dabei müsstest du meinen Wunsch, woanders leben zu wollen als in Köln, doch nachvollziehen können. Du hattest doch auch immer einen Sehnsuchtsort – Föhr.«

»Tut mir leid. Du hast ja recht. Entschuldige bitte. Ich sollte dich unterstützen.« Anja drückte sie kurz an sich. »Es wäre nur so schön, wenn wir alle wieder zusammen wären – Christin, du und ich.«

»Schon, ja.« Leonie lächelte und stellte fest, dass ihre Schwester nach Vanille, Zimtapfel und Kürbis duftete, als hätte sie in einer entsprechenden Mischung gebadet. »Aber die *Thainess* ist genau mein Ding.«

»Die *Föhrness* ist auch ganz nett. Man wird mit offenen Armen empfangen und lebt mit der Natur«, schwärmte Anja. »Und die Männer hier sind einfach unwiderstehlich.«

Leonie lachte. »Stimmt.«

»Was Arian betrifft, kann es wirklich keine Liebe sein«, sagte Anja. »Sonst würdest du nicht wieder weggehen wollen.«

»Siehst du«, erwiderte Leonie erleichtert. »Es ist bloß körperliche Anziehung. Arian ist schließlich ein gut aussehender Mann.«

»Absolut«, stimmte Anja ihr zu, während hinter ihr schnatternd eine Gänseschar auf der Zeltwiese landete.

»Er ist wie das Kluntje im Schwarztee«, sagte Leonie schmunzelnd. »Er versüßt mir die kalte Jahreszeit durch seine heißen Küsse.«

Mahnend sah Anja sie an. »Du benutzt ihn doch wohl nicht.«

»Um Himmels willen, nein«, widersprach Leonie heftig. »Das letzte Nacht ist einfach passiert. Arian ist ein überzeugender Grund dafür, länger auf Föhr zu bleiben. Freu dich doch. Dank ihm werde ich vorerst in deiner Nähe sein.«

Anja hatte eine Gänsehaut am Hals. »Macht es dir denn nichts aus, deinen Abflug zu verschieben?«

»Nein, gar nicht.« Ihre Antwort erstaunte Leonie selbst. Aber sie durfte Zeit mit ihrer Schwester verbringen, töpfern und Arians Nähe genießen. So ließ es sich aushalten.

»Glaubst du, es geht Arian auch nur um Sex?«, fragte Anja. Sie winkte Birthe zu, die ein Fenster zum Lüften öffnete und die Hand zum Gruß hob.

Während Leonie ebenfalls winkte, erklärte sie: »Er weiß, dass wir zu gegensätzlich sind, um als Paar zu funktionieren, und dass ich anstrengend bin.«

»Das hat er so schnell erkannt?« Anja klang amüsiert.

»Ich habe mich nicht verstellt. Wahrscheinlich hat Arian ohnehin bald genug von mir. Er ist ja jetzt schon leicht genervt, ich kann es ihm nicht verübeln.«

»So schlimm bist du auch wieder nicht«, versicherte Anja Leonie und rieb ihr aufmunternd über die Arme.

»Außerdem kann er Frauen haben, die es ihm leichter machen«, sagte Leonie. Sontjes strahlendes Lächeln tauchte in ihrer Erinnerung auf. Prompt sank ihre gute Laune in den Keller.

»Wenn er das wollte, würde er sich nicht weiterhin mit dir treffen«, wandte Anja ein. »Das will er doch, oder?«

»Ich denke schon.« Leonies Stimmung besserte sich wieder.

Sie verabschiedete sich von Anja und betrat den Wohnwagen. Kimi hatte es sich auf ihrem Bett gemütlich gemacht. Er lag eingekringelt auf dem Kopfkissen, als wäre er hier zu Hause.

Vorsichtig kuschelte sich Leonie dazu. Sie schob das Schafkissen unter ihren Kopf. Kimis entspanntes Atmen lullte sie ein.

Als sie die Augen schloss, sah sie Arian in der Erinnerung dicht neben sich liegen. Sein verliebter Blick ruhte auf ihrem Gesicht. Zärtlich strichen seine Zehen über ihren Unterschenkel. Seine Fingerspitzen kreisten über ihre Schläfen, sanft wie eine laue Sommerbrise. Seine Lippen küssten ihren Hals, warm und gefühlvoll.

Mit einem seligen Lächeln schlief sie ein.

Kapitel 13

Am Abend saß Arian in der Küche des *Lüttes Glück* und schälte Kartoffeln. Lächelnd sah er Joris dabei zu, wie er voller Hingabe die Lammkeule mit Blauschimmelkäse bestrich und zurück in den heißen Ofen stellte, damit sich eine leckere Kruste bildete. Tjorben schnitt indes den Brokkoli in Röschen.

Arian musste an das letzte Mal, als er mit seinen Brüdern zusammen gekocht hatte, denken. Damals hatten sie noch zu Hause gewohnt und ihre Eltern an ihrem Hochzeitstag zu einem Candle-Light-Dinner eingeladen.

Ihre Eltern freuten sich wahnsinnig über den Tisch, den Arian und seine Brüder im Garten der Windmühle aufgebaut und festlich geschmückt hatten. Sie lobten das Essen, obwohl die selbst gemachten Maultaschen zerfielen, die Lachswürfel zu groß geschnitten waren und die Zitronenbutter zu sauer.

Mit einem verlegenen Lächeln beklagte sich ihr Vater jedoch, er sei nicht ganz satt geworden. Arian und seine Brüder hatten ihren Eltern nie erzählt, dass die Maultaschen nur die Vorspeise sein sollten. Als Hauptgang hatten sie Hummer servieren wollen, doch sie brachten es nicht übers Herz, das lebendige Tier ins kochende Wasser zu geben. Also entfernten sie die Gummiringe von den Scheren und ließen den Hummer in der Nordsee frei.

Der Nachtisch stimmte ihren Vater wieder versöhnlich. Es gab Pharisäer-Mousse mit frischem Mocca, Sahne und viel Rum.

Diesmal wollten Arian, Joris und Tjorben Föhrer Lammkeule auftischen. Anja hatte ihnen die Pensionsküche zur Verfügung gestellt. Es gab keinen besonderen Anlass für das romantische Abendessen, zu dem Arian und seine Brüder ihre Eltern einluden. Aber die beiden hatten es dringend nötig, mal ihrem Alltagstrott zu entfliehen und wieder mehr Romantik in ihre Ehe zu bringen.

Sie stritten immer öfter, darunter litten auch Arian und seine Brüder. Ihr Vater liebte ihre Mutter, verbrachte aber zu viel Zeit im Hafenmeisteramt. Er konnte ja nicht wissen, wie dringend sie ihn brauchte, weil die Dämonen der Vergangenheit sie quälten. Sie wollte sich ihm nicht anvertrauen. Was hielt sie davon ab? Arian verstand das nicht. Die beiden waren doch verheiratet.

Wollte seine Mutter nicht, dass ihr Ehemann schlecht von ihr dachte? Hatte sie vielleicht sogar Angst, dass er sie verlassen würde, wenn er ihr Geheimnis kannte? Immerhin glaubte sie, sie wäre für den Freitod von Manuela Beck verantwortlich.

Plötzlich schoss ein unangenehmer Gedanke in Arians Kopf. Hatte diese Sache vielleicht auch etwas mit seinem Vater zu tun? War das der eigentliche Grund, warum er nichts erfahren durfte?

Langsam machte Arian sich Sorgen, dass sich seine Eltern trennen könnten. Bisher hatte er sich das nicht vorstellen können, doch seit Lutz Beck Ilse stalkte, war alles anders. Johan merkte zwar, dass sie sich verändert hatte, schob das aber auf ihre Migräne oder das Alter.

Damit ihre Eltern wenigstens mal für eine Nacht rauskamen, hatten Arian, Joris und Tjorben einen Schlafkorb am Nieblumer Strand gemietet und ihnen ein selbst gekochtes Candle-Light-Dinner versprochen. Vielleicht würden sie durch das besondere Erlebnis und die romantische Stimmung einander wieder näherkommen und unter dem Sternenhimmel miteinander über ihre Eheprobleme reden. In einer neutralen Umgebung öffnete man sich dem anderen womöglich leichter.

Der Strand lag zwar nicht weit von der Windmühle weg, aber er war ein guter Kompromiss. Ihre Mutter wollte aus Angst vor ihrem Stalker den Schutz ihres Heims nur ungern verlassen, ihr Vater machte nicht gerne Urlaub und schlief am liebsten im eigenen Bett. Beide würden zwar über ihren Schatten springen müssen, aber nicht weit.

Feierlich hatten Arian und seine Brüder ihnen nachmittags in der Mühle die Schlüssel für den Schlafstrandkorb und das Sanitärhäuschen überreicht.

»Wenn Engel reisen«, sagte Tjorben und zeigte durchs Fenster auf den wolkenlosen Himmel.

»Reisen? Wie viele Schritte bis zum Strand sind es noch gleich?«, frotzelte ihre Mutter.

»So viele, dass unser Vater kein Heimweh bekommt«, antwortete Arian augenzwinkernd.

Joris zeigte ihren Eltern die Wetter-Daten auf seinem Smartphone. »Die Nacht wird zwar kühl werden, aber es soll klar bleiben.«

»Die steife Brise macht uns nichts, wir sind schließlich Föhrer«, sagte ihr Vater.

Ihre Mutter verzog das Gesicht, als wäre sie anderer Meinung.

»Im Schlafkorb ist es windgeschützt«, beruhigte Tjorben sie.

»Entweder ihr nehmt zwei Bettdecken mit und legt sie übereinander, oder …«, schlug Arian vor und lächelte verschmitzt, »ihr kuschelt euch aneinander.«

Verlegen sah Ilse Johan an. Er wurde rot, umarmte sie und küsste sie dann auf die Stirn.

Das Gespräch war eine Stunde her. Arian und seine Brüder hatten ihre Eltern danach zum Strand gebracht. Joris hatte eine Getränkebox mit Mineralwasser und Inselbier getragen. Arian hatte zwei Kissen und eine Bettdecke im Schlafkorb verteilt. Und Tjorben hatte eine Flasche Rotwein in den Sand gestellt und eine Taschenlampe dagelassen.

Nun standen die Brüder in der Küche der kleinen Inselpension und zauberten ein köstliches Abendessen, das sie ihren Eltern am Schlafstrandkorb servieren würden.

Weil es Arian beim Kartoffelschälen langweilig wurde, neckte er Tjorben: »Was grinst du denn die ganze Zeit so?«

»Tue ich gar nicht«, wiegelte Tjorben ab und hielt die Brokkoliröschen unter fließendes Wasser.

Arian nahm die Schüssel mit den Kartoffeln, schob Tjorben beiseite und wusch sie. »Doch, du hörst gar nicht mehr auf.«

»Das kannst du durch meinen Vollbart doch gar nicht

erkennen«, wandte Tjorben ein und strich stolz über seine Gesichtsbehaarung.

»Seitdem Christin dich dazu gebracht hat, ihn kurz zu halten, schon«, erwiderte Arian.

Während Joris das Fleisch im Ofen im Auge behielt, warf er ein: »Er grinst ständig, seit er mit ihr zusammen ist.«

Tjorben zuckte mit den Schultern. »Ich bin ja auch der glücklichste Mann auf Föhr.«

»Nein«, widersprach Joris. »Der glücklichste Mann weit und breit bin ich.«

»Eure gute Laune ist kaum zu ertragen«, sagte Arian ironisch und setzte zwei Kochtöpfe mit Wasser auf.

Insgeheim wünschte er sich, die Dinge zwischen Leonie und ihm wären genauso klar und entspannt wie zwischen seinen Brüdern und ihren Freundinnen. Doch wenn er mit Leonie zusammen war, hörte er weiterhin einen Countdown heruntertricken. Daran hatte auch die gemeinsame Nacht nichts geändert.

Anja steckte den Kopf zur Küchentür herein. »Soll ich euch helfen?«

»Nein, danke. Leg du ruhig die Füße hoch, und ruh dich aus«, schlug Joris vor. Zärtlich strich er ihr mit dem Daumen über die dunklen Ringe unter ihren Augen. »Ich habe oben eine kleine Überraschung für dich hingelegt. Genieße deinen Feierabend, Liebling.«

»Eine Überraschung?« Sie strahlte. Die Müdigkeit schien wie weggeblasen. »Bin schon weg.« Sie küsste ihn und stieg zügig die Treppe zu ihrer Dachgeschosswohnung hoch.

»Jetzt bin ich neugierig. Was ist es denn?«, wollte Tjorben

wissen und naschte eine der Mandelscheiben, die sie über den Brokkoli streuen wollten.

»Eine Schachtel Pralinen. Im Kühlschrank steht auch noch ein Piccolo für sie«, antwortete Joris. »Warum fragst du? Willst du von mir lernen?«

Tjorben salzte das Kochwasser und schnaubte. »Das habe ich nicht nötig. Ich weiß, wie ich Christin verwöhnen kann.«

»Ach, ja?« Erwartungsvoll sah Joris ihn an. »Wie denn?«

»Mit einer Fußmassage«, antwortete Tjorben verliebt lächelnd.

»Das ist alles?«, fragte Joris, holte das Lamm wieder aus dem Ofen und strich es erneut mit der Käsepaste ein.

»Sie liebt es, wenn ich ihr die Füße knete«, erklärte Tjorben ein wenig verschnupft. Plötzlich trat ein neckisches Funkeln in seine Augen. »Manchmal gehen meine Finger danach auch auf Wanderschaft.«

»Die Hände eines Bootsmannes gelten auch als besonders sanft«, zog Joris ihn auf, packte das Handgelenk seines Bruders und betrachtete die Pranken.

»Sie sind genauso schwielig wie deine, Strandkorbflechter«, schoss Tjorben zurück und riss seine Hand los. »Ich kann verdammt zärtlich sein.«

»Das glaube ich dir sogar«, lenkte Joris ein. Er nahm seine Bierflasche vom Küchentisch und hielt sie Tjorben hin.

Tjorben stieß mit ihm zur Versöhnung an. »Wir können nicht alle so eine weiche Haut haben wie der Künstler in der Familie.«

Arian gab die Kartoffeln ins heiße Wasser und lächelte in sich hinein. Er musste an das Kompliment denken, das ihm eine seiner Freundinnen mal gemacht hatte. Seine Berührungen seien so sanft wie Samt und Seide.

»Was ist das mit Leonie und dir?«, fragte Tjorben und sah ihn neugierig an.

Arian wurde nervös, er wusste keine Antwort. Ausweichend erzählte er: »Wir verstehen uns gut, ich zeige ihr die weniger bekannten Seiten von Föhr und lenke sie durch Unmengen von heißer Schokolade mit Schlagsahne vom Herbstwetter ab.«

»Mehr nicht?«, hakte Joris enttäuscht nach.

Wir haben miteinander geschlafen, dachte Arian, doch das sollte ihr süßes Geheimnis bleiben. Es ging niemanden etwas an. Außerdem wusste er noch immer nicht recht, woran er bei ihr war. So bezaubernd wie nervenaufreibend. War sie es wert, dass er an ihr dranblieb?

Er erinnerte sich an ein Gespräch am Morgen, nachdem sie die Nacht zusammen verbracht hatten.

»Wir wollten doch nur Freunde sein«, sagte Arian ironisch und strich zärtlich über ihren Bauch.

Leonie schmiegte sich eng an ihn. »Sind wir ja auch, Freunde mit gewissen Vorzügen.«

Überrascht hielt er inne. Mit der Antwort hatte er nicht gerechnet. »Warum kuschelst du dann noch mit mir?«, fragte er leicht verschnupft. »Du hast von mir bekommen, was du wolltest, und könntest jetzt heimfahren.«

»Ich will noch nicht gehen«, gestand sie ihm und schob ein Bein zwischen seine Schenkel.

Er ließ seine Finger um ihren Nabel kreisen. »Warum nicht?«, hakte er hoffnungsvoll nach.

»Weil ich mich in deinen Armen geborgen fühle«, erklärte Leonie und schmiegte sich eng an ihn.

Ihre Worte berührten ihn, sie brachten ihn jedoch auch durcheinander. »Du bist ein einziger Widerspruch, Leonie«, sagte er vorwurfsvoll.

»Ich weiß«, gab sie zu und sah ihn durch ihre langen Wimpern an. »Tut mir leid.«

Gefühlvoll strich er ihr eine Haarsträhne aus der verschwitzten Stirn. Diese Frau machte ihn verrückt! »Weißt du überhaupt, was du willst?«

»Ja, ganz genau, aber die beiden Dinge lassen sich unglücklicherweise nicht vereinen«, antwortete sie bedrückt und vergrub ihr Gesicht in seiner Halsbeuge.

»Dann muss ich dich davon überzeugen, dass du mich mehr willst«, sagte er und ließ seine Hand so geschickt über ihren Körper gleiten wie den Pinsel über eine Leinwand.

Durch die Erinnerung wurde es Arian heiß. Er trug ein kragenloses stahlgraues Hemd über einem gleichfarbigen T-Shirt. Tjorben hatte gemeint, dass er in dem Outfit wie ein Gangmitglied aussehe. Was wusste der schon von Mode? Er öffnete einen Knopf, doch ihm war immer noch zu warm. Erst als er das Hemd auszog, fühlte er sich besser.

Normalerweise hatte er kein Problem damit, eine Frau für sich zu gewinnen, aber Leonie war eine harte Nuss. Das reizte ihn, darin lag aber auch die Gefahr. Konnte er seinen Gefühlen für sie trauen? Oder fühlte er sich nur herausgefordert?

Leonie war nicht die Einzige, die sich fragte, ob das mit ihnen sein sollte oder nicht. Er behielt das jedoch lieber für sich. Sonst würde sie sich noch darin bestätigt sehen, dass zu viel gegen sie als Liebespaar sprach. Dass es zu riskant wäre, ihren Lebenstraum für ihn aufzugeben. Dass er das Opfer am Ende nicht wert sein könnte. Das Risiko zu scheitern war groß, wenn beide Zweifel hatten.

Eigentlich wollte Arian keine Beziehung mit einer Frau, die eines Tages seine Schwägerin wäre.

Joris war erst im September zu Anja ins *Lüttes Glück* gezogen, aber die beiden hatten bereits anklingen lassen, dass sie mit einer Hochzeit nicht lange warten wollten.

Arian fand es merkwürdig genug, dass Tjorben mit Anjas bester Freundin Christin liiert war. Was sollten die Leute denken, wenn er und Anjas Schwester auch noch ein Paar wurden?

Beim letzten Treffen des *Fering Ferian* hatte Marten Haase, Godos Vater, schon zu ihm gesagt: »Bist du jetzt mit Anjas Schwester zusammen? Hab da so was klingeln hören. Perfekt eingefädelt, dann könnt ihr Grafen euch wenigstens sicher sein, dass eure Frauen sich verstehen.«

Als ginge es Arian gar nicht um Leonie, sondern darum sicherzustellen, dass nichts zwischen ihn und seine Brüder kam. Völliger Unsinn!

Wenn seine Mutter, die ihm von allen in der Familie am nächsten stand, ihn fragen würde, ob er sich in Leonie verliebt hatte, könnte er nicht anders, als mit Ja zu antworten. Daran änderten auch seine Zweifel nichts.

Godo kam in die Küche zu den Hobbyköchen. »Ihr …«, begann er und zögerte. »Ihr kennt euch doch mit Frauen aus.«

Verwundert sah Arian ihn an. Auch Joris schien erstaunt.

»Klar«, erwiderte Tjorben, stach mit der Gabel in eine der Kartoffeln und gab den Brokkoli in den zweiten Kochtopf.

»Wie kann ich Hilde eine Freude bereiten?«, fragte Godo. Er verlagerte ständig sein Gewicht von einem Bein aufs andere. »Ich möchte mich mit ihr versöhnen.«

»Rede mit ihr«, riet Tjorben ihm.

»Darin sind wir beide nicht gut. Im Moment verkriecht sie sich oft im Bett. Das passt gar nicht zu ihr. Mein Heiratsantrag hat sie anscheinend ganz schön aus der Bahn geworfen.« Godo wurde rot, er ließ die Schultern hängen. »Ich hätte sie nicht um ihre Hand bitten sollen.«

Arian schlug einen sanften Ton an, als er sagte: »Vielleicht braucht sie Zeit, um darüber nachzudenken.«

»In der Zwischenzeit entfernen wir uns voneinander.« Nervös zupfte Godo an seiner weiten Jeanshose herum. »Ich will ihr klarmachen, dass ich bei ihr bleibe, auch wenn sie mich nicht heiratet.«

»Was hältst du von einer Fußmassage?«, schlug Joris vor und warf Tjorben einen amüsierten Blick zu.

Tjorben kniff die Augen zusammen und sah ihn warnend an.

»An ihre Füße darf ich nicht dran. Sie sind alt, und alte Füße sind immer hässlich, sagt sie. Dabei finde ich alles an ihr schön, aber das glaubt sie mir nicht.« Godo rieb sich über seine stoppelige Wange und wirkte verzweifelt. »Ich habe doch auch alte Füße.«

»Wie wäre es mit Pralinen und Sekt?«, fragte Tjorben und grinste Joris an.

»Eine hervorragende Idee«, sagte Joris ironisch zu seinem Bruder.

Tjorben grinste. »Nicht wahr?«

»Das mögen alle Frauen«, versicherte Joris Godo. »Dabei bist du auf der sicheren Seite.«

»Hilde ist nicht wie alle Frauen. Sie ist … schwierig.« Rasch fügte Godo hinzu: »Ich liebe sie so, wie sie ist.«

Arian lächelte in sich hinein. Anscheinend war Leonie nicht die einzige komplizierte Frau auf Föhr. »Was macht ihr denn Freude?«, wollte er wissen.

»Liebesfilme gucken wie *Du sollst mein Glücksstern sein*. Bei dem alten Schinken kann sie die Dialoge mitsprechen«, erzählte Godo amüsiert.

»Tanz doch mit ihr im Regen, wie Gene Kelly in dem Film«, empfahl Arian ihm. Da Godo die Skepsis ins Gesicht geschrieben stand, fügte er hinzu: »Du musst ja nicht ›Singin in the rain‹ singen.«

»Trotzdem, dann hält sie mich für verrückt«, wiegelte Godo ab.

»Und ich müsste ihr zustimmen«, warf Tjorben ein, während er den Topf mit den Kartoffeln von der heißen Herdplatte zog.

»Es würde das Eis zwischen euch brechen«, erklärte Arian. »Gerade weil es ein bisschen verrückt ist.«

Godo wurde nachdenklich. Plötzlich erhellte sich sein Gesicht. »Ja! Das werde ich machen. Danke«, sagte er und verließ die Küche mit einem strahlenden Lächeln.

Kapitel 14

Es dauerte ein paar Tage, bis Leonies Keramiken fertig waren. Das Töpfern und das Glasieren brauchte genauso seine Zeit wie die Brennvorgänge. Als sie sie schließlich abends im *Stelly's Hüüs* abholte, war sie ganz kribbelig vor Aufregung und auch ein wenig stolz. Die Tonwaren, die sie behutsam in einen Weidenkorb packte, hatte sie mit ihren eigenen Händen hergestellt – das erfüllte sie mit großer Freude.

Sollte sie im *Strandmohn* vorbeifahren und sie Arian zeigen? Sie zog ihr Smartphone aus der Jackentasche und warf einen Blick auf die Zeitanzeige. Es ging auf seinen Feierabend zu.

Sie hatten sich seit der gemeinsamen Nacht nur ein einziges Mal treffen können. Er hatte reichlich Arbeit und viele Termine, und Leonie musste ihre Töpferzeiten danach richten, wann der Brennofen in Betrieb war.

Bei der einen Begegnung spazierten sie Seite an Seite mittags von der Galerie zum Bistro *Strandküche*, wo sie eine Kleinigkeit essen wollten. Leonie sah Arian überrascht an, als er ihre Hand nahm. Er lächelte bloß, auch sie sagte nichts dazu. Die Berührung machte ihr allerdings einmal mehr klar, dass sie die Spielregeln ihres Arrangements festlegen sollten.

Während des Essens lag eine prickelnde Anspannung

zwischen ihnen. War das nun ein romantisches Date oder ein Treffen unter Freunden? Wenn sie keine Grenzen steckten, liefen sie Gefahr, dass jemand verletzt wurde.

Dass ich Arian verletze, dachte sie besorgt.

Leonie wollte ihn darauf ansprechen. Doch als er sie vor dem *Strandmohn* zum Abschied lange und zärtlich küsste, schmolz sie dahin. Sie wollte die wunderschöne Zeit mit ihm nicht ruinieren. Die Aussprache konnte warten.

Dunkelheit lag über Föhr, als Leonie mit ihren Tonwaren auf dem Beifahrersitz nach Wyk fuhr. Ihr Herz klopfte wie verrückt. Es war so schön, ihre Freude an der Kreativität mit jemandem teilen zu können. Auch Anja würde sich mitfreuen, aber nur weil sie wusste, was Leonie das Töpfern bedeutete. Arian dagegen konnte nachvollziehen, wie es ihr ging, er verstand sie.

Als sie zum *Strandmohn* kam, fand sie das Ladenlokal dunkel vor. Nur im Atelier brannte noch Licht. Sie versuchte, die Tür zu öffnen, doch die war bereits abgeschlossen. Also klopfte sie und wartete. Niemand kam.

Um herauszufinden, ob sich Arian noch im Atelier aufhielt, ging sie in die Seitengasse und spähte durch die Fenster. Vor Schreck über das, was sie sah, hätte sie beinahe den Korb mit den Keramiken fallen lassen.

Arian war tatsächlich in dem angrenzenden Raum – und nicht allein. Dicht neben ihm stand Sontje. Beide hielten ein Glas Rotwein in den Händen und betrachteten die fertigen und halb fertigen Öl- und Acrylgemälde, die herumstanden. Die Stimmung schien ausgelassen zu sein. Sie stießen miteinander an und schäkerten.

Leonie fragte sich, ob Sontjes rote Wangen vom Alkohol oder vom Flirten herrührten. Ihre Kopfhaut kribbelte unangenehm, die Haarwurzeln taten plötzlich weh. Sie löste ihr Haargummi, das half.

Arian machte wohl einen Scherz, denn Sontje lachte schallend und hielt sich den Bauch. Sie lehnte sogar die Stirn gegen seine Schulter, als könnte sie sich vor Lachen kaum noch auf den Beinen halten. Schließlich hob sie das Gesicht wieder. Sie wischte sich die Lachtränen aus den Augenwinkeln, ihr Blick saugte sich an seinem fest.

Würden sie sich jeden Moment küssen?

Leonie wurde flau im Magen. Sie schloss die Augen und wandte sich ab. Doch ihre Neugier siegte, und sie sah schließlich doch wieder hin.

Arian verließ gerade das Atelier, dicht gefolgt von Sontje. Leonie bekam gerade noch mit, dass sie sich die Flasche Wein griff, bevor er die Lampen in dem Arbeitsraum ausschaltete.

Das Licht im Treppenhaus ging an.

Leonie eilte um das Gebäude zum Eingang der nun stockfinsteren Galerie. Arians Wohnung im Obergeschoss war jetzt hell erleuchtet. Sontje tauchte am Küchenfenster auf und schaute hinaus.

Erschrocken drückte sich Leonie gegen das Schaufenster des *Strandmohn*. Wahrscheinlich hätte Sontje sie durch die Dunkelheit aber ohnehin nicht sehen können.

Leonie konnte es nicht fassen, Arian hatte Sontje mit in sein Apartment genommen. Wozu? Hatte er sie eingeladen zu bleiben? War Leonie nicht die einzige Frau, mit der er schlief?

Mit heftig pochendem Herzen trat Leonie wieder auf den Bürgersteig. Sontje hatte sich in der Küche auf die Fensterbank gesetzt, Arian stellte sich neben sie, sie legte den Kopf an seine Schulter, er stand auf, dann verschwanden beide.

Es machte Leonie ganz verrückt, dass sie nicht sehen konnte, was da oben geschah.

Plötzlich ging das Licht in seinem Schlafzimmer an. Das war wie ein Schlag in den Magen für Leonie. Sie keuchte, wollte nur noch weg! Entsetzt eilte sie zurück zu ihrem Auto.

Maximaler Genuss bei maximaler Freiheit, so hatte sie Anja gegenüber ihr Verhältnis zu Arian beschrieben. Anscheinend lebte er das mehr aus als Leonie.

Das Teufelchen auf ihrer Schulter riet ihr, die nächstbeste Bar anzusteuern, um einen anderen Mann kennenzulernen und sich mit ihm zu vergnügen. Das Bedürfnis hatte sie jedoch nicht. Arian gab ihr alles, was sie brauchte. Anscheinend traf das andersherum nicht zu.

Sie hatte befürchtet, ihm wehzutun, doch es war anders gekommen.

»*Friends with benefits* war deine Idee, also beschwer dich nicht«, schimpfte sie mit sich selbst. Sie stellte den Korb versehentlich so heftig auf den Beifahrersitz, dass die Töpferwaren darin klirrten.

Auf der Fahrt zurück zum *Lüttes Glück* kämpfte sie gegen Tränen an.

Verlor Arian das Interesse an ihr, weil er mit ihr geschlafen hatte? Fühlte auch er sich nur körperlich zu ihr hingezogen und hatte bekommen, was er wollte? War Sontje der wahre Grund, warum Arian keine Zeit für sie hatte? Hatte er erkannt, dass er mit Leonie seine Zeit vergeudete, und sich einer Föhrerin zugewandt?

Leonie bereute es, die Grenzen ihrer Freundschaft mit gewissen Vorzügen nicht rechtzeitig abgesteckt zu haben. Sie wünschte, sie hätte zu ihm gesagt: »Sei mir treu, ich bin es dir auch, okay?« Aber worin hätte dann noch der Unterschied zu einer Paarbeziehung bestanden?

Leonie fühlte sich mies und egoistisch, weil sie wollte, dass Arian ausschließlich ihr gehörte, obwohl sie nur auf der Durchreise war. Wut wallte in ihr auf. Er hatte doch behauptet, Sontje wäre nur eine ehemalige Schülerin, nicht mehr. Sie fühlte sich zurückgewiesen. Für Sontje fand er Zeit, für sie nicht.

Ihre Wangen waren feucht, als sie vor dem *Lüttes Glück* parkte. Mit zitternder Hand wischte sie sich übers Gesicht. Sie rannte zum Wohnwagen, bevor jemand sie so verheult sehen konnte. Völlig aufgelöst ließ sie sich mit dem Rücken aufs Bett fallen, schwer atmend und unglücklich.

Waren ihr die Anzeichen vielleicht entgangen?

Leonie zog ihr Smartphone aus der Hosentasche und las die Nachrichten durch, die sie mit Arian ausgetauscht hatte. Da war nichts, das ihr ins Auge sprang oder ihr im Nachhinein merkwürdig vorkam.

Sie sah auch ihre Fotos durch. Ihr wurde klar, dass sie mehr Selfies mit Arian gemacht hatte als mit allen anderen zusammen. Auf den ersten Aufnahmen gab es noch eine Handbreit Platz zwischen ihnen, später standen sie dicht beieinander. Auf den letzten Fotos hatte er den Arm um sie gelegt, und ihre Schläfen berührten sich, als wären sie zusammengewachsen.

Ihr Herz wurde schwer.

Als sie nun durch die Bildersammlung scrollte, blieb sie an einem älteren Foto hängen. An dem Tag hatte sie ihren Vater zusammen mit Nico besucht und sich für eine lange Zeit von ihm verabschiedet. Ihr Vater war ganz rührselig geworden, so kannte sie ihn gar nicht.

Er hatte ein mit Wasserfarben gemaltes Bild aus einer Schublade gezogen, es musste bestimmt fünfundzwanzig Jahre alt sein. Leonie hatte zur Erinnerung ihren Vater zusammen mit diesem Bild abgelichtet.

»Guck mal, was ich gefunden habe«, sagte er freudestrahlend und reichte es ihr. »Du hattest anscheinend schon im Kindergarten eine Vorliebe für Inseln.«

Es überraschte sie, dass er das Bild aufbewahrt hatte. Im Allgemeinen redete er kaum über die Zeit, in der sie noch eine intakte Familie gewesen waren. Leonie hatte immer gemeint, dass er selten an früher zurückdachte, und das hatte sie ein wenig verletzt. Doch sie hatte ihn, das erkannte sie nun, falsch eingeschätzt.

»Das kam bestimmt davon, dass wir oft mit Mama auf Föhr Urlaub gemacht haben«, erwiderte sie und wurde ganz rührselig.

»Palmen mit Hängematten gibt es im Wattenmeer aber nicht«, hatte Nico eingeworfen. »Da, wo wir morgen hinfliegen, schon.«

»Ja! Ich kann es kaum erwarten. In jungen Jahren war *Robinson Crusoe* mein Lieblingsbuch«, erzählte sie ihm und dachte aufgeregt an ihr eigenes Abenteuer, das kurz bevorstand.

Ihr Vater zwinkerte. »Deine Mutter würde sagen, es war vorherbestimmt, dass du auf einer tropischen Insel leben wirst.«

Seufzend legte Leonie ihr Handy weg. Sie schob das Kopfkissen zurecht und starrte zum Wohnwagendach hinauf. Ihr Vater wusste noch gar nicht, dass sie zurück in Deutschland war. Sie sollte ihn anrufen, doch sie war noch nicht so weit. Der Stachel des Versagens saß tief.

»Ich wusste gleich, dass das ein Schuss in den Ofen wird«, hörte sie Rita schon lästern.

Es machte Leonie wütend, dass sie Recht behalten hatte. Sie konnte sich gut vorstellen, welche Genugtuung Rita empfand, wenn sie vom Scheitern ihres Projekts erfuhr. Das ertrug sie noch nicht.

Rita verhehlte nie, dass sie keine hohe Meinung von Leonie hatte. Sie konnte nicht verstehen, dass Leonie in Wohngemeinschaften gelebt und sich mit Fremden Küche und Badezimmer geteilt hatte, das fand sie ekelig.

Sie sah auch auf Leonie herab, weil sie mit dreißig Jahren schon mehr Beziehungen geführt hatte als Rita in ihrem ganzen Leben. Manchmal blitzte jedoch der Neid durch.

Leonies legere Klamotten bezeichnete sie als unordentlich, Colour-Blocking sollte Kindern und Blinden vorbehalten bleiben, und Boho-Kleider hingen wie Säcke am Körper, so was trugen ohnehin nur Frauen, die keinen Stil hatten.

»Auswandern, das machen doch nur Menschen, die ihr Leben in Deutschland nicht auf die Reihe kriegen«, hatte

Rita ihr mal ins Gesicht gesagt. »Aber wenn sie es hier nicht schaffen, schaffen sie es auch anderswo nicht.«

Wahrscheinlich wird sie jetzt endgültig eine Verliererin in mir sehen, dachte Leonie und bekam Bauchschmerzen.

Was hielt sie davon ab, zurück nach Thailand zu gehen und es diesmal allen zu beweisen? Nichts mehr. Sie rollte sich zur Seite, nahm das kleine Gemälde, das Arian ihr geschenkt hatte, und steckte es in eine Schublade. Ein Stich fuhr ihr ins Herz, sie ignorierte ihn.

Leonie setzte sich mit dem Laptop aufs Bett. Erneut las sie das Posting auf Facebook, in dem der Bäcker in Phuket einen Mitarbeiter oder eine Mitarbeiterin suchte. Nirgendwo stand, ob sie schon jemanden gefunden hatten. Leonie schickte ihre Bewerbung ab.

In den Kommentaren unter dem Beitrag wurde auf eine Tauchbasis in Khao Lak hingewiesen, die händeringend eine Thekenhilfe mit Sprachkenntnissen in Deutsch, Englisch und optimalerweise Thai suchte. Auch dort bewarb sich Leonie.

Gleich zwei Chancen. Warum freute sie sich nicht darüber?

Draußen spielte der Wind auf dem Klangspiel eine traurige Melodie.

In den nächsten Tagen verabredete sich Leonie so oft mit anderen, dass sie nicht lügen musste, wenn Arian ihr Nachrichten schickte wie »*Pfannkuchen-Haus*, 13 Uhr?« oder »Caipi in der *Möwe Cocktailbar* heute Abend? Ich lade dich ein.«

»Leider keine Zeit, bin schon verabredet«, antwortete sie kurz angebunden.

Einmal machte Leonie mit Imke und Elkmar einen Tagesausflug zur Hallig Hooge, natürlich mit Tjorben und der *Seewievke*. Ein anderes Mal half sie Sören, seine Schafherde auf den Deich zu treiben. Das machte ihr so viel Spaß, dass sie sich ausmalte, selbst Schäferin zu werden.

»Dir ist schon klar, dass die Lämmer zum Schlachter kommen, oder?«, fragte Sören.

Leonie hätte sich niemals auch nur von einem einzigen Tier trennen können. Also verwarf sie die fixe Idee gleich wieder.

In der *Coco* hatte sie im Service reichlich Erfahrung gesammelt und übernahm gerne ab und zu das Gartencafé, damit sich ihre Schwester mal freinehmen konnte. An sonnigen Tagen war die Terrasse noch in Betrieb, aber immer öfter wurde wegen Kälte oder Regen im Frühstücksraum serviert.

Leonie half Maike beim Kuchenbacken und Birthe, die abgeernteten Gemüsebeete mit Folie abzudecken, damit der Boden über den Winter nicht vom Regen ausgespült wurde.

Heimlich zeigte sie Godo Tanzschritte. Ein andermal hörte sie Hilde gespannt zu, wenn sie davon erzählte, wie sie als junge Frau in einem Wohnwagen vor dem *Lüttes Glück* gewohnt hatte.

Je besser Leonie die Nachbarn kennenlernte, desto mehr fühlte sie sich der Gemeinschaft zugehörig. Es war schön, in Walsum Freunde zu haben, zumal sie nicht viele Flugstunden entfernt, sondern gleich nebenan wohnten.

Leonie töpferte, wann immer sie die Gelegenheit dazu bekam. Zur Erinnerung machte sie Fotos von den fertigen Werkstücken und verschenkte sie dann. Sie konnte ja nicht alles mitnehmen, wenn sie wieder abreiste. Außerdem wollte sie den lieben Menschen um sich herum danken, dass sie sie so herzlich aufgenommen hatten.

Sie überreichte Anja eine korallenrote Blumenvase, in die sie *Meerweh* eingeritzt hatte. Ihre Schwester bestückte sie mit roten Rosen, die Joris ihr einst geschenkt und die sie getrocknet hatte. Sie stellte sie an den Empfang der Pension.

Leonie brachte Ilse eine atlantikblaue Salatschüssel mit dem Aufdruck *Glück Ahoi!* vorbei und erfuhr, dass ihr Mann sie abends in ein Fischrestaurant ausführen würde.

»Es geschehen noch Wunder, Johan geht eigentlich nicht gerne auswärts essen«, sagte Ilse fröhlich. »Das habe ich Arian, Tjorben und Joris zu verdanken. Sie haben uns eine Nacht im Schlafstrandkorb geschenkt, dort sind Johan und ich uns wieder nähergekommen.«

Leonie war es ein wenig unangenehm, dass Ilse die Eheprobleme ansprach.

»Ich wollte dich nicht in Verlegenheit bringen«, entschuldigte sich Ilse. »Aber du hast doch letztens mitbekommen, dass wir uns gestritten haben.«

»Ja«, gab Leonie zu. »Tut mir leid, dass ich mitten reingeplatzt bin.«

Ilse winkte ab. »Ein Gewitter reinigt die Luft.«

Wäre es doch immer so einfach, dachte Leonie.

Für Birthe und Maike töpferte sie eine große Olla zum

Bewässern ihrer Tomatenpflanzen. Als Deckel fertigte sie eine Wassertränke für Insekten an und glasierte sie in Pink.

Imke und Elkmar bekamen sandbraune Schälchen mit dem Spruch *Schmeckt nach Meer* und Sören einen sahneweißen Essteller, auf dem *Zuhause ist, wo meine Schafe sind* zu lesen stand.

Wenn sie sich darauf konzentrierte, den Ton zu formen und mit lustigen Wortkombinationen oder Sprüchen zu verzieren, entspannte sie sich vollkommen. Kreativ zu sein, ließ sie alle Probleme und Sorgen vergessen.

Nico machte nur Dinge, die ihm Profit einbrachten, das hatte er auch von ihr verlangt. Nun genoss Leonie es, etwas aus reiner Freude zu tun.

Der Sturm, der in ihr tobte, seitdem sie Sontje mit Arian in dessen Wohnung gesehen hatte, beruhigte sich langsam wieder.

Jeden Abend machte Leonie einen langen Spaziergang, egal bei welchem Wetter.

Einmal ging sie bei Nieselregen los. Unterwegs begann es, immer stärker zu schütten. Die steife Brise toste immer heftiger um sie herum, auf dem Rückweg musste sie sogar gegen heftige Böen ankämpfen. Sie kam mit Wasser im Nacken und in den Gummistiefeln heim, aber das machte ihr nichts aus. Sie duschte heiß, kuschelte sich ins Bett und trank selbst gemachten Sanddornlikör von Birthe.

Während die köstliche süßsaure Flüssigkeit ihre Kehle hinabrann und der Alkohol sich wie Feuer in ihrem Bauch ausbreitete, fragte sie sich, ob es Arian in Wahrheit gar nicht darum ging, dass die Natur ihn forderte. Vielleicht setzte er sich Wind und Wetter nur aus, um diesen wohligen Zustand der seligen Erschöpfung zu erreichen.

Leonie lebte in den Tag hinein und tat nur das, was sie tun wollte. Das empfand sie als Luxus. Auf Koh Samui hatte Nico nur allzu gerne Aufgaben verteilt und sie auf Trab gehalten. Hätte sie sich schon damals Pausen gegönnt, um zwischendurch etwas zur Ruhe zu kommen, wäre ihr bewusst geworden, dass das mit ihnen nicht gut gehen konnte.

Als Leonie eines Abends über den Deich im Norden Föhrs spazierte, schritt ihr ein schlanker, hochgewachsener Mann entgegen. Zunächst nicht mehr als eine dunkle Silhouette, die sich nur langsam aus der Dunkelheit herausschälte. Er trug eine dunkle Fischermütze und hatte den Kragen seines eleganten schwarzen Wollmantels hochgestellt. Erst als er näher kam, erkannte sie ihn. Arian.

Überrascht blieb sie stehen. Ihr Herz schlug schneller. Sie freute sich unglaublich, ihn wiederzusehen, und gleichzeitig wäre sie am liebsten weggerannt. Wie sollte sie sich ihm gegenüber verhalten?

Sollte sie verschweigen, was sie beobachtet hatte, weil das mit ihnen nichts Ernstes war? Wäre es besser für ihre Freundschaft, ihn auf Sontje anzusprechen und die angespannte Luft zwischen ihnen zu bereinigen? Oder sollte sie ihm sagen, dass sie sich nicht mehr treffen wollte, und damit den Weg für Sontje und ihn frei machen?

»Moin«, grüßte Arian sie, als er bei ihr war. Sein Lächeln trieb ihren Puls noch weiter in die Höhe.

Sie reagierte zurückhaltend. »Moin.«

Er legte die Hand an ihre Wange. Es machte den Anschein, als wollte er sie küssen, doch er tat es nicht. Stirnrunzelnd musterte er sie. Anscheinend spürte er, dass ihr etwas auf der Seele brannte.

»Ich dachte schon, du drehst um und läufst vor mir weg«, sagte er amüsiert.

»Ich habe dich zuerst nicht erkannt«, gab Leonie zu. »Du bist eine recht dunkle Erscheinung in dieser Abgeschiedenheit.«

Sein Daumen strich zärtlich über ihre Wange. »Föhr ist einer der sichersten Orte.«

»Deutschlands?«, fragte sie, um sich davon abzuhalten, schwach zu werden und ihm ihre Lippen darzubieten.

Er grinste. »Auf der Welt.«

War das ein Seitenhieb in Richtung Thailand, oder reagierte sie überempfindlich, weil sie sauer auf ihn war? Sie wandte sich von ab und löste dadurch die Berührung. Der Wind wehte ihr die Haare über die Schultern nach vorne. Während sie versuchte, sich zu sammeln, betrachtete sie das Marschland.

Der Regen der letzten Tage hatte Pfützen hinterlassen. Die Weiher traten über die Ufer. Die Vögel, die sich zur Nachtruhe eingefunden hatten, waren auf die Entfernung nur noch als Schemen zu erkennen.

Arian sah zum *Lüttes Glück*, eine Insel aus Licht inmitten der dunklen Marsch. »Anja hat mir gesagt, dass du hier bist.«

»Mein Abhärtungsprogramm, jeden Abend ab auf den Deich.« Das war nur die halbe Wahrheit. Wenn die Böen an ihrer Windjacke rissen und Leonie die feuchten Salzwiesen roch, fühlte sie sich Arian nah.

»Ich habe den Eindruck, dass du mir seit Tagen aus dem Weg gehst«, sagte er plötzlich und schob die Mütze über den Ohren hoch.

»Ich hatte zu tun.« Während Leonie weiterging, zählte sie auf, was sie alles erlebt hatte, um ihm zu beweisen, dass sie ihn nicht anlog. »Siehst du.«

»Du hättest mich fragen können, ob ich mit dir spazieren gehe.« Er lief neben ihr. Seine Hand stieß an ihre, aber er verschränkte seine Finger nicht in ihre. »Das hätte mich gefreut.«

»Hast du nichts Besseres vor?«, platzte es aus ihr heraus. Mit Sontje, fügte sie in Gedanken hinzu. Sie blieb stehen und kniff die Augen zusammen.

Arian zog die Brauen hoch. »Etwas Besseres?«

»Ich meine ja nur«, begann sie. Aufgebracht drehte sie ihre Haare im Nacken zu einem Zopf und steckte sie unter die Jacke, der Wind riss sofort wieder einige Strähnen heraus. »Wir reden von einem dummen Spaziergang. Bestimmt bist du schon tausendmal hier gewesen.«

»Ich bin gerne mit dir zusammen«, antwortete er ruhig. »Mir ist egal, was wir machen, Hauptsache, ich mache es mit dir.«

Leonie musterte ihn. Sie war verwirrt. Warum sagte er so süße Sachen? Bekam Sontje die gleichen Worte zu hören?

»Was ist los?«, fragte er mit warmer Stimme.

Sie presste die Lippen zusammen und ließ ihren Blick über die Salzwiesen und die tosende Nordsee schweifen. Sie wusste nicht, was sie antworten sollte. Alles, was ihr einfiel, hätte ihre Eifersucht verraten.

Sanft berührte Arian sie am Kinn und drehte ihr Gesicht in seine Richtung. »Sag es mir, bitte.«

Leonie wollte wissen, was zwischen ihm und Sontje lief, hatte aber Angst vor der Wahrheit. Sie zog den Wollschal vom Hals weg, aber der Druck auf ihrer Kehle blieb. Schließlich gestand sie: »Ich habe euch heimlich beobachtet.«

»Wen?«, fragte Arian und sah sie erwartungsvoll an.

Es war ein Wunder, dass er sie bei dem Lärm des Windes und der Wellen überhaupt verstand, so leise sprach sie, als sie erklärte: »Sontje und dich.«

»Ich stehe immer noch auf dem Schlauch.« Er zuckte mit den Schultern.

»Vor ein paar Tagen habe ich meine ersten Keramiken von *Stelly's Hüüs* abgeholt. Ich bin auf direktem Weg zum *Strandmohn* gefahren, um sie dir zeigen«, erzählte sie. Ihr Brustkorb schien sich zusammenzuziehen, sie bekam immer schlechter Luft.

»Darüber hätte ich mich sehr gefreut. Warum hast du es nicht getan?«, fragte er verständnislos.

»Die Galerie hatte schon geschlossen. Weil noch Licht im Atelier brannte, habe ich durchs Fenster gesehen.« Leonies Stimme zitterte, als sie hinzufügte: »Sontje war bei dir.«

»Du hättest klopfen können, ich hätte dir geöffnet.« Er breitete die Arme aus.

Sie schwitzte und fror gleichzeitig. »Ich wollte euch nicht stören.«

»Das hättest du nicht«, versicherte Arian ihr.

»Ihr habt so vertraut gewirkt.«

»Wir kennen uns schon lange, Föhr ist ein Dorf.«

Misstrauisch blinzelte Leonie ihn an. »Ich dachte, ihr hättet euch erst in deinem Malkurs kennengelernt?«

»Wir sind uns früher schon ein paarmal über den Weg gelaufen, mehr nicht. Wie gesagt, die Insel ist klein. An dem Abend hat sie mir nur ihre Aquarelle gezeigt«, erklärte Arian und streckte die Hände nach ihr aus.

Ein drittes Mal? Sie wich zurück. »Das hatte Sontje doch schon zwei Mal. An dem Abend, als ich mit der Flasche Rotwein reingeplatzt bin, und an dem Tag danach. Als Dankeschön für deine Expertise wollte sie dich zum Essen einladen.« Verstrickte er sich gerade in Widersprüche? Konnte sie ihm glauben?

»Zu Letzterem kam es nicht. Ich musste das Treffen mit ihr verschieben.« Er steckte die Hände in die Jackentasche. »Ich hatte vergessen, dass meine Brüder und ich für unsere Eltern kochen wollten. Wir hatten einen Schlafstrandkorb für sie gemietet und ihnen ein festliches Picknick versprochen.«

Leonie nickte. »Das hatte deine Mutter erwähnt.« Nur den Tag nicht.

»Anja hat Joris, Tjorben und mir die Küche im *Lüttes Glück* zur Verfügung gestellt. Hat sie sich nicht über uns lustig gemacht?«, fragte Arian und schmunzelte. »Die Käsekruste vom Lamm ist krümelig geworden, die Kartoffeln waren leicht versalzen und der Brokkoli zerfiel.« Ironisch fügte er hinzu: »Es war ein Erfolg auf ganzer Linie.«

»Euren Eltern hat die Übernachtung am Strand trotzdem

gefallen, habe ich gehört«, beruhigte sie ihn. »Die Auszeit vom Alltag hat ihnen gutgetan. Sie haben sich gefreut, dass ihr das außergewöhnliche Erlebnis möglich gemacht habt.«

»Ja, ausgesprochen haben die beiden sich wohl nicht, aber sie küssen sich jetzt wieder öfter. An einer Ehe muss man eben arbeiten.« Verwundert hakte er nach: »Hat Anja wirklich nicht erwähnt, dass wir dort waren und sie noch einen Tag später Mandelscheiben in der ganzen Küche gefunden hat, weil Tjorben die Packung runtergefallen ist?«

Leonie schüttelte den Kopf. »Bestimmt hatte sie zu viel um die Ohren.«

»Ich habe sogar an deinem Wohnwagen geklopft, aber du warst nicht da.«

»Hast du? Imke und Elkmar hatten mich an dem Abend zu einer Fliederbeersuppe eingeladen. Ich hatte noch nie heißen Holunderbeersaft mit Apfel- und Birnenstücken und Grießklößchen gegessen. Schmeckte ... interessant! Sie wollten, dass ich ihnen von Thailand erzähle.« Sie war ihnen dankbar für die Ablenkung gewesen. So hatte sie nicht ständig daran denken müssen, wie wohl der Abend von Arian und Sontje verlief. »Es gab so viel *Küstennebel*, dass ich danach tatsächlich alles diesig gesehen habe«, erzählte sie.

Arian lachte. Dann wurde er ruhig. »Sontje hat mir an dem Abend eine zweite Mappe mit Aquarellen vorbeigebracht und wollte meine Meinung dazu hören. Das Essen mit ihr habe ich ganz abgesagt.«

»Warum denn das?«, fragte Leonie überrascht.

»Weil ich ihr keine Hoffnung machen will.« Arian nahm ihre Hände und liebkoste sie. »Alles war ganz harmlos.«

»Es sah nicht danach aus, denn …« Leonies Stimme war belegt, als sie fortfuhr. »Bevor ich mich bemerkbar machen konnte, seid ihr nämlich in deine Wohnung gegangen, genauso wie wir, bevor wir …«

Sanft strich er über ihre Handgelenke. »Du machst dir zu viele Gedanken.«

»Mag schon sein. Ich habe auch zu viel Zeit zum Grübeln«, gestand sie.

Er zog sie dicht zu sich. »Wir haben Wein getrunken. Er ist Sontje zu Kopf gestiegen. Sie hat um ein Glas Wasser gebeten, darum sind wir in mein Apartment gegangen, in die Küche.«

»Warum wart ihr dann in deinem Schlafzimmer?«, bohrte sie weiter nach und hielt die Luft an.

»Ich hatte noch einfache Pinsel, die ich nicht mehr brauche, in einer Kiste unter dem Bett verstaut. Ich hatte sie vorsorglich für meine Malkurse gekauft. Eigentlich müssen die Teilnehmer ihre Sachen selbst mitbringen, aber manchmal vergessen sie etwas«, erzählte Arian und schlang die Arme um ihre Taille. »Ich habe Sontje die Pinsel gezeigt und gefragt, ob sie sie haben will. Mir fehlt die Zeit, Kurse zu geben, leider.« Er seufzte. »Jedenfalls sind wir danach in die Galerie zurückgekehrt. Sontje hat ihre Künstlermappe genommen und ist gegangen.«

Leonie kam sich so dumm vor. Sie schmiegte sich eng an ihn und lehnte die Stirn gegen seinen Oberkörper. »Zu dem Zeitpunkt war ich schon auf dem Rückweg nach Walsum«, sagte sie leise und knibbelte verlegen an seinem Wollmantel herum.

»Da war nichts, und es gab nicht einmal einen Abschiedskuss«, beteuerte Arian und rieb zärtlich über ihren Rücken. Er legte die Finger unter ihr Kinn, hob ihr Kinn an und sah ihr tief in die Augen.

Ihre Wangen brannten heiß. »Tut mir leid. Ich habe kein Recht ... Wir sind nicht ... Du kannst schlafen, mit wem du willst.«

»Ich will nur dich«, versicherte Arian ihr. Er küsste sie so gefühlvoll, dass ihre Beine weich wurden.

Eine Weile standen sie auf dem Deich, die Lippen voller Leidenschaft aufeinandergepresst, und tauschten Zärtlichkeiten aus. So eng umschlungen konnte der raue Oktoberwind ihnen nichts anhaben. Sie wurden eins und verschmolzen mit der Nacht, weit weg von allen Sorgen und Nöten, von Lebensträumen und Zukunftsplänen. So losgelöst vom Alltag fühlte sich alles einfach und hoffnungsvoll an. Hier draußen waren sie nur zwei Liebende.

Der Moment der Sorglosigkeit ging vorbei. Die Kälte kroch unter Leonies Jacke. Sie fror erbärmlich.

»Lass uns zur *Nordseeperle* gehen«, schlug sie vor und rieb sich über die Oberarme. »Ich habe zwar keinen heißen Grog da, aber Sanddornlikör, falls du magst.«

Hand in Hand spazierten sie nach Walsum zurück.

Im Wohnwagen öffnete Leonie einen Schrank und holte einen bauchigen meergrünen Teebecher heraus. Neben einer Möwe, die über einer sich aufbäumenden Welle hinwegflog, hatte sie das Kunstwort *Föhrliebt* eingeritzt.

Sie reichte Arian den Becher: »Den habe ich für dich gemacht. Er ist nicht perfekt, aber ...«

»Ich liebe ihn«, stieß er begeistert aus.

Dankbar drückte er Leonie an sich und hielt sie fest. Sie vergrub ihre Nase in seiner Halsbeuge und atmete seinen Duft ein.

Sie wusste, sie war nicht einfach, aber er ließ sich davon nicht abschrecken. Er holte sie herunter, wenn sie in die Luft ging, und wusch ihr den Kopf, wenn nötig. Sie fühlte sich begehrt.

Wäre sie nicht dumm, einen Mann wie ihn wieder aufzugeben?

Kapitel 15

Arian mochte Leonies Lebensfreude. Wenn er sagte: »Lass uns doch dies oder jenes unternehmen«, antwortete sie fast immer: »Bin dabei.« Sie war zu allen Schandtaten bereit, mit ihr konnte man Pferde stehlen.

Er konnte jedoch auch ihre Rastlosigkeit spüren. Es kam ihm so vor, als hätte sie zwei Kontinentalplatten in sich, die ständig in Bewegung waren und aneinanderrieben, was ihr ganzes Umfeld in Unruhe versetzte.

Man wusste nie, wann daraus ein Erdbeben wurde. Hielt man sich in dem Moment in ihrer Nähe auf, bekam man die Auswirkungen zu spüren. Er konnte damit umgehen, denn er wusste sie zu nehmen. Auf Dauer war das allerdings selbst für ihn anstrengend.

Das Thema Thailand stand inzwischen auf der roten Liste, Sontje auch. Wenn er sie in einem Gespräch doch mal erwähnte, konnte er Leonie ansehen, dass sie innerlich schäumte wie die Nordsee bei Unwetter.

Wie gut, dass ich den Sturm liebe, dachte er ironisch, während er mit einem Teller und dem Föhrliebt-Becher die Treppe zur Galerie hinabstieg. Er hatte es eilig, er war spät dran. Am Morgen hatte er sich nicht von Leonie losreißen können. Sie hatte so süß ausgesehen mit Schlaf in den Augen.

Arian musste an die vergangene Nacht denken. Zweimal hatten sie sich geliebt, erst voller Ungeduld und heißem Verlangen, dann langsamer. Beides hatte ihm gefallen.

Sie kamen sich immer dann nah, wenn es zuvor zwischen ihnen geknallt hatte. »On and off« war jedoch nicht das, was Arian wollte. Er suchte eine feste Beziehung, wünschte sich eine eigene kleine Familie, Harmonie, Einklang. Das würde er bei Leonie nicht finden.

Nachdenklich schloss er die Ladentür auf. Er war erst vor einer Stunde von Leonie heimgekehrt, hatte schnell geduscht und würde nun hinter der Kasse frühstücken müssen.

Normalerweise liebte er, der Genussmensch, es, gemächlich in den Tag zu starten, jeden Schluck süßen cremigen Tee zu genießen und ausgiebig zu schlemmen. Außerdem wusste er nie, wann er wieder Zeit zum Essen finden würde. Heute ging es eben nicht anders, er hatte einen guten Grund dafür. Arian hatte ein Dauergrinsen im Gesicht.

Als er in den Kneppkuchen biss, seufzte er vor Gaumenfreude. Maike hatte die nordfriesische Spezialität am Vortag für das Gartencafé gebacken. Ein paar Stücke waren übrig geblieben, Anja hatte sie ihrer Schwester gebracht, und Leonie hatte sie ihm mitgegeben.

Er liebte die köstliche Verbindung aus buttrigem Hefegeschmack und Anis, unter den sich die Süße der Rosinen mischte. Maike war eine ausgezeichnete Bäckerin! Sie hatte einen großen Anteil daran, dass das Café im *Lüttes Glück* so gut lief.

Die Klingel über der Ladentür bimmelte, als die ersten

Kunden das *Strandmohn* betraten. Darunter war auch eine ältere Frau mit Rollator, die sich dankbar für die Rollstuhlrampe zeigte.

Weil Arian den Mund voll Kneppkuchen hatte, hob er verlegen die Hand zum Gruß und kaute schneller. Er spülte mit Tee nach, aus Leonies Becher schmeckte er viel köstlicher.

Er musste an Marten Haase denken, den er am Vortag auf dem Sandwall getroffen hatte. Der Zweiundneunzigjährige hatte mit dem Rücken zum Meer auf seinem Rollator gesessen und die Feriengäste beobachtet, mit einem Thermobecher in der Hand.

Als er Arian bemerkte, winkte er ihn heran und sagte: »Moin. Ich habe läuten hören, dass Joris und Anja schon nächstes Jahr heiraten könnten. Stimmt das?«

»Gut möglich, aber offiziell ist es noch nicht«, antwortete Arian und leckte rasch die Eiscreme, die am Hörnchen hinabrann, ab. Erdbeere mischte sich mit Schokolade, himmlisch!

Marten nippte an seinem Tee und grinste verschmitzt. »Glaubst du, es wird eine Doppelhochzeit geben?«

»Nein«, antwortete Arian und blinzelte gegen die Sonne an. Sie hatte an Kraft verloren, der Wind war kühl. Das Eis schmeckte ihm trotzdem. »Christin muss erst geschieden werden. Außerdem haben Tjorben und sie es nicht eilig.«

»Ich habe nicht an die beiden gedacht.« Marten zeigte mit dem Finger auf ihn. »Ich habe von dir und Leonie gesprochen. Ihr klebt zusammen wie Sardinen in der Büchse, erzählt man sich.«

»Wir treffen uns regelmäßig. Aber heiraten? Wie um alles in der Welt kommst du denn darauf?«, fragte Arian überrascht und biss ein Stück von der Eiswaffel ab. Brodelte etwa die Gerüchteküche?

»Na, das wäre doch was. Wenn zwei Brüder zwei Schwestern heiraten würden …« Grinsend steckte Marten den Becher in die Vorrichtung an seinem Rollator. »Darüber würde man noch lange sprechen.«

Die Vorstellung hatte was, aber sie bereitete Arian auch Unwohlsein. Als kleiner Junge hatte er zu seinen älteren Brüdern aufgeschaut und ihnen alles nachgemacht.

Er trat dem Wyker Yacht Club bei, weil Tjorben dort segelte, und kickte im FSV Wyk, Joris' damaligem Fußballverein. Als er älter wurde, merkte er jedoch, dass Kunst ihn mehr interessierte.

Manche der Einheimischen, die ihn von Kindesbeinen an kannten, behandelten ihn noch heute wie den »kleinen Grafen«. So hatten sie ihn, den Jüngsten der Familie, damals scherzhaft genannt.

Würden die Leute hinter seinem Rücken tuscheln, wenn Leonie und er ein Liebespaar wären? Würden sie lästern, er hätte sich nie aus Joris' Schatten gelöst und würde ihm wieder einmal nacheifern?

»Stell dir nur vor, Tjorben würde Christin auch um ihre Hand bitten. Ihr wärt in der Kirche zu sechst und alle miteinander verwandt oder eng befreundet.« Marten erhob sich, legte die Hände an die Griffe und löste die Bremsen.

Das Bild war surreal. Surrealismus war jedoch nicht Arians bevorzugte Kunstrichtung, weil sie die Realität entfremdete.

»Die Inselgrafen würden in die Geschichte Föhrs eingehen. Das würde euch so passen«, zischte Marten und schlurfte davon.

Arian hatte gedacht, dass Martens Zunge nach der schmerzhaften Aussprache mit Godo an Schärfe verloren hätte, aber mit der Vermutung hatte er falschgelegen.

Er wünschte, Leonie wäre nicht Anjas Schwester.

Dann könnte niemand annehmen, es würde eine gewisse Rolle spielen, dass sie, Anja und Christin so eng miteinander verbunden waren wie er und seine Brüder. Es gäbe keinen Anlass für die Vermutung, er würde sicherstellen wollen, dass nichts zwischen Joris, Tjorben und ihn kam. Denn wie man bei Harry und Meghan sah, hatte eine Frau die Macht, Brüder auseinanderzubringen.

Wenn Leonie jedoch nicht Anjas Schwester wäre, hätte Arian sie nie getroffen.

Gerade hatte Arian den letzten Bissen Kneppkuchen hinuntergeschluckt, da fiel ihm ein Mann auf, der auf dem Bürgersteig stand und die Bilder im Schaufenster betrachtete.

Normalerweise interessierte er sich nicht für die Feriengäste vor der Galerie. Die meisten flanierten weiter und gaben ihr Geld woanders aus. Der Fremde erregte jedoch seine Aufmerksamkeit. Zuerst wusste Arian nicht, warum. Dann wurde ihm klar, dass er ihm bekannt vorkam. Woher, das konnte er jedoch nicht sagen.

Fieberhaft grübelte er darüber nach.

Mit seinem Fjällräven-Winterparka und der Prada-Strickmütze war der Mann zu dick und zu teuer angezogen, um auf Föhr zu leben. Die Einheimischen schwammen selten im Geld, bevorzugten einfache, praktische Kleidung und waren den rauen Wind, der zu dieser Jahreszeit über die Insel wehte, gewohnt.

Hatte er vielleicht bei seinem letzten Urlaub auf Föhr im *Strandmohn* ein Bild gekauft? Er musste Mitte sechzig sein und hatte markante männliche Gesichtszüge. Die vielen Falten machten ihn nur interessanter. Er wirkte wie jemand, der schwere Zeiten erlebt und daraus gestärkt hervorgegangen war.

Eben jene Gesichtszüge brachten in Arian etwas zum Klingeln. Sie hatten Charakter, genau das machte den Fremden schön. Ein Gesicht, das wie dafür geschaffen war, auf Leinwand gebannt zu werden.

Eine Erinnerung tauchte auf und verschwand wieder, bevor Arian sie zu greifen bekam.

Der Mann schien unsicher zu sein, ob er die Galerie betreten sollte. Als Kunden hinausgingen, schlüpfte er doch durch die offene Tür. Er zog sich die Mütze vom Kopf. Dunkles, mit Silberfäden durchzogenes Haar kam zum Vorschein. Nervös glättete er es mit der Hand.

Plötzlich ging Arian ein Licht auf. Ihm fiel ein, wo er den Fremden schon einmal gesehen hatte. Auf einem Ölgemälde.

In dem Bild saß der Mann auf einem Fischkutter und hielt eine Pfeife in der Hand. Die Sonne schien auf ihn herab. Gelassen sah er hinaus aufs Meer, völlig im Reinen mit sich und der Welt. Er strahlte eine beneidenswerte Zufriedenheit aus. Es reichte ihm, einfach nur dazusitzen und zu paffen, die Schönheit des Augenblicks zu genießen.

Die friedvolle Stimmung versinnbildlichte den Frieden in seinem Inneren.

Arians Mutter hatte den Fischer porträtiert.

Arian und seine Brüder hatten sie gefragt, ob es für das Motiv ein reales Vorbild gab.

»Der Fischer war nur ein schöner Traum«, hatte sie geantwortet.

Also folgerten sie, dass es sich bei ihm um eine Fantasiegestalt handelte.

Dass sie damit falschlagen, hatte ihnen schon Lutz Beck verraten. Der Fischer sei sein Vater. Er hatte auch erwähnt, dass er gestorben sei. Stefan Beck war jedoch quicklebendig.

Leicht befangen knetete der alte Beck seine Wollmütze, nichtsdestotrotz wirkte er kraftstrotzend. Breitbeinig und das Gewicht auf beide Füße verteilt, stand er fest auf dem Boden, wie Tjorben auf der in den Wellen schwankenden *Seewievke*. Er machte den Anschein, als könnte kein Sturm ihm etwas anhaben.

Arians Augen wurden immer größer. Wie ein Fischer sah er keinesfalls aus, vielmehr wie ein Machtmensch. Beruflich erfolgreich, mit einer Bilderbuchfamilie. Letzteres traf jedoch nicht zu. Seine Ehefrau Manuela hatte den Freitod gewählt, und sein Sohn war zum Stalker geworden. Arian empfand Mitleid für Stefan Beck. Was mochte er auf Föhr wollen?

»Guten Tag«, grüßte Beck ihn mit freundlicher Zurückhaltung.

Arian kam hinter der Kasse hervor. »Moin.«

»Kann ich Ilse sprechen?«, fragte Beck und spähte ins Atelier, als würde er sie dort vermuten.

Arian lehnte sich gegen den Verkaufstresen und grübelte darüber nach, wie gut sich die beiden kannten. Sie mussten viel Zeit zusammen verbracht haben, da sie ihn gemalt hatte. Warum hatte seine Mutter die Treffen verschwiegen?

Anscheinend duzten sie sich. Nicht nur das, Beck sprach Ilses Namen mit einer Vertrautheit aus, die Arian hellhörig werden ließ. Er beruhigte sich mit dem Gedanken, dass die beiden anscheinend schon länger keinen Kontakt mehr hatten.

»Sie ist aus dem Laden ausgestiegen«, sagte Arian traurig.

»Ist nicht wahr.« Stefan Beck riss die Augen auf. »Sie hat doch so vom *Strandmohn* geschwärmt.«

Arian verschränkte die Arme vor dem Oberkörper. »Wir waren alle überrascht.«

»Was ist passiert?«, wollte Beck wissen und kam näher.

Kurz überlegte Arian, ob er das wiedergeben sollte, was seine Mutter überall erzählte. Dass die wiederkehrenden Migräneattacken sie zum Vorruhestand zwangen. Dass ihr Malstil nicht mehr so gefragt sei und es Zeit für einen Generationswechsel war. Doch er entschied sich für die Wahrheit. »Ihr Sohn«, sagte er bitter.

»Lutz?« Beck fuhr sich mit der Wollmütze über die feuchte Stirn.

»Er hat meine Mutter monatelang verfolgt, hat ihr aufgelauert, sie aus dem Dunkeln heraus beobachtet, ihr Ungeheuerliches vorgeworfen und sie krank gemacht«, erzählte

Arian und ballte vor Wut Fäuste hinter dem Rücken. »Schließlich hat er sogar meinen Brüdern und mir gedroht.«

Während Beck die Jacke öffnete, sagte er leise: »So etwas in der Art habe ich befürchtet. Darum bin ich hier.«

Arians Magen zog sich zusammen.

Bevor er nachhaken konnte, fragte Beck: »Sie sind Arian, ihr jüngster Sohn, nicht wahr?«

»Ja, der bin ich.« Arian stieß sich vom Ladentisch ab.

»Ilse hat mir oft von Ihren Öl- und Acrylgemälden vorgeschwärmt.« Beck lächelte ihn an. Dann ging er in der Galerie auf und ab. »Ihre Bilder wären viel moderner als ihre, Ihr Malstil frischer. Sie würden altbekannten Motiven neue Kraft einhauchen und sie so lebendig darstellen, dass man meint, nicht nur von außen darauf zu gucken, sondern mittendrin zu sein.«

»Ja, das klingt nach ihr. Aber was soll sie auch sonst sagen? Sie ist meine Mutter.« Arian ließ ihn nicht aus den Augen. Er nahm jede Regung Becks wahr, wägte jedes seiner Worte ab und analysierte seine Gesten, konnte aber nicht an ihnen ablesen, was ihn mit seiner Mutter verband.

Stefan Beck blieb stehen und wandte sich ihm zu. In väterlichem Ton sagte er: »Sie hätte Ihnen nicht die Galerie anvertraut, wenn sie nicht an Sie glauben würde.«

»Sie reden von ihr, als würden Sie sie gut kennen.« Misstrauisch blinzelte Arian ihn an. Er fragte sich, warum der Rest der Familie ihn nie getroffen hatte.

»Wann kennt man einen Menschen schon gut?« Beck zuckte mit den Achseln.

Die Antwort half Arian auch nicht weiter. »Wo haben Sie sie getroffen?«, bohrte er nach.

»Ich leite eine Bank in Hamburg. Wir haben in den Kundenräumen eine öffentlichkeitswirksame Ausstellung ihrer Bilder gemacht. Kunst ist für manche unserer Kunden eine Geldanlage, aber das wissen Sie ja. Außerdem bringt die Ausstellung Werbung für beide Seiten.« Stefan Beck fuhr lächelnd fort: »Ich war sofort beeindruckt von Ilse.«

»Von meiner Mutter oder ihren Bildern?«, hakte Arian argwöhnisch nach.

Beck lachte. »Beides. Jedenfalls hatte ich gehofft, sie hier anzutreffen.«

»Wollen Sie neue Bilder von ihr ausstellen?«, fragte Arian hoffnungsvoll. Das könnte seiner Mutter schmeicheln und sie motivieren, doch wieder zum Pinsel zu greifen.

»Wer weiß«, antwortete Beck lapidar und blieb vor einem Acrylgemälde stehen, auf dem Arians Mutter eine alte Frau in Föhrer Festtagstracht porträtiert hatte.

Arian ging zu ihm. »Sie malt nicht mehr«, sagte er bedauernd.

»Was?« Beck schaute ihn an. »Das glaube ich nicht. Das Malen liegt ihr doch im Blut.«

»Ich glaube, Ihr Sohn ist daran schuld. Lutz hat ihr die Kreativität geraubt«, brachte Arian gepresst hervor. Er fühlte wieder diese quälende Mischung aus Wut und Hilflosigkeit.

Aufgebracht stopfte Stefan Beck die Mütze in die Tasche seiner Fjällräven-Jacke und fluchte leise. Er trug seine Haare sehr kurz, sodass sie kaum in Unordnung waren. Sie schimmerten an den Schläfen gleichmäßig weiß, als wären sie gefärbt. Das Alter meinte es gut mit ihm.

»Sie hatten eine Ahnung, dass er etwas im Schilde führt, nicht wahr?«, fragte Arian vorwurfsvoll.

Obwohl es im Laden warm war, klappte Stefan Beck den Kragen seiner Jacke hoch. »Wie kommen Sie darauf?«

»Sie sagten, Sie wären wegen ihm auf Föhr.« Herausfordernd sah Arian ihn an.

»Ja, das sagte ich wohl.« Beck wirkte mit einem Mal verschlossen. »Aber ich sollte das mit Ilse persönlich besprechen.« Er wollte gehen.

Arian stellte sich ihm in den Weg. »Lutz hat gemeint, Sie wären tot.«

»Ich?«, fragte Beck überrascht und zog die Augenbrauen hoch.

»›Er ist für mich gestorben‹, das waren seine Worte«, erklärt Arian. Plötzlich wurde er unsicher, ob er sie nicht falsch interpretiert hatte.

»Das hat er nicht wörtlich gemeint«, stellte Beck klar und winkte ab. »Lutz ist sauer auf mich.«

»Er scheint auf eine Menge Menschen schlecht zu sprechen zu sein. Auch auf meine Mutter«, fügte er aufgebracht hinzu.

»Das tut mir leid«, erwiderte Beck leise. Er seufzte bedauernd und rieb sich mit der Hand über die Wangen. »Das hat sie nicht verdient. Sie ist so ein Schatz.«

Schatz? Abneigung regte sich in Arian. »Er hat versucht, sie fertigzumachen. Meine Brüder und ich haben ihm klargemacht, dass wir das nicht zulassen werden.«

»Wäre ich doch nur früher gekommen«, sagte Beck bedauernd. »Aber ich hatte keine Ahnung. Lutz und ich, wir haben seit dem Tod meiner Frau Probleme miteinander. Kürzlich haben wir uns an Manuelas Grab getroffen. Ich wollte mich ihm wieder annähern, aber dann …« Seine Stimme klang rau vor Kummer, als er fortfuhr. »Er hat Ilse verantwortlich für den Tod seiner Mutter gemacht. Ich habe ihm gesagt, dass Ilse sie nicht gestoßen hätte, Manuela ist in die Tiefe gestürzt. Da ist er in die Luft gegangen, so habe ich ihn noch nie erlebt. Hass blitzte in seinen Augen auf. Ich mache mir Sorgen, er könnte etwas Dummes tun.«

»Sie kommen zu spät. Wir haben ihn seit Wochen nicht mehr auf Föhr gesehen«, sagte Arian. Im nächsten Moment stellten sich ihm seine Nackenhaare auf. »Glauben Sie, er könnte zurück sein?«, fragte er aufgewühlt.

»Ich weiß es nicht. Aber ich will mich auf jeden Fall vergewissern, dass es Ilse gut geht. Vorher habe ich keine Ruhe«, stellte Stefan Beck klar. Er zog seine Mütze aus der Tasche und setzte sie auf. »Ich werde zur Windmühle fahren und nachsehen, ob sie da ist.«

Er verließ das *Strandmohn*, bevor Arian ihn fragen konnte, ob er den Weg zum Haus seiner Eltern kannte. Warum hatte seine Mutter ihn und Beck nie einander vorgestellt, in der Hoffnung, dass Beck auch Arians Landschaftsbilder in der Bank ausstellen würde? Dachte sie, Arian wäre nur noch an Vernissagen in renommierten Galerien interessiert? Auch ihm lag daran, zahlungskräftigen Kunstsammlern ins Auge zu fallen, egal wo.

Mehr und mehr Fragen prasselten auf ihn ein, hart und schmerzhaft wie Hagelkörner.

Warum hatte seine Mutter Stefan Beck als Fischer dargestellt? Hatte ihr sein charismatisches Gesicht gefallen, und sie hatte sich die künstlerische Freiheit genommen, es in einen anderen Kontext zu setzen?

Ein weiterer Gedanke kam Arian. Früher hätte er ihn für abwegig gehalten, doch nun, da er wusste, dass seine Mutter Geheimnisse hatte, hielt er ihn durchaus für möglich. Wollte sie Stefan Becks wahre Identität verschleiern?

Beunruhigt rief Arian seine Mutter an. »Stefan Beck wird dich besuchen kommen«, warnte er sie nach einer kurzen Begrüßung vor.

»Stefan hat in der Galerie angerufen?« Ihre Stimme klang schrill.

»Nein, er war gerade hier und wird in wenigen Minuten bei dir sein.« Viele Fragen brannten ihm auf der Zunge, aber jetzt war nicht der Moment, um sie zu stellen. Nicht am Telefon. Das musste bis zu einem Gespräch unter vier Augen warten, in Ruhe.

Seine Mutter keuchte. »Ich muss verschwinden, bevor er eintrifft.«

»Warum läufst du vor ihm weg?«, fragte Arian verwirrt. »Stefan ist nicht wie sein Sohn Lutz, er ist um dein Wohl besorgt.«

»Keine Zeit, wir reden ein andermal. Ich fahre zum *Lüttes Glück* und bleibe eine Weile da«, erklärte sie atemlos.

»Ich kann hier nicht so einfach weg, das weißt du ja«, erwiderte er mit Unbehagen. »Falls es Ärger gibt, ruf mich trotzdem an. In dem Fall lasse ich alles stehen und liegen und komme sofort.«

»Danke. Und Arian …«, begann sie mit zitternder Stimme. »Sag deinem Vater nichts von Stefan, ich flehe dich an.« Dann beendete sie das Telefonat.

Irritiert sah er auf sein Smartphone. Was hatte das schon wieder zu bedeuten? Sein Magen rumorte vor Aufregung.

Stefan Beck war mitfühlender und verständnisvoller als sein Sohn, aber auch er schien Probleme zu bereiten.

Da kommt was auf uns zu, dachte Arian unheilvoll.

Kapitel 16

Leonie staubsaugte am späten Vormittag den Frühstücksraum der Pension. Ab und zu sah sie durch das Panoramafenster in den herbstlichen Garten. Die Meisenknödel, die Hilde in die Bäume gehängt hatte, schwangen wild hin und her. Ein paar tapfere Möwen kämpften beim Fliegen gegen die Böen an. Die Gräser am Rande der Marsch bogen sich im Wind. Wolken zogen rasch über den Deich heran.

Dabei hatte der Tag so schön angefangen.

Am Morgen hatte sich Ilse beim Frühstück zu ihr gesetzt. Während sie heißen Tee tranken und knusprige Brötchen aßen, schien die Sonne durchs Fenster, hinter der Scheibe war es angenehm warm. Wären das Schilf in der umliegenden Marsch nicht gelb verfärbt und die Bäume nicht rötlichbunt beblättert gewesen, hätte man glatt meinen können, es wäre Sommer im nordfriesischen Wattenmeer. Die Feriengäste schwatzten ausgelassen. Ilse redete viel, sie wirkte aufgedreht. Sie klönten zwei Stunden lang.

»Hilde guckt ständig vorwurfsvoll zu uns rüber«, sagte Ilse leise und trank den letzten Schluck in ihrer Tasse. »Ich gehe lieber, bevor sie herkommt.«

Leonie runzelte die Stirn. »Warum?«

»Schau sie dir doch an.« Ilse stellte die Teller aufeinander. »Was für ein Gesicht sie zieht.«

»So sauertöpfisch sieht sie doch immer aus«, beruhigte Leonie sie und schichtete die Untertassen und Tassen aufeinander. »Kein Grund zur Sorge. Du kennst sie doch.«

»Eben.« Ilse seufzte. Mit der Hand fegte sie die Krümel zusammen und erzählte: »Sie beschwert sich immer, dass ich Anja besuche, aber bei ihr nur ganz kurz vorbeischaue. Warum wohl? Weil es Spaß macht, sich mit Anja zu unterhalten. Dasselbe gilt für dich.« Sie tätschelte Leonies Hand. »Hildes spitze Zunge ertrage ich heute Morgen nicht.«

»Geht es dir gut?«, fragte Leonie besorgt.

»Ja, ja. Ich bin nur etwas dünnhäutig. Solche Tage hat man schon mal.« Verlegen strich sich Ilse den Pony aus der Stirn. »Ich habe gehört, dass es Zoff zwischen ihr und Godo gibt, und ich will nicht zwischen die Fronten geraten. Gott bewahre, dass sie mich noch um Rat fragt.«

»Das würde sie nicht tun, zumindest nicht direkt«, erwiderte Leonie augenzwinkernd und stellte die Eierbecher auf die Teller.

»Du hast recht. Falls doch, müsste ich ihr sagen, dass sie froh sein kann, einen lieben Mann wie Godo gefunden zu haben. Die meisten halten sie für bissig.« Ilse grinste. »Ich habe gehört, dass er ganz altmodisch um ihre Hand angehalten hat, ist trotz seiner Arthrose auf die Knie gegangen und hat ihr rote Rosen geschenkt. Sie sollte keinen Moment zögern, ihm einen Ehering an den Finger zu stecken, bevor er es sich anders überlegt.«

Sie stand auf, verabschiedete sich rasch von Leonie, wechselte noch ein paar Worte mit ihrer Schwägerin und verließ das *Lüttes Glück*.

Leonie half Hilde, das Essen vom Büfett zu räumen und die Tische abzuwischen. Während Hilde in der Küche zugange war, fegte Leonie das Parkett. Gerade verteilte sie saubere farbenfrohe Tafeltücher auf den Esstischen.

Die Terrassentür stand offen, weil Hilde unbedingt lüften wollte. Eine Gänsehaut bedeckte Leonies Rücken und Arme. Sie erschauerte jedes Mal, wenn eine Böe den Weg ins Zimmer fand und die Tischdecken flattern ließ.

»Sollen wir die Tür wieder schließen?«, schlug Leonie hoffnungsvoll vor, als Hilde in den Frühstücksraum kam.

Hilde schob einen Servierwagen mit sauberem Geschirr und Besteck neben die Anrichte. Kritisch musterte sie Leonie und fragte: »Ist dir etwa schon wieder kalt?«

»Ein bisschen frisch ist es hier drinnen schon«, gab Leonie zu, wohl ahnend, dass sie von Hilde kein Mitleid erwarten konnte.

»Gewöhn dich besser daran«, erwiderte Hilde prompt, während sie einige vanillefarbene Müslischalen neben die bereits gereinigte Milchkanne stellte.

Leonie verdrehte die Augen. Als ob es so einfach wäre. Auf Föhr wehte der eisige Wind ungehindert über das Geest- und Marschland.

»Es wird noch viel kälter werden«, sagte Hilde und hob einen Stapel kleiner Teller aufs Büfett.

»Ich brauche mehr Pullis, damit ich sie übereinanderziehen kann«, frotzelte Leonie. Sie half Hilde, das Büfett neu zu bestücken, und reihte Saftgläser auf.

Als Hilde den Besteckhalter auffüllte, klirrten die Messer, Gabeln und Löffel. »Das ist reine Kopfsache.«

»Willst du damit andeuten, dass ich mich anstelle?«, fragte Leonie laut, um den Krach zu übertönen.

»Ein bisschen schon, ja.« Hilde schenkte ihr ein nachsichtiges Lächeln.

Leonie schnaubte. Ihr war die Lust vergangen, Hilde zu helfen. Sie sah sich nach einer eigenen Aufgabe um.

»Du denkst zu viel an Thailand«, gab Hilde zu bedenken. Sie schob den Servierwagen an den ersten Gästetisch und fing an, für den nächsten Morgen einzudecken. »Wenn du erst auf Föhr angekommen bist, wirst du auch nicht mehr frieren.«

War das der Grund dafür, dass sie sich einfach nicht akklimatisierte? Wollte oder konnte sie nicht loslassen? Schuldbewusst schwieg Leonie.

Die Sonne verschwand hinter grauen Wolken. Der November war zum Greifen nahe, der Winter auch nicht mehr weit weg, er würde Frost und Schnee- und Graupelschauern nach Föhr bringen. Eiskalte Winde peitschten schon jetzt über die Insel, wütende Wellen krachten gegen die Deiche. Die Sonne zeigte sich immer seltener und schien nur noch schwach.

Leonie sehnte sich nach der Wärme von Arians Umarmung. Aber er konnte nicht ständig bei ihr sein. Wie sollte sie die kalte Jahreszeit nur überstehen?

»Hast du dich mit Godo ausgesprochen?«, fragte sie Hilde und begann, blaue und rote Stoffservietten zu Segelschiffen zu falten.

»Nein. Wir sind beide nicht gut im Reden. Stell dir nur vor, dieser Kindskopf wollte gestern mit mir im Regen tanzen«, erzählte Hilde kopfschüttelnd.

»Und?«, hakte Leonie neugierig nach. »Hast du nachgegeben?«

»Ja«, gab Hilde zögerlich zu. »Er hat einfach nicht lockergelassen. Wir haben uns aufgeführt wie Kinder. Ich habe mir Sorgen gemacht, dass wir beobachtet werden. Peinlich.« Sie wurde rot. »Aber es hat auch Spaß gemacht. Wir haben so viel gelacht wie lange nicht mehr. Hinterher haben wir heiß geduscht und uns in Bademänteln auf der Couch aneinandergekuschelt.«

Wie süß, dachte Leonie und lächelte. »Hast du seinen Antrag angenommen?«

»Nein«, antwortete Hilde, während sie ein Schiff, das Leonie gefaltet hatte, begutachtete und an den Segeln herumzupfte.

Leonie nahm es ihr ab und stellte es zu den anderen. »Du lässt dir viel Zeit zum Überlegen.«

»Ich habe schon mal leichtfertig Ja gesagt«, gestand Hilde leise, während sie auf dem Nachbartisch Messer neben die Frühstücksteller legte.

Behutsam hakte Leonie nach: »Bei deinem ersten Mann?«

»Ja. Manchmal denke ich, ich bin nur Olafs Frau geworden, weil ich Angst davor hatte, als alte Jungfer zu enden, stachelig und einsam.« In bitterem Ton fügte sie hinzu: »So ist es ja dann trotzdem gekommen.«

»Du bist nicht einsam«, widersprach Leonie und hatte wieder ein Serviettenschiff fertig. »Du hast Godo, Anja, die Familie Graf und all die lieben Walsumer.«

»Ach …« Hilde stemmte die Hände in die Hüften und

kniff die Augen zusammen. »Stachelig findest du mich aber schon?«

»Ja, ein bisschen«, gab Leonie zu. Schuldbewusst ruderte sie zurück: »Nicht böse sein, bitte.«

»Bin ich nicht.« Hilde winkte ab. »Ich weiß ja, dass ich schwierig bin.«

»Das bin ich auch«, erwiderte Leonie, den Schulterschluss suchend. Zumindest in dem Punkt hatte sie in Hilde eine verwandte Seele gefunden.

»Ole Bohnsack, unser Elektriker, hat mich mal als Eiserne Lady bezeichnet. Damals habe ich so getan, als würde ich das als Kompliment auffassen. Margaret Thatcher war immerhin die erste Premierministerin Großbritanniens.« Unsichtbare Gewichte zogen an Hildes Mundwinkeln. »Insgeheim hat mich die Bemerkung jedoch gekränkt. Mir war klar, dass er damit gemeint hat, ich wäre gefühlskalt. Das bin ich nicht.« Ihre Wangen färbten sich rot, als sie hinzufügte: »Eigentlich habe ich ein weiches Herz.«

»Zeig es allen«, ermunterte Leonie sie. »Dann werden sie ihre Meinung über dich ändern.«

»Zeigen?« Hilde rümpfte die Nase. »Damit sie genau wissen, wohin sie ihre Giftpfeile schießen müssen?«

»Hör auf zu denken, dass alle da draußen deine Feinde sind«, beschwor Leonie sie, während sie die ersten Serviettenschiffe auf dem Nachbartisch verteilte.

»Ach, nein?« Hilde deckte den nächsten Tisch ein, wobei sie Leonie den Rücken zuwandte. Bedrückt erzählte sie: »Ich war noch nie beliebt. Zu Kindergeburtstagen wurde ich nie eingeladen, in der Schule saß ich allein in der hintersten Bank. Selbst mein Bruder Johan hat lieber Flöße aus Zweigen auf den Schilftümpeln in der Marsch schwimmen lassen, als mit mir zu spielen.«

»Das gehört der Vergangenheit an. Mach dir nicht immer so viele Sorgen.« Sachte legte Leonie ihr die Hand auf die Schulter. »Du hast Freunde, die immer für dich da sind, einen Partner, der dich wirklich sehr liebt. Die Dinge haben sich geändert, also kannst auch du dich ändern.«

Hilde grinste sie über die Schulter hinweg an. »Sag es nicht Anja, aber du bist die Clevere von euch beiden Schwestern.«

Das sah Leonie anders. Anja hatte alles, was Leonie sich wünschte: richtig gute Freunde, einen großartigen Mann und ein glückliches Zuhause auf ihrer Lieblingsinsel.

Sie half Hilde noch eine Weile, dann verabschiedete sie sich und ging zum Wohnwagen. Die Gespräche mit Ilse und Hilde hatten sie erschöpft, aber auf eine gute Art.

Gähnend öffnete sie ihren Laptop und rief ihre E-Mails ab. Zuerst wollte sie alle löschen. Nur Spam, dachte sie zerknirscht. Doch dann machte sie zwischen der Benachrichtigung über eine sagenhaft hohe Erbschaft, den Phishing-Gutscheinen von diversen Online-Versandhäusern, den ungeheuer günstigen Kreditangeboten und der Werbung für Potenzmittel die Nachricht von der Tauchbasis in Khao Lak aus.

Leonies Puls beschleunigte sich.

Während sie aufgeregt die Hände knetete, überflog sie die Zeilen. Mit jedem Satz schlug ihr Herz noch schneller. Sie stand auf, ging zur Spüle und spritzte sich kaltes Wasser ins Gesicht, atmete tief durch. Dann setzte sie sich wieder hin und las die Nachricht ein zweites Mal, weil sie es kaum glauben konnte.

»Sie sind an mir interessiert«, stieß Leonie überrascht aus und konnte ihr Glück kaum fassen.

Die Besitzer der Tauchbasis schlugen ein telefonisches Bewerbungsgespräch vor. Es hatten sich wohl weitere Kandidaten für den Job als Thekenhilfe gemeldet, aber sie sprachen nur Deutsch und Englisch, nicht Thai. Leonie hatte angegeben, ein paar Brocken zu können und bereits eine Weile auf Koh Samui gelebt zu haben. Das hatte ihr einen Vorteil gegenüber der Konkurrenz verschafft.

Die Aufregung machte Leonie hibbelig. Sie überzog das Bett, wusch die Küche ab und brachte den Müll raus. Zwischendurch setzte sie sich immer wieder an den Küchentisch und las die E-Mail erneut.

Es hieß, Khao Lak hätte die schönsten feinsandigen Strände von ganz Thailand. Auch das Hinterland mit dem Lam-Ru-Nationalpark war angeblich absolut sehenswert. Dort konnte man unter anderem wilde Affen, Elefanten und Tiger bestaunen. In der Nähe befanden sich die Ton-Chong-Fa-Wasserfälle, in einigen Becken konnte man sogar baden.

An der Küste gab es Promenaden mit imposanten Kokospalmen, romantische, von Felsen umgebene Buchten und malerische Flüsse, die in der Andamanensee endeten. Khao Lak war nicht so überlaufen wie Phuket oder die bekannten großen Inseln und zog vor allem Familien und Ruhe suchende Urlauber an.

Wer würde nicht dort arbeiten und leben wollen? Leonie hatte die Chance, diesen Traum wahr werden zu lassen. Viele Menschen würden sie darum beneiden.

Sie sah nach draußen. Trostlos, grau. Ständig Wind, langsam ging er ihr auf die Nerven. Er machte das Fahrradfahren anstrengend, die Temperaturen fühlten sich eisiger an, als sie es tatsächlich waren, und beim Lüften flog fast das Fenster aus den Angeln.

Godo ging am Campingplatz vorbei, Kimi auf dem Arm, und winkte Leonie zu.

Lächelnd winkte sie zurück.

Sie würde beide vermissen, ebenso die Deiche, den Schafgeruch, der in Walsum allgegenwärtig war, Maikes Nackenmassage, Birthes ansteckendes Lachen, Imkes deftige Eintöpfe, von denen sie ihr regelmäßig eine Portion brachte, Elkmars Geschichten von früher, Hildes Frotzeln und das gemütliche *Lüttes Glück*, Dreh- und Angelpunkt der kleinen Inselgemeinde. Allen voran würde ihr natürlich Anja fehlen und, ihr Herz wurde schwer, …

»Arian«, rief sie überrascht aus. Er parkte gerade vor dem Campingplatz und stieg aus. Was machte er denn hier? Sie waren nicht verabredet. Sie freute sich, ihn zu sehen. Eine wohlige Nervosität erfasste sie.

Leonie bekam jedoch auch ein schlechtes Gewissen. Sie hatte ihm nichts von ihren Online-Bewerbungen erzählt. Er bemerkte sie hinter dem Fenster, lächelte verliebt und winkte. Hitze schoss ihr ins Gesicht. Rasch klappte sie das Notebook zu, denn Arian kam auf sie zu.

Nervös öffnete sie ihm.

»Moin, Schönheit«, begrüßte er sie mit sanfter Stimme.

»Komm rein«, bat sie ihn. »Heute zieht es um die Ecke wie Hechtsuppe.«

»Hechtsuppe? Sagt das heutzutage noch jemand?«, fragte er amüsiert und schloss die Tür hinter sich.

»Nein, vermutlich nicht. Unsere Mutter hat den Begriff gerne benutzt, weil Anja und ich als Kinder uns jedes Mal darüber kaputtgelacht haben. Er ist hängen geblieben.«

»Von Anja weiß ich, dass eure Mutter verstorben ist. Das tut mir leid«, sagte er. »Ich hätte sie gerne kennengelernt.«

»Sie war ein toller Mensch, ihr hättet euch gemocht. Es hat mich zu Tränen gerührt, dass Anja zu ihren Ehren das Gartencafé nach ihr benannt hat.« Auch jetzt hatte sie wieder einen Kloß im Hals.

»Sie hat erzählt, dass Martina von einem eigenen Hotel auf Föhr geträumt hat.«

»Anja und sie sind sich sehr ähnlich. Meine Schwester hatte zwar ein engeres Verhältnis zu ihr, aber auch mir fehlt sie sehr.« Leonie nahm das Foto, das Anja ihr hingestellt hatte, und betrachtete es wehmütig. »Mama war mein Fels in der Brandung, sie hat auf mich aufgepasst, auch wenn ich das nicht immer zu schätzen wusste«, gab sie zu.

Er stellte sich dicht hinter sie und sah über ihre Schulter hinweg das Bild an. Sein Atem strich warm über ihre Wange. »Wer passt jetzt auf dich auf?«

»Ich bin auf der Suche nach einem neuen Fels«, antwortete sie, stellte das Foto wieder weg und drehte sich zu ihm um.

»Als Föhrer Ureinwohner kenne ich mich mit stürmischem Wellengang aus.« Arian sah ihr tief in die Augen. Seine Fingerspitzen glitten hauchzart über ihre Hüften zu ihrem Rücken.

»Davon bin ich überzeugt.« Leonie legte die Hände an seinen Oberkörper. Sie rieb über seinen dunkelblauen Mantel und wünschte, es wäre kein Stoff zwischen seiner und ihrer Haut. »Du hast bereits festgestellt, dass ich anstrengend bin, und triffst dich trotzdem noch mit mir. Das rechne ich dir hoch an.«

»So leicht lasse ich mich nicht abschrecken.« Zärtlich strich er mit dem Daumen über ihre Lippen.

Er küsste sie so gefühlvoll, dass ihr schwindelig wurde.

Neugierig sah er sich um. »Wo hast du mein kleines Ölgemälde hingehängt?«

»Ins Schlafzimmer«, erwiderte Leonie zögernd. Insgeheim hoffte sie, dass er nicht nachschauen würde, denn es lag immer noch in der Schublade, in die sie es aus Eifersucht geworfen hatte.

Seine Augen weiteten sich. »Ins Schlafzimmer?«

»Es ist, als wärst du bei mir«, erklärte sie und grinste.

»Ein Bild ist doch kein Ersatz. Wenn du Sehnsucht hast, ruf mich an«, schlug Arian vor und küsste ihre Nasenspitze. »Vielleicht komme ich vorbei.«

Überrascht sah sie ihn an. »Vielleicht?«

»Ich stehe nicht auf Abruf bereit«, stellte Arian klar.

Leonie nickte. »Natürlich nicht.«

Ihr schlechtes Gewissen machte sich bemerkbar. Sie musste ihm von ihrem telefonischen Vorstellungsgespräch erzählen, brachte die Worte aber nicht über die Lippen.

Ihre Beichte könnte die gute Stimmung zerstören. Sie wollte nicht, dass er wütend auf sie wurde.

»Willst du etwas trinken?«, fragte sie ihn.

»Ein Glas Wasser wäre nett«, antwortete er und sah aus dem Fenster. »Weißt du, ob meine Mutter noch im *Lüttes Glück* ist?«

»Ich habe mit ihr gefrühstückt. Danach ist sie gegangen. Durchs Küchenfenster habe ich gesehen, dass sie Sörens Schafe über das Gatter hinweg gestreichelt hat. Wahrscheinlich brauchte sie das zur Beruhigung, sie war etwas aufgedreht.«

»Ist sie noch bei der Herde?« Arian verrenkte den Kopf.

Kopfschüttelnd reicht Leonie ihm ein Glas Wasser. »Nein, als ich zur *Nordseeperle* ging, habe ich sie bei Imke und Elkmar in der Küche sitzen sehen. Sie haben zusammen Mittag gegessen. Ich denke nicht, dass sie noch bei den Paulsens ist. Die beiden legen sich immer von ein bis drei Uhr hin.«

Er trank einen Schluck. »Vielleicht ist sie längst zu Hause«, sagte er nachdenklich.

»Warum suchst du sie so dringend?«, wollte sie wissen und setzte sich auf die Bank.

Arian presste die Kiefer zusammen, seine Miene verfinsterte sich. »Beck ist hier und bringt Unruhe nach Föhr.«

»Ilses Stalker?« Leonie sprang auf. Kein Wunder, dass Arians Mutter so aufgekratzt war.

»Nein.« Er schüttelte den Kopf. »Sein Vater Stefan.«

Sie runzelte die Stirn. »Jetzt verstehe ich gar nichts mehr.«

»Ich auch nicht. Irgendetwas stimmt da nicht. Ich muss mit ihr sprechen.« Er sah auf seine Armbanduhr. »Die Zeit rast, meine Mittagspause geht schneller vorbei, als mir lieb ist. Auf dem Handy habe ich sie auch nicht erreicht. Oft lässt sie es allerdings zu Hause liegen. Ich sehe mich mal in Walsum um. Falls ich ihr Fahrrad nirgends entdecke, fahre ich in der Mühle vorbei.« Zärtlich strich er über Leonies Hals. »Sorry, dass ich nicht bleiben kann, aber ich mache mir Sorgen.«

Zum Trost küsste sie ihn. Plötzlich musste sie an die Tauchbasis denken, es fühlte sich so an, als würde sie ihn hintergehen. Ihre Gewissensbisse kehrten zurück. Sie wollte Arian davon erzählen, schaffte es jedoch nicht. Sollte sie den Besitzern absagen oder das Telefonat führen? Beides kam ihr falsch vor.

Bevor Arian ging, warf er ihr einen langen Blick zu. Sie bekam Herzklopfen.

Als er weg war, holte sie als Erstes sein Ölgemälde mit dem wellenumtosten Leuchtturm aus der Schublade, strich liebevoll über den goldenen Rahmen und stellt es wieder auf.

Sie setzte sich an den Tisch und las die E-Mail von der Tauchbasis zum wiederholten Male. Die Einladung zum Telefonat stimmte sie noch immer euphorisch. Ihr Lebenstraum war erneut zum Greifen nahe. Diesmal würde alles besser laufen, da war sie sich sicher.

Ein jäher Stich im Brustkorb ließ sie zusammenfahren. Es war die Vorstellung, Arian zurückzulassen.

Vielleicht konnte sie ihn davon überzeugen, mit ihr auszuwandern. Wenn sie ihm Fotos von Khao Lak zeigte und ihm von der Küstenregion vorschwärmte, kam er unter Umständen doch auf den Geschmack.

Oder sie könnten vorerst eine Fernbeziehung führen. Wenn er sie in dem tropischen Paradies besuchen käme, würde er sie bestimmt besser verstehen und gar nicht mehr wegwollen.

Dazu müsste sie ihm allerdings erst beichten, dass sie eine Stelle in Aussicht hatte. Dafür fehlte ihr noch der Mut. Sie wollte ihn nicht verlieren.

Kapitel 17

Als Arian an der Windmühle ankam, sah er gerade noch, wie seine Mutter den Pfad, der zum Goting Kliff führte, entlangging. Er rief ihren Namen, doch sie hörte ihn nicht, der Wind trug seine Worte fort. Rasch band er sich seinen Schal um den Hals und folgte ihr.

Es verwunderte ihn, dass sie ans Meer wollte. Am Flutsaum war es zweifellos stürmisch, die Böen peitschten einem den Sand in die Augen. Außerdem hatte sie monatelang nur selten ihre vier Wände verlassen. Und jetzt, auf einmal, verbrachte sie viele Stunden in Walsum und ging danach auch noch spazieren?

Als wäre sie überall lieber als zu Hause, dachte Arian. Das musste etwas mit Stefan Beck zu tun haben.

Arian kämpfte gegen heftige Windstöße an. Die herbstliche Kälte kroch unter seinen Mantel. Im Schutz der Dünen wurde es ruhiger. Doch kaum ließ er sie hinter sich und trat hinaus auf den Strand, toste die Luft auch schon wieder wild um ihn herum.

Vor wenigen Wochen hatten hier noch farbenfrohe Strandkörbe gestanden. Einige befanden sich nun in der Lagerhalle von Joris' Strandkorbmanufaktur, er würde sie den Winter über reparieren. Die ehrenamtlichen Rettungsschwimmer der DLRG hatten bereits Mitte September ihren

Arbeitsurlaub auf Föhr beendet. Auch für die Wassersportschule Nieblum ging die Saison zu Ende, sie hatte ihre Surfbretter, Kajaks, Kitebuggys und Katamarane ins Winterlager gebracht.

Arians Mutter stand am Meeressaum, hielt ihre rotbraune Strickmütze mit einer Hand fest und spähte auf die Nordsee hinaus. Die Brandung erreichte fast ihre Schuhe. Ilse schlang die Arme um ihren Körper und rieb sich zwischendurch über ihre Arme, sie musste frieren. Trotzdem blieb sie.

Warum setzte sie sich dem Sturm aus? Dafür war sie eigentlich gar nicht der Typ.

»Ich bin das Föhrer Klima gewohnt. Das heißt aber nicht, dass ich erst bei Minustemperaturen eine dicke Jacke brauche«, hatte sie mal gesagt, als Arians Vater sie aufzog, sie wäre genauso kälteempfindlich wie die Feriengäste.

In der Beziehung kam Arian nach ihr. Er mochte die raue Seite seiner Heimatinsel, jedoch nur, wenn er die passende Kleidung anhatte. Heute traf das nicht zu. Er trug nur seinen Wollmantel, der reichte für Wyk. Für den Strand war er zu dünn.

Um seine Mutter nicht zu erschrecken, näherte sich Arian ihr langsam in einem Halbbogen.

»Moin«, rief er über die Wellen, die laut an den Strand rollten, hinweg.

Überrascht drehte sie sich um. »Wie hast du mich gefunden?«

»Ich habe dich den Strandweg entlanggehen sehen«, antwortete Arian. »Hast du mit Stefan Beck gesprochen?«

Sie wandte das Gesicht ab. »Nein.«

»Warum gehst du ihm aus dem Weg?« Arian stellte sich neben sie und sah sie aufmerksam an.

Sie zog den rotbraunen Strickschal enger um ihren Hals. »Ich wüsste nicht, worüber Stefan und ich sprechen sollten.« Unvermittelt lief sie los, das Gesicht gesenkt und sich gegen den Wind stemmend.

Er schloss zu ihr auf. Wahrscheinlich dachte sie, Beck wollte ihr dieselben Vorwürfe machen wie sein Sohn. »Er macht sich Sorgen um dich und will nur sehen, ob es dir gut geht«, beruhigte er sie.

»Kein Grund, extra herzukommen. Er hätte anrufen können«, erwiderte sie schmallippig.

»Vielleicht hat er das ja, und du warst nicht zu Hause«, gab Arian zu bedenken. Möglicherweise hatte sie auch seine Hamburger Telefonnummer auf dem Display gesehen und ihn ignoriert.

»Wahrscheinlich ist er längst wieder abgereist.« Seine Mutter spähte zu einer Möwe, die im Dünengras vergeblich nach Schutz suchte. »Bei dem Wetter.«

Wenig verwunderlich, hielten sich nur wenige Menschen am Gotin Kliff auf.

Eine Familie suchte Muscheln. Der kleine Junge sammelte sie auf und reichte sie seinem Vater, der packte sie in einen Jutebeutel und wartete geduldig.

Die Mutter trug einen Säugling in einer Babytrage mit Kopfstütze, sie schirmte ihn mit ihrem Körper vor den Böen ab. Sanft wiegte sie ihn hin und her und sang: »Wie das Fähnchen auf dem Turme sich kann drehen bei Wind und Sturme …«

Arian hatte sich von seiner Mutter stets genauso liebevoll umsorgt gefühlt. »Ernsthaft, warum läufst du vor ihm weg?«, fragte er hartnäckig.

Scharf wiegelte sie ab: »Tue ich gar nicht.«

»Mutter, bitte«, sagte Arian und hielt sie fest, damit sie ihm in die Augen sah. »Verkauf mich nicht für dumm.«

Sie wurde verlegen, dachte einen Moment nach. »Er leitet eine Bank«, erwiderte sie dann. »Bestimmt will er mich dazu überreden, wieder eine Ausstellung in ihren Räumen zu machen.« Sie schüttelte den Kopf. »Ich will das nicht.«

»Als ich mit ihm gesprochen habe, klang es nicht so.« Abgestritten hatte Stefan Beck es jedoch auch nicht.

»Stefan hat das sicherlich nicht offen gesagt, weil du auch Maler bist und er nicht dich, sondern mich will«, erklärte seine Mutter, drückte seinen Arm und lächelte bedauernd. »Er weiß, dass ich kein Interesse habe. Wozu soll ich mich also mit ihm unterhalten?«

»Er muss deine Inselbilder brillant finden, wenn er deswegen sogar herkommt.« Das machte Arian skeptisch. Die Maler standen für gewöhnlich bei den Galeristen Schlange, nicht andersherum.

»Vielleicht führen ihn Geschäfte nach Föhr, oder er macht Urlaub, was weiß ich«, erwiderte Ilse ungehalten und ging weiter.

Nachdenklich folgte Arian ihr. Wellen rollten heftig an den Strand, Gischt spritzte hoch.

»Bist du sicher, dass es ihm nur um deine Ölgemälde geht?«, fragte er und hoffte, dass sie von selbst auf Becks

Frau zu sprechen kam. Er hatte den Eindruck, dass sie um das eigentliche Thema herumschlichen. Zu heikel, zu brisant.

»Ich hätte gar keine neuen Bilder für eine Ausstellung. Es wäre mir peinlich, zuzugeben, dass ich seit Monaten keinen Pinsel mehr in der Hand gehalten habe, wo Stefan mich doch letztes Jahr noch seinen Mitarbeitern, Kunden und der Presse gegenüber als bekannte Föhrer Malerin vorgestellt hat.«

»Das habe ich ihm schon gesagt«, gestand Arian und lächelte entschuldigend.

Entgeistert sah sie ihn an. »Das hättest du nicht tun sollen. Wie stehe ich denn jetzt da?«

»Ich glaube nicht, dass Beck wegen deiner Kunst auf Föhr ist. Er hat Angst, dass sein Sohn eine Dummheit begehen könnte.« Arians Puls beschleunigte sich, trotz der steifen Brise wurde ihm warm.

»Ist Lutz zurück?«, fragte sie plötzlich ängstlich.

»Es sieht nicht so aus. Beck will nur sichergehen, dass es dir gut geht. Er mag dich.«

Ilse starrte auf die Boje vor ihnen. Sie musste sich auf dem Meer losgerissen haben, und der Sturm hatte sie an den Strand gespült.

»Anscheinend weißt du das. Also, was hast du gegen ihn?« Als Arian sich bückte und die Boje weiter vom Flutsaum wegzog, damit sie nicht zurück in die Nordsee gespült wurde, trieb der Wind ihm feinen Sand im Gesicht, schmerzhaft wie Nadelstich.

»Nichts, wirklich, er ist ein feiner Kerl. Aber …« Sie biss

sich auf die Unterlippe, spielte nervös mit ihrem Ehering herum und brauchte einen Moment, um zu antworten: »Es ist alles gesagt.«

Draußen auf dem Meer wurde ein Schiff von den Wellen hin und her geschaukelt. Ein alter Fischkutter, der *Seewievke* ähnlich.

Tjorben wäre nicht so unverantwortlich, bei dem Sturm hinauszufahren, dachte Arian.

Er ließ nicht locker. »Ist es wegen Becks Frau?«, fragte er seine Mutter. Rasch fügte er hinzu: »Mach dir keine Sorgen, er denkt nicht dasselbe wie Lutz.«

»Stefan will es nur nicht wahrhaben oder mich bloß trösten.« Tränen schossen ihr in den Augen.

Arian blieb stehen und nahm sie in den Arm. »Manuela ist nicht wegen dir …«

»Du weißt nicht, wovon du sprichst.« Sie riss sich von ihm los.

»Dann erzähle mir alles«, bat er sanft.

»Das kann ich nicht.«

»Vielleicht könnte es dir Erleichterung bringen. Oder …« Arian zögerte. »Rede doch mit Stefan, womöglich siehst du die Sache dann mit anderen Augen. Er macht dich nicht verantwortlich.«

Sie lockerte ihren Schal. »Er ist blind, was mich betrifft.«

Arian wartete darauf, dass sie es ihm erklärte, doch sie schwieg. Ihr Schutzwall bröckelte, aber er fiel nicht in sich zusammen. »Warum hast du ihn als Fischer gemalt?«

»Stefan hat ein ausdrucksstarkes Gesicht und strahlt eine bemerkenswerte Gelassenheit aus. Das hat mich vom ersten

Moment an fasziniert.« Lächelnd sagte sie: »Du weißt doch, als Maler ist man manchmal so gefesselt.«

Arian dachte an seine erste Begegnung mit Leonie. Obwohl sie furchtbar angezogen war, hatte er seinen Blick nicht von ihren hübschen Augen, den hohen Wangenknochen und den sinnlichen Lippen nehmen können. »Ja«, pflichtete er ihr bei.

»Seinen echten Beruf finde ich jedoch unsexy«, sagte sie überraschend.

Arian zog eine Augenbraue hoch. »Du findest Stefan sexy?«

»Du weißt doch, wie ich das meine.«

Arian wollte nicht darüber nachdenken. Seine Mutter und … »Ja, wer will schon einen Banker an der Wand hängen haben?«, sagte er nur lapidar.

»Genau. Ich wollte sein Ölgemälde eigentlich behalten, aber nachdem Manuela …« Ilse verstummte. »Ich konnte es nicht und habe es in den Verkauf gegeben.«

»Bezog sich deine Faszination wirklich nur auf sein Gesicht?«, fragte Arian und wusste nicht, ob er die Antwort hören wollte. Er erinnerte sich daran, dass seine Mutter oft nach Hamburg gefahren war, um die Ausstellung zu begleiten und Gespräche mit potenziellen Käufern ihrer Kunstwerke zu führen. Verkauft hatte sie jedoch kein einziges, soweit er wusste. Hatte es überhaupt Interessenten gegeben?

»Es war nur eine kurze Schwärmerei«, gestand sie leise und vermied es, ihn anzusehen.

Er presste die Kiefer so fest zusammen, dass es wehtat.

Dann fasste er sich ein Herz und bohrte weiter: »Soll ich Vater darum nichts von Beck erzählen?«

»Es läuft gerade erst wieder gut zwischen uns.« Flehend sah sie ihn an.

»Keine Sorge.« Er küsste sie auf die Stirn. »Kanntest du Frau Beck?«

»Ich habe sie nur einmal getroffen. Stefans Frau hatte ich mir anders vorgestellt. Manuela hatte harte Gesichtszüge und taxierte mich die ganze Zeit, sehr unangenehm. Ich bin unter ihrem Blick regelrecht geschrumpft. Sie mochte mich nicht, das wurde mir schnell klar.« Seine Mutter rieb sich über die geröteten Wangen. »So charmant, wie Stefan war, habe ich nicht so richtig verstanden, warum er ausgerechnet sie geheiratet hat. Sie schienen mir nicht zusammenzupassen. Andererseits kannte ich sie natürlich kaum.«

Arian dachte über das, was er gerade gehört hatte, nach. »Ihr seid euch wirklich nur ein einziges Mal begegnet?«

»Ja. Manuela kam damals zur Eröffnung der Ausstellung«, erzählte sie. »Ansonsten habe ich nur mitbekommen, dass sie Stefan ständig angerufen hat, wenn wir zusammen essen waren, er mich in ein klassisches Konzert in der Elbphilharmonie eingeladen oder in die Neue Flora ausgeführt hat.«

Seine Mutter hatte mit Stefan viel Zeit verbracht, das hatte seiner Frau bestimmt nicht gepasst. Arian knirschte mit den Zähnen. »Das Treffen bei der Vernissage kann nicht ausgereicht haben, um ihr den Lebenswillen zu nehmen«, versuchte er sie zu beruhigen, auch sich selbst. »Siehst du, dich kann keine Schuld treffen.«

Sie drückte ihn an sich.

Arian wusste nicht, ob er sie überzeugt hatte. Er zog den Ärmel seines Mantels hoch und warf einen Blick auf seine Uhr. »Tut mir leid, ich muss zurück zum *Strandmohn*. Meine Mittagspause ist fast vorbei.«

»Du brauchst dir keine Sorgen um mich zu machen, aber ich muss zugeben, dass mir deine Aufmerksamkeit guttut.« Zärtlich strich sie ihm über die Wange. »Dein Vater ist ein guter Mann, er kriegt jedoch oft nicht mit, wenn es mir schlecht geht.«

»Doch, das tut er. Er fühlt sich nur hilflos, wenn du mich fragst. Du weißt doch, dass er nicht gut darin ist, über Gefühle zu sprechen«, erinnerte Arian sie und lächelte nachsichtig. »Es beschäftigt ihn sehr, dass du seit Monaten unter Migräne leidest.«

»Ich wünschte, er wäre offener und fürsorglicher. Aber was beschwere ich mich! So war er schon immer, er macht das meiste mit sich selbst aus und bringt mir statt Blumen lieber fangfrischen Sandaal mit. Ich dachte, ich hätte mich an seine Eigenarten gewöhnt.« Seine Mutter sah der Familie, die zum Dünenweg ging, nach. Leise fuhr sie fort: »Dann begegnest du einem Mann wie Stefan, ein Gentleman, der dich auf Händen trägt, und gerätst ins Grübeln.«

Ihre Worte trafen Arian wie ein Faustschlag in den Magen. »Liebst du Vater noch?«

»Es ist nicht immer leicht«, gab seine Mutter zu. Sie sah ihn an. »Aber, ja, ich liebe Johan«, sagte sie mit fester Stimme. »Ich kämpfe um unsere Ehe. Eine Zeit lang hatte ich den Eindruck, er tut das nicht. Ich habe mich gefragt, ob er mich noch will. Seit der Nacht im Schlafstrandkorb zweifle ich nicht mehr an ihm.«

Trotzdem blieben Arian Zweifel. Nach allem, was er über Beck gehört hatte, konnte er doch sehr charmant sein. Demgegenüber war sein Vater zuverlässig, bodenständig, aufrichtig, aber er würde niemals ins Theater gehen oder sich über Kunst unterhalten. Nur sehr ungern verließ er überhaupt mal die Insel. Hamburg war für ihn überfüllt und laut, darum hatte er sich auch geweigert, Ilse zu der Ausstellungseröffnung in der Bank mit all den Pressevertretern und so weiter zu begleiten. An den Streit seiner Eltern erinnerte sich Arian noch gut.

Ein Fehler, dachte er, machte seinem Vater aber keinen Vorwurf. Wahrscheinlich hätte Johan Ilse nur nervös gemacht, weil er früh aufs Hotelzimmer hätte gehen wollen.

»Ich bin immer für dich da, Mama.« Arian küsste sie auf die Wange und begleitete sie zur Windmühle zurück.

Schweren Herzens verabschiedete er sich von ihr und fuhr nach Wyk. Den ganzen Nachmittag grübelte er, untätig in seiner Galerie hinter der Theke sitzend, über Ilses Worte nach. Stellte Stefan eine Gefahr für die Ehe seiner Eltern dar? Ging seine Mutter ihm etwa aus dem Weg, weil sie befürchtete, seinem Charme zu erliegen?

Plötzlich riss eine tiefe Frauenstimme ihn aus seinen Gedanken. »Kann man den auch bei Ihnen kaufen?«, fragte sie.

»Wie bitte?« Verwirrt sah Arian zu der Urlauberin auf, die vor ihm stand.

»Den da.« Mit rot lackierten Fingernägeln zeigte sie auf den bauchigen Föhrliebt-Becher neben der Kasse. »Er gefällt mir ausgesprochen gut, aber ich kann ihn in Ihrem Geschäft nirgends finden.«

Als Arian sich erhob, fühlten sich seine Glieder schwer an. »Tut mir leid. Ich verkaufe im *Strandmohn* ausschließlich Gemälde.«

»Kriege ich ihn in einem der Tee- oder Souvenirläden in Wyk?«, wollte sie wissen und trommelte ungeduldig mit den Fingern auf ihrer weißen Lederhandtasche herum.

»Nein, das ist ein Unikat, ein Geschenk. Er wurde extra für mich angefertigt«, erklärte Arian stolz. Er freute sich schon darauf, Leonie von dem Interesse an ihrer Töpferware zu berichten. Sie würde sich geschmeichelt fühlen.

»Wie schade!«, sagte die Frau enttäuscht. Das Futter ihrer weißen Windjacke war so rot wie ihr Nagellack. »Ich hätte den Teebecher gerne gekauft. Die Farbe ist ungewöhnlich und echt schön.«

»Meergrün nennt sie sich«, warf Arian ein. »Hat mir die Künstlerin verraten.«

»Wir kommen seit dreißig Jahren her«, erzählte die Touristin. »Das wäre das perfekte Souvenir für meinen Mann und mich.«

»Der würde mir auch gefallen«, warf eine junge Frau hinter ihr ein. Sie stand da, Händchen haltend mit ihrem Freund, und hatte das Gespräch offenbar mitbekommen. Nun zeigte sie in Richtung Strand. »Gerade erst habe ich eine Möwe gesehen, die über schäumende Wellen hinwegflog, wie auf dem Becher. Er wäre eine großartige Erinnerung an unseren ersten Urlaub auf der Insel.«

Später sprach ihn noch jemand auf die Keramik an.

Wahrscheinlich hätte Arian mehr Tassen als Gemälde verkaufen können, das Geschäft mit den Bildern lief heute eher schleppend.

Plötzlich hatte er eine Idee. Er wusste nicht, was Leonie davon halten würde, aber er wollte es herausfinden. Euphorisch rief er sie abends an.

»Moin. Hast du nachher Zeit?«, fragte er sie sofort, als sie abhob.

»Nein«, antwortete sie bedauernd. »Anja hat mich ins Filmtheater am Sandwall eingeladen.«

»Schade, aber stimmt schon, das Inselkino sollte man mal gesehen haben.«

»Willst du mitkommen?«, lud sie ihn ein. »Ich würde mich echt freuen.«

Arian zögerte. »Ist Joris auch dabei?«

»Er drückt sich«, frotzelte sie.

Arian zog die Stirn kraus. »Wovor?«

»Vor dem Liebesfilm, den Anja und ich ausgesucht haben.«

»Ihr geht also nur zu zweit«, sagte er bedauernd. »Dann will ich Anja und dich nicht stören.«

»Du willst wohl auch kneifen wie dein Bruder«, zog Leonie ihn auf.

»Ich mag Liebesfilme«, stellte er klar und erntete ein Grinsen von einem Kunden, der in der Nähe ein Landschaftsbild betrachtete.

»Ach, ja?« Ihre Stimme nahm einen herausfordernden Klang an. »Welche zum Beispiel?«

Arian überlegte. Schließlich antwortete er schmunzelnd:

»Am liebsten solche, in denen ein Verbrechen aus Leidenschaft geschieht und der Kommissar sein ganzes Herzblut in die Ermittlungen steckt.«

»Das nennt man Krimi«, wandte sie grimmig ein.

Amüsiert stellte sich Arian vor, dass sie die Augen verdrehte und dann süß lächelte, wie sie es oft tat. »Sehen wir uns dann morgen Mittag?«, fragte er.

»Bei dir oder bei mir?«

Damit sie sich keine falschen Vorstellungen von ihrem Treffen machte, erklärte er: »Ich will nur mit dir reden, es geht ums Geschäft.«

»Welches Geschäft?«, fragte sie verwirrt.

»Na, unseres.«

»Ich verstehe nur Bahnhof.«

»So etwas bespricht man nicht am Telefon. Morgen erkläre ich dir alles«, versprach er. »Ich lade dich zum Essen ins *Pfannkuchen-Haus* ein.«

Sie schnappte nach Luft. »Spann mich nicht auf die Folter«, sagte sie aufgebracht. »Du weißt doch, wie ungeduldig ich bin.«

»Bis morgen«, erwiderte Arian schmunzelnd und beendete das Telefonat. Er brauchte sich nur kurz mit ihr zu unterhalten, und schon war seine Stimmung wieder bestens.

Kapitel 18

Der neue Tag meinte es gut mit Leonie.

In der Nacht hatte der Sturm die Regenwolken fortgeweht. Am Morgen kitzelten Sonnenstrahlen sie an der Nase und weckten sie. Lächelnd streckte sie sich.

Sie frühstückte zusammen mit Anja und half ihr dann, die Gästezimmer zu putzen und die Betten zu machen. Die Arbeit ging ihr leicht von der Hand.

Mittags fuhr sie dick eingepackt in Mütze, Schal und Handschuhe mit dem Fahrrad nach Wyk zu ihrer Verabredung mit Arian. Beschwingt trat sie in die Pedale, es wehte bloß ein laues Lüftchen, der Himmel war strahlend blau.

Was für ein schöner Herbsttag, dachte sie glücklich.

Vielleicht würde sie heute ja sogar den Mut aufbringen, Arian von der Tauchbasis zu erzählen, ihm Fotos von den malerischen Buchten und dem Nationalpark zu zeigen und seine Lust auf Thailand wecken können.

Was mochte er wohl mit ihr zu besprechen haben? Das mit dem Geschäft musste ein Scherz gewesen sein.

Leonie stellte das Fahrrad vor dem Prinzen-Hof ab, in dem sich das *Pfannenkuchen-Haus* und eine Pension befanden. In Wyk war niemand so eingepackt wie sie. Verlegen zog sie Mütze, Schal und Handschuhe aus und steckte sie weg. Leonie trug einen von Anjas Wollpullovern und neue rustikale

Schuhe mit kuscheligem Innenfutter und dicker Sohle, die ihr eine Bekannte von Maike günstig verkauft hatte.

Das fröhliche Froschgesicht über dem Eingang des *Pfannkuchen-Hauses* brachte sie zum Lächeln. Gut gelaunt trat sie ein.

Die Kellnerin, eine junge dralle Frau mit großen lieben Augen, erkannte sie vom letzten Besuch mit Arian wieder und grüßte freundlich. Sie zeigte ihr den Tisch, den er reserviert hatte. Dann wurde sie von einem lustigen Frauenquartett, das ständig in Gelächter ausbrach, gerufen.

Leonie sah hinaus in den märchenhaften Cafégarten, in dem sie, wegen des Wetters, bislang noch nie hatte essen können.

Andere Gäste schien die herbstliche Kühle nicht zu stören. Kinder drehten auf dem nostalgischen Karussell ihre Runden oder bestaunten mit ihren Eltern den Drachen, der auf dem Römischen Brunnen hockte. Einige ganz tapfere Gäste saßen sogar auf den Sonnenplätzen und nippten an heißen Getränken. Wie atemberaubend mochte es in dem Garten erst sein, wenn die ganzen Rosen blühten!

Schade, dass ich das hier nicht mehr erleben werde, dachte Leonie wehmütig.

Sie konnte sich kaum von dem Anblick losreißen. Selbst jetzt sah es dort draußen mit dem bunten Laub, den Hagebutten und der Herbstfärbungen der Sträucher prächtig aus.

Leonie nahm schnell Platz, das Restaurant platzte aus allen Nähten. Arian hatte einen der besten Tische ausgesucht, neben dem Kachelofen, direkt vor dem großen bodentiefen Fenster. Es war fast so, als würde man mitten in der Natur sitzen, nur wärmer.

Endlich traf er ein.

»Hallo Sonnenschein«, begrüßte er sie lächelnd.

Er vergrub die Hand in ihren Haaren, neigte sich zu ihr hinunter und gab ihr einen langen Kuss.

Es hieß, Nordfriesen wären kühl, doch wenn Arian auftauchte, flirrte die Luft. Er zog die Blicke auf sich. Das Damenquartett, das bereits gezahlt hatte, blieb noch sitzen und musterte ihn.

Leonie hätte ihn am liebsten zu sich auf die Couch gezogen und die Hände unter seinen Pulli geschoben. »Moin, sexy Friese«, sagte sie leise.

Grinsend hängte er die Jacke über die Rückenlehne und setzte sich Leonie gegenüber. Unter dem Tisch streckte er seine Beine aus, sie berührten ihre.

Irgendetwas war anders an ihm an diesem Morgen. Er strahlte von innen heraus. Hatte er vielleicht ein teures Gemälde verkauft? Eine Vernissage in Übersee in Aussicht?

Die Kellnerin kam und nahm ihre Bestellung auf.

»Ich hätte gerne den Pfannkuchen mit Ziegenkäse, Honig, Walnüssen und Birnen«, sagte Leonie voller Vorfreude.

»Ich nehme den mit Spinat, Knoblauch und Lachs.« Arian reichte der Servicekraft die Karten. »Und eine große Flasche Mineralwasser für uns beide, bitte.«

Als sie wieder allein am Tisch waren, neigte sich Leonie vor und musterte ihn. »Du siehst so zufrieden aus.«

»Heute ist ein guter Tag.« Er streckte die Hand aus und schlang seine Finger in ihre. Seine Haut war angenehm warm.

»Ja«, pflichtete sie ihm bei. Kurz sah sie durchs Fenster auf den blauen Himmel, dann richtete sie den Blick wieder auf Arian und verspürte ein wohliges Kitzeln. »Das dachte ich mir auch schon.«

Die Flasche Mineralwasser wurde gebracht.

Leonie wartete, bis die Kellnerin wieder weg war. »Am Telefon hast du von einem gemeinsamen Geschäft gesprochen. Was meintest du damit?«

Seelenruhig goss Arian ihnen Wasser ein.

Sie blinzelte ihn an. »Du tust es schon wieder.«

»Was denn?« Unschuldig sah er sie an.

»Mich schmoren lassen, ich hasse das«, zischte sie leise und wollte ihm ihre Hand entziehen.

Er hielt sie mit sanftem Druck fest. »Das macht den Alltag aufregender.«

»Meiner ist gerade aufregend genug«, erwiderte sie und musste an das Telefonat denken, das sie am Morgen geführt hatte. Der Grund für ihre gute Laune, auch wenn Arian sie gerade auf die Probe stellte.

Er runzelte die Stirn. »Wie meinst du das?«

Sie wollte ihm von ihrem Bewerbungsgespräch erzählen, aber die Worte steckten ihr im Hals fest. »Ich habe keine eigene Wohnung, trage Second-Hand-Kleidung, mein Erspartes ist fast aufgebraucht«, antwortete sie ausweichend.

»Dazu kommen wir später«, sagte er. Zärtlich ließ er seinen Daumen über ihren Handrücken kreisen.

Gut, dachte Leonie, wenn das so ist … Sie wollte sich keine weitere Blöße geben, indem sie ihre Neugier zeigte, und erzählte ihm von dem großen Weihnachtsfest, das Anja im *Lüttes Glück* plante. Auf dem Dorfanger wollte sie einen Christbaum aufstellen, die Pension festlich schmücken und alle Freunde, Bekannte und Gäste in den Frühstücksraum einladen. Und für Silvester war eine Wintergrillparty im Garten geplant.

Obwohl so viel los war, dauerte es nicht lange, bis das Essen kam. Vielleicht wusste jemand in der Küche, dass Arian mittags nicht viel Zeit hatte, und er wurde deshalb bevorzugt. Die Gewerbebetreibenden auf Föhr hielten bestimmt zusammen.

Leonies Pfannkuchen war mit Thymian verfeinert und mit spritzigen Cranberrys garniert, Arians mit Crème fraîche überbacken. Der appetitliche Duft seines Essens zog zu Leonie herüber. Irgendwann konnte sie sich nicht mehr zurückhalten und naschte ein Stück von seinem.

»Hey«, sagte er in gespielter Empörung.

»Gute Wahl.« Genießerisch verdrehte sie die Augen. Sie schob ihm ihren Teller rüber. »Greif zu.«

Er folgte ihrer Aufforderung. »Sehr lecker.«

Als Leonie alles verputzt hatte, schob sie ihren Teller fort.

»Und was ist nun mit dem ominösen Geschäft?«

»Wir sind noch nicht fertig.«

»Doch, sind wir.«

»Keinen Nachtisch wie sonst immer?«

»Ich kann nicht mehr«, behauptete sie.

Sie legte die Hand auf den Bauch, der sich unter dem Pullover wölbte.

»Du hast mal gesagt«, begann er und goss ihr den Rest

aus der Wasserflasche ein, »Eiscreme passt immer rein, sie wird schon im Mund flüssig, das wäre wie ein süßes Getränk.«

Arian stand auf, holte eine Karte und reichte sie Leonie. »Jetzt suche dir ein Dessert aus, oder ich bestelle einen ›Friesenprinzen‹ für dich.«

»Der sitzt bereits am Tisch.« Leonie lächelte ihn verliebt an.

Er warf ihr einen Luftkuss zu. »Ich meinte den Pfannkuchen mit Pflaumenmus und Schlagsahne.«

»Na gut, dann einen Karamellbecher«, sagte sie, mehr um die Sache abzukürzen.

Sie bestellten bei der Kellnerin, die unermüdlich zwischen den Tischen hin und her flitzte.

»Du hast gesagt, du brauchst dringend Geld«, begann er.

»Hm«, machte Leonie bloß.

»Ich habe nämlich eine geniale Geschäftsidee.«

Bevor er fortfahren konnte, brachte die Kellnerin seinen Dark Moccacino und Leonies Eis.

»Genial?«, frotzelte sie und aß nun, ein bisschen aus Nervosität, schnell einen Löffel Vanilleeis mit Karamellsoße. »Also schieß schon los.«

Begeistert erzählte Arian: »Es haben mich einige Kunden in der Galerie auf deinen Keramikbecher angesprochen.«

»Tatsächlich?« Das wunderte Leonie. Sie hatte das Stück zwar mit Liebe getöpfert, aber es war doch eher einfach in Sachen Struktur und Motiv.

»Sie haben mich nach dem Preis gefragt«, erzählte er.

»So schön fanden sie ihn?«

»Was hältst du davon, wenn du deine Tonwaren bei mir anbietest?«, schlug Arian vor und nahm einen Schluck von seinem Heißgetränk.

»Ich darf sie doch nicht verkaufen«, erinnerte sie ihn und biss aufgeregt auf einem Karamellstück herum.

»Ja, ich weiß. Dafür gibt es eine einfache Lösung. Wir könnten einen eigenen Brennofen anschaffen und ins Atelier stellen«, erwiderte er lächelnd. »Die Kunden könnten dir beim Töpfern zuschauen und mir beim Malen.«

Wir, hallte es in Leonie wider. Für ihr Herz klang das verdammt gut, doch ihr machte die Tragweite seines Vorschlags Angst. Ihr Puls beschleunigte sich.

»Hast du eine Ahnung, wie teuer so ein Brennofen ist!«

»Nein, aber man muss immer erst ins Geschäft investieren«, antwortete er ungerührt. »Ich muss ja auch Leinwände, Pinsel und Farben kaufen. Keine Sorge, ich würde ihn vorfinanzieren.«

»Schlägst du mir etwa gerade vor, ins *Strandmohn* mit einzusteigen?«, fragte Leonie überrascht und fuchtelte so sehr mit dem Löffel mit Karamelleis herum, dass etwas davon auf die Tischdecke kleckerte.

»Als Teilhaberin oder Mitarbeiterin mit eigenem Ressort …« Arian lächelte sie verschmitzt an. »Wie genau wir zusammenkommen, darüber müssten wir reden.«

»Dein Laden ist doch eine reine Gemäldegalerie«, sagte sie irritiert. Das Eis drohte vom Löffel zu tropfen, sie steckte es rasch in den Mund.

»Ich würde das Konzept erweitern. Kunst trifft Kunst. Klingt gut, finde ich, könnten wir als Slogan benutzen, falls er dir auch gefällt.« Er wirkte zufrieden und wartete auf ihre Reaktion.

Anscheinend hatte Arian die Sache schon weit durchdacht, bevor er überhaupt mit ihr darüber gesprochen hatte. Ihr war auch bereits der Gedanken gekommen, wie praktisch es wäre, wenn sie mit ihren Keramiken Geld verdienen könnte, sei es, um auf ein Flugticket zu sparen.

Jetzt fühlte sie sich allerdings ein wenig überrollt. War sie erst einmal Arians Geschäftspartnerin, würde sie nicht mehr so schnell wegkönnen. Sie müsste sich festlegen, würde für eine lange Zeit auf Föhr bleiben, vielleicht sogar für immer.

»Das *Strandmohn* könnte zu einer Galerie für verschiedene Kunstformen werden. Wir würden eine breitere Kundschaft ansprechen. Vielleicht auch irgendwann Kurse im Malen und im Töpfern anbieten. Es gäbe viele Möglichkeiten.« Verunsichert sah Arian sie an. »Warum sagst du denn nichts?«

»Ob das deiner Mutter gefallen würde …«, gab Leonie zu bedenken.

»Sie hat mir das *Strandmohn* überschrieben. Es ist allein meine Entscheidung, was ich damit mache«, stellte Arian klar. »Wir beide, Leonie, könnten uns im Atelier abwechseln und somit auch im Verkauf. Aber vermutlich hast du auf Letzteres wenig Lust?«

Das war es nicht, warum sie so verhalten reagierte. Sie fragte sich nur gerade, ob er ihr das alles vor allem vorschlug, damit sie auf Föhr blieb.

Wie ernst war es ihm mit einem gemeinsamen Laden?

Ging es ihm wirklich um ihre Keramiken? Hatten sie tatsächlich so viel Anklang bei seiner Kundschaft gefunden? Oder hatte er sich das nur ausgedacht, um ihr zu schmeicheln und sie davon zu überzeugen, sich ein Leben auf Föhr aufzubauen, mit ihm?

»Es wäre mir schon geholfen, wenn du mich gelegentlich für eine halbe Stunde vertrittst«, ruderte Arian zurück.

»Das kommt unerwartet. Ich habe das Töpfern bisher nur als Hobby betrachtet. Gib mir etwas Zeit«, bat Leonie. »Ich möchte in Ruhe über deinen Vorschlag nachdenken.«

»Selbstverständlich.« Arian nickte. »Ich könnte auch erst einmal deine Keramiken in Kommission nehmen.«

Den Brennofen müsste er trotzdem kaufen. Sie würde sich verpflichtet fühlen zu bleiben. Nahm sie sein Angebot an, musste sie ihre Auswanderungspläne aufgeben. Später würde sie sich zu alt fühlen, ins Ausland zu gehen.

Dabei war das telefonische Bewerbungsgespräch mit der Tauchbasis ausgezeichnet verlaufen. Die Inhaber hatten sich begeistert von ihr gezeigt und sie am Ende nach Khao Lak eingeladen. Sie wollten Leonie persönlich kennenlernen und herausfinden, ob die Chemie zwischen ihr und dem Team stimmte.

Sie sollte zur Probe arbeiten. Falls alles gut lief, würde sie sofort anfangen können, sogar ein Zimmer gestellt bekommen. Alles war perfekt. Sie wusste nur noch nicht, wie sie den Flug bezahlen sollte.

Unter den gegebenen Umständen konnte Leonie Arian auf keinen Fall davon erzählen. Es würde ihn verletzen. Er war von seiner Geschäftsidee überzeugt und wirkte jetzt schon leicht enttäuscht, weil sie seine Begeisterung nicht teilte.

Nun hatte sie gleich zwei Jobangebote. Anstatt sich darüber zu freuen, fühlte sie sich überfordert. Sollte sie sich selbst verwirklichen, indem sie versuchte, mit dem Töpfern Geld zu verdienen, oder indem sie in ihr Sehnsuchtsland zog? Beides klang verführerisch.

Ich muss mit jemandem über das Dilemma, in dem ich stecke, sprechen, dachte Leonie verzweifelt. Da kam nur Anja infrage.

Leonie hätte sich lieber aufs Sofa in Anjas Dachgeschosswohnung gekuschelt, doch ihre Schwester nahm am späten Nachmittag ihre Hand und zog sie auf die Terrasse.

»Wir sollten jeden Sonnenstrahl ausnutzen. Das könnte der letzte goldene Oktobertag sein«, sagte Anja fröhlich und stellte das Tablett mit dem Geschirr und den Heißgetränken ab. »Im November werden wir bestimmt nicht mehr draußen sitzen können.«

»Genau genommen können wir das heute schon nicht.« Demonstrativ wickelte Leonie den Schal enger um ihren Hals und zog den Reißverschluss ihrer Jacke zu. Sie setzte sich auf einen der Gartenstühle, dicht hinter den Windfang.

»Frostbeule«, neckte Anja sie und ging ins *Lüttes Glück*. Sie kehrte mit einer kastanienbraunen Wolldecke für Leonie zurück.

»Du bist ein Schatz«, stieß Leonie dankbar aus und legte sich die Decke über die Beine.

Anja nahm im Strandkorb Platz. »Ich will ja nicht, dass du erfrierst.«

Die Gäste waren gegangen, das Gartencafé gehörte ganz ihnen. Vor ihnen auf dem Tisch standen die übrig gebliebenen Waffeln. Heiße Kirschen mit einem Schuss Kirschlikör und Vanille-Schlagsahne waren auch noch da.

Die letzten drei Stück Rotweinkuchen mit Pflaumen und Zimt hatten sie Hilde und Godo überlassen. Die beiden machten es sich in ihrer Wohnung gemütlich und tranken Tee. Leonie hörte sie durch das gekippte Fenster ihrer Einliegerwohnung schnacken.

»Du wolltest mit mir über etwas reden«, erinnerte Anja sie, gab eine Waffel auf einen Kuchenteller und reichte ihn ihrer Schwester.

Während Leonie ihr Kaffee aus einer Thermoskanne eingoss, erzählte sie: »Arian hat mir vorgeschlagen, meine Töpferwaren im *Strandmohn* zu verkaufen.«

»Oh, wie toll!« Anja nahm sich auch eine Waffel und gab Kirschen mit Schlagsahne darauf.

Nachdenklich schüttete Leonie sich schwarzen Tee ein. Das Kluntje knisterte. Behutsam goss sie flüssige Sahne hinein, sodass Wölkchen in der dunklen Flüssigkeit entstanden.

»Freust du dich gar nicht?«, fragte Anja.

»Doch, ehrlich«, antwortete Leonie. »Sein Angebot kam nur so überraschend. Damit hätte ich niemals gerechnet. Die Galerie ist ein angestammter Laden.«

»Vom Föhrer Landadel, den Inselgrafen«, scherzte Anja augenzwinkernd.

»Ich hätte nicht im Traum daran gedacht, dass Arian sein Sortiment erweitern würde. Ich meine, seine Mutter hat dort schon ihre Bilder verkauft, auch er ist Maler durch und durch …« Leonie steckte sich ein Stück Waffel in den Mund, der buttrig-süße Geschmack war einfach köstlich.

»Wenn man ein Geschäft am Laufen halten will, muss man sich anpassen, das siehst du ja am *Lüttes Glück*«, sagte Anja mit vollem Mund.

»Ja, so ist es wohl. Ob es Arian dabei wirklich um die Galerie geht …«, stellte Leonie in den Raum.

Anja grinste. »Nein, auch um dich.«

»Hoffentlich ist das kein Fehler.« Verlegen nippte Leonie an ihrem Tee, der süße-sahnige Geschmack schmeichelte ihrem Gaumen.

»Töpferwaren und Landschaftsbilder liegen weit auseinander, das schon«, erwiderte Anja. »Aber Arian ist ein guter Geschäftsmann, er wird wissen, was er tut.«

Das hatte Leonie nicht gemeint, aber sie behielt das für sich. Arian glaubte, er könnte ein Wildpferd zähmen. Was, wenn Leonie in einem Jahr doch lieber nach Thailand wollte? Wenn eine Beziehung zwischen ihnen nicht funktionierte? Sie wollte ihn nicht enttäuschen.

»Nur sehr wenige Künstler bekommen die Möglichkeit, ihre Kunstwerke in der Inselhauptstadt anzubieten. Die Galerie liegt zentral, es gibt viel Laufkundschaft, da ist immer etwas los«, schwärmte Anja. »Du kannst dich glücklich schätzen.«

Leonie schob die Waffel auf ihrem Teller hin und her. »Noch habe ich nicht zugesagt.«

»Warum nicht?«, fragte Anja und trank etwas Kaffee.

»Arians Vorschlag kam so plötzlich«, antwortete Leonie und fühlte sich undankbar. Damals hatte sie sich mit Nico Hals über Kopf in ein Abenteuer gestürzt, diesmal wollte sie überlegter vorgehen. »Ich muss das gut durchdenken.«

»Ja, natürlich.« Beruhigend strich Anja über Leonis Arm. »Manchmal sollte man allerdings einfach ins kalte Wasser springen, so wie ich mit dem *Lüttes Glück*.«

Leonie wusste, dass Anja sie aus nicht ganz uneigennützigen Gründen ermunterte, Arians Angebot anzunehmen. Ihre Schwester wollte selbstverständlich, dass sie in ihrer Nähe blieb.

»Ich weiß, wie viel Arbeit es macht, ein Business aufzubauen«, begann Leonie. »Das habe ich mit der Strandbar selbst erlebt und bei dir durch unsere Telefonate mitbekommen. Eigentlich will ich das nicht mehr. Zu viel Stress, Ungewissheit und Verantwortung.«

»Du würdest ja in ein laufendes Geschäft mit einsteigen«, wandte Anja ein.

»Das schon. Die Galerie müsste aber umgebaut werden, ich müsste viele Tonwaren im Voraus anfertigen, die Werbetrommel rühren, einen Stand auf den hiesigen Märkten haben, einen Internetshop einrichten, meine Waren auch bei Etsy und auf anderen Online-Marktplätzen einstellen, damit ich genug verdiene. Das alles wäre mit viel Arbeit verbunden.« Leonie fühlte schon jetzt eine Last auf ihren Schultern.

Im Wohnwagen könnte sie auch nicht ewig wohnen bleiben. Bald sollte das *Möwennest* eröffnet werden und Campinggäste kommen. Wo sollte sie dann hin?

»Du musst dir natürlich sicher sein«, erwiderte Anja und naschte eine Kirsche mit Schlagsahne.

Leonie fühlte sich von ihr verstanden. »So etwas macht man nur einmal im Leben, das habe ich schon hinter mir. Eigentlich möchte ich es jetzt eher locker angehen lassen und wieder angestellt sein«, gestand sie.

»Ich glaube«, begann Anja, »du siehst im Moment nur den Berg an Arbeit, der am Anfang steht, das setzt dich unter Druck.«

Leonie nickte. »Das, und die hohen Investitionen. Umbau, Brennofen, Ton und all die anderen versteckten Kosten, das kann ich mir nicht leisten. Arian würde in Vorkasse gehen, das passt mir gar nicht. Das geschäftliche Risiko läge bei ihm, das ist falsch. Er hat gesagt, ich könnte ihm das Geld für den Brennofen in Raten zurückzahlen, sobald ich genug verdiene, er will nicht einmal an meinem Gewinn beteiligt werden.«

Anja nahm sich eine zweite Waffel. »Das ist sehr großzügig.«

»Es wäre unfair ihm gegenüber«, erwiderte Leone aufgewühlt. »Das kann ich nicht machen, ich würde mich schlecht fühlen.«

»Hast du mit ihm darüber gesprochen?«

»Noch nicht. Ich muss in Ruhe über alles nachdenken. Aber mit dir darüber zu reden, hilft mir schon, mir über einiges klarer zu werden.« Dankbar lächelte Leonie ihre Schwester an.

»Vielleicht würde Arian dich auch anstellen«, gab Anja zu bedenken.

»Bestimmt würde er das.« Was würde er nicht alles dafür tun, dass sie blieb? Wie weit würde er gehen? »Die Ausgaben blieben. Wenn er für mich Geld ausgibt, kann ich ihn unmöglich im Stich lassen, falls das Fernweh mich doch wieder packt.«

Anja schaute Leonie an. »Thailand spukt dir immer noch im Kopf herum?«

»Ich habe ein Jobangebot.« Leonie erzählte ihr von ihrer Bewerbung bei der Tauchbasis und der Einladung nach Khao Lak. »So schnell eine neue gute Stelle zu finden, ist wie ein Sechser im Lotto.«

»Weiß Arian davon?«, fragte Anja besorgt.

Leonie führte ein Stück Waffel zum Mund und ließ ihre Hand wieder sinken. »Nein«, gestand sie verzagt.

»Du musst ihm davon erzählen«, sagte Anja eindringlich.

»Ich weiß.« Leonie seufzte. »Ich warte noch auf den passenden Moment.«

»Schade, dass du uns bald wieder verlassen willst. Ich genieße es, dich in meiner Nähe zu haben.« Gedankenverloren schob Anja eine Gabel beschwipster Kirschen in den Mund.

Das Fenster der Einliegerwohnung wurde geräuschvoll geschlossen.

Leonie zuckte zusammen. »Noch habe ich mich nicht entschieden.«

Auch sie würde es vermissen, sie jederzeit sehen zu können. Mit niemandem konnte sie so offen reden wie mit ihr. Aber auch Birthe, Maike, Sören, Imke, Elkmar, Godo und Hilde würden ihr fehlen.

Das *Lüttes Glück* mit seinem hübschen Reetdach und der Streuobstwiese, der feuchte Duft der Marsch, der Anblick des grünen Deichs im Norden, das fröhliche Lachen der Möwen, das Rascheln des Schilfs … so vieles hatte sich still und leise in ihr Herz geschlichen.

»Was hält dich davon ab, das Jobangebot anzunehmen, wenn es wie ein Lottogewinn ist?« Anja runzelte die Stirn.

»Meine Gefühle für Arian«, gestand Leonie, ihre Wangen brannten. »Ich war mir so sicher, dass ich wieder auswandern will, jetzt bin ich das nicht mehr. In meiner Vorstellung ist es absolut wunderbar. Bis ich an den Punkt komme, an dem mir klar wird, dass Arian nicht mehr da sein wird.«

»Du wirst nicht mehr da sein«, korrigierte Anja sie nachsichtig.

Ja, ich bin das Problem, ich mache immer nur Probleme, meinen Eltern mit siebzehn Jahren, als ich sie mit dieser Hiobsbotschaft überrascht habe, Nico mit meiner entspannten Arbeitsweise, und jetzt Arian, dachte Leonie bedrückt.

Ihr war der Appetit vergangen. Sie schob den Teller weg.

»Er meint es ernst mit dir«, versicherte Anja ihr und aß den letzten Bissen ihrer Waffel.

»Ich mache mir Sorgen, dass ihn gar nicht so viele Urlauber auf meine Keramiken angesprochen haben könnten, wie er behauptet. Vielleicht hat er mehr aus einer einzigen netten Bemerkung gemacht«, erklärte Leonie. »Was ist, wenn die Tassen, Schalen und Krüge am Ende Ladenhüter sind? Dann stehe ich schon wieder mit einem geplatzten Traum da.«

»Das könnte auch passieren, wenn du die Stelle bei der Tauchbasis doch nicht bekommst«, gab Anja zu bedenken.

»Damit hast du auch wieder recht. In dem Fall würde ich aber immerhin nur allein scheitern, und es wäre kein Risiko für Arian damit verbunden.« Leonie fasste sich ans Herz. »Allein der Brennofen wird eine Stange Geld kosten.«

Leonie war aufgekratzt, sie konnte kaum still sitzen bleiben.

Anja lächelte. »Du musst Arian sehr viel bedeuten.«

Leonie wusste, dass sie sich freuen sollte, doch da waren zu viele Wenn und Aber. Sie ließ den Kopf hängen. »Ich bin ein gebranntes Kind. Ich habe mir geschworen, nie wieder mit meinem Freund zusammenzuarbeiten.«

»Als Paar und Geschäftspartner ist es bestimmt schwer, Privat- und Berufsleben zu trennen«, pflichtete Anja ihr bei.

Leonie nickte. »Es reizt mich schon, herauszufinden, ob ich mit meinem Hobby genug zum Leben verdienen könnte. Aber mein Traum bleibt, in Thailand zu leben. Und den würde ich dann wegen Arian aufgeben.«

»Du gehst das zu vernunftgesteuert an«, gab Anja zu bedenken, während sie das schmutzige Geschirr auf das Tablett räumte. »Du warst schon immer ein Bauchmensch. Hör auf dein Gefühl. Was sagt es dir?«

»Das ist ja das Problem, ich kann meine innere Stimme nicht hören.« Leonie errötete und erklärte verlegen. »Sie wird von meinem heftigen Herzklopfen übertönt.«

Anja lachte. »Dann ist doch alles klar.«

»Was ist mit der Sache von damals?«, wollte Leonie wissen und bekam Magenschmerzen. »Mit siebzehn. Da hat mir mein Bauchgefühl auch keine klare Richtung gezeigt. Die Sache, meine ich.«

Anja nahm die halbe Waffel, die Leonie übrig gelassen hatte, und erwiderte: »Du warst jung und verzweifelt.«

»Aber in keiner wirklichen Notlage.« Seufzend rieb sich Leonie mit der Handfläche über die Wangen, sie waren trotz der frischen Temperaturen heiß.

»Arian wird es verstehen«, versicherte Anja ihr.

»Das denke ich nicht. Er hat, glaube ich, andere Vorstellungen von Werten und Moral, er hätte sich anders entschieden. Es kommt mir so vor, als würde er immer das Richtige tun, er kann gar nicht anders. Ich dagegen scheine alles falsch zu machen.« Leonie trank ihren Tee, er war kalt.

»Bereust du es, in die Klinik gegangen zu sein?«, fragte Anja leise.

»Ja. Damals erschien es mir richtig, auch wenn man mir bei der Beratungsstelle verschiedene Möglichkeiten erklärt hat. Heutzutage wünschte ich mir manchmal, ich könnte es rückgängig machen.« Tränen brannten in Leonies Augen. »Manche Entscheidungen sind aber endgültig.«

So auch die, die Arians Angebot betraf. Nahm sie den Job in der Tauchbasis an, würde sie ihn verlieren. Eine Fernbeziehung kam für ihn nicht infrage, er sehnte sich nach einem Familienleben auf seiner Heimatinsel.

Sollte sie nach wenigen Wochen in Thailand merken, dass sie die falsche Wahl getroffen hatte, nach Föhr zurückkehren und ihm ihre Liebe gestehen, würde er ihren Worten höchstwahrscheinlich nicht trauen. Er hätte bestimmt Angst, sie wäre flatterhaft, würde irgendwann doch wieder dem Fernweh erliegen und ihn erneut verlassen. Vielleicht wäre er ohnehin zu verletzt, um sie zurückzunehmen.

Leonie seufzte schwer. »Man bekommt nicht oft eine zweite Chance wie ich jetzt in Thailand.« Versuchte sie etwa gerade, sich mit Gewalt einzureden, dass sie noch immer auswandern wollte, obwohl es nur noch ein Nachhall alter Träume war?

»Was willst du?«, fragte Anja eindringlich. »Was willst du wirklich? Sag einfach das Erste, das dir einfällt.«

»Arian«, antwortete Leonie mit Herzklopfen.

Kapitel 19

Als Arian vor dem *Lüttes Glück* aus dem Wagen stieg, war er nervös wie ein Geburtstagskind, das sich fragte, ob es das lang ersehnte Geschenk bekommen würde.

Er schwankte zwischen Hoffnung und der Sorge, Leonie könnte sein Angebot ablehnen. Am Vortag hatte sie nicht gerade begeistert reagiert. Das hatte er sich anders vorgestellt.

Ein wenig konnte er ihre Zurückhaltung nachvollziehen. Sollte sie zusagen, würde sie das auf lange Zeit binden, an Föhr, ans *Strandmohn*, an ihn. Sie empfand nicht dieselbe Leidenschaft fürs Töpfern wie er fürs Malen. Wollte sie wirklich damit ihre Brötchen verdienen? Vielleicht wollte sie nach der Erfahrung mit der Strandbar auch nicht mehr selbstständig sein. Oder ihre Gefühle für ihn waren nicht stark genug.

Bald würde er mehr wissen. Er hatte versprochen, sie mittags in ihrem Wohnwagen zu besuchen und Essen mitzubringen. Keinesfalls würde er sie zu einer Entscheidung drängen. Er wollte sie nicht einmal auf seinen Vorschlag ansprechen, er hatte sich vorgenommen, seine Neugier im Zaum zu halten.

Erst einmal betrat er die Pension, um noch kurz bei seiner Tante vorbeizuschauen. Die Tür zur Einliegerwohnung stand eine Handbreit offen, trotzdem klopfte er.

Hilde linste durch den Spalt. Sie stellte den Wäschekorb ab und zog die Tür weiter auf.

»Moin, Tantchen«, grüßte er sie.

»Tantchen? Ich bin fast siebzig. Alte Tante passt besser.« Sie rümpfte die Nase und zeigte auf den riesigen Blumenstrauß in seinen Händen. Die Floristin hatte aus dem Vollen geschöpft und üppige Dahlien, Fette Henne, Heidekraut, Lampenputzergras, Scheinbeeren und Lampionblumen zu einem prachtvollen Bukett zusammengebunden. »Ist der etwa für Leonie?«

Täuschte er sich, oder hörte er einen missbilligenden Unterton heraus? Er dachte, die beiden mochten sich. »Nein. Er ist für dich«, antwortete er lächelnd und reichte ihn ihr.

Hildes Augen wurden groß. »Für mich?«

»Ich habe gehört, dass du dich mit Godo verlobt hast«, erzählte Arian und küsste sie auf die Wange.

Sie kniff die Augen zusammen. »Wer hat das schon rumerzählt?«, fragte sie scharf.

»Die ganze Insel redet über nichts anderes«, zog er sie auf.

Als sie sich ans Herz fasste, ließ sie beinahe den gewaltigen Herbststrauß fallen. »Oh nein!«

»Das war ein Scherz«, beruhigte er sie und bekam Gewissensbisse.

Skeptisch sah sie ihn an.

»Ehrlich«, beteuerte er. »Leonie hat es mir verraten, als wir heute Vormittag telefoniert haben.«

Aufgebracht knurrte sie: »Leonie …«

»Gibt es ein Problem mit euch?«, wollte Arian besorgt wissen.

»Nein.« Hilde ging zum Sideboard, nahm eine Vase heraus und fragte über die Schulter hinweg: »Und zwischen euch?«

»Nein.« Stirnrunzelnd folgte er ihr in die Wohnung. »Wie kommst du darauf?«

»Ach, nur so«, murmelte sie, während sie die Blumen hineinstellte.

»Na, jedenfalls herzlichen Glückwunsch, alte Tante«, sagte Arian augenzwinkernd und drückte sie.

»Das gefällt mir auch nicht, dann fühle ich mich wie neunzig«, sagte sie murrend. »Wie wäre es mit einem Kompromiss? Altes Tantchen.«

Arian schüttelte den Kopf über sie. »Wo ist Godo? Ich würde ihm auch gerne gratulieren.«

»Er ist beim Tierarzt. Kimi hat Schmerzen, es geht ihm schlecht«, erzählte Hilde bedrückt.

»Das tut mir leid. Ich weiß, was der Kater Godo bedeutet.«

»Kimi ist auch mein kleiner Schatz. Er humpelt, legt sich immer wieder hin.« Plötzlich ballte sie eine Faust. Ihre faltige Haut spannte sich, die Altersflecken traten hervor. »Vielleicht hat dieser verdammte Peer Riewerts ihn letztendlich erwischt. Er hasst den Kater. Wen hasst der nicht?«

»Wir sollten keine voreiligen Schlüsse ziehen«, mahnte Arian.

»Er wollte Kimi erschlagen, hier in Walsum, direkt vor dem *Lüttes Glück*, vor einem halben Jahr«, sagte sie zornig, ging in die Küche und füllte Wasser in die Vase. »Anja hat sich Peer mutig in den Weg gestellt. Zum Glück kam Joris vorbei. Wer weiß, zu was der Choleriker fähig wäre.«

Überrascht zog Arian die Augenbrauen hoch. »Davon weiß ich ja gar nichts.«

»Peer will schon lange auf Godos Grundstück Ferienwohnungen bauen, aber Godo weigert sich, ihm das Land zu verkaufen«, erklärte sie und zupfte aufgebracht die Blumen und Beeren zurecht. »Peer wollte im Frühjahr seine Wut an dem armen Kater auslassen, vielleicht hat er es nun geschafft.«

Arian trug die Blumenvase für seine Tante zum Sideboard. »Ich dachte, Godo hätte seine alte Kate längst verkauft.«

»Nein. Diese Ruine gehört ihm noch.« Hilde schnaubte und fuhr fort: »Ein Wunder, dass sie noch nicht eingestürzt ist.«

»Muss sie auf jeden Fall abgerissen werden?« Eine verrückte Idee nahm in Arians Kopf Gestalt an.

»Daran führt kein Weg vorbei.«

»Will Godo den Grund und Boden denn überhaupt veräußern?«

»Ja. Wir wollten erst sehen, ob das mit uns beiden klappt. Wie es aussieht, tut es das«, sagte Hilde verliebt lächelnd und roch an Arians Blumen.

»Das Bauland ist noch nicht auf dem Immobilienmarkt …«, murmelte er und rieb nachdenklich über sein Kinn.

»Noch nicht, aber wir könnten den Erlös gut für die Hochzeit gebrauchen. Godo wird bei mir wohnen bleiben, für immer.« Sie strahlte übers ganze Gesicht und wirkte zehn Jahre jünger. »Warum fragst du?«

»Ach, nur so.« Arian war noch nicht bereit, über seine spontane Eingebung zu sprechen.

Er mochte den Trubel in Wyk, zudem war es praktisch, über dem *Strandmohn* zu wohnen. Sein Apartment über der Galerie quoll jedoch über vor Bildern und Malutensilien, dort konnte er schlecht von der Arbeit abschalten. Im Norden Föhrs fand man mehr Ruhe.

Außerdem wäre es für Kinder schöner, in der Marsch aufzuwachsen, in der Natur und fernab der Touristenströme. Sie hätten mehr Freiheit, könnten umherstreifen. Und Leonie würde ganz in der Nähe ihrer Schwester wohnen, sollte sie bei ihm einziehen wollen.

Ihm war bewusst, dass er wieder einmal vorpreschte. Sie dachte ja noch über sein berufliches Angebot nach, er wollte ihr nicht auch noch ein privates machen, sie könnte sich unter Druck gesetzt fühlen.

Neben Peer waren jedoch auch Investoren vom Festland ganz scharf auf Baugelände auf den Nordseeinseln. Wenn er zögerte, würde er das Nachsehen haben. Auf Föhr wurden selten Liegenschaften frei, die meisten nur durch Erbe.

Arian schaute durch das Fenster hinaus in den Garten. Regentropfen rannen an der Scheibe hinab, die Landschaft dahinter wirkte wie ein Zerrbild.

Immer noch spukten ihm Bedenken durch den Kopf, dass ihm Lästermäuler wie Marten Haase vorwerfen könnten, er wäre auch deshalb mit Leonie zusammen, weil Joris mit Anja und Tjorben mit Christin liiert waren. Doch er würde über dem Gerede stehen. Er hatte sich in Leonie verliebt. Er wusste um die Tiefe seiner Gefühle, nur das zählte.

Dass Leonie ebenfalls eine Künstlerin war und ihre Keramiken das *Strandmohn* bereichern könnten, schien ihm eine Fügung des Schicksals zu sein.

Wie schön wäre es doch, tagsüber im Atelier zu malen und zu töpfern, sich abends auf einer Gartenbank eng aneinanderzukuscheln und den Grillen in der Marsch zu lauschen. Liebe unterm Sternenhimmel zu machen. Glück konnte so einfach sein.

Plötzlich hatte Arian es eilig, zu ihr zu kommen. »Leider kann ich nicht auf Godo warten, ich schau heute Abend noch einmal vorbei«, sagte er zu seiner Tante.

»Ruf ihn doch einfach an«, schlug Hilde vor.

»Ich habe etwas mit ihm zu besprechen. Es ist zu wichtig fürs Telefon.« Arian hob die Hand zum Abschiedsgruß. »Jetzt muss ich aber zu Leonie, das Essen wird kalt.«

»Es zieht dich zu ihr wie die Motte zum Licht«, spöttelte sie.

Er nahm es ihr nicht übel. Sie war schon auf Anja eifersüchtig gewesen, jetzt eben auf Leonie. Die beiden jüngeren Frauen zogen die Aufmerksamkeit auf sich. Hilde fühlte sich manchmal, als würde sie im Abseits stehen. Er lächelte besänftigend und küsste sie auf die Stirn.

»Ihr solltet miteinander reden«, rief sie ihm hinterher, als er bereits in Richtung Wohnwagen lief.

»Worüber?«, fragte er und kam zurück.

»Ich glaube, es gibt etwas, das du wissen solltest, es könnte dein Bild von ihr verändern.« Hilde sah ihn bedrückt an.

Er spürte ein unangenehmes Ziehen im Bauch. »Wovon sprichst du?«

»Das soll sie dir selbst erzählen. Es wundert mich, dass sie das noch nicht getan hat. Wenn jemand Bescheid wissen sollte, dann du.«

Was sollte das jetzt wieder heißen? Warum rückte sie nicht einfach mit der Sprache heraus? Ungehalten wischte Arian durch die Luft. »Deine Andeutungen sind nicht hilfreich.«

»Ich will nur verhindern, dass du verletzt wirst«, erwiderte sie besorgt.

»Hast du das auch zu Joris gesagt, als du versucht hast, Anja und ihn auseinander zu bringen?«, zischte er verstimmt. Bei allem Verständnis für ihre Probleme, mit den zahlreichen Veränderungen in ihrem Leben zurechtzukommen, manchmal hatte er ihre Sticheleien satt.

Hilde lief rot an. »Das war etwas anderes. Ich hatte Angst, alles zu verlieren, die Pension, meine Familie ... Meine kleinen Intrigen waren mies, ich bereue sie zutiefst.« Sie legte die Handflächen aneinander, eine Bitte, ihr Glauben zu schenken. »Leonie ist die falsche Frau für dich.«

»Das entscheide ich«, stellte Arian klar und funkelte sie warnend an. Geh nicht zu weit, lass es gut sein, sagte sein Blick.

»Das sehe ich anders. Nach allem, was ich mitbekommen habe, hat Leonie bereits entschieden, dass ihr nicht zusammenpasst.« Beschwörend fügte sie hinzu: »Keine Spielchen, ich meine es nur gut mit dir, wirklich.«

Er wurde nachdenklich, seine Tante klang aufrichtig und voller Sorge. »Am Telefon hat Leonie ganz normal geklungen«, sagte er. »Was auch immer es ist, sie wird es mir bestimmt gleich erzählen.«

»Bist du dir sicher?« Skeptisch sah Hilde ihn an. »Warum hat sie das nicht längst getan? Eine Ankündigung wie diese hält man nicht zurück.«

Arian wurde unsicher. Als Leonie eifersüchtig auf Sontje war, hatte sie auch nicht das Gespräch mit ihm gesucht, sondern ihn gemieden. Warum sollte sie diesmal offener zu ihm sein?

Eigentlich wollte er aus Leonies Mund hören, worum es ging, Hilde hatte jedoch seine Neugier geweckt. Er kam wieder in die Wohnung, schloss die Tür hinter sich und fragte: »Wovon redest du?«

Als Arian fünf Minuten später die Wohnung seiner Tante verließ, fühlte sich nichts mehr an wie zuvor.

Die Enttäuschung wog schwer, bei jedem Schritt war es, als würde er durch tiefen Schlick waten. Mühsam schleppte er sich zu seinem Auto. Er öffnete die Tür, lehnte sich nach vorne und stützte sich am Wagendach ab. Schloss die Augen und versuchte, seine Gefühle unter Kontrolle zu bekommen.

Vielleicht war alles ganz anders, als Hilde es ihm erzählt hatte. Womöglich hatte sie sich nur verhört. Oder was Leonie gesagt hatte, falsch interpretiert.

Vielleicht war Hilde, in einem Anfall von Eifersucht, doch wieder in alte Verhaltensmuster verfallen und machte Leonie absichtlich schlecht. Aber eigentlich konnte seine Tante doch jetzt zufrieden sein, sie hatte Godo und ein gutes Leben. Arian sah keinen Grund, warum sie erneut eine Intrige wie damals bei Joris und Anja spinnen sollte.

Seufzend öffnete Arian die Augen. Er blickte sich um. Hoffentlich beobachtete ihn niemand und sprach ihn an. Er fühlte sich wie am Abgrund, er konnte jetzt nicht freundlich mit irgendwem Small Talk machen.

Seine Glieder waren bleischwer, aber sein Herz raste. Er nahm die Papiertüte mit dem Essen vom Beifahrersitz und ging über den Campingplatz zur *Nordseeperle*. Es kostete ihn Kraft, an die Tür zu klopfen.

Leonie riss sie auf und strahlte ihn an. »Da bist du ja endlich«, stieß sie fröhlich aus. »Ich sterbe vor Hunger.«

»Darum geht es dir? Dass ich dir Essen bringe?«, fragte er gereizt. Nutzte sie ihn etwa aus, und er war zu verliebt, um es zu merken? Sie trug sein Flanellhemd, wie so oft, wenn sie sich trafen. Plötzlich fragte er sich, ob es sich um eine liebevolle Geste oder Kalkül handelte.

Sie stutzte, runzelte die Stirn. »Nein, natürlich nicht. Ich freue mich, dich zu sehen.«

Leonie schlang die Arme um seinen Hals und wollte ihn küssen, doch er drehte das Gesicht weg.

»Ist etwas nicht in Ordnung?«, fragte sie verunsichert.

Trotz allem fühlte es sich gut an, sie zu halten. Arian roch den exotischen Duft ihres Shampoos, Papaya und Kiwi. Am liebsten hätte er seine Nase in ihren Haaren vergraben. Liebe ließ sich nun einmal nicht einfach ausschalten wie eine Lampe.

Er schob Leonie von sich fort. Sanft, aber bestimmt drängte er sie in den Wohnwagen und schloss die Tür hinter sich. »Ich muss mit dir reden«, sagte er und reichte ihr das Essen.

Sie hielt die Tüte vor der Brust wie einen Schutzschild. »Du klingst so ernst.«

»Ist die Angelegenheit auch.« Mit finsterer Miene nahm er am Tisch Platz. Er zögerte. Er wollte sie zur Rede stellen. Doch sobald er das machte, würde sich eine Kluft zwischen ihnen auftun. Ein Teil von ihm wehrte sich dagegen, er hatte ein taubes Gefühl im Kopf.

»Geht es um deinen Vorschlag, meine Keramiken im *Strandmohn* anzubieten? Hast du es dir anders überlegt? Das ist okay«, versicherte Leonie ihm und nahm Besteck aus der Schublade. »Ich würde es verstehen, wenn du zu dem Schluss gekommen bist, dass es sich doch nicht ganz rechnet.«

»Das ist es nicht«, wiegelte er ab. Wahrscheinlich wäre sie erleichtert, wenn er sein Angebot zurückziehen würde. Vermutlich hatte Leonie nie vorgehabt, es anzunehmen.

Sie stellte zwei Teller auf den Tisch. »Worum geht es dann?«

Abwehrend hob Arian die Hand. »Ich will nichts essen.«

Leonie warf einen Blick in die Tüte. »Du hast aber zwei Gerichte mitgebracht«, sagte sie irritiert.

»Mir ist der Appetit vergangen.« Er verschränkte die Arme und sah durchs Fenster hinaus.

Godo kam mit einem Eimer Wandfarbe zum Sanitärhäuschen und begann, die Stellen zu streichen, an denen das Gelb nicht gedeckt hatte. Arian musste daran denken, dass Hilde und Godo nun doch heiraten würden. Sie hatten ihre Beziehungsprobleme überwunden und ihr Happy End gefunden. Er glaubte nicht mehr daran, dass Leonie und er das auch schaffen konnten.

Leonie setzte sich ihm gegenüber hin. »Was ist los?«

»Ich habe etwas erfahren, das mir auf den Magen geschlagen ist.« Von wem, das behielt Arian für sich. »Etwas, das dich betrifft.«

Sie wurde blass. Nervös strich sie über ihre Oberschenkel. »Mich?«

»Du willst zurück nach Thailand ziehen«, sagte er vorwurfsvoll. Während er die Worte aussprach, überkamen ihn Verlustängste.

Ihre Wangen röteten sich, und sie knöpfte das Hemd auf. »Das ist doch nichts Neues«, erwiderte sie salopp.

»In Kürze, vielleicht sogar in den nächsten Tagen schon. Du hast konkrete Pläne.« Arian wartete darauf, dass sie ihm von dem Job in Khao Lak erzählte, aber sie schwieg. Sein Magen ballte sich zusammen, er wurde wütend. »Du wirst bei einer Tauchbasis arbeiten«, knallte er ihr vor den Kopf.

Ertappt sah sie ihn an. Sie wurde rot. »Woher weißt du das?«, fragte sie.

»Das spielt keine Rolle«, brachte Arian gepresst hervor. Er versuchte, nicht aus der Haut zu fahren. Anscheinend stimmte alles, was seine Tante ihm gesteckt hatte.

»Nur Anja weiß davon«, sagte Leonie. Nachdenklich zog sie das Hemd aus, darunter trug sie ein enges weißes T-Shirt mit V-Ausschnitt. Es betonte ihre schlanke Figur und ihre Brüste.

Arian verspürte die Art von verzweifelter Sehnsucht, die man empfand, wenn etwas unwiderruflich vorbei war.

»Von Anja weiß ich es nicht«, beeilte sich Arian zu erwidern. »Jemand hat euch gestern Abend auf der Terrasse darüber sprechen hören.«

»Hilde hat uns belauscht?« Leonie riss die Hand hoch. »Behaupte jetzt nicht, es wäre jemand anders. Sie muss es gewesen sein. Alle anderen hätten es für sich behalten.«

Aufgebracht blinzelte er sie an. »Das ist es, worüber du dich aufregst? Dass sie dein Geheimnis verraten hat?«

»Nein, nein.« Sie schüttelte den Kopf. »So ist es nicht«, sagte sie hilflos.

»Meine Tante hat euer Gespräch zufällig mitbekommen, das Fenster war gekippt«, stellte Arian klar. »Sie wollte mich nur warnen, ich bin ihr dankbar. Du hast mir ja nichts erzählt.«

»Weil es noch nichts zu erzählen gibt«, erwiderte sie aufgeregt.

»Du hast ein Jobangebot im Land deiner Träume, das ist sehr wohl eine Erwähnung wert«, sagte er laut. Er ermahnte sich, leiser zu reden. Jemanden anzuschreien, selbst im Streit, war nicht sein Stil.

»Ich habe mich noch nicht entschieden, ob ich es annehmen werde«, erklärte sie und sah ihn flehentlich an.

»Trotzdem hättest du es erwähnen müssen«, knurrte er vor unterdrücktem Zorn.

Ihre Stimme zitterte, als sie beteuerte: »Das hätte ich noch, wirklich. Ich habe doch gestern Morgen erst mit der Tauchbasis telefoniert.«

»Du wusstest es schon, als wir zusammen im *Pfannkuchen-Haus* waren?«, fragte Arian erschüttert.

»Ich wollte bei unserem Mittagessen das Thema ansprechen, wusste aber nicht wie«, gab sie kleinlaut zu.

»Ganz einfach, ein Wort nach dem anderen«, zischte Arian fassungslos. »Du hast dir mein Angebot angehört und die Stelle mit keiner einzigen Silbe erwähnt.«

»Ich hatte nicht den Mut«, gestand sie. »Ich wusste, du würdest sauer sein.«

»Jetzt bin ich es erst recht.« Anderthalb Tage hatte Leonie diese wichtige Neuigkeit zurückgehalten. Anderthalb Tage hatte sie ihn zum Narren gehalten. Anderthalb Tage zu viel. »So eine Chance wirst du dir wohl kaum entgehen lassen. Du willst doch unbedingt ins Schlaraffenland zurück«, sagte er spöttisch.

»Ja, schon, aber …«, begann sie.

Arian fiel ihr ins Wort und fragte anklagend: »Hast du den Job durch dein Netzwerk angeboten bekommen, oder hast du dich aktiv beworben?«

Leonie zögerte, senkte den Blick und antwortete in beschwichtigendem Ton: »Ich habe nur eine E-Mail hingeschickt. Das war nicht einmal eine richtige Bewerbung. Heute Morgen haben wir ganz unverbindlich telefoniert, wie gesagt.«

»Alles hinter meinem Rücken«, fuhr er sie an und neigte sich über den Tisch. »Nach allem, was wir zusammen haben.«

»Ich habe mich nur dort beworben, weil ich sauer auf dich war«, erklärte sie betreten.

Er schnaubte. »Jetzt bin ich schuld daran, dass du mich hintergangen hast?«

»Natürlich nicht. Ich habe dich und Sontje im Atelier gesehen. Ich dachte … du weißt schon.« Sie rieb sich mit flachen Händen über beide Wangen.

»Glaubst du etwa, ich schlafe mit jeder Frau, die mir über den Weg läuft?«, fragte er fassungslos. Kannte sie ihn so wenig? Vertraute sie ihm denn nicht?

»Nein«, antwortete sie. »Ich dachte, du hättest erkannt, dass Sontje besser zu dir passt als ich.«

»Ja, das tut sie. Sie ist hübsch gekleidet, aufrichtig, ernsthaft an mir interessiert, mit ganzem Herzen Malerin und föhrliebt – alles, was du nicht bist«, sagte Arian scharf.

Seine Worte taten Arian sofort leid, aber sie hatte ihn zutiefst verletzt. Er empfand nicht so für Sontje, daran änderte auch die Erkenntnis nichts, dass die Fakten für sie sprachen.

»Ich werde mit ihr ausgehen«, sagte er trotzdem, »ein richtiges Date. Jetzt hält mich ja nichts mehr zurück.« Kaum hatte er die Sätze ausgesprochen, kam ihm sein Verhalten kindisch vor.

Leonies Augen wurden feucht. »Ich habe mich für dich entschieden.«

»Ach, ja?« Er runzelte die Stirn. Vor seinem Herz war eine Mauer aus Zorn. »Eben hast du noch gesagt, du hättest dich noch nicht entschlossen, ob du den Job antreten wirst.«

»Ja … nein …«, stammelte sie und schob das Besteck hin und her. »Du bringst mich durcheinander.«

»Ich glaube ja eher, dass ich dich bei einer Lüge ertappt habe«, erwiderte er bitter.

»Es ist die Wahrheit. Frag Anja«, bat sie. Ihr Blick flackerte.

»Du hast alles kaputtgemacht«, rief er, ihren Einwand ignorierend, »mit deiner Heimlichtuerei, während wir miteinander geschlafen und eine gemeinsame Zukunft geplant haben. Ich habe mich nur auf diese bescheuerte Idee mit der Freundschaft plus eingelassen, weil ich gehofft habe, du würdest dich in mich verlieben. Es war ein Fehler. Ich hatte nie eine Chance bei dir.«

»Das ist nicht wahr.« Leonie faltete die Hände, sie zitterten. »Ich möchte bei dir bleiben.«

»Jetzt plötzlich!« Arian sprang auf. »Von Anfang an hast du mir nicht das Gefühl gegeben, dass du mich wirklich willst. Ich wollte es nur nicht wahrhaben, ich hab dich geliebt.« Sie hatte ihm das Herz gebrochen, er spürte einen schmerzhaften Stich im Brustkorb.

Sie erhob sich und kam auf ihn zu, streckte die Hände nach ihm aus. Als er sie warnend ansah, blieb sie stehen.

»Ich liebe dich auch«, sagte sie verzweifelt. Eine Träne rann über ihre Wange.

Er lief zur Tür und drehte sich dann noch einmal um. »Lass mich ab sofort in Ruhe.«

Arian ging schnellen Schrittes zu seinem Wagen und fuhr nach Wyk. Er betrat das *Strandmohn*, hängte ein Schild mit der Aufschrift *Heute wegen Krankheit geschlossen* in die Tür und verkroch sich im Atelier.

Stundenlang bemalte er eine große Leinwand mit roter und schwarzblauer Farbe. Die stürmische Nordsee traf auf einen zornigen Himmel. Es regnete Blitze, das Meer schäumte vor Wut. Meterhohe Wellen aus eiskaltem Wasser verschlangen alles, auch die Liebe.

Kapitel 20

Leonie war am Boden zerstört. Heulend lag sie den ganzen Nachmittag auf ihrem Bett. Sie hatte das Essen, das Arian mitgebracht hatte, nicht angerührt.

Er glaubte ihr nicht, dass sie ihn liebte. Das konnte sie ihm nicht einmal verübeln. Ihr Bekenntnis hatte wie ein kläglicher Versuch gewirkt, seinen Zorn zu besänftigen. Als hätte sie nur das gesagt, was er hören wollte.

Nach dem Gespräch mit Anja hatte sie nicht sofort eine E-Mail an die Tauchbasis geschickt und die Stelle abgelehnt. Selbst darin hätte Arian sich mit seinen Vorwürfen bestätigt fühlen können. Die Tür zu einem Leben unter Palmen stand noch offen. Und nun hielt sie tatsächlich nichts mehr auf Föhr, sie konnte mit dem nächsten Flieger nach Thailand aufbrechen. Wenn sie denn das Geld für das Ticket auftreiben konnte.

Sie fühlte sich ohnmächtig. Aus Ohnmacht wurde Wut. Scheiß auf alle Männer, dachte sie verbittert.

Aufgebracht schrieb sie Nico mitten in der Nacht eine Handynachricht:

Du schuldest mir das Geld, das ich in die Strandbar gesteckt habe!

Sie tippte ein zweites Ausrufezeichen.

Das kriegst du, sobald du den Auflösungsvertrag unterzeichnet hast.

las sie nach dem Aufwachen auf ihrem Smartphone. Die Nachricht endete mit einem zornigen Smiley.

Irgendwie schienen alle wütend zu sein.

Leonie bezweifelte, dass sich Nico einen Anwalt leisten konnte, der das Dokument für ihn aufsetzte. Wahrscheinlich würde sie ihre Investition niemals erstattet bekommen. Sie hatte nie vorgehabt, ihren Anteil zurückzufordern. Die Summe stand ihr zu, keine Frage, aber sie hatte nicht mehr streiten wollen. Ihr Frieden war ihr wichtiger als Geld. Eigentlich sah sie es als ihr persönliches finanzielles Risiko an, dass sie all ihr Cash in die *Coco* gesteckt hatte. Aber nun brauchte sie Startkapital für einen Neuanfang, egal woher.

Als die Wut wieder verschwand, brach die Traurigkeit erneut über sie herein, unaufhaltsam und gnadenlos wie ein Tsunami. Sie aß nichts, trank kaum etwas, lag einfach nur da und gab sich dem Liebeskummer hin.

Leonie hatte den Herzschmerz verdient. Es tat ihr unglaublich leid, dass sie Arian mit ihrer Unentschlossenheit wehgetan hatte.

Sie machte zu viel mit sich selbst aus, dieses Verhalten hatte sie in den letzten Monaten ihrer Beziehung mit Nico gelernt. In Thailand konnte sie nur mit Anja über ihre Gefühle sprechen, in seltenen Telefonaten. Darüber hinaus musste sie allein mit ihren Sorgen klarkommen. Föhr war jedoch nicht Koh Samui und Arian nicht Nico.

Ich hätte mich Arian mehr öffnen sollen, dachte sie und tupfte mit einem Taschentuch über ihre feuchten Wangen.

Aber sie war feige gewesen. Wahrscheinlich hatte sie Arian mit ihrer Bemerkung, sie würden jetzt eine Freundschaft Plus führen, gekränkt. Dabei hatte sie damit einen halben Schritt auf ihn zugemacht, das hatte er jedoch nicht erkannt.

Eifersucht war ein Liebeskiller. Leonie hatte kein Recht darauf gehabt, vor allem, wo sie doch selbst klargestellt hatte, vorerst keine neue Beziehung eingehen zu wollen. Ihr widersprüchliches Verhalten musste ihn verwirrt haben.

Sie hatte ebenso unter der Situation gelitten wie er. Ihre Gefühle hatten sie durcheinandergebracht, sie hatte nicht gemerkt, wie die Situation kippte. Auf der Waage ihres Herzens hatte ihr Lebenstraum stetig an Bedeutung verloren, und Arian war immer gewichtiger geworden. Zu spät hatte sie das begriffen.

Ich kann immer noch nach Khao Lak gehen, meinen großen Traum leben, dachte Leonie und spürte der alten Begeisterung nach. Im Bikini und Sommerkleid arbeiten, barfuß, Kokosnusswasser aus frisch geernteten Kokosnüssen schlürfen, im badewannenwarmen Meer schwimmen und im Nationalpark Elefanten in freier Wildbahn sehen.

Der Wunsch lebte in ihr weiter, jedoch bloß noch als kleine Flamme, nicht mehr als Flächenbrand. Die Sehnsucht nach Arian war größer. Wenn sie jetzt abflog, würde ihr Herz auf Föhr zurückbleiben.

Mittags kam Anja in den Wohnwagen. »Liegst du immer noch im Bett?«, fragte sie überrascht.

Es kostete Leonie Mühe zu sprechen, ihr Mund war ganz trocken. »Nein, wieder«, gestand sie.

Anja setzte sich auf die Bettkante und machte eine besorgte Miene. »Was ist los?«

»Mir geht es nicht gut«, antwortete Leonie. Jeder Gedanke tat ihr weh, denn sie dachte pausenlos an Arian.

»Bist du krank?«, wollte ihre Schwester wissen und legte die Hand auf Leonies Stirn.

»Nein, aber es fühlt sich so an.« Leonie richtete den Oberkörper auf und zog die Beine an. »Arian will nichts mehr mit mir zu tun haben.«

Anja starrte ihre Schwester erstaunt an. »Was ist denn passiert? Willst du drüber reden?«, fragte sie vorsichtig.

»Nicht jetzt.« Es schmerzte zu sehr. Außerdem schämte sich Leonie, sie hatte Arian verletzt, nicht andersherum. Das war schwerer für sie zu ertragen, als wenn man ihr Unrecht getan hätte.

»Kämpfe um ihn«, ermutigte Anja sie.

Leonie ließ den Kopf hängen. Auf Koh Samui war sie ge scheitert, nun auch auf Föhr. Sie kriegte einfach nichts auf die Reihe. »Ich kann nicht«, erwiderte sie verzweifelt.

»Warum nicht?«, fragte Anja mit sanfter Stimme.

Eine Träne rollte über Leonie Wange, sie wischte sie mit dem Handrücken weg. »Arian will in Ruhe gelassen werden, das hat er unmissverständlich gesagt.«

»Gib ihm ein paar Tage Zeit«, schlug Anja vor und nahm sie in den Arm. »Bis dahin wird sein Unmut verraucht sein. Dann sprich noch einmal mit ihm.«

Leonie lehnte sich an die Schulter ihrer Schwester. Es tat gut, gehalten zu werden. Das Gefühl der Geborgenheit linderte ihre Verzweiflung etwas. »Es ist zu spät. Ich habe ihn verloren.«

»Arian ist erst verloren, wenn du ihn aufgibst«, widersprach Anja und küsste sie auf die Schläfe.

Das stimmte Leonie nachdenklich.

Godo rief nach Anja, ein Gast hatte ein Anliegen.

»Ich bin gleich nebenan, wenn du mich brauchst«, sagte sie. Sie drückte Leonie noch einmal, stand auf und ging.

Leonie fühlte sich zu schwach, um auch nur aufzustehen, wie sollte sie da kämpfen? Aber Anja hatte schon recht, sie gab zu leicht auf. Arian hatte einen langen Atem bewiesen, was sie betraf, sie schuldete ihm dasselbe.

Um wieder zu Kräften zu kommen, zwang sie sich, zu duschen und ein Franzbrötchen zu essen. Um irgendetwas zu tun, radelte sie nach Wyk und lief durch den Nordsee-Kurpark. Ihr wurde bewusst, wie wenig sie bisher von Föhr gesehen hatte. Also begann sie, das Touristenprogramm nachzuholen.

Sie buchte einen Platz auf der letzten Inselrundfahrt in dieser Saison mit dem von einem Trecker gezogenen Planwagen, besuchte das Dr.-Carl-Häberlin-Friesen-Museum mit den beeindruckenden Blauwalkieferknochen am Eingang und picknickte bei Sonnenschein an der Lembecksburg, einem Ringwall.

Dick eingepackt in Jacke, Mütze und Schal saß sie im Schutz des archäologischen Denkmals, aß ein buttriges Croissant und trank heißen Tee aus der Thermoskanne. Sie trotzte den kühlen Temperaturen und war stolz auf sich.

»Nimm das, Herbst«, rief sie, streckte ihre behandschuhte Faust nach oben und spreizte den Mittelfinger ab. Dann lachte sie über sich selbst.

Langsam erwachten ihre Lebensgeister wieder. Ihr kam eine Idee, wie sie sich noch mehr abhärten konnte. Am nächsten Morgen rief sie Christin an und fragte, ob sie sich einer von Tjorbens nächsten Wattwanderungen anschließen dürfte. Kalter Schlick unten, eisiger Wind oben, danach musste sie doch gestählt sein.

Föhrerprobt sozusagen.

Christin, die gerade mit Tjorben über den Oevenumer Dorfmarkt schlenderte, reichte ihm ihr Handy. Er bot Leonie an, eine kleine Privattour bei Ebbe zu machen und ihr den *Baalk-Stian* zu zeigen, einen Findling vor der Küste Dunsums.

»Angeblich ist unter ihm ein Goldschatz verborgen.« Es lag ein Lächeln in seiner Stimme. »Vielleicht finden wir ihn ja. Was würdest du mit dem Geld machen?«

Einen Brennofen kaufen, schoss es Leonie durch den Kopf. Der Gedanke überraschte sie. Kein Flugticket? »Mir ein neues Leben aufbauen«, antwortete sie.

»Wenn du willst, erzähle ich dir was über die Gezeiten und die Meeresbewohner. Meine Bitte an dich wäre, dass Christin mitkommen darf. Bisher hat sie zu große Angst gehabt, um sich ins Watt zu trauen, selbst mit mir. Aber wenn du dabei bist, wer weiß …«

Im Hintergrund sagte Christin laut: »Angst, ich? So ein Quatsch. Wenn Leonie sich traut, dann ich auch. Ich bin dabei, ist doch klar.«

Schon am nächsten Tag trafen sie sich vormittags bei ablaufendem Wasser auf der Deichkrone bei Dunsum. Das Dorf lag inmitten von Feldern und hatte gerade einmal sechsundsechzig Einwohner.

»Die solltet ihr anziehen«, riet Tjorben Leonie und Christin und reichte ihnen schwarze Socken.

Mit spitzen Fingern hielt Leonie ihr Paar hoch. »Was um alles in der Welt ist das?«

»Das sind Wattsocken mit rutschfester Sohle«, erklärte er. »Die werdet ihr für eure zarten Füße brauchen.«

»Du hältst uns Großstädter wohl für Weicheier«, warf Leonie ihm vor und blinzelte ihn an.

Er strich sich über den Bart, seine Augen funkelten amüsiert. »Eher würde ich mir eine Wunde zufügen und mit Haien schwimmen, als auf diese Frage zu antworten.«

Sie lachte, etwas von dem Gewicht, das auf ihren Schultern lastete, fiel von ihr ab.

»Sind wir ja auch, also Weicheier«, gab Christin zu und küsste ihn. »Danke, Schatz, dass du daran gedacht hast.« Sie setzte sich ins Gras und schlüpfte in die Neoprensocken.

Leonie tat es ihr gleich und krempelte ihre Jeanshose bis zu den Knien hoch.

Während Christin und Tjorben Hand in Hand den Deich hinabstiegen, streckte sich Leonie. Tief atmete sie die glasklare Seeluft ein und stellte fest, dass sie sich durch die steife Brise selbst intensiver spürte. Hatte Arian nicht genau das zu ihr gesagt? Dass er sich besser wahrnahm, wenn sein Körper Wind und Wetter ausgesetzt war. Nun verstand sie, was er meinte. Langsam kam sie auf Föhr an.

Die Sonne stand hoch am eisblauen Novemberhimmel und ließ das Watt wunderschön glitzern. Wie gut, dachte Leonie zuversichtlich, dass der Winter auf Föhr doch nicht so trist und grau werden würde, wie sie befürchtet hatte.

Lächelnd ließ sie ihren Blick umherschweifen. Die Weite des Wattenmeers auf der einen Seite des Deichs und des Marschlandes auf der anderen weiteten ihre Brust. Es roch angenehm nach Schlick und Algen.

Weit draußen auf der Nordsee machte Leonie ein Containerschiff aus, in Deichnähe suchten Krabben den Meeresboden nach Nahrung an. Die Feuchtigkeit der letzten Nacht hing noch im Gras, unweit von ihnen brachte ein Bauer auf einem Acker die Wintersaat aus.

Glücksgefühle stiegen in Leonie auf. Dabei gab es hier keine Palmen, keine exotischen Fische und Vögel mit buntem Gefieder, und die Temperaturen lagen eigentlich unter ihrem Wohlfühlpunkt. Dennoch … und warum jetzt dieser emotionale Umschwung?

Plötzlich wurde es ihr klar. Sie empfand die Freiheit, die sie in Thailand gesucht hatte.

Sie wandte sich um und blickte in die andere Richtung. Ihr fielen zwei Fahrzeugen auf, sie standen etwas entfernt von ihr gleich hinter dem Deich. Leonie fand das merkwürdig. Auf dem Wirtschaftsweg durfte man nicht entlangfahren und erst recht nicht parken. Das Paar neben den Autos machte nicht den Anschein, als würden sie sich um die Landwirtschaft oder die Deicherhaltung kümmern. Sie waren mit sich selbst beschäftigt, diskutierten gestenreich.

Plötzlich erkannte Leonie die Frau. Sie war ihr gleich vertraut vorgekommen. Mit ihren kurzen hellblonden Haaren sah Ilse Graf in ihrer schneeweißen Windjacke immer wie ein Engel aus. Was machte sie hier draußen in der Marsch? Warum stritt sie mit dem Mann? Wer war er?

Sie drehte sich zu ihrem Wagen, wollte wohl einsteigen. Da packte der Mann sie an den Armen und hinderte sie daran. Aufgebracht versuchte sie sich loszureißen, doch er hielt sie fest.

Leonies Alarmglocken schrillten. War das da unten Ilses Stalker, dieser Lutz Beck, den Arian erwähnt hatte?

Aufgewühlt sah sie zu Tjorben. Er half Christin gerade dabei, über den Treppeneinstieg ins Watt zu kommen, und hatte nichts von dem Handgemenge auf der anderen Seite des Deichs mitgekriegt. Sollte sie ihn zur Hilfe rufen?

Leonie schaute wieder zu dem Paar. Jetzt strich Ilse dem Mann zärtlich über die Wange, sagte offenbar etwas zu ihm. Daraufhin ließ er sie los und schüttelte den Kopf. Er fuhr sich mit der Hand durchs Gesicht, aus seinen Gesten sprach Verzweiflung. Flehend hielt er ihr seine zusammengefalteten Hände hin.

Ilse drückte tröstend seine Schultern, dann stieg sie in ihren Wagen. Der Mann stellte sich vor das geöffnete Seitenfenster, beugte sich zu ihr und wollte sie küssen.

Sie wurde wieder wütend, stieß ihn fort und startete den Motor. Langsam fuhr sie über den unbefestigten Weg zur Straße.

Der Mann blieb zurück, mit hängenden Schultern. Sehnsüchtig sah er ihr hinterher. Er presste die Finger auf die Nasenwurzeln, als müsste er Tränen zurückhalten.

Leonie war froh, dass sie Tjorben nicht gerufen hatte. Ein gewöhnlicher Streit, es hatte keine Gefahr für Ilse bestanden. Bei dem Mann konnte es sich nicht um Beck handeln. Ilse hätte sich niemals mit ihm getroffen, erst recht nicht allein hier draußen, viel zu gefährlich. Außerdem hätte er nicht versucht, sie zu küssen.

Wirklich nicht? Was wusste Leonie schon über das Verhältnis der beiden? So gut wie gar nichts. Leise Zweifel blieben.

»Kommst du?«, rief Christin ihr zu.

»Ja, entschuldige.« Leonie band ihre Turnschuhe mit den Schnürsenkeln an ihren kleinen Rucksack und eilte den Deich hinab.

Sollte sie Tjorben von ihrer Beobachtung erzählen? Sie zögerte.

Seine Mutter sollte ihr eigenes Leben führen und ihre Privatsphäre wahren können. Wahrscheinlich machte sich Leonie lächerlich, wenn sie ihre Sorge um Ilse äußerte.

Wie sie gehört hatte, kümmerte sich Ilse genauso engagiert um die Belange ihrer Heimatinsel wie ihr Mann und ihre Söhne.

Bei den Gesprächen ging es bestimmt oft heiß her. Naturschutz traf auf Landwirtschaft, Alteingesessene auf Zugezogene, Insulaner auf Feriengäste, Engstirnigkeit auf Unbekümmertheit, Alt auf Jung.

Wahrscheinlich hatte Leonie bloß beobachtet, wie da unterschiedliche Interessen kollidierten.

Als Leonie ins Watt stieg, versanken ihre Füße. Der Meeresgrund war kühl und rutschig. Erinnerungen wurden wach und verdrängten den Gedanken an Ilse, die wahrscheinlich längst wieder zu Hause weilte. Sie dachte an die Urlaube mit ihrer Familie, glücklich und unbeschwert.

Plötzlich fühlte sie sich wieder wie ein Kind. Sie stapfte durch das Watt, grinste über die schmatzenden Geräusche und stellte fest, dass sie gar nicht mehr fror. Der Wind blies zwar ungehindert durchs Watt, die Bewegungen waren jedoch anstrengender als an Land, davon wurde Leonie unter ihrer dicken Kleiderschichten schnell warm.

»Schaut nur, eine Wellhornschnecke.« Tjorben zeigte auf das Tier mit dem weißen Körper und den schwarzen Flecken. »Seht ihr das Atemrohr? Es ragt über den Fühlern heraus. Dadurch bekommt sie Luft, wenn sie sich halb in den Schlick eingräbt und nach Nahrung sucht.« Dann stapfte er voraus.

»Beeindruckend, was er alles weiß«, sagte Leonie zu Christin. Sie folgten ihm in einigem Abstand.

»Nach seiner Führung wirst du dich fühlen, als hättest du ein Semester Meeresbiologie studiert«, spöttelte Christin leise.

Tjorben warf ihr über seine Schulter hinweg einen tadelnden Blick zu. »Ich kann dich hören.«

»Ich liebe dich für dein Wissen«, stellte sie klar. Sie schloss zu ihm auf und berührte sanft seinen Rücken.

Er blieb stehen und drehte sich zu ihr um, zog sie in seine Arme. »Und ich liebe dich für deine Frotzeleien«, erwiderte er mit warmer Stimme und küsste sie zärtlich.

Leonie verspürte einen Stich im Herzen. Die beiden führten ihr vor Augen, was sie verloren hatte.

Sie wateten durch einen flachen Priel.

Kaltes Meereswasser umspielte Leonies Beine, die Muskulatur in den Waden zog sich beißend zusammen. In diesem Moment war sie froh, Wattsocken zu tragen, das Neopren schützte wenigstens ihre Füße.

Manchmal mussten sie Muschelbänke überqueren. Ohne die rutschfeste Sohle hätte das bestimmt wehgetan, vielleicht hätte sie sich sogar an den scharfkantigen Schalen geschnitten.

Sie bewunderte Tjorben, er lief barfuß und zuckte nicht mit der Wimper.

»Schade, dass Arian arbeiten muss«, sagte Christin und machte einen Bogen um einige Ohrenquallen.

Leonie wollte das Thema Arian vermeiden und gab nur einen unbestimmten Laut von sich. Furchtbar interessiert betrachtete sie einen Bäumchenröhrenwurm. Davon gab es viele im Wattenmeer, hatte Tjorben erzählt. Besonders gut konnte man sie bei ablaufendem Wasser beobachten, also jetzt.

»Es wäre doch schön gewesen, wenn er mit uns wattwandern würde«, fuhr Christin gut gelaunt fort.

»Hm«, machte Leonie, richtete sich wieder auf und blickte einer Möwe hinterher, die nichts weiter tat, als über sie hinwegzufliegen.

»Wir sollten mal zu sechst ausgehen«, schlug Christin begeistert vor. »Was hältst du davon?«

Anscheinend hatte Arian niemandem erzählt, dass er nichts mehr von ihr wissen wollte. »Das wird schwierig«, erwiderte Leonie. Ihr Herz wurde schwer.

»Ist alles okay zwischen euch?«, fragte Christin.

Leonies Fuß versank tief im Schlick. Während sie ihn unter einiger Kraftanstrengung herauszog, antwortete sie mit belegter Stimme: »Es herrscht Funkstille.«

Christin machte eine betroffene Miene.

»Es war ohnehin unwahrscheinlich, dass ihr euch auch verliebt«, warf Tjorben ein. Er nahm sein Fernglas und richtete es mit besorgter Miene auf zwei Frauen und zwei Männer, die ohne Führer durchs Watt spazierten.

»Warum?«, fragte Leonie entgeistert.

»Nun ja, Joris und Anja und Christin und ich sind schon ein Paar. Wie wahrscheinlich ist es, dass ihr auch zusammenkommt?« Er zuckte mit den Schultern und nahm das Fernglas wieder herunter.

»Du hast vermutlich recht«, pflichtete sie ihm bei. Innerlich seufzte sie. Vielleicht hatten Arian und sie nie eine Chance gehabt.

Christin stieß ihm ihren Ellbogen in die Seite und blinzelte ihn böse an.

»Was?«, fragte er und runzelte die Stirn.

»Wie taktlos«, schalt sie ihn. »Siehst du nicht, dass sie Liebeskummer hat.«

Leonie wurde rot.

»Ich dachte, sie wollen nur Freunde bleiben, habe ich

jedenfalls so gehört«, erwiderte Tjorben entschuldigend. »Das waren auch nicht meine Worte, sondern Arians. Es würde an ein Wunder grenzen, wenn auch aus Leonie und ihm ein Liebespaar würde, hat er mal zu mir gemeint.«

Tränen brannten in Leonies Augen. »Verdammter Wind«, sagte sie und tupfte sich mit einem Taschentuch über die feuchten Augenwinkel.

»Ach, Süße«, sagte Christin mitfühlend. »Können wir irgendetwas für dich tun?«

»Die Zeit zurückdrehen«, antwortete Leonie scherzhaft und lächelte traurig.

Kapitel 21

Am Nachmittag hatte Leonie von der Wattwanderung so großen Hunger, dass sie im *Lüttes Glück* erst einen Teller Königsberger Klopse, dann auch noch ein Stück Schmandkuchen mit Blaubeeren verschlang.

Da das Wetter sich hielt, saßen die Gäste auf der Terrasse, dick eingepackt, mit Decken über den Beinen. Kein Platz blieb frei, und das Anfang November. Wer im Herbst Urlaub auf Föhr machte, schien hartgesotten zu sein.

Noch mehr überraschte Leonie der eigene Wunsch, sich in den Strandkorb zu kuscheln. Er war jedoch belegt. Notgedrungen hatte sie sich in den Frühstücksraum gesetzt. Das fröhliche Geschnacke der Gäste drang durch die geöffnete Glastür. Die Sonne schien durch das Fenster hinein.

Anja lief zwischen Küche und Garten hin und her, brachte Berge von Waffeln und sogar noch einen Eisbecher nach draußen. Sie lächelte, das Geschäft lief gut.

Als Godo an der Tür des Frühstücksraums vorbeiging, rief Leonie ihm zu: »Wie geht es Kimi?«

»Ach …«, antwortete er bedrückt und kam zu ihr geschlurft.

Sie hatte auf gute Neuigkeiten gehofft, nun wurde ihr bange. »So schlimm?«, fragte sie leise.

Er rieb sich mit dem Handrücken über seine Wangen, als wollte er sich selbst trösten. »Es ist furchtbar.«

»Ich habe ihn seit Tagen nicht mehr gesehen.« Die schlimmsten Befürchtungen kamen ihr in den Sinn.

»Kimi hat stark abgenommen«, erzählte Godo traurig. »Kann kaum noch gehen.«

»Was fehlt ihm denn? Wurde er tatsächlich angefahren? Was sagt der Tierarzt?«

Godo presste eine Faust in seinen Bauch. »Er hat einen Tumor am Hinterlauf.«

»Nein«, stieß Leonie erschrocken aus.

»Der Arzt hat eine Probe genommen und aufs Festland ins Labor geschickt. Drück bitte die Daumen, dass der Tumor gutartig ist«, bat er mit weinerlicher Stimme.

»Selbstverständlich.« Leonie stand auf und nahm ihn in den Arm. »Das tut mir so leid.«

»Danke. Es ist schön, Freunde wie dich zu haben.« Kraftlos tätschelte Godo ihren Rücken. Er löste sich von ihr und ging mit schwerfälligen Schritten hinaus.

Leonie setzte sich wieder. Kimi war das Maskottchen von Walsum. Ohne den dicken schwarzen Kater würde in dem Inseldorf etwas fehlen. Sie hoffte inständig, dass er operiert und wieder gesund werden würde.

Ihr Blick fiel auf Ilses Wandbild, eine Strandszene. Plötzlich musste sie wieder an ihre Beobachtung vom Vormittag denken. Gedankenversunken nippte sie an ihrem lauwarmen Tee.

Was war heute hinterm Deich vor sich gegangen? Es hatte ausgesehen wie ein Streit unter Liebenden, aber der Eindruck musste getäuscht haben. Ilse war mit Johan verheiratet, sie hatten ihre Eheprobleme überwunden.

Wusste der Mann von der Beziehungskrise? Hatte der Insulaner versucht, diesen Umstand auszunutzen und Ilses Herz zu erobern? Hatte sie ihn abblitzen lassen?

Oder hatte es sich doch um Lutz Beck gehandelt? Unwahrscheinlich, aber nicht ausgeschlossen. Leonie wusste zu wenig über den Stalker, um das einschätzen zu können.

Würde der Mann Ilse ab jetzt in Ruhe lassen? Falls es doch Beck war, dann bestimmt nicht.

Das üppige Essen und die traurige Nachricht von Kimis schlechtem Gesundheitszustand lagen Leonie schwer im Magen. Zudem machte sie sich erneut Sorgen um Ilse.

Hätte sie Tjorben doch bloß alles erzählt. Aber sie kannte ihn kaum. Der Einzige, dem sie aus der Familie Graf nahe genug stand, um sich ihm anzuvertrauen, war Arian.

Leonie ging in sich. Sollte sie weiterhin schweigen? Nein, sie konnte nicht guten Gewissens für sich behalten, was sie gesehen hatte. Ilse hatte schon zu viel gelitten. Anscheinend glaubte sie, alles allein durchstehen zu müssen, aber ihre Familie war für sie da, und Leonie auch.

»Du suchst nur einen Vorwand, um Arian zu kontaktieren«, sagte ihre innere Stimme vorwurfsvoll.

»Halt die Klappe«, zischte Leonie und räumte das schmutzige Geschirr in die Küche.

Sie lieh sich Anjas Auto und fuhr nach Wyk. In der Galerie konnte er sie nicht einfach stehen lassen und wortlos weggehen oder sie anbrüllen. Er musste Rücksicht auf die Kunden nehmen. Leonie schätzte die Wahrscheinlichkeit, dass die Situation eskalierte, in der Öffentlichkeit geringer ein, als wenn sie ihn anrief oder an seiner Wohnungstür klingelte.

Als sie den Laden bei Dämmerung betrat, spürte sie ihr Herz klopfen. Die Galerie war jedoch leer. Keine Kundschaft, nur Arian, der die Bilder an den Wänden abstaubte.

»Niemand da«, sagte sie erschrocken. Jetzt entschied sich, ob er sie hochkant rauswerfen oder ihr zuhören würde.

»Im November ist auf Föhr immer wenig los. Erst in den Weihnachtsferien werden die Urlauber sich wieder gegenseitig auf die Füße treten«, erklärte er tonlos. Er war ganz in schwarz gekleidet. Die Lampen über den Gemälden warfen unheilvolle Schatten auf sein Gesicht. Alles an ihm wirkte finster und abweisend.

Vor Nervosität begann Leonie zu schwitzen.

»Was willst du, Leonie?«, fragte er mit verschlossener Miene.

»Ich bin wegen Ilse hier«, antwortete sie und wusste selbst nicht mehr genau, wie viel daran wahr war.

Skeptisch zog Arian eine Augenbraue hoch. »Meiner Mutter?«

»Ich habe etwas beobachtet, das geht mir nicht mehr aus dem Kopf. Wahrscheinlich bedeutet es nichts.« Sie wollte ihm keine Angst machen. »Falls doch …«

Er lief zur Kasse und verstaute den Staubwedel unter der Verkaufstheke. »Warum hast du nicht mit Tjorben darüber gesprochen?«

»Tjorben?« Irritiert runzelte sie die Stirn.

Arian verschränkte die Arme vor dem Oberkörper. »Ihr wart doch heute gemeinsam wattwandern.«

»Du weißt davon?«, fragte Leonie überrascht.

»Er hat mir von eurem Ausflug erzählt«, erwiderte er und lehnte sich mit dem Rücken gegen die Wand. »Dass er in ein Fettnäpfchen getreten ist.«

»Redest du von der Wahrscheinlichkeit und Unwahrscheinlichkeit von Beziehungen?« Ihr Herz zog sich schmerzhaft zusammen.

Seine abweisende Fassade bröckelte. »Marten Haase hat mir diesen Floh ins Ohr gesetzt«, rechtfertigte er sich. Es klang fast wie eine Entschuldigung.

»Denkst du etwa gar nicht so?« Das zarte Pflänzchen der Hoffnung keimte in ihr auf. Sie trat einen Schritt näher an ihn heran. »Du und ich … dass es ein Wunder bräuchte, um zusammen glücklich zu werden.«

Seufzend fuhr sich Adrian mit der Hand durchs blasse Gesicht. Er sah aus, als hätte er nächtelang kaum geschlafen. »Alles sprach von Anfang an gegen uns.«

Dem konnte sie nicht widersprechen. »Ja, und das größte Hindernis war ich.«

»Du bist gar nicht wegen meiner Mutter hergekommen, oder?« Er stieß sich von der Wand ab und kniff die Augen zusammen. Sein Blick warnte sie davor, ihm nicht die Wahrheit zu sagen.

»Doch, ehrlich.« Sie erzählte ihm, was sie am Deich bei Dunsum beobachtet hatte. »Könnte das ihr Stalker gewesen sein?«

»Lutz Beck?« Er schüttelte den Kopf. »Der Spinner hat die Insel verlassen.«

»Vielleicht ist er zurück.«

Arian winkte ab. »Er hätte nicht versucht, sie zu küssen.« Fahrig öffnete er einen weiteren Knopf an seinem glänzenden Hemd und schloss ihn sogleich wieder.

»Beck wirft ihr vor, seine Mutter in den Tod getrieben zu haben«, fügte Arian gepresst hinzu. Wut blitzte in seinen Augen auf.

»Oh nein!« Leonie fasste sich an die Brust, ihr Herz begann zu rasen.

»Der Mann bei meiner Mutter war nicht Lutz. Beschreib ihn«, bat er sie.

»Er stand weit weg von mir ...« Leonie schloss die Augen und rief sich den Fremden in Erinnerung. »Er hatte graue Schläfen, schien jedoch gut in Form zu sein. Kaum zu glauben, er war dicker gekleidet als ich. Das ist mir aufgefallen, weil ich kurz dachte, den Winterparka hätte ich jetzt auch gerne. Er sah teuer aus und hielt bestimmt sehr warm.«

»Das klingt für mich nach Stefan Beck, dem Vater von Lutz«, sagte Arian.

Überrascht sah sie ihn wieder an. »Was hat der mit Ilse zu tun?«

»Er hat letztes Jahr eine Ausstellung mit ihren Bildern gemacht«, erklärte Arian. »So haben sie sich kennengelernt.«

»Stalkt er sie etwa auch?«, fragte sie besorgt.

»Nein, das denke ich nicht. Stefan Beck war neulich hier und hat nach ihr gefragt.« Er sah sich in der Galerie um, als würde Stefans Geist seitdem hier herumspuken.

Leonie wollte nicht neugierig sein, aber es machte sie verrückt, wenn eine Antwort bloß neue Fragen aufwarf. Sie mochte Ilse und wollte sie beschützen. »Was wollte er von ihr?«

»Sehen, ob es ihr gut geht«, antwortete Arian und rieb sich über seinen Hals. »Er traut seinem Sohn wohl zu, eine Dummheit zu begehen, und hat sich Sorgen gemacht.«

»Ah, gut, dann stellt zumindest Stefan ja keine Gefahr für Ilse dar!«, rief Leonie.

»Ja. Aber warum haben sie sich nicht in einem der Inseldörfer getroffen? Haben in einem Café eine Tasse Tee zusammen getrunken oder zu Mittag gegessen?«, dachte Arian laut nach. »Stattdessen fahren sie raus in die Marsch.«

»Jeder darf Geheimnisse haben, auch Eltern«, versuchte Leonie, ihn zu beruhigen, und kam näher. Sein Duft betörte sie, zog sie an.

»Nicht, wenn es um die Familie Beck geht. Lutz, Stefan und Manuela – sie alle setzen meiner Mutter auf die eine oder andere Weise zu. Wie lange wird sie dem Druck noch standhalten? Ich habe Angst, dass sie sich etwas antut, wenn ich ihr nicht helfe.«

»Das wird schwierig, wenn sie sich nicht helfen lassen will«, wandte sie bedauernd ein.

»Du sagst es.«

Plötzlich standen sie wieder auf derselben Seite. Das nährte Leonies Hoffnung, dass es noch eine Chance für sie gab.

»Glaubst du …?«, begann Arian und druckste herum.

So zögerlich kannte sie ihn gar nicht. »Ja?«

Er atmete tief ein. »Hattest du den Eindruck, dass die beiden sich nahestanden?«, fragte er leise.

Die Antwort war ihr unangenehm, sie nickte.

»Sehr nahe?«, hakte er mit dunkler Stimme nach. Ein Schatten legte sich auf sein Gesicht.

»Ja, ich meine …«, begann Leonie und ließ den Kopf hängen. Hatte sie Ilse verraten? Sie fühlte sich schlecht, aber sie wollte sie ja nur vor noch mehr Übel bewahren. Seufzend sah sie Arian von unten herauf an und fuhr zaghaft fort: »Stefan hat versucht, sie zu küssen. Also …«

»Dann war die Anziehung einseitig?«, fragte er hoffnungsvoll und erhob sich.

»Ilse hat Stefan zärtlich über die Wange gestrichen«, erklärte Leonie zögerlich.

Sie wünschte, sie müsste dieses Gespräch mit Arian nicht führen, sie wäre nicht die Überbringerin schlechter Nachrichten.

Stöhnend vergrub Arian das Gesicht in den Händen. »Als Stefan bei mir im *Strandmohn* war … wie er über sie geredet, wie er ihren Namen ausgesprochen hat. Das klang nicht nur besorgt, sondern auch …« Arian rang offenkundig mit sich und sagte dann widerstrebend: »… liebevoll«.

Leonie berührte seinen Arm.

Arian zuckte zusammen, erschrocken sah er sie an.

»Entschuldigung«, sagte sie bedrückt. So groß war ihr Landgewinn bei ihm wohl doch nicht. Sie trat von ihm weg, er sollte sich nicht bedrängt fühlen.

So einfach würde die Luft zwischen ihnen nicht bereinigt sein. Das brauchte Zeit. Die lief ihr jedoch davon. Die Tauchbasis wartete auf eine Nachricht von ihr. Leonie wollte den Betreibern nicht vorschnell absagen. Falls sie Arians Herz nicht erneut für sich gewinnen konnte, wollte sie Föhr so schnell wie möglich verlassen. Es tat zu weh, ihn zu sehen und ihm nicht nah sein zu dürfen.

Gerade als sie Arian fragen wollte, ob er noch eine Chance für sie beide sah, klingelte sein Handy. Es lag auf der Theke. Sontjes Name stand auf dem Display, es war wie ein Faustschlag in Leonies Magen. Sie hatte Arian nicht ausspionieren wollen. Es war so still im *Strandmohn*, dass jedes Geräusch die Aufmerksamkeit auf sich zog.

Trafen sich Arian und Sontje oft? Ging es längst nicht mehr darum, ihr Maltipps zu geben? Waren sie sich nähergekommen? Hatte Leonie ihn mit ihrem Verhalten in ihre Arme getrieben?

Arian nahm sein Smartphone, drückte die Anruferin weg und steckte es in die Hosentasche. Er sah auf die Uhr, Feierabend. »Ich muss los.«

Zu Sontje, dachte Leonie. Sie spürte einen schmerzhaften Stich im Brustkorb.

»Viel Spaß«, wünschte sie ihm traurig und rannte aus der Galerie in die Dunkelheit.

Kapitel 22

Irritiert sah Arian Leonie hinterher. Viel Spaß? Die Aussprache mit seiner Mutter würde bestimmt nicht lustig werden. Er wollte keine Zeit vergeuden, indem er auf den richtigen Moment wartete, und ihr auch nicht die Möglichkeit geben, ihn am Telefon abzuwimmeln. Schnell schloss er das *Strandmohn* ab und machte sich auf den Weg nach Nieblum.

Das Telefonat mit Sontje musste bis morgen warten. Heute hatte er keinen Kopf mehr für das, worüber sie sich unterhalten wollten. Diese wichtige Angelegenheit brauchte seine ganze Konzentration. Sie würde ihn für lange Zeit an sie binden, vielleicht sogar für immer.

Zudem brachten seine Gefühle für Leonie ihn durcheinander. Sie hatte ihn schwer enttäuscht und verletzt, er wollte sie nicht zurück. Diese Frau war wie ein tiefer Priel, um den er einen Bogen machen musste. Sollte er wider besseres Wissen hineinwaten, würde er darin untergehen. Unglücklicherweise fühlte er sich aber unfassbar stark zu ihr hingezogen.

Leonie hätte nicht herkommen sollen, dachte er und raufte sich die Haare. In seinem Herzen hatte gerade erst die Ebbe eingesetzt, der Liebeskummer zog sich langsam zurück. Nun kam erneut die Flut und überspülte ihn mit Sehnsucht und Schmerz.

Sontje als Freundin wäre so viel einfacher. Sie bewunderte ihn, sah zu ihm auf, richtete sich nach ihm, hing an seinen Lippen und redete ihm nach dem Mund. Das wollte er jedoch gar nicht.

Er sehnte sich nach der Spannung, die vor einem Gewitter in der Luft lag, nach Leidenschaft, wild wie ein Nordseesturm, nach Reibung, ähnlich dem fortwährenden Ringen von Wasser und Menschen um Land.

Widerstrebend gestand sich Arian ein, Leonie trotz allem immer noch zu begehren. Wahrhaftige Liebe war so gewaltig wie die Gezeiten, sie ließ sich weder herbeirufen noch aufhalten.

Es hat mich schlimmer erwischt, als ich bisher dachte, wurde ihm klar.

Als er in die Straße einbog, die zum Haus seiner Eltern führte, sah er vor der Windmühle seine Mutter. Sie hob die Einkäufe aus dem Kofferraum ihres Wagens. Rasch parkte er neben ihr, stieg aus und nahm ihr die schweren Einkaufskörbe ab.

»Warum klingelst du Papa nicht raus, damit er dir hilft?«, fragte er verständnislos. Immer wollte sie alles allein meistern, das fing bei Kleinigkeiten wie diesen an und hörte bei der Familie Beck auf.

Sie schloss den Kofferraum. »Johan ist nicht zu Hause.«

»Arbeitet er etwa schon wieder länger?«, wollte Arian gereizt wissen, während sie zum Eingang gingen. Sein Vater hatte doch versprochen, weniger Überstunden zu machen und mehr Zeit mit seiner Ehefrau zu verbringen.

»Nein, er hilft Marten Haase. Der zieht heute ins Johanneshaus um«, erzählte sie, schloss die Haustür auf und trat ein. »Godo packt auch mit an.«

Überrascht blieb Arian im Eingang stehen. »Bezieht er eine Seniorenwohnung, oder geht er ins Pflegeheim?«

»Letzteres«, antwortete seine Mutter. Sie hängte ihre Jacke an der Garderobe auf.

»Das höre ich jetzt zum ersten Mal.« Er folgte ihr ins Haus, schob die Tür mit dem Fuß zu.

Tadelnd sah sie ihn an. »Marten hat nicht an die große Glocke gehängt, dass er sich dort beworben hat«, erzählte sie. »Jetzt ist ein Platz frei geworden.«

»Der Schritt ist vernünftig«, sagte Arian und wurde ein bisschen melancholisch. Immer mehr Alteingesessene mussten ins Altersheim oder verstarben, Menschen, mit denen er aufgewachsen war, die ihn sein ganzes Leben lang begleitet hatten.

»Er war überfällig«, erwiderte seine Mutter. »Zweiundneunzig ist ein stolzes Alter. Marten kann immer schlechter gehen. Hat wohl gemerkt, dass er nicht länger allein in seinem Haus in Klein-Dunsum wohnen kann.«

Er trug die Einkäufe in die Küche. »Wie kommt er mit der Situation klar? Macht es ihm etwas aus, oder hat er sich damit abgefunden, dass sich vieles verändern wird?«, fragte er sie.

»Es belastet ihn, auf fremde Unterstützung angewiesen zu sein. Er verbirgt das hinter seinem verschmitzten Lächeln und seiner scharfen Zunge«, erzählte sie. »Du kennst ihn doch.«

Darum also die Sticheleien wegen Leonie und mir, dachte

Arian. Er hätte nicht so viel auf Martens spitze Bemerkungen geben sollen. »Hätte ich von dem Umzug gewusst, hätte ich auch mit angefasst.«

»Du hilfst doch mir«, beruhigte ihn seine Mutter. Sie strich ihm über seine Wange. »Du hast auch noch ein Privatleben. Was macht die Liebe?«

Arian lächelte unbestimmt. Er zog seinen Wollmantel aus und hängte ihn über die Rückenlehne eines Küchenstuhls. »Hast du eigentlich mit Beck gesprochen?«

»Beck?« Entsetzt riss sie die Augen auf.

Wahrscheinlich dachte sie an Lutz. Arian hatte ihr keine Angst machen wollen. »Mit Stefan«, stellte er klar.

Sie entspannte sich trotzdem nicht. »Wie kommst du denn jetzt auf ihn?«

»Ach, nur so«, antwortete er lapidar. »Und, hast du ihn getroffen?«

»Können wir von etwas anderem reden«, bat sie und wandte sich ab. Hektisch wischte sie mit einem trockenen Lappen über die Arbeitsfläche.

Gefühlvoll berührte er ihre Schulter. »Nein, tut mir leid.«

Sie warf den Lappen in die Spüle. »Bist du hergekommen, um mir den Abend zu verderben?«

»Natürlich nicht, aber ich will Antworten.« Nun war er froh, dass sein Vater nicht zu Hause war. So musste er sich auch keinen Vorwand ausdenken, damit er sie unter vier Augen sprechen konnte.

Seine Mutter machte eine wegwerfende Geste. »Stefan ist bestimmt zurück in Hamburg.«

»Bist du dir da sicher?«, fragte Arian. Behutsam tastete er sich an die Wahrheit heran.

Sie presste die Lippen zusammen, wurde rot, blieb verschlossen wie eine Auster. Hektisch räumte sie die Stoffkörbe aus, stellte alles umständlich auf den Küchentisch und sah Weidekäse, Heumilch und Sauerrahmbutter an, als wüsste sie nicht mehr, dass sie in den Kühlschrank gehörten.

»Man hat euch gesehen«, sagte Arian leise.

Sie wurde blass. »Stefan und mich?«

Er nickte. »Heute, hinter dem Deich bei Dunsum.«

»Ich hatte nicht vor, mich mit ihm zu treffen«, beteuerte sie.

»Behaupte bitte nicht, ihr wäret euch zufällig begegnet.« Er wollte, dass sie sich ihm endlich öffnete. »Auf einem Wirtschaftsweg zwischen Deich und Feldern, wohl kaum.«

»Stefan ließ sich nicht abwimmeln, wollte unbedingt mit mir reden.« Ilse vergrub das Gesicht in den Händen, seufzte und nahm sie wieder herunter. »Schließlich habe ich zugestimmt, damit er mich endlich in Ruhe lässt.«

»Warum hast du ihn nicht zu Hause empfangen?«, fragte Arian herausfordernd. »Oder im *Strandmohn*, da hätte ich ein Auge auf dich haben können.«

»Das ging nicht … das wollte ich nicht …«, stammelte seine Mutter und stellte das Mehl in den Kühlschrank.

Arian nahm es wieder heraus und packte es ins Küchenregal neben Zucker und Salz, wo es hingehörte. »Weil ihr euch nahesteht?« Sein Ton wurde schärfer, er konnte es nicht verhindern.

Sie schluckte schwer. Nervös zupfte sie an ihren Perlenohrringen, dabei verlor sie einen Stecker. Arian hob ihn auf und reichte ihn ihr. Als sie ihn annahm, zitterte ihre Hand.

»Nicht mehr«, brachte sie mühsam hervor.

»Wie nahe?«, wollte er beharrlich wissen. Bei ihrem letzten Gespräch hatte sie ihm gegenüber von einer harmlosen Schwärmerei gesprochen. Inzwischen hatte er das untrügliche Gefühl, dass da mehr war.

Seine Mutter setzte sich auf einen Küchenstuhl und ließ die Schultern hängen. »Zu nah.«

»Im Frühjahr hast du mir erklärt, dass der Fischer auf dem Gemälde, also Stefan, nur ein schöner Traum war«, sagte er vorwurfsvoll. Hatte sie ihn belogen?

»Das stimmte, irgendwie«, druckste sie herum und knetete ihre Hand. »Das mit uns schien nicht real, ein Traum, der bei Tageslicht betrachtet keinen Bestand hatte.«

Arian nahm ihr gegenüber Platz. Er versuchte die Fassung zu wahren. »Hattest du eine Affäre mit ihm?«, wollte er mit Herzrasen von ihr wissen.

»So würde ich es nicht nennen, eher ein Flirt.« Seine Mutter sah ihn nicht an, während sie sprach. »Wenn ich mich wegen der Ausstellung in Hamburg aufhielt, hat Stefan mich persönlich betreut. Hat mich schick ausgeführt, mir Komplimente gemacht, mich auf Händen getragen. In seiner Gegenwart habe ich mich wie eine Königin gefühlt.«

»Nur ein Flirt, mehr nicht?« Skeptisch legte er die Stirn in Falten.

Seit dem Gespräch mit Stefan Beck im *Strandmohn* hegte Arian die Befürchtung, dass Beck mehr mit seiner Mutter verband als Freundschaft. Er hatte jedoch den Verdacht von sich geschoben, weil er zu weh tat. Jetzt stellte er sich der Wahrheit, und seine Mutter musste das auch tun.

»Eine kurze Romanze, ein Abenteuer«, gab sie zu. »Ein Fehler. Ich bereue es zutiefst.«

Fassungslos sackte er in sich zusammen, seine Enttäuschung wog schwer. Er hatte gedacht, dass kein Blatt Papier zwischen seine Eltern passen würde.

»Dein Vater und ich hatten Probleme. Er verbrachte viel Zeit im Hafen, ich habe mich vernachlässigt gefühlt«, erzählte sie und klang erschöpft. »Jetzt bemüht sich Johan mehr um mich. Wir können es schaffen. Ich glaube wieder an uns.«

Beck war einfach im richtigen, oder falschen, Moment da gewesen. Dennoch … Arian hätte das niemals von seiner Mutter gedacht. Er brauchte Zeit, um ihren Seitensprung zu verdauen, er lag ihm wie Blei im Magen.

»Es ist vorbei, schon lange«, versicherte sie ihm. Endlich sah sie ihn wieder an. Sie legte ihre gefalteten Hände auf den Tisch, schob sie auf ihn zu.

»Sieht Beck das genauso?«, fragte er matt.

»Stefan wollte nur sicherstellen, dass es mir gut geht«, antwortete sie eine Spur zu heiter. »Lutz bereitet ihm Kummer. Er kämpft mit dem Verlust seiner Mutter, macht Gott und die Welt verantwortlich und weiß wohl nicht, wohin mit seinem Hass.«

Arian machte sich Sorgen, dass seine Mutter doch wieder schwach werden könnte. Stefan kannte ihre Bedürfnisse, wusste diese zu erfüllen.

Die Vorstellung, sie könnte sich von seinem Vater scheiden lassen und zu Beck nach Hamburg ziehen, setzte ihm schwer zu. Er wollte sie gerade fragen, ob sie nicht mehr glaubte, für den Tod von Manuela verantwortlich zu sein, da hörte er, dass vor der Mühle ein Auto anhielt.

Die Haustür wurde geöffnet, Schuhe wurden auf der Schmutzfangmatte abgestreift. Schritte erklangen im Flur.

Arians Vater kam in die Küche. Überrascht blieb er stehen. »Arian! Moin.«

»Moin, Papa«, grüßte Arian zurück, stand auf und umarmte ihn. Er hatte das Bedürfnis, ihn festzuhalten, zu trösten, ließ ihn aber los, als sein Vater verlegen lachte.

Liebevoll küsste Johan seine Frau auf den Mund. Seine Hand blieb auf ihrer Hüfte liegen.

»Wie hat Marten den Umzug ins Seniorenstift verkraftet?«, wollte Arian wissen.

»Hat kaum ein Wort gesprochen«, antwortete er.

»Dann muss er echt mitgenommen sein«, sagte Arian mitfühlend.

»›Ich stehe auf dem Abstellgleis, jetzt wird es nicht mehr lange dauern‹, hat er zum Abschied gemeint und traurig gelächelt«, erzählte sein Vater. »Ich werde ihn am Samstag zum Treffen des *Fering Ferian* abholen. Dann sieht er, dass er weiterhin ein Teil der Inselgemeinschaft ist.«

»Ich schaue morgen bei ihm vorbei. Isst er noch so gerne Heidesandkekse?«, fragte Arian.

»Ja«, erwiderte sein Vater. »In dem Alter legt man Gewohnheiten nicht mehr ab. Er muss die Plätzchen allerdings jetzt in Tee tunken, sonst hauen sie ihm das Gebiss raus.«

»Ich besorge eine Packung.«

»Und ich bringe ihm Kieler Sprotten«, kündigte seine Mutter an. »Die vom Markt sind so frisch, sie zerfallen im Mund. Die kann er sogar ohne Zahnersatz essen.«

»Ich geh dann mal duschen«, sagte Johan. Väterlich klopfte er Arian auf die Schulter und verließ die Küche.

»Vergiss nicht, die Mütze auszuziehen«, rief Ilse ihm hinterher.

»Vor dem Haarewaschen oder nachher?«, kam es vom Absatz der Treppe, die ins Badezimmer im Obergeschoss führte, zurück.

Ilse gab ein Zischen von sich und schüttelte den Kopf, lächelte jedoch.

»Ich geh dann mal«, sagte Arian und drückte seine Mutter. Nun, da sein Vater gekommen war, konnte er mit seiner Mutter nicht weiter über Stefan Beck reden.

»Du kannst zum Abendessen bleiben«, schlug sie vor. »Ich koche immer noch für fünf Personen, obwohl dein Vater und ich nur noch allein hier wohnen.«

»Nein, danke, ich bin echt ausgelaugt«, antwortete Arian. Er verabschiedete sich und ging zur Haustür.

Als er sie aufzog, wäre er beinahe auf einen Blumenstrauß getreten. Er lag auf der Schmutzmatte. Mohnkapseln und Disteln versteckten sich zwischen Hortensien und gefüllten Astern. Brombeer- und Vogelbeerenzweige ragten über sie hinweg. Ein verspieltes Herbstarrangement, fröhlich.

Er hob ihn auf und brachte ihn seiner Mutter in die Küche. »Den Strauß habe ich vor der Tür gefunden«, sagte er und hatte plötzlich ein mulmiges Gefühl.

»So was aber auch.« Nervös faltete sie die Obstnetze und steckte sie in die Seitentasche des Korbs, der noch auf dem Tisch stand.

Es wunderte ihn, dass sie kein Interesse zeigte. »Von wem könnte er sein?«, fragte er.

Sie zuckte mit den Schultern. »Steckt eine Karte drin?«

Er sah nach. »Nein.«

»Woher soll ich das dann wissen?«, erwiderte sie leicht patzig.

Arian streckte ihr die Blumen hin. »Die müssen für dich sein.«

»Bestimmt hat sich jemand in der Hausnummer geirrt.« Seine Mutter ignoriert ihn und stellte die Körbe in die Ecke, wo sie nicht störten.

»Das halte ich für unwahrscheinlich. Eure Windmühle sticht in ganz Nieblum heraus.«

»Trotzdem kann es zu Verwechslungen kommen. Wenn jemand nur die Hausnummer kennt«, gab sie zu bedenken. Mit starrer Miene forderte sie ihn auf: »Wirf ihn weg.«

»Was?« Arian glaubte sich verhört zu haben, er fand die Reaktion seiner Mutter übertrieben. Was war nur los mit ihr? »Die schönen Blumen.«

»Schenk sie Leonie«, schlug sie vor und lächelte ihn aufmunternd an.

Er ging nicht auf ihren Vorschlag ein. »Vielleicht sind sie von einem Verehrer«, sagte er. Sie beide wussten, von wem er sprach. Ein Charmeur wie Stefan Beck war bestimmt auch ein Rosenkavalier.

Die Wangen seiner Mutter färbten sich rot. »In meinem Alter wohl eher nicht.«

Wie so oft in letzter Zeit hatte Arian den Eindruck, dass sie um die Flamme der Wahrheit herumtanzten. Sie scheuten beide das Feuer.

Sie öffnete den Küchenschrank, nahm ein Glas heraus und hielt es unter den Wasserhahn. Als sie trank, verschluckte sie sich fast.

»Du willst gar nichts unternehmen, um den Irrtum aufzuklären?«, fragte Arian misstrauisch. Das sah ihr gar nicht ähnlich.

»Bring ihn raus, bevor dein Vater ihn sieht und falsche Schlüsse zieht«, forderte sie ihn unmissverständlich auf.

Da er sich nicht rührte, riss sie ihm die Blumen aus der Hand. Sie stapfte zur Mülltonne, die vor dem Haus hinter einem Sichtschutz aus weiß gestrichenem Holz stand, und ließ sie darin verschwinden.

Er folgte ihr. Mit offenem Mund stand er im Eingang und beobachtete sie.

»Ich muss kochen«, sagte sie aufgebracht und drängte sich an ihm vorbei ins Haus.

Welch eine Verschwendung. Arian holte die Blumen aus der Tonne, um sie in der Galerie neben die Kasse zu stellen.

Unter dem Strauß fiel ihm ein blauer Müllsack auf, fast leer. An einer Stelle klaffte er auf, langstielige Rosen steckten ihre Blüten durch den Riss. Sie ließen die Köpfe hängen, konnten aber nicht älter als einen Tag sein.

Arian bekam ein schlechtes Gewissen, weil er den Abfall seiner Eltern durchwühlte, aber er konnte nicht anders.

Er hatte bereits befürchtet, dass ein Unwetter aufzog. Anscheinend war es längst da, er glaubte, den Beweis dafür vor sich zu haben. Mit spitzen Fingern öffnete er den blickdichten Sack.

Neben den kostspieligen Rosen fand er eine Schachtel erlesener Pralinen. Er zog sie heraus, sie war noch versiegelt. »Für immer und ewig dein, Stefan«, hatte Beck mit rotem Stift auf ein Kärtchen geschrieben.

Aufgewühlt stopfte Arian beide Sträuße und die Pralinen in den Müllsack und drehte ihn so, dass man nicht mehr hineinsehen konnte. Er wurde zum Komplizen seiner Mutter und fühlte sich furchtbar dabei.

Als er zurück ins Haus ging, bohrte er sich die Finger in die Handballen. Wie sollte er, so entrüstet, aufgebracht und voller Sorge, nur auf einfühlsame Weise ansprechen, was er gefunden hatte?

»Ich wollte die Blumen aus dem Abfall retten«, sagte er in der Küche in der Hoffnung, seine Mutter würde eins und eins zusammenzählen.

Stirnrunzelnd sah sie ihn an. »Warum?«

»Weil sie zu schön für die Mülltonne sind«, antwortete er, bemüht um einen ruhigen Ton. »Es wurde viel Arbeit reingesteckt, sie anzubauen, zu ernten, vom Festland nach Föhr zu verschiffen, zu einem schönen Strauß zu binden und zu dir zu bringen.«

»Ja, ja«, erwiderte sie leicht genervt. »Ein großer CO_2-Abdruck für einen kleinen Strauß.«

Arian setzte sich, er fühlte sich gleichzeitig unruhig und erschöpft. »Das auch, aber mir ging es um Wertschätzung.«

»Ich wollte die Blumen gar nicht haben«, wandte sie ein.

»Warum nicht?« Seine Zunge klebte am Gaumen. »Weil sie von Stefan sind?«

Seine Mutter riss die Augen auf. »Wie kommst du darauf?«

»Ich habe die langstieligen roten Rosen und die Pralinen entdeckt«, erklärte er. Sein Puls beschleunigte sich.

»Hast du mir etwa nachspioniert?«, fragte sie empört und stemmte die Hände in die Hüften.

Arian verbarg sein Schuldgefühl hinter einem Achselzucken. »Du erzählst mir ja nichts.«

»Das geht dich auch nichts an«, erwiderte sie gereizt.

Er neigte sich zu ihr, sah sie mit bohrendem Blick an. »Was läuft da zwischen dir und Beck?«

»Nichts.« Nervös band sie sich eine Schürze um. Als sie eine Pfanne aus dem Schrank holte, stieß sie damit an die Kochtöpfe, es schepperte.

»›Für immer dein‹ klingt anders«, sagte er vorwurfsvoll.

»Nichts mehr«, korrigierte sie sich. Ilse wirkte zerstreut, nahm den frischen, eingepackten Fisch aus dem Kühlschrank und legte ihn wieder zurück. »Es ist vorbei, das ist die Wahrheit.«

»Beck sieht das anscheinend anders«, wandte Arian besorgt ein.

»Ja«, gab sie zu und begann hektisch Kartoffeln zu schälen. »Unglücklicherweise.«

»Habt ihr seit der Ausstellung heimlich Kontakt gehalten?«

»Wir haben uns ab und zu Nachrichten geschrieben, harmlos, unverbindlich, ein bisschen geflirtet.«

Vorwurfsvoll sah er sie an. »Du hast ihm Hoffnung gemacht.«

»Wie gesagt, Stefans Aufmerksamkeit tat mir gut. Seine Nachrichten waren wie Balsam für mein einsames Herz.« Sie ging zur Küchentür, lauschte den Geräuschen aus dem Obergeschoss und fuhr dann leiser fort: »Er war in seiner Ehe genauso einsam wie ich. Ich dachte trotzdem, es wäre klar, dass niemals mehr aus uns werden würde.«

»Er sah das anders«, mutmaßte Arian.

»Etwas ist passiert …« Plötzlich rutschte sie mit dem Schälmesser ab, schnitt sich beinahe in den Daumen. Erschrocken keuchte sie.

»Lass mich das lieber machen.« Sanft nahm er ihr das Messer ab und schälte für sie die Kartoffeln.

»Stefan rief mich im Januar an, teilte mir mit, dass Manuela verstorben sei. Ich war am Boden zerstört, fühlte mich schuldig und bekam diese furchtbare Migräne. Meine Gefühle für ihn erkalteten, er jedoch …« Sie schlug die Hände vor die Augen, atmete heftig und fuhr sich dann durchs Gesicht. »Er fand wohl, dass der Weg nun frei für uns wäre. Als er nicht lockerließ, schrieb ich ihm, er soll mich bitte in Ruhe lassen.«

Fassungslos hörte Arian zu. Wie konnte er von all dem nichts mitbekommen haben? Seine Mutter hatte noch einen zweiten Stalker, einen, der sie liebte. Er setzte ihr jedoch nicht minder zu als sein Sohn.

»Es gab eine polizeiliche Ermittlung, um ein Verbrechen auszuschließen, das ist üblich bei einem Freitod«, fuhr sie fort. »Stefan musste die Beerdigung vorbereiten. Es gab

Probleme in der Bank. Er konnte nicht aus Hamburg weg, war beschäftigt. Ich dachte, er hätte aufgegeben.«

»Bis er plötzlich auf Föhr aufgetaucht ist. Er will dich«, sagte Arian und fühlte Druck auf dem Magen. Beck war nicht hergereist, weil er sich Sorgen um Ilse machte, wie er behauptet hatte. Er wollte sie mit nach Hamburg nehmen.

»So ist es.« Seine Mutter öffnete das Eisfach. Sie wollte die Packung grüne Bohnen herausziehen, doch sie steckte fest. Gewaltsam riss sie sie heraus und warf sie in die Spüle, fluchte leise. »Er ließ sich nicht länger abwimmeln, bestand darauf, ein persönliches Gespräch mit mir zu führen. Widerwillig habe ich mich mit ihm am Deich bei Dunsum getroffen.«

»Leonie hat euch gesehen«, sagte er.

Sie nickte. »Es gibt einsamere Orte auf der Insel, aber dort wollte ich mich nicht mit ihm treffen.«

Arian legte das Schälmesser weg. »Du traust ihm nicht?«

»Nicht mehr. Schau dir doch an, was er mir antut. In welche unmögliche Situation er mich bringt. Schickt mir Geschenke nach Hause, wo Johan sie finden könnte. Wie rücksichtslos«, fauchte sie und stützte sich auf der Arbeitsfläche ab, ihre Arme zitterten. Sie ließ den Kopf hängen. Leise fügte sie hinzu: »Er könnte meine Ehe ruinieren.«

»Du würdest eine Mitschuld tragen«, erinnerte Arian sie scharf. Er war wütend, sie hatte seinen Vater betrogen.

»Ich weiß.« Seine Mutter fing an zu weinen. »Ich bereue es jeden Tag, schwach geworden zu sein.«

Arian nahm sie in den Arm. Tröstend rieb er über ihren Rücken. Sie legte die Stirn an seine Schultern, schluchzte.

Die Situation besorgt ihn zutiefst. Stefan Beck leitete eine große Bank und strotzte vor Selbstbewusstsein. Ein Machtmensch, ein Anführer, ein Mann, der ein Nein nicht akzeptierte. Der für gewöhnlich bekam, was er wollte. Er würde alles dafür tun, Ilse zu gewinnen, selbst wenn er ihre Ehe zerstören musste, damit sie frei war, frei für ihn.

Kapitel 23

Der nächste Tag begrüßte Leonie mit Sonne. Sobald sich eine Wolke davorschob, sank die gefühlte Temperatur jedoch merklich ab, und es wurde empfindlich kalt.

Leonie zog die Schafswollweste über, schulterte ihren Weidenkorb und ging von ihrem Wohnwagen über den Dorfanger zu dem schwedenroten Haus. Neben der Haustür trotzte ein unförmiges Keramikschild mit einem Leuchtturm und dem Schriftzug *Lohse* dem rauen Wind.

Ich hätte Birthe und Maike lieber ein schönes Namensschild töpfern sollen, dachte Leonie.

Vielleicht hatte aber auch eine der beiden dieses eigenhändig aus Ton gefertigt, dann wäre sie mit ihrem Geschenk womöglich in ein Fettnäpfchen getreten.

Sie stellte den Korb ab und klingelte. Während sie wartete, wurde sie beobachtet. Möwen saßen auf dem Dach der kleinen Inselpension und starrten sie an. War das ihre Version von Fernsehgucken, oder wogen sie ab, ob sie von ihr einen Snack erwarten konnten?

Es dauerte nicht lange, und Maike öffnete die Tür. Sie hielte einen Becher in der Hand, aus dem es köstlich nach Kakao duftete. »Moin. Schön, dich zu sehen.«

»Moin. Ich habe etwas für dich getöpfert.« Leonie hatte die Keramiken mit ihrem Wollschal abgedeckt, damit ihre

Überraschung bis zur Übergabe eine blieb. Ob ihr Geschenk wohl gut ankommen würde?

Maikes Augen begannen vor Vorfreude zu leuchten. »Was ist es?«

»Ich weiß nicht, ob dir die Keramik gefallen wird«, sagte Leonie unsicher.

»Da bin ich mir sicher«, beruhigte Maike sie. Ihre mittelblonden langen Haare fielen ihr über die Schultern nach vorne, als sie aufmunternd nickte. »Alle deine Tonwaren sind wunderschön.« Durch das Heißgetränk bekam Maike rote Wangen. »Willst du nicht reinkommen?«

»Das ist lieb, aber ich habe keine Zeit. Ich fahre gleich mit Anja zusammen nach Oldsum, zum Frischemarkt Rickmers.«

Aufgeregt holte Leonie die Backform aus dem Korb. »Es ist eine Gugelhupf-Form, das weißt du als Bäckerin natürlich. Sie passt wohl eher nach Süddeutschland als in den hohen Norden, vielleicht backst du auch keinen Napfkuchen. Ich hätte dich vorher fragen sollen, dann wäre es allerdings keine Überraschung mehr gewesen«, plapperte sie aufgeregt. »Ich habe die Form mit Wildblumen bemalt, das siehst du ja selbst. Du kannst sie auch bloß in die Küche stellen, als Deko, nur falls du magst.«

»Sie ist ein Traum. Danke«, stieß Maike begeistert aus und zog Leonie in ihre kräftigen Arme.

Birthe tauchte hinter ihr auf. Ihre pinkfarbenen Haare waren verstrubbelt. Sie trug einen rosafarbenen Morgenmantel und trank Kaffee. »Moin. Was ist denn los?«

»Ich habe ein Geschenk von Leonie bekommen«, antwortete Maike und zeigte es ihr voller Stolz.

Birthe sah von ihrer Frau zu Leonie und wieder zu Maike. »Einfach so?«, fragte sie.

Maike nickte und zeigte ihr die Backform. »Einfach so.«

»Wow, krass schön!«, sagte Birthe. »Du bist echt gut im Töpfern, Leonie.«

»Danke. Ich habe auch etwas für dich.« Leonie nahm eine kleine Keramikdose aus dem Korb. Darauf flogen Bienen über eine Blumenwiese. »Der Deckel ist nicht perfekt rund. Ich habe ihn nicht besser hinbekommen, entschuldige. Aber er passt auf das Unterteil, schließt also. Ich dachte, du könntest das Döschen auf deinen Schreibtisch stellen und die Rote-Grütze-Bonbons, die du beim Übersetzen der Romane naschst, darin aufbewahren.«

»Wer hat dir das verraten?«, fragte Birthe überrascht. Ihr Blick glitt zu Maike, sie kniff die Augen zusammen.

Maike riss die Arme hoch. »Leonie hat mir neulich geholfen, den Einkauf ins Haus zu tragen. Ihr fielen die zahlreichen Packungen Bonbons auf. Sie hat gefragt, für wen sie sind. Da habe ich ihr verraten, dass du süchtig danach bist.«

»Bin ich nicht«, wiegelte Birthe entrüstet ab. »Ich kann jederzeit damit aufhören.«

»Das sagen alle Süchtigen«, erwiderte Maike und grinste.

Birthe schnaubte empört. Im nächsten Moment lachte sie schon wieder, sie drückte Leonie. »Danke. Ich finde die kleine Dose ganz bezaubernd.«

»Gern geschehen«, sagte Leonie. Es rührte sie zu sehen, welche Freude sie anderen mit ihren Töpferwaren bereiten konnte.

»Reist du etwa ab?«, fragte Birthe plötzlich.

Hitze kroch in Leonies Gesicht. Bis auf Anja hatte sie niemandem vom dem Jobangebot der Tauchbasis erzählt. Ihre Schwester behielt die Neuigkeit garantiert für sich. Hatte Hilde etwa nicht nur Arian, sondern auch allen anderen davon erzählt?

»Wie bitte?«, fragte Leonie, um Zeit zu gewinnen.

»Du hast uns doch bereits ein Keramik-Set geschenkt, die Olla mit der Insektentränke. Das war wie ein Willkommensgeschenk.« Birthe zeigte auf die Dose und die Gugelhupf Form. »Die Kuchenform und die Dose kommen mir wie Abschiedsgeschenke vor.«

Sie hat ein gutes Gespür, dachte Leonie.

Noch hatte sie keinen Flug gebucht, aber das konnte sich heute noch ändern. Bestimmt würden Anjas Nachbarn enttäuscht sein, wenn sie abreiste.

Ich werde Freunde auf Föhr zurücklassen, in Khao Lak erwarten mich nur Fremde, wurde Leonie mit einem Mal bewusst. Wäre es nicht dumm wegzugehen?

Sie wollte mit Birthe, Maike und all den anderen lieben Menschen weiterhin spontan auf der Bank in der Dorfmitte einen Schnack halten, wollte miterleben, wie die ersten Campinggäste ins *Möwennest* zogen, wünschte sich, fest zu der bunten Nachbarschaft dazugehören. Heimlich, still und leise hatte sich ein Heimatgefühl in ihr Herz geschlichen.

Bevor Leonie Birthe antworten konnte, schnurrte leise ein Elektrowagen heran. Arian parkte vor Sörens Stall. Er stieg aus, einen Stoffbeutel in der einen und seine Geldbörse in der anderen Hand.

Der einfach geschnittene Baumwollpullover hatte die

Farben von reifen Schlehen. Darunter trug er ein helles Hemd. Seine Stoffhose hatte denselben Ton wie der Pulli und glänzte samtig. Die Turnschuhe unterstrichen sein legeres und dennoch elegantes Äußeres.

»Moin«, grüßte er freundlich in die Runde. Mit der Brieftasche zeigte er auf den Selbstbedienungsautomaten. »Ich will Schafskäse fürs Frühstück holen.«

»Dafür fährst du extra quer über die Insel?«, fragte Birthe verwundert.

Er zuckte mit den Schultern. »Das *Strandmohn* bleibt heute geschlossen, ich habe Zeit.«

»Der ›Schafsflüsterer‹-Käse wird auch in Wyk angeboten.« Misstrauisch sah sie ihn an.

Arian wurde leicht verlegen, sein Blick huschte zu Leonie. »Wenn ich ihn direkt bei Sören kaufe, verdient er mehr daran«, erklärte er.

»Du hast recht. Wirklich nett von dir«, erwiderte Birthe. Dann kniff sie die Augen zusammen und sagte in ironischem Ton: »Ist das der einzige Grund oder …«

»Viel Spaß euch beiden«, fiel ihr Maike ins Wort. Energisch zog sie die protestierende Birthe ins Haus.

Leonie wusste nicht, ob Arian wirklich wegen ihr gekommen war. Er wirkte befangen. Beim letzten Treffen hatte er ihr vielleicht nur zugehört, weil es um seine Mutter ging.

»Ich wollte mich bei dir bedanken, weil du mir von deiner Beobachtung erzählt hast«, sagte er, während er einen Käse nach dem anderen am Automaten zog.

Seine Worte erlösten Leonie von ihrer Unsicherheit. Mit Herzklopfen trat sie zu ihm. Sie hatte schon befürchtet,

Probleme heraufzubeschwören, wo keine waren. »Geht es deiner Mutter gut?«

Er zögerte, wurde nachdenklich, zuckte mit den Achseln.

Ihre Sorge um Ilse kehrte zurück. Verschwörerisch sah sie sich um, niemand hielt sich in der Nähe auf. Sie sprach trotzdem leise, vorsichtshalber. »Hast du herausgefunden, wer der Mann bei ihr war?«

»Ja, Stefan Beck, wie ich vermutet habe. Wegen ihm bleibt die Galerie heute zu.« Arians Miene verfinsterte sich. »Joris, Tjorben und ich wollen mit ihm sprechen. Wir haben unsere Beziehungen spielen lassen und herausgefunden, wo er abgestiegen ist.«

»Vor den Inselgrafen kann sich niemand verstecken«, frotzelte sie. Schnell wurde sie wieder ernst. »Du wirkst besorgt.«

»Bin ich auch«, gab Arian zu. »Das Gespräch ist explosiv, es könnte unsere Familie zerstören.«

»Passt auf euch auf«, bat sie inständig. Sie berührte seinen Arm, er ließ es zu.

Zärtlichkeit lag in seinem Blick, als er erwiderte: »Das machen wir.«

»Hast du vor, den ganzen *Fering Ferian* mit dem Schafskäse zu verköstigen?«, fragte sie amüsiert.

Verwirrt runzelte er die Stirn, dann sah er in seine Tasche und schnappte nach Luft. »Nein. Ich war wohl etwas abgelenkt«, gab er zu und lachte verlegen. »Möchtest du etwas?«

»Gerne.« Sie wählte einen Hartkäse aus.

»Greif richtig zu«, forderte er sie auf.

Also nahm sie noch einen Frischkäse. »Danke.«

Über ihren Köpfen wuchs eine Wolkendecke heran, dunkelgrau und schwer. Der Wind frischte auf. Die Sonne verschwand.

Sein Handy klingelte. Er drückte den Anrufer weg.

»War das Sontje?«, fragte Leonie.

»Wie kommst du denn darauf?«, fragte Arian mit großen Augen.

»Du hast sie beim letzten Mal auch weggedrückt«, erklärte sie. Sein betretenes Schweigen wertete sie als ein Ja. »Anscheinend lag ich mit meiner Vermutung richtig.«

Arian ging zu seinem Wagen und legte die Tasche auf den Beifahrersitz. »Ja«, sagte er beiläufig.

»Warum nimmst du ihren Anruf in meiner Gegenwart nie an?«, wollte sie vorwurfsvoll wissen. Das konnte doch nur bedeuten, dass er etwas vor ihr verheimlichte.

»Das hat nichts mit dir zu tun«, erwiderte er ernst.

»Ich denke schon. Wartet sie darauf, dass du den Käse bringst, damit ihr nach der gemeinsamen Nacht endlich frühstücken könnt?«, fragte sie gereizt.

Er warf die Autotür zu. »Um Himmels willen, nein.«

Leonie sah weg, schämte sich für ihre Eifersucht. Daran musste sie arbeiten, so ging es nicht weiter. Er hätte wohl kaum mit Sontje geschlafen und wäre dann morgens nach Walsum gefahren, um mich zu treffen, dachte sie. »Tut mir leid«, entschuldigte sie sich mit brennenden Wangen.

»Sontje und ich sehen uns ohnehin heute Abend«, erklärte er mit ruhiger Stimme. »Ich habe jetzt keine Zeit für sie.«

»Ihr habt ein Date?« Ihr Brustkorb wurde eng.

»Nein, es handelt sich um ein Geschäftsessen«, stellte Arian klar.

Überrascht zog sie die Augenbrauen hoch. »Seit wann macht ihr Geschäfte miteinander?«

»Noch nicht, wir denken darüber nach«, antwortete er.

Wir …, hallte es in Leonie schmerzhaft wider. Der Schraubstock um ihren Oberkörper zog sich enger zusammen.

»Sontje weiß, dass ich jemanden im *Strandmohn* brauche, der mich beim Tagesgeschäft unterstützt. Sie hat sich angeboten.«

»Wie großzügig«, erwiderte Leonie schmallippig. Und gar nicht uneigennützig, fügte sie ihn Gedanken hinzu.

Er lehnte sich gegen seinen Wagen. »Nicht wahr? Sie würde extra dafür ihre Arbeit als Verkäuferin in einer Strandboutique aufgeben. Auf Föhr gibt es nur wenige Festanstellungen und noch weniger, von denen man allein leben kann. Viele Insulaner müssen sich mit mehreren Jobs über Wasser halten. Ich kann ihr leider erst einmal nur eine Teilzeitstelle anbieten.«

»Sie würde das tun, nur für dich, ein echter Schatz«, warf Leonie spöttisch ein.

»Sie liebt die Kunst ebenso sehr wie ich«, stellte er klar, ging nicht weiter auf ihren spitzen Kommentar ein. »Ich habe mich immer schwer mit der Vorstellung getan, jemanden mit ins Boot zu holen. Sie wäre immerhin keine Fremde, das beruhigt mich«, sagte er. »Ich werde ihr entgegenkommen und ihr heute Abend anbieten, auch als Künstlerin für mich zu arbeiten. Ihre Aquarellbilder wären keine direkte Konkurrenz zu meinen Öl- und Acrylgemälden. Ich sehe sie eher als Ergänzung zum bestehenden Angebot.«

Wie meine Keramiken es sein sollten, dachte Leonie bitter. So schnell hatte er also von ihr zu Sontje umgeschwenkt.

»Mit dem Verkauf könnte sie ihr Teilzeitgehalt aufstocken, das wäre nur fair«, fuhr er fort. »Und ich müsste nicht mehr allein für Bildernachschub sorgen.«

Merkte Arian denn nicht, dass er den Stachel immer tiefer in ihr Herz bohrte? Leonie hätte ihm gerne vorschlagen, ihren Plan mit »Kunst trifft Kunst« doch noch umzusetzen. Sie hatte allerdings zu große Angst, dass er sie zurückweisen und sagen könnte, dass es zu spät dafür sei. Dass er sich bereits für Sontje entschieden hatte.

Aus Frust wurde sie wütend. »Sontje tritt in große Fußstapfen, wenn sie die Stelle deiner Mutter einnimmt«, sagte sie provozierend. Sie wusste, dass niemand Ilse ersetzen konnte.

»Ich würde Sontje nicht zur Geschäftspartnerin machen«, wiegelte er ab. »Zumindest noch nicht, vielleicht in ein paar Jahren, falls es mit uns gut läuft.«

Uns, hämmerte es in Leonies Hinterkopf wie tausend Echos auf einmal. »Klingt perfekt«, erwiderte sie in bitterem Ton. »Du bräuchtest nichts an der Galerie zu ändern. Keine Neuanschaffung, keine Neuausrichtung. Alles bliebe beim Alten, dennoch würde Sontje frischen Wind in den Laden bringen.«

»Ja, schon, aber …« Arian zögerte, sah sie lange an.

Leonie musste daran denken, dass Arian Sontje süß fand.

Verschnupft versicherte sie ihm: »Ich bin mir sicher, sie wird deinen Vorschlag lieben.«

»Ja, das denke ich auch.« Seine Stimme klang rau, als er von ihr wissen wollte: »Wie sieht es bei dir aus?«

Sie legte die Stirn in Falten. »Was meinst du?«

»Wann fliegst du heim?«, fragte er herausfordernd. Seine Miene wurde starr.

Ihr war klar, dass er mit »heim« Thailand meinte und nun seinerseits stichelte. »Nico hat mir meinen Anteil, den ich in die Strandbar, gesteckt habe, zurücküberwiesen. Das ging schneller als erwartet, er will mich wohl endgültig loswerden. Jetzt kann ich mir das Flugticket leisten.«

»Ein Grund zum Feiern«, sagte er in ironischem Ton.

Leonie wollte etwas Versöhnliches erwidern. Dann dachte sie daran, wie schnell Sontje ihren Platz eingenommen hatte, erst einmal nur beruflich, vielleicht bald jedoch auch privat, und tat es nicht. »Ich habe sogar noch etwas Geld übrig und könnte ein neues Geschäft eröffnen.«

»Du willst allein eine Bar führen?« Er machte ein besorgtes Gesicht.

»Nein«, erwiderte sie und schüttelte den Kopf. »Ich dachte an einen Keramikladen.«

»Töpfern unter Palmen. Das muss ein Traum für dich sein«, brachte er gepresst hervor. »Alles wird gut für uns beide, nicht wahr?«

Leonie brachte keinen Ton heraus.

»Ich wünsche dir viel Glück auf deinem weiteren Lebensweg«, sagte Arian. Es klang wie ein Abschied. Er stieg in sein Auto, sah sie durch die Frontscheibe traurig an und fuhr weg.

Ihre Augen wurden feucht. Das Gespräch war absolut nicht so gelaufen, wie sie es sich gewünscht hatte. Es hatte alles schlimmer gemacht.

Warum konnte sie ihm nicht einfach sagen, dass sie ihn liebte? Dass sie glücklich mit ihm werden wollte. Ihn bitten, ihr noch eine Chance zu geben.

Das gebrannte Kind scheute das Feuer, immer noch.

Nico hatte sie so oft verletzt, dass sie jedes Risiko vermied, aus Furcht, die nächste Kränkung könnte zu viel für ihr Herz sein. Es war zwar verheilt, aber noch wund von den Verbalattacken ihres Ex-Freundes.

Die Angst stand ihr im Weg, Angst, Arian könnte sagen, dass er ihr keine zweite Chance einräumen wollte. Das würde sie nicht verkraften.

Zudem machte ihr Geheimnis ihr die Zunge schwer. Bestimmt kam ein Schwangerschaftsabbruch in seinem Weltbild nicht vor. Er tat immer das Richtige, das Gute, sie entschied sich oft für das Falsche.

Würde er so enttäuscht von ihr sein, dass er nicht mehr mit ihr zusammen sein wollte? Wie konnte er noch die Mutter seiner zukünftigen Kinder in ihr sehen, wenn er von der Abtreibung wüsste?

Leonie war viel in den Schoß gefallen. Die Stelle im Kindergarten bekam sie über eine Bekannte. Ihr Wunsch auszuwandern, wurde durch Nico wahr. Anja besorgte ihr eine Bleibe, nachdem er sie rausgeworfen hatte. Arian vermittelte ihr die Nutzung eines Brennofens fürs Töpfern.

Jetzt musste sie um Arian kämpfen. Wie sollte sie das anstellen? Sie fühlte sich hilflos, befangen, verletzlich. Wie es schien, hatte er sie bereits losgelassen. Es wäre einfacher, ihn zu vergessen und nach vorne zu schauen.

Plötzlich trat Godo aus dem *Lüttes Glück*. »Der Tierarzt hat gerade angerufen«, rief er ihr über den Dorfanger zu.

»Was hat er gesagt?«, fragte Leonie und ging zu ihm.

»Der Tumor ist gutartig«, sagte er und lächelte. Die Erleichterung stand ihm ins Gesicht geschrieben. »Er muss entfernt werden, weil er weiterwächst, aber das ist machbar.«

»Ich freue mich so für dich und Hilde«, sagte sie glücklich. »Walsum ohne Kimi, das kann ich mir nicht vorstellen.«

»Ich hatte solche Angst, unser Fellkind müsste eingeschläfert werden. Mir fällt ein Stein vom Herzen. Man darf nie aufgeben, nie die Hoffnung verlieren, nicht wahr?«, sagte Godo ergriffen und blinzelte Freudentränen weg.

Leonie presste die Lippen zusammen und nickte. Sehnsüchtig sah sie in die Richtung, in die Arian weggefahren war.

Kapitel 24

Es war leicht gewesen herauszufinden, wo Stefan Beck wohnte. Die Beziehungen von Arian und seinen Brüdern reichten weit über Föhr hinaus.

Soll sich der eine oder andere ruhig lustig machen und uns hinter unserem Rücken spöttisch Inselgrafen nennen, dachte Arian, den Fahrtwind des Bootes genießend.

Sich fürs Wattenmeer einzusetzen, hatte sich auch für sie selbst bezahlt gemacht. Durch ihr Engagement kannten sie viele Einwohner von Föhr, Amrum, Sylt, Pellworm, den Halligen und der Küste.

Einer ihrer Kontakte, eine Immobilienmaklerin, hatte Beck vor drei Jahren ein Häuschen in Rantum verkauft. Ein kleines Objekt, bescheiden im Vergleich zu den Villen der Prominenten und Reichen in Kampen. Ein Zweitwohnsitz auf Sylt, egal von welcher Größe, reichte jedoch aus, um bei Freunden und Geschäftspartnern angeben zu können. Der Kaufpreis war trotz der geringen Größe schwindelerregend hoch gewesen.

Arian verstand nicht, warum es die Schönen und Reichen nach Sylt zog. Ihm gefiel es auf Föhr viel besser. Gerade weil es bodenständiger und einfacher war.

Tjorben steuerte das Sportboot, das er sich von einem Freund ausgeliehen hatte. Sein schulterlanges offenes Haar flatterte im Wind. Die *Seewievke* hatte er nicht nehmen können, da sie im Rantumer Hafen an Land gehen wollten und dieser nur 1,20 Meter tief war.

Ihre Mutter neben ihm hielt sich krampfhaft an der Reling fest. »Musst du so schnell fahren?«, fragte sie missbilligend.

»Ihr drei macht den Anschein, noch zu schlafen. Der Adrenalinschub weckt euch auf«, antwortete er und lachte.

»Ich bin nicht müde, sondern mache mir Sorgen«, stellte sie klar. »Im Moment in erster Linie wegen deines Fahrstils.«

Er blickte sie schuldbewusst an und drosselte das Tempo.

»Was ist los?«, fragte Joris Arian, als sie an der Südspitze vorbeifuhren. Sie saßen auf den Rücksitzen. Unter ihnen vibrierte der Innenbordmotor.

Den Blick auf Hörnum gerichtete, antwortete Arian: »Was meinst du?«

»Beschäftigt dich etwas?«, wollte Joris wissen, während sie die Nehrung entlangfuhren. »Etwas anderes als die Konfrontation mit Stefan Beck, meine ich.«

Strandspaziergänger winkten ihnen, sie winkten zurück.

Arian fühlte sich ertappt. »Wie bitte?«, fragte er laut über das Röhren des Motors hinweg.

»Nichts für ungut«, begann Joris und schlug ihm brüderlich auf die Schulter. »Du wirkst geistesabwesend, bedrückt.«

»Ich bin nur konzentriert«, behauptete Arian, als sie den Nehrungshaken passierten. In Wahrheit war er mit den Gedanken bei Leonie. Hatte er sie heute Morgen das letzte Mal gesehen?

Warum reagierte sie immer noch eifersüchtig auf Sontje, wenn sie Thailand doch mehr wollte als ihn?

Dass Sontje ihm im Verkauf helfen wollte, erleichterte ihn. Gleichzeitig befürchtete er jedoch, sie könnte sich falsche Hoffnungen machen. Er hatte keine Lust darauf, ständig ihre Annäherungsversuche abwehren zu müssen. Sie strahlte ihn jedes Mal an, berührte ihn oft wie zufällig, sparte nicht mit Lob. Wie herausragend er malte, wie atmosphärisch das *Strandmohn* eingerichtet und wie süß sein Lächeln war.

Wie ernst konnte er solch ein Lob nehmen, wenn sie selbst seine Wohnung als »sooo gemütlich« bezeichnet hatte? »Bei dir fühlt man sich wie zu Hause«, hatte sie gesagt.

Dabei standen in jeder Ecke Bilder. Kartons zum Verschicken lagen im Flur herum, Pinsel auf freien Stellen im Bücherregal. Er hatte sogar eine Tube Venezianischrot im Küchenschrank gefunden, als er Gläser für sie herausgenommen hatte, und nicht gewusst, wie die Ölfarbe dahingekommen war. Sontje hatte darüber gelacht und seine Verpeiltheit ganz zauberhaft gefunden.

Wenn sie begriff, dass sie bei ihm chancenlos war, würde sie ihn dann von heute auf morgen im Stich lassen? Ab diesem Zeitpunkt würde die Zusammenarbeit unangenehm werden. Er fragte sich, ob sie das nicht von Anfang an wäre.

Sontje in die Galerie zu holen, fühlte sich falsch an. Vielleicht hätte er ihr Angebot, ihn im Laden zu unterstützen, nicht annehmen sollen. Noch lag kein Vertrag vor. Aber hatte er eine Wahl? Er ging auf dem Zahnfleisch, brauchte Hilfe, besser gestern als morgen.

Leonie will ja nicht, dachte er traurig. Dabei wäre sie seine erste Wahl, in allem. Der Liebeskummer drückte ihm hart wie eine Faust in den Magen.

Um ihn im Schach zu halten, atmete er tief den Duft seiner Heimat ein. Die würzige Nordsee, das blumige Parfüm seiner Mutter, die Sonnencreme von Tjorben. Früher hatte sich sein Bruder nicht einmal im Hochsommer eingecremt, wahrscheinlich hatte Christin darauf bestanden.

Butterweich legte Tjorben am Steg des Freizeithafens für Yacht- und Sportboote an. Sie hatten ihre Fahrt nach den Gezeiten planen müssen, denn ihr Ziel konnte nur zwei Stunden vor und nach Hochwasser angelaufen werden. Von hier aus waren es nur wenige Schritte bis zu Becks Haus.

Joris vertäute das Boot. Arian half seiner Mutter von Bord.

Schweigend gingen sie über den schmalen Steg. An Land bot Arian seiner Mutter seinen Arm an, sie hakte sich ein. Ihre Lippen waren zusammengepresst, in ihrem Blick lag Angst. Beruhigend strich Arian über ihre Wange, ihre Haut fühlte sich kühl an.

Es dauerte nicht lange und sie standen vor ihrem Ziel.

Tjorben klopfte so energisch an der orchideenweißen Tür, als wollte er sie einschlagen. Immer wieder strich er sich mit der Hand über seinen Bart, was seine Aufregung verriet.

Joris stellte sich auf die andere Seite seiner Mutter, sodass sie von ihm und Arian flankiert wurde. Zwei Leibwächter mit entschlossenen Mienen.

Arian spürte, dass sie zitterte. Fürsorglich legte er den Arm um sie, gab ihr Halt.

Im Haus regte sich nichts. Tjorben hob die Hand, wollte erneut klopfen.

»Versuch es doch mal mit der Klingel«, schlug Joris in ironischem Ton vor.

Tjorben gab ein Brummen von sich und schüttelte den Kopf. »Zu harmlos.«

Plötzlich wurde die Tür ein Stück weit geöffnet. Stefan Beck stand vor ihnen. Überrascht riss er die Augen auf. Sein Blick blieb an Ilse hängen, wurde zärtlich. Der beigefarbene Kaschmirpullover hob Stefans dunkleren Teint hervor.

»Ich bin gekommen, um ein letztes Mal mit dir zu sprechen«, sagte Ilse mit erstaunlich fester Stimme.

Stefan schob die Hände in die Taschen, stellte sich entspannt hin. Aus jeder Pore strahlte er Selbstbewusstsein aus. »Dafür brauchst du deine Söhne?«, fragte er vorwurfsvoll.

»Vielleicht nimmst du mich dann ernst«, erwiderte sie gereizt und streckte ihr Kinn vor. Sie legte die Hand auf Arians Unterarm.

Er lächelte kühl. »Ist das Kräfteverhältnis nicht unfair?«

»Sie haben doch auch Rückendeckung«, sagte Tjorben scharf und stieß die Tür weit auf.

Im geräumigen Eingangsbereich stand Lutz Beck mit verkniffener Miene. Er wirkte angespannt bis in die Haarspitzen.

»Was macht er denn hier?«, fragte Ilse ängstlich.

»Als Lutz gehört hat, dass ich auf Sylt bin, ist er mir nachgereist«, antwortete Stefan. Mit sanfter Stimme versuchte er sie zu beruhigen: »Keine Sorge, er wird dich nicht mehr belästigen. Ich habe ihm ins Gewissen geredet.«

»Das hatten meine Brüder und ich bereits getan«, wandte Arian ein. Stefans großspuriger Tonfall und sein selbstverliebtes Lächeln nervten ihn. Arian kniff die Augen zusammen. »Ich dachte, Sie wären für Ihren Sohn gestorben«, sagte er misstrauisch.

»Das war ein Missverständnis«, behauptete Stefan. »Wir haben uns ausgesprochen. Jetzt ist alles wieder gut.«

»Lügner«, fiel Lutz ihm in den Rücken. »Ja, wir haben geredet, aber nichts ist wieder gut. Du verteidigst sie immer noch«, warf er seinem Vater vor und zeigte auf Ilse. Dabei rümpfte er die Nase, als wäre sie ein ekeliges Insekt.

Ilse riss die Arme hoch wie einen Schutzschild.

Zur Sicherheit stellte sich Arian vor sie. »Mir ist egal, welche Probleme Sie miteinander haben, aber ich verlange, dass Sie unsere Mutter ab sofort in Ruhe lassen«, wetterte er und sah mahnend von Lutz zu Stefan. »Sie beide!«

»Ich bin dein Freund«, sagte Stefan in einschmeichelndem Ton zu Ilse und machte einen Schritt auf sie zu.

Ilse wich zurück. »Es ist vorbei, begreif das endlich.«

»Sie sollten besser auf sie hören«, riet Joris Stefan.

Der Banker blieb stehen. »Du brichst mir das Herz«, sagte er zu Ilse und wirkte wie ein geprügelter Hund.

Lutz schnappte nach Luft, schien fassungslos. »Du bist gar nicht auf Sylt, um den Tod meiner Mutter zu verarbeiten, sondern wegen dieser Schlampe«, schrie er seinen Vater an. »Du hast behauptet, das mit euch wäre lange vorbei.«

»Ich habe mich in Ilse verliebt«, gestand Stefan. »Liebe kann nicht falsch sein.«

»Wenn man mit einer anderen Frau verheiratet ist, schon«, warf Tjorben ihm vor.

Einladend öffnete Stefan seine Arme, den Blick auf Ilse gerichtet. »Das bin ich jetzt nicht mehr.«

»Soll Ilse Graf deine feste Freundin werden, bist du darum auf Sylt?«, fragte Lutz schrill.

Sein Vater zuckte mit den Schultern. »Ja. Na, und? Ich bin Witwer.«

»Sie ist schuld daran, dass Mama sich umgebracht hat«, sagte Lutz wütend. Seine Augen schimmerten feucht.

Stefan schnalzte mit der Zunge, winkte heftig ab. »Wie oft soll ich dir noch sagen, dass das Unsinn ist?«

»Mama hat von eurer Affäre erfahren, sie war völlig fertig. Ich wollte ihr Trost spenden, aber sie hat gemeint, dass Eltern ihre Kinder trösten sollten, nicht andersherum. Niemals hätte ich gedacht, dass sie sich …« Lutzs Stimme brach ab. Er schluchzte.

»Manuela hat mir in der Bank eine Szene gemacht. Sie hat mich angeschrien, mich runtergemacht und sogar einen Briefbeschwerer nach mir geworfen«, erzählte sein Vater empört. »Damit meine Mitarbeiter nicht mitbekamen, wie heftig wir uns stritten, sind wir auf das Flachdach gegangen, dort waren wir allein. Ein Fehler, wie sich herausgestellt hat«, gab er bedrückt zu. »Deine Mutter hat gedroht, sich in die Tiefe zu stürzen. Aber ich bin mir sicher, dass sie das nicht wirklich vorhatte.«

»Du hast deine Ehefrau nicht ernst genommen?«, fragte Ilse bestürzt.

»Manuela wollte mich nur erpressen. Sie hatte schon

mehrmals gedroht, sich etwas anzutun«, antwortete Stefan und sah verstohlen zu seinem Sohn.

»Bist du etwa schon vor mir fremdgegangen?«, fragte sie.

»Haben Sie geglaubt, Sie wären die einzige Frau, die für ihn die Beine breitmacht?« Lutz lachte Ilse aus und fügte abfällig grinsend hinzu: »Sie waren nicht die Erste und werden auch nicht die Letzte sein.«

»Es reicht«, fuhr Stefan ihn an. »Diesmal ist es anders.« Er wandte sich an Ilse, faltete die Hände. »Ich habe mich in dich verliebt«, schwor er mit samtiger Stimme.

»Eines Tages wird er auch Sie betrügen«, warnte Lutz sie.

»Das wird nicht passieren. Ich bin verheiratet und will bei meinem Ehemann bleiben«, stellte Ilse eisern klar. Dann wandte sie sich an Stefan: »Mich mit dir einzulassen, war ein großer Fehler.«

Stefan fasste sich an die Brust. »Das meinst du nicht so. Du schämst dich nur vor deinen Söhnen.«

»Anscheinend nehmen Sie nie ernst, was eine Frau sagt«, warf Arian ein und funkelte ihn warnend an.

»Ich habe dich bereits unter vier Augen gebeten, mich in Ruhe zu lassen, und wiederhole es nun vor Zeugen«, begann Ilse. Sie holte tief Luft und stellte klar: »Ruf mich nicht an, schreib mir nie wieder, schick mir keine Geschenke. Ich will nichts mehr mit dir zu tun haben.«

Stefan ließ die Schultern hängen. Er rang nach Worten, schien fassungslos über ihre Entschlossenheit zu sein.

Mit bebenden Schultern baute sich Lutz vor seinem Vater auf. »Ich glaube dir nicht, dass sich Mama schon öfters umbringen wollte.«

»Es war nur ein Trick, damit ich tue, was sie will. Sie hat versucht, mich zu manipulieren.« Stefan wollte ihn berühren.

Sein Sohn schlug seine Hände fort. »Vielleicht hast du Mama ja sogar gestoßen, damit du frei für deine Geliebte bist«, zischte Lutz.

»Manuela ist vom Dach gefallen, es war ein Unfall«, beteuerte Stefan. »Sie hat sich über das Geländer gelehnt und von mir verlangt: ›Schwöre mir, dass du dieses Miststück nie wiedersehen wirst. Ich will, dass du sie in meinem Beisein anrufst, ihr sagst, dass du sie gar nicht wirklich attraktiv findest, und ihr den Laufpass gibst.‹« Während er redete, hatte Stefan Lutz seinen Blick gesenkt. »Um mich unter Druck zu setzen, ist sie auf die andere Seite der Brüstung geklettert. Ich habe sie angefleht, wieder zurückzusteigen.« Sein Brustkorb hob und senkte sich schnell. »Plötzlich rutschte sie ab, es hatte in der Nacht geregnet. Ich sprang zu ihr, streckte die Händen nach ihr aus, zu spät.« Für einen kurzen Moment schloss er die Augen. »Noch heute sehe ich Manuela in meinen Träumen fallen. Deshalb mache ich ja auch eine Therapie.«

»Selbst wenn es ein Unglück war … Du kannst doch unmöglich mit der Frau zusammen sein wollen, wegen der meine Mutter gestorben ist«, sagte Lutz vorwurfsvoll.

»Ich habe deine Mutter schon lange nicht mehr geliebt«, gab Stefan leise zu. »Außerdem hat Ilse nichts mit ihrem Tod zu tun, sie war ja nicht einmal auf dem Dach.«

»Nein, aber du warst da.« Lutz keuchte, fuhr sich durch die Haare, rang um Fassung.

Schließlich strich er sich mit dem Handrücken über den Mund. »Jetzt begreife ich es endlich. Allein du hast Mama in den Tod getrieben, indem du eine Affäre nach der anderen hattest. Ich war die ganze Zeit über wütend auf die falsche Person.« Lutz sah kurz zu Ilse.

Dann schrie er Stefan an: »Ab heute habe ich keinen Vater mehr.« Er rannte aus dem Haus, rempelte Arian dabei an.

Die Wahrheit lag auf dem Tisch. Es war alles gesagt. Arian, Joris, Tjorben und ihre Mutter machten sich auf den Weg zurück zum Rantumer Hafen.

Ein letztes Mal sah Arian zurück. Durch die offen stehende Haustür bekam er mit, dass Stefan Beck auf die Knie sank und das Gesicht in den Händen vergrub. Sein Körper bebte. Alle Menschen, die ihm etwas bedeuteten, hatten mit ihm gebrochen. Er war allein.

Leonie schlich sich in Arians Gedanken. Eine überwältigende Sehnsucht überkam ihn. Er wollte sie nicht verlieren.

Man konnte jedoch niemanden festhalten, der nicht festgehalten werden wollte. Leonie musste sich aus eigenem Antrieb dazu entscheiden zu bleiben. Auf Föhr. Bei ihm.

Am späten Nachmittag brachte Arian seine Mutter zum *Lüttes Glück*, sie war viel zu nervös, um selbst Auto zu fahren. Sein Vater kam direkt nach der Arbeit dorthin. Ilse hatte Johan um eine Aussprache gebeten und vorgeschlagen, das Gespräch auf neutralem Boden zu führen.

»Wäre es nicht zu Hause besser? Würdest du dich in der vertrauten Umgebung nicht wohler fühlen?«, hatte Arian sie gefragt, als sie ihn nachmittags anrief und bat, sie hinzubringen.

»Nein, im Gegenteil. In der Windmühle habe ich unmittelbar vor Augen, was ich alles verlieren könnte – meinen Ehemann, den Vater meiner Söhne, das gute Leben, das wir führen, mein Zuhause«, antwortete sie. »Das macht mir Angst, da kann ich nicht klar denken.«

»Ich warte hier draußen auf dich«, sagte Arian zwei Stunden nach dem Gespräch im kamillegelben Flur der Pension und küsste sie auf die Wange. Falls es hart auf hart käme, wollte er sie mit zu sich nehmen, ihr sein Bett anbieten und selbst auf der Couch schlafen. Die Pension war ausgebucht.

Er blieb auch, weil er sicherstellen wollte, dass seine Eltern nicht von den Feriengästen gestört wurden. Alle anderen wussten Bescheid. Joris und Anja tranken in ihrer Dachgeschosswohnung zur Beruhigung ihrer Nerven Wein.

Tjorben machte mit Christin einen Spaziergang über den Deich in Sichtweite. Er wollte nicht auch noch im *Lüttes Glück* darauf warten, wie sein Vater auf die Beichte seiner Mutter reagieren würde. Ihre Eltern sollten sich nicht bedrängt fühlen. Er wollte allerdings in der Nähe bleiben, nur für alle Fälle.

Godo und Hilde aßen in einem Restaurant zur Probe für ihre Hochzeit, die im Wonnemonat Mai des nächsten Jahres stattfinden sollte. Alle gingen fest davon aus, dass sie am Ende in der kleinen Inselpension feiern würden.

Ein weiterer Grund, warum Arian seine Mutter begleitete, war Leonie. Er hoffte, ihr über den Weg zu laufen, rein zufällig. Bei der Ankunft hatte er gesehen, dass Licht im Wohnwagen brannte, und ein Kribbeln verspürt.

»Danke«, sagte seine Mutter und riss ihn aus seinen Gedanken. Ihr Blick flackerte unsicher, dann betrat sie den Frühstücksraum.

Sein Vater traf ein, er sah schlecht aus. »Ich weiß, warum deine Mutter mich sprechen will.«

»Ach, ja?«, fragte Arian überrascht.

Als Johan seine Fischermütze vom Kopf zog, klebten seine Haare an der Stirn. »Sie wird mich verlassen.«

Arian schaute ihn an. »Wie kommst du denn darauf?«

»Ilse war schon immer zu gut für mich«, antwortete sein Vater bedrückt. »Jeder auf Föhr fragt sich, wie sie ausgerechnet einen groben Klotz wie mich heiraten konnte.«

»Vielleicht bist du ja zu gut für sie«, gab Arian zu bedenken, er hatte einen Kloß im Hals. Aufmunternd schlug er seinem Vater auf den Rücken. »Es wird schon alles werden … wenn du es zulässt.«

Sein Vater lächelte traurig. Er drückte die Mütze an den Oberkörper und ließ die Schultern hängen. Er erinnerte an einen Schuljungen, der kurz vor der Zeugnisausgabe fest davon ausging, dass er sitzenbleiben würde. Schwerfällig schleppte er sich in den Raum.

Arian schloss die Tür. Sein Puls beschleunigte sich, eine starke innere Unruhe erfasste ihn. Gleich würde sich zeigen, wie groß Johans Liebe war, ob er Ilse verzeihen konnte und er ihr noch eine Chance gab.

Arian trat auf die Terrasse, um frische Luft zu schnappen. Die Dämmerung drückte auf die Marsch. Die Sterne versteckten sich hinter Wolken. Feuchtigkeit hing schwer in der Luft. Eine kalte Novembernacht stand bevor.

Er glaubte nicht, dass sie jemals wieder von Lutz und Stefan hören würden. Die Becks waren fort, ihr Geist schwebte allerdings weiterhin bedrohlich über ihnen.

Arian hatte befürchtet, dass es im Frühstücksraum laut werden würde, doch er hörte nur seine Mutter aufgeregt reden, sein Vater sagte kaum etwas. Worte konnte er nicht verstehen, wollte es auch gar nicht. Würden sie sich heute Abend trennen? Würde es zur Scheidung kommen?

Er wünschte, Leonie würde die Arme um ihn legen und ihn trösten. Verstohlen sah er um die Ecke zum Campingplatz. Er konnte sie hinter den zugezogenen Gardinen sehen, doch er wollte sich nicht zu weit vom Frühstücksraum entfernen.

Zudem traute er sich nicht, an die Tür ihres Wohnwagens zu klopfen, immerhin hatte er sich am Morgen für immer von ihr verabschiedet. Ihre Pläne, in Thailand eine Töpferei zu eröffnen, waren wie ein Stich ins Herz gewesen. Während er davon geträumt hatte, Godos Grundstück für sie zu kaufen und ein Häuschen darauf zu bauen, hatte sie weiter an ihren Auswanderungsplänen gefeilt.

Plötzlich trat sein Vater zu ihm auf die Terrasse. Im Licht, das aus dem Frühstücksraum drang, sah er blass aus. Er stolperte die Stufen hinunter, eilte zwischen den kahlen Obstbäumen hindurch und blieb am Ende des Gartens stehen.

Besorgt folgte Arian ihm. »Bist du in Ordnung?« Sofort bereute er die Frage. Wie okay konnte man sein, wenn man gerade erfahren hatte, dass seine Ehefrau fremdgegangen war? »Falls du lieber allein sein willst …«

»Nein, nein«, erwiderte sein Vater. »Ich habe eigentlich ein dickes Fell, aber das Geständnis deiner Mutter geht mir an die Nieren. Sie hat mir erzählt, dass Joris, Tjorben und du Bescheid wisst und für sie da wart.«

Sachte drückte Arian seine Schulter. »Wirf nicht vorschnell weg, was dir viele Jahrzehnte lang lieb und teuer war.«

»Ich bin niemand, der schnell aufgibt«, begann sein Vater und seufzte. »Aber vielleicht ist die gemeinsame Zeit von Ilse und mir vorbei.«

Arian fühlte sich unwohl dabei, seinem Vater, dem Älteren, Erfahreneren Ratschläge zu geben. »Man muss immer wieder an einer Ehe arbeiten, besonders in schweren Zeiten«, sagte er dennoch.

Sein Vater nickte. »Das machen deine Mutter und ich. Ich dachte, wir wären auf einem guten Weg. Aber jetzt …« Er massierte seine geschlossenen Augenlider.

Aufmunternd berührte Arian seinen Arm. »Kaputte Dinge kann man reparieren.«

Als sein Vater die Augen öffnete, glänzten sie feucht.

»Ein gebrochenes Herz kann heilen«, sagte Arian hoffnungsvoll.

»Wirklich?«, fragte sein Vater skeptisch.

»Sicher«, erwiderte Arian zuversichtlich. »Ich spreche aus Erfahrung.«

»Wann bist du eigentlich so erwachsen geworden?«, zog sein Vater ihn auf.

Arian grinste. »Gib euch Zeit«, bat er leise.

»Du weißt doch, dass ich Probleme gerne aussitze«, erwiderte sein Vater schmunzelnd. Doch so schnell, wie sein Lächeln erblüht war, verwelkte es auch wieder.

Arian stellte den Fuß auf die Sitzbank und stützte sich auf dem Knie ab. »Hast du nie an deiner Liebe zu ihr gezweifelt?«

»Nein«, antwortete sein Vater, ohne zu zögern. Er nahm Platz, obwohl die Holzbank feucht war.

»Bist du nicht auch mal einer anderen Frau begegnet, zu der du dich hingezogen gefühlt hast?«, fragte Arian. Im Grunde wollte er die Antwort gar nicht hören.

Sein Vater schüttelte den Kopf. »Nein. Für mich gab es immer nur deine Mutter. Das hätte ich ihr mehr zeigen sollen, sie wäre glücklicher mit mir und hätte nicht mit dem anderen Mann …«

»Dann ändere das«, schlug Arian sanft vor. »Verbring nicht deine ganze Zeit im Hafen. Lade sie auch mal ins Kino ein, macht einen Bootsausflug, kauf Blumen.« Arian zuckte mit den Achseln. »Kleine Dinge.«

»Damit habe ich schon angefangen, zu spät, glaube ich jetzt«, erwiderte sein Vater resigniert.

»Nein, es ist nicht zu spät. Mama bereut, was sie getan hat. Sie hat sich für dich entschieden.«

Johan nickte. »Ja, das hat sie. Ich an ihrer Stelle hätte den anderen Kerl genommen. Ein reicher Banker mit vielen Kontakten. Er hätte ihre Kunst gefördert, sie bekannt machen können. Im Sommer wäre er mit ihr nach Marbella und im Winter nach St. Moritz geflogen.«

»Das will sie gar nicht«, wiegelte Arian ab und nahm den

Fuß vom Sitz. »Sie will dich, die Windmühle, die ihr gemeinsam umgebaut habt, das einfache Leben auf Föhr.«

Nachdenklich rieb sein Vater über die grobporige Haut auf seinen Wangen. »Das war alles, was auch ich immer gewollt habe.«

»Dann gibt es keinen Grund, ihr nicht zu verzeihen«, sagte Arian eindringlich.

Seine Mutter kam zu ihnen, verheult. Die Verzweiflung stand ihr ins Gesicht geschrieben. Aufmunternd streichelte Arian ihre Hand. Er ließ seine Eltern allein und ging zurück zur Terrasse.

Mit Sorge beobachtete er die beiden. Sie sprachen miteinander. Seine Mutter faltete die Hände, flehte wohl um Vergebung. Der Körper seines Vaters bebte. Er schluchzte laut. Sie trat dicht an ihn heran. Tröstend strich sie ihm über den Rücken.

Plötzlich schlang er die Arme um ihre Taille. Sie hielt sich an seinen Schultern fest. So eng umschlungen blieben sie stehen.

Es gibt noch Hoffnung, dachte Arian erleichtert.

Kapitel 25

Leonie spürte eine wachsende innere Unruhe. Sie kochte Tee, spülte Trinkgläser und wischte die Arbeitsfläche ab. Legte sich aufs Bett, versuchte zu lesen, konnte sich nicht konzentrieren. Setzte sich in die Essecke, biss in einen Keks und bekam Durst. Ihr Tee stand unangerührt neben dem Wasserkocher. Sie hatte ihn vergessen, weil sie mit den Gedanken woanders war.

Arian hielt sich im *Lüttes Glück* auf. Das beschäftigte sie. Fieberhaft dachte sie darüber nach, wie sie ihm zufällig über den Weg laufen konnte.

Eigentlich hatte sie vorgehabt, in der *Nordseeperle* zu bleiben. Sie wollte die Aussprache von Ilse und Johan nicht stören. Doch irgendwann hielt sie es nicht mehr im Wohnwagen aus. Sie musste mit Arian reden! Das mochte ihre letzte Chance sein, er war ja noch mit Sontje verabredet.

Auf leisen Sohlen ging sie über den Campingplatz zum Garten. Ihr Herz klopfte heftig. Sie beugte sich vor und linste um das *Lüttes Glück* herum zur Terrasse. Plötzlich sah sie Arian direkt in die Augen. Auch er hatte im selben Moment um die Ecke geschaut.

»Huch«, stieß Leonie überrascht hervor.

»Selber huch«, scherzte er.

Sie lächelte befangen. »Wie sieht es bei deinen Eltern aus?«, fragte sie zögernd.

»Ganz gut, denke ich«, antwortete er und sah zufrieden zum Ende des Gartens.

Ilse setzte sich gerade neben Johan auf die Holzbank. Sie hielten sich aneinander fest wie zwei Ertrinkende, die sich in letzter Minute hatten retten können.

»Vielversprechend, wie schön! Mein Daumendrücken hat geholfen«, freute sich Leonie.

Arian warf einen Blick auf seine Armbanduhr.

Ihr Magen zog sich zusammen. »Musst du weg?«, fragte sie mit belegter Stimme. Sie hatte immer noch keinen einzigen Schluck Tee getrunken.

»Nein«, antwortete er zu ihrer Erleichterung und trat von der Terrasse zu ihr auf den Campingplatz. »Ich habe mich nur gerade gefragt, ob ich meine Eltern jetzt alleinlassen kann.«

Sie schlang die Arme um ihren Oberkörper. »Du bist doch heute Abend mit Sontje verabredet«, erinnerte sie ihn. Sie wich seinem Blick aus, damit er nicht die Verletzlichkeit in ihren Augen sah.

»Das Treffen habe ich verschieben müssen«, erwiderte er und spähte wieder zu seinen Eltern, sie küssten sich gerade.

»Natürlich«, erwiderte Leonie. »Wegen wichtiger Familienangelegenheiten.«

Die Böen klappten seinen Hemdkragen immer wieder hoch. »In erster Linie, ja.«

»Was denn noch?«, brach es aus ihr heraus. Rasch fügte sie hinzu: »Tut mir leid, das geht mich gar nichts an.«

»Ich will Sontje nicht bei einem Abendessen sagen, dass ich ihr Angebot, mir in der Galerie zu helfen, nach reiflicher Überlegung ausschlage. Der Rahmen scheint mir unpassend. Sie wird gekränkt sein, das muss niemand mitbekommen«, erklärte er, während er sich über die Oberarme rieb. »Ich habe sie gebeten, morgen Abend ins *Strandmohn* zu kommen.«

Überrascht riss Leonie die Augen auf. »Du wirst sie nicht einstellen?«

»Es wäre nicht richtig«, antwortete er und verlagerte sein Gewicht von einem Bein aufs andere. Ohne Jacke musste er frieren, er machte jedoch keine Anstalten, ins Haus zu gehen oder in sein Auto zu steigen.

Sie spürte ein Kribbeln zwischen ihren Schulterblättern. »Alles hat doch gepasst.«

»Sie hat falsche Erwartungen, wohin unsere Zusammenarbeit führt.« Arian lächelte betreten.

»Sie mag dich, sehr sogar«, sagte Leonie und hatte Mitleid mit Sontje. Eine unerfüllte Liebe tat weh. Sontje hatte alle Register gezogen, um Arian für sich zu gewinnen, ihr Ziel war in greifbare Nähe gerückt, doch all ihre Hoffnungen würden sich morgen zerschlagen.

»Ich mag sie auch, aber mehr eben nicht«, stellte er klar. »Ich wünschte wirklich, Sontje und ich könnten Freunde sein, denn wir haben viel gemeinsam. Vielleicht eines Tages, nachdem sie mir den kurzfristigen Rückzieher verziehen hat.«

»Suchst du trotzdem eine neue Mitarbeiterin?«, fragte Leonie aufgeregt. Es wurde ihr unter dem dicken Pulli zu warm, obwohl sie mitten im Windkanal zwischen *Lüttes Glück* und Sanitärhäuschen stand.

»Ja, ich werde wohl eine Anzeige schalten.«

Ihre Nackenmuskeln spannten sich an. »Ich wüsste da jemanden«, sagte sie leise.

»Wen denn?« Neugierig sah er sie an.

Ihr Herz wummerte wie ein Presslufthammer, als sie erwiderte: »Mich.«

Nachdenklich schwieg Arian. Er zog eine Augenbraue hoch, musterte sie skeptisch. »Was ist mit der Töpferei in Thailand?«, wollte er schließlich wissen. Er klang nicht überzeugt, dass sie ihr Angebot ernst meinte.

»Das war bloß eine spontane Idee«, gab sie zu. »Als ich das Ganze in Ruhe durchdacht habe, fiel mir auf, dass etwas Entscheidendes fehlt.«

»Und zwar?« Er runzelte die Stirn.

Verliebt lächelte sie ihn an. »Du.«

»Leonie …«, sagte Arian bedauernd. Seufzend fuhr er sich durchs Haar. »Meine Heimat ist Föhr, das weißt du doch. Ich gehe hier nicht weg.«

»Das ist mir klar. Inzwischen gefällt es mir hier auch sehr gut. Ich könnte mich sogar zu Hause fühlen, wenn …« Du mich noch willst, beendete sie den Satz in Gedanken. Sein Zögern verunsicherte sie. »Wenn ich eine Wohnung finden würde«, sagte sie also. »Der Caravan kann keine Dauerlösung sein.«

»Dir ist es im nordfriesischen Wattenmeer doch zu kalt«, gab er zu bedenken. Seine Augen strahlten zwar, seine Freude blieb jedoch noch verhalten.

»Dagegen kann man etwas tun. Warme Kleidung tragen, *Tote Tante* trinken, kuscheln …« Hitze stieg in Leonies Wangen. Bange wartete sie auf seine Reaktion.

»Kuscheln?« Ein dezentes Lächeln stahl sich auf seine Lippen. »Mit wem denn?«

»Lass uns im Wohnwagen weitersprechen«, bat sie.

Er nickte. »Einverstanden. Die Feuchtigkeit kriecht unter mein Hemd.«

Sie gingen in die *Nordseeperle*. Der Wohnwagen duftete nach dem Ostfriesentee, den sie nicht getrunken hatte. Es war angenehm warm und behaglich. Arian setzte sich an den Esstisch.

»Hast du Durst?«, fragte Leonie und blieb vor dem Kühlschrank stehen.

»Nein.«

Nervös nahm sie ihm gegenüber Platz. »Ich möchte mit dir zusammen sein, Arian«, brach es aus ihr heraus, enthusiastisch und hoffnungsvoll.

Doch ihre Begeisterung fand bei ihm kein Echo. »Eine Fernbeziehung kommt für mich nicht infrage«, erwiderte er verhalten. In seinem Blick lag Bedauern.

»Ich liebe dich«, sagte Leonie inbrünstig. Ihr ganzer Körper war in Alarmbereitschaft. Würde Arian sie gleich in die Arme ziehen oder ihr mitteilen, dass er sich nicht mehr auf sie einlassen wollte?

Seine Miene erhellte sich. »Ich dich auch«, erwiderte er. »Aber wie soll das mit uns beiden funktionieren?«

Unruhig rutschte sie auf dem Sitz hin und her. »Ich will dich mehr als alles andere auf der Welt«, gestand sie. Wenn sie ihn zurückerobern wollte, musste sie ihr Herz auf der Zunge tragen.

»Wow.« Arian keuchte, seine Wangen glühten. Er kam jedoch nicht zu ihr herüber, sondern blieb auf der anderen Seite des Tisches. »Das sind große Worte.«

»Aufrichtige Worte«, stellte sie klar. Sie legte die Hände auf die Tischdecke in der Hoffnung, er würde sie ergreifen, er tat es nicht. Offensichtlich wusste er nicht, ob er ihrem Liebesbekenntnis trauen konnte. »Ich gebe zu, ich habe lange gebraucht … Aber ich trage diesen Traum vom Auswandern schon so lange im Herzen, dass es unglaublich schwer war, ihn aufzugeben.«

Arian nickte mit ernster Miene.

»Ich will mit dir glücklich werden, egal wo, Hauptsache mit dir.« Sie lächelte ihn an.

»Wie kann ich sicher sein, dass du es dir im Winter nicht wieder anders überlegst?«, fragte er skeptisch.

»Ich kann dir keine Garantie für die Liebe geben, das kannst du mir übrigens auch nicht«, gab sie zu bedenken. »Vielleicht hast du schon bald die Nase voll von mir, weil ich anstrengend und kompliziert bin.«

»Du hast recht«, gab er zu. Sein Gesichtsausdruck entspannte sich.

»Damit, dass ich anstrengend und kompliziert bin?«, fragte sie erstaunt.

Er lachte und lehnte sich wieder nach vorne. »Eigentlich meinte ich, dass man nie weiß, wie lange eine Beziehung hält. Aber ja, du bist nicht einfach, ich nehme die Herausforderung an.«

»Wir können es nur miteinander versuchen und sehen, wohin das führt«, schlug sie vor. Sie fühlte eine Leichtigkeit und Wärme.

Sanft strich Arian über ihre Hände. »Willst du wirklich deinen Wunsch auszuwandern für mich aufgeben?«

»Ja«, antwortete Leonie, ohne zu zögern. Seine Berührungen, so behutsam sie auch waren, elektrisierten sie. Sie wollte mehr davon, mehr von Arian. »Alles, was ich in Thailand gesucht habe, habe ich auf Föhr gefunden. Eine neue Heimat, wahre Liebe, echte Freunde und eine Arbeit, für die ich mich begeistern kann.«

Er keuchte überwältigt und nahm ihre Hände fest in seine. »Hoffentlich wirst du die Entscheidung nicht bereuen, so sehr, wie du dich die ganze Zeit nach Palmen, tropischer Wärme und badewannenwarmem Meer gesehnt hast.«

»Ich sehne mich immer noch danach. Aber ich ... wir können ja Urlaub in Thailand machen. Könntest du dir das vorstellen?«, fragte Leonie vorsichtig. Er sollte nicht denken, sie könnte doch nicht von ihrem Sehnsuchtsort ablassen.

»Absolut. Ein Land mit üppiger Vegetation und viel Kultur, ich würde es gerne mal mit eigenen Augen sehen.«

Leonie stand auf, ging um den Tisch herum und setzte sich neben Arian.

Seine Hand glitt in ihren Nacken, seine Finger vergruben sich in ihren Haaren und lösten ein Kribbeln aus. Sein Arm legte sich um ihre Taille, gab ihr Halt und Zuversicht.

Dankbar für seine Nachsicht und Geduld mit ihr, küsste Leonie Arian so leidenschaftlich, dass er nach Luft rang.

»Wow«, stieß er überrascht aus und lachte gelöst.

Leonie grinste ihn an. »Dein Kuss schmeckt nach Heimat.«

»Das ist dir erst jetzt klar geworden?«, fragte er und biss sie neckend in den Hals.

»Nein, ich habe es von Anfang an geahnt, konnte es mir jedoch nicht eingestehen«, erklärte sie betreten. »Ich wollte nicht die Vorurteile der Menschen bestätigen.«

Er runzelte die Stirn. »Vorurteile?«

»Ich dachte, wenn ich nicht erfolgreich auswandere, sagen die Leute: ›Siehst du, ich habe immer gewusst, dass das nur ein Hirngespinst war. Dass sie das nicht durchzieht. Die kriegt doch nie was auf die Reihe. Aus der wird nie was, sie ist ganz anders als ihre Schwester.‹«

»Jetzt machst du dir keine Sorgen mehr, was die Leute denken könnten?«, hakte er nach, während er ihren Nacken kraulte.

»Es ist mir egal. Vielleicht musste ich mir erst ein dickes Fell wachsen lassen, das ist mir auf Föhr gelungen«, gab sie zu. »Hier akzeptiert man mich, wie ich bin. Ich habe immer gedacht, dass mein Platz nicht in Deutschland ist. Dass ich besser ins Ausland passe, aber das war wohl eher ein Fluchtgedanke.« Verlegen sah sie kurz weg. »Ich habe mich in Köln unwohl gefühlt. Auf Föhr ist das ganz anders. Es hat eine Weile gedauert, bis ich erkannt habe: Hier gehöre ich hin. Jetzt weiß ich ganz genau, was ich will – mit dir auf deiner Heimatinsel leben.«

Er zog sie so dicht an sich heran, dass sein warmer Atem ihre Lippen streichelte. »Schon als du das erste Mal im *Strandmohn* aufgetaucht bist, kunterbunt angezogen wie ein Paradiesvogel, wusste ich, dass ich dich will.«

Leonie strahlte ihn glücklich an. Sie wollte Arian küssen, wieder und wieder, überall an seinem Körper, die ganze Nacht hindurch.

Plötzlich tauchte eine Erinnerung auf. Ihr Lächeln verschwand. Sanft schob sie Arian weg. »Ich muss dir noch etwas beichten«, sagte sie mit zittriger Stimme.

Misstrauisch sah er sie an, schwieg.

»Es gibt etwas in meinem Leben, das du wissen solltest«, begann sie und wurde nervös. »Es liegt lange zurück. Im Grunde betrifft es dich nicht.«

»Warum willst du es mir trotzdem unbedingt erzählen?«, fragte er, eine Hand auf ihrem Knie.

»Es ist mir wichtig, es beschäftigt mich bis heute. Manchmal kommt es wieder hoch, ich breche plötzlich in Tränen aus, und du sollst wissen, warum«, erwiderte Leonie und knetete den Saum ihres Pullovers. »Wenn man es ernst miteinander meint, sollte man außerdem keine Geheimnisse voreinander haben. Eine Beziehung kann nur auf dem Boden der Ehrlichkeit wachsen und gedeihen.«

»Das sehe ich genauso«, pflichtete er ihr bei. Sachte übte er Druck auf ihr Bein aus und lächelte aufmunternd.

»Ich … ich habe mal einen Schwangerschaftsabbruch machen lassen.« Verstohlen sah sie ihn an, prüfte seine Reaktion.

Überrascht zog er die Augenbrauen hoch, sagte jedoch nichts.

»Mit siebzehn«, fuhr sie fort. »Damals schien es mir die richtige Entscheidung zu sein, doch sie tut bis heute weh. Meine Tochter oder mein Sohn wäre jetzt fünfzehn. Die

Vorstellung macht mich fertig.« Sie vergrub das Gesicht in den Händen, spürte eine unangenehme Enge im Brustkorb, eine umfassende Beklemmung.

Gefühlvoll rieb Arian über ihren Rücken.

»Zu dem Zeitpunkt ging ich in die Oberstufe, wollte Abi machen, danach einmal um die Welt trampen. Ich hatte große Pläne wie alle.« Sie lächelte traurig. Nach der Schule waren ihre Wünsche und die ihrer Freundinnen von einer Karriere als Popsängerin, einem eigenen Cupcake-Laden und einer Weltreise in der Mühle des Alltags zerrieben worden. »Als mir klar wurde, dass ich schwanger war, warf mich das völlig aus der Bahn. Ich war selbst noch jung. Wie sollte ich mich da um ein Baby kümmern?«

Arian hörte geduldig zu.

»Ich habe tagelang geheult, mir die Entscheidung nicht leicht gemacht. Ich wollte ja Nachwuchs, aber erst mit fünfundzwanzig oder dreißig. Es war viel zu früh, der Vater des Kindes nur ein One-Night-Stand.«

»Warum hast du es nicht zur Adoption freigegeben?«, wollte Arian mit leiser Stimme wissen.

»Das hätte ich nicht übers Herz gebracht«, erklärte sie unter Tränen. »Außerdem hätte ich es dann ja bekommen müssen. Mit einem dicken Bauch in die Schule zu gehen, das konnte ich mir nicht vorstellen. Ich wäre vor Scham im Boden versunken. ›Bist du denn zu dumm zum Verhüten‹, hätten einige der Mitschüler gesagt oder mich eine Hure genannt.«

Leonie fing sich wieder, schluchzte noch einmal und hörte dann auf zu weinen. Mit dem Ärmel wischte sie über ihre feuchten Wangen.

»Ich hatte keinen festen Freund. Auf einer Party lernte ich diesen heißen Typen kennen. Alle Mädchen waren hinter ihm her, aber er wollte mich. Wir landeten in der Laube im Schrebergarten seiner Eltern. Wir hatten zu viel getrunken, wollten nur ein bisschen Spaß haben. Ich dachte, es würde schon nichts passieren, die Sommernacht machte mich sorglos. Ja, ja, ich weiß, wie verantwortungslos«, erzählte sie mit gesenktem Blick. »Der Typ wollte das Kind nicht, es wäre mein Körper und mein Problem, sagte er.«

Sanft streichelte Arian ihren Handrücken mit seinen Fingerspitzen. »Das tut mir leid. Ich kann dich verstehen. Es muss schlimm gewesen sein«, sagte er leise.

»Ich fühle mich schrecklich deswegen.« Neben der Zeit nach dem Tod ihrer Mutter war die Abtreibung die dunkelste Phase in ihrem Leben gewesen. Die Tage hatten nur aus Kummer und Schuldgefühlen bestanden. »Du wärst bestimmt anders mit der Situation umgegangen, selbstbewusster und ethischer.« Aus den Augenwinkeln heraus sah sie Arian an.

»Wäre ich der Typ gewesen, hätte ich dich jedenfalls in der schwierigen Situation nicht alleingelassen«, erwiderte er bestimmt und zog sie in seine Arme.

»Das Baby wäre ohne die Liebe seines Vaters, dafür mit einer überforderten Mutter aufgewachsen. Das wollte ich ihm nicht antun.« Leonies Herz war so schwer, dass es sie niederdrückte. Sie legte den Kopf auf Arians Schultern. »Heutzutage wäre ich liebend gerne Mutter, damals fühlte ich mich jedoch zu unreif. Ich wollte erst eine fertige Ausbildung, eine Wohnung, einen festen Partner, mehr Lebenserfahrung. Vorher konnte ich nicht an ein eigenes Kind denken.«

»Nachvollziehbar, die Abtreibung muss trotzdem schwer gewesen sein.« Arian gab ihr einen Kuss auf den Scheitel.

Sie klammerte sich an seinen Arm. »Ich hatte erwartet, nach dem Eingriff erleichtert zu sein, stattdessen war ich schwermütig«, erzählte sie bedrückt, während sie über seine Tätowierungen strich.

»Es tut mir leid, dass du das durchmachen musstest«, sagte er sanft.

Leonie richtete den Oberkörper wieder auf, sie hatte sein Mitleid nicht verdient. »Ich war selbst schuld.«

»Du bist zu hart zu dir.« Zärtlich nahm er ihr Gesicht in beide Hände.

»Willst du mich jetzt immer noch?«, fragte sie.

Verliebt lächelte Arian sie an. »Selbstverständlich«, versicherte er ihr. Sanft fuhr er mit dem Daumen über ihre Unterlippe. Er küsste sie so behutsam auf den Mund, als wäre sie aus Glas.

»Stellst du mich nun als Mitarbeiterin im *Strandmohn* ein?«, fragte sie.

Zu ihrer großen Überraschung antwortete Arian: »Nein.«

»Nein?« Verwirrt sah sie ihn an. Hatte sie doch etwas falsch gemacht? Gefiel ihm sein eigener Vorschlag, aus der Bildergalerie eine Kunstgalerie zu machen, nicht mehr? Oder wollte er Beziehung und Beruf lieber trennen?

»Ich möchte dich als Geschäftspartnerin«, stellte er klar.

Erleichtert stieß Leonie die Luft aus. »Kunst trifft Kunst.«

»Genau. Das Konzept gefällt mir«, sagte er begeistert. »Es bringt frischen Wind in den alteingesessenen Laden.«

»Ich find's auch klasse. Ein breites Angebot weckt ein breites Interesse.« Leonie nickte eifrig. Plötzlich kam ihr eine Idee. »Nico hat mich doch ausgezahlt. Ich möchte die Summe gerne in einen Brennofen und den Umbau des Ateliers stecken. Du hättest keine Kosten.«

»Das musst du nicht allein stemmen«, wandte er ein und drückte sie an sich.

»Ich bestehe darauf«, sagte sie bestimmt.

»Also gut«, erwiderte Arian. Plötzlich lächelte er verschmitzt. »Dann kann ich mein Erspartes in das Grundstück investieren.«

Sie stützte sich mit dem Arm auf seiner Schulter ab. »Wovon sprichst du?« Liebevoll strich sie über die rasierte Stelle über seinem Ohr.

»Godo will sein Land verkaufen«, erzählte er. »Es ist nicht groß, Investoren würden dafür trotzdem eine hohe Summe hinblättern. Ich hoffe, dass Godo mir einen guten Preis macht. Wir sind ja bald verwandt.« Er grinste.

Sie versuchte es sich in Erinnerung zu rufen. »Liegt es nicht in der Nähe von Walsum?«

»Ja, genau. Ich überlege zuzuschlagen, bevor es auf den Markt kommt. Peer Riewerts ist schon lange scharf darauf. So eine Chance kommt vielleicht nie wieder. Die alte Kate muss abgerissen werden, aber die Lage inmitten von Wiesen und Feldern ist traumhaft schön. Ein guter Ort, um Kinder großzuziehen.« Erwartungsvoll sah er sie an.

Ein aufgeregtes Kribbeln erfasste sie. »Kinder?«

»Unsere«, sagte er verheißungsvoll.

Anstatt zu antworten, ließ sie ihren Körper zu ihm sprechen. Sie schlang die Arme um seinen Hals, zog ihn fest an sich und küsste ihn.

Leonie konnte es kaum erwarten, im *Strandmohn* ihre eigenen Töpferwaren anzubieten und mit Arian ein Friesenhäuschen in Deichnähe zu bauen, unweit von Anja und ihren Walsumer Freunden.

Es würde bestimmt urgemütlich werden, mit allen im *Lüttes Glück* Weihnachten und Silvester zu feiern. Und dann noch die Hochzeit von Godo und Hilde im Mai nächsten Jahres. Aber das war eine andere Geschichte.